MOLLY KATZ

Auf Liebe und Tod

Buch

Die vermeintlich so glückliche Ehe zwischen der Chirurgin Caron Alvarez und dem Fernsehstar Harry Kravitz zerbricht endgültig, als Harry seiner Frau droht: »Ich bringe dich um.« Nur Caron und ihr Stiefsohn Josh wissen, daß diese Drohung absolut ernst gemeint ist. Denn niemand ahnt, daß sich hinter dem Medienliebling, charmanten Ehemann und besorgten Vater eine Bestie in Menschengestalt verbirgt. In letzter Sekunde können sich Caron und Josh absetzen und für die beiden beginnt eine verzweifelte Flucht quer durch die USA. Doch Harry hat das Fernsehen auf seiner Seite. In dramatischen, herzerweichenden Appellen bittet er die Bevölkerung, ihm bei der Suche nach seiner angeblich geisteskranken Frau zu helfen. Schließlich bleibt Caron nur noch ein Ausweg – sie muß versuchen, Harrys zweites Gesicht öffentlich zu entlarven, und ihre einzige Waffe ist seine Vergangenheit …

Autorin

Molly Katz, geboren und aufgewachsen in New York, besuchte die Boston University, bevor sie als Fernsehjournalistin arbeitete. Nach etlichen Veröffentlichungen in der *New York Times* und der *Cosmopolitan* eroberten ihre Romane auf Anhieb die Spitzenplätze der Bestsellerlisten und wurden in zwanzig Sprachen übersetzt. Molly Katz lebt in Westport, Connecticut.

Außerdem von Molly Katz bei Goldmann lieferbar:

Rühr mich nicht an. Roman (43601)

MOLLY KATZ

AUF LIEBE UND TOD

Roman

Aus dem Amerikanischen
von Regina Winter

PORTOBELLO

Die Originalausgabe erschien
unter dem Titel »Love, Honor & Kill«
bei Ballantine Books, New York

Umwelthinweis:
Alle bedruckten Materialien dieses Taschenbuches
sind chlorfrei und umweltschonend.

Portobello Taschenbücher erscheinen im Goldmann Verlag,
einem Unternehmen der Verlagsgruppe Random House GmbH.

1. Auflage
Einmalige Sonderausgabe Dezember 2003

Umschlaggestaltung: Design Team München
Umschlagfoto: Corbis
Druck: Elsnerdruck, Berlin
Verlagsnummer: 55347
An · Herstellung: Lisa Weber
Made in Germany
ISBN 3-442-55347-4
www.portobello-verlag.de

*Den Millionen von Opfern und Überlebenden
häuslicher Gewalt gewidmet –
und den bemerkenswerten Menschen,
die alles dafür tun, ihnen zu helfen.*

Prolog

Samstag, 7. Januar 1991

New York City

Sie hatte Blut am Schuh. Caron sah es, war aber zu erschöpft, um die Füße noch einmal von der Armlehne des Sofas zu heben und den Schuh abzuwischen.

George Bush und Saddam Hussein trieben ihre beiden Länder in den Krieg, aber die eisbedeckten Bürgersteige von New York forderten ebenfalls ihre Opfer. Schon bald würde ihr Piepser wieder losgehen, und sie würde vom Aufenthaltsraum der Ärzte in die Notaufnahme eilen und sich das Gesicht von jemandem, der gestürzt war, ansehen müssen. Bis dahin würde sie diese kostbare Pause nutzen, um ihre Cola zu trinken und ihre schmerzenden Füße auszuruhen.

Sie hatte die kühle Dose gerade an die Lippen gesetzt, als der Piepser ertönte. Seufzend setzte sie sich auf, und das Gerät schrillte zum zweiten Mal. Auf dem winzigen Schirm stand SDAIN, der Notaufnahme-Code für dringende Fälle: *S*chaff *D*einen *A*rsch *I*n die *N*otaufnahme.

Nur eine gebrochene Nase, ein niedlicher zehnjähriger Junge, aber Caron erfuhr bald, wieso es so eilig gewesen war: Der Vater des Kindes war Harry Kravitz, und Harry höchstpersönlich hatte seinen Sohn eingeliefert.

»Man hat mir gesagt, daß jeder Chirurg damit fertig werden könnte, aber ich wollte einen Spezialisten für plastische Chirurgie. Ich wollte einfach auf Nummer Sicher gehen«, sagte der Mann, während Caron behutsam das Nasenbein des Jungen abtastete. »Dr. Alvarez, Sie haben doch nichts dagegen, wenn ich mich nach Ihren Qualifikationen erkundige? Und wie lange Sie schon hier im New York Hospital sind?« Die Frage wurde durchaus respektvoll vorgebracht – diese Berühmtheit entschuldigte sich auch noch dafür, daß sie Fragen stellte, die Caron sich jeden Tag von ihren Patienten anhören mußte. Letzteres war offensichtlich die Folge ihres südländischen Aussehens; alle wollten sichergehen, daß sie ihre Diplome nicht in einem Zelt unter einer Palme erworben hatte.

Als sie antwortete, war sich Caron deutlich des angespannten Schweigens bewußt, das sie umgab. Die anderen in der Notaufnahme arbeiteten zwar weiter, horchten aber neugierig und warfen ihnen Seitenblicke zu. Harry Kravitz' phantastisches Aussehen war auf der Leinwand und auf dem Bildschirm schon überdeutlich, aber wenn er direkt neben einem stand, war er absolut umwerfend.

»Smith College, Abschluß 1980. Medizinstudium in Harvard. Assistentenstellen im Mass General und Johns Hopkins. Ich bin jetzt seit zwei Jahren hier, fest angestellt als Chirurgin.«

»Beeindruckend. Woher kommen Sie ursprünglich?«

»Kuba.«

Der Junge zuckte unter Carons Fingern zusammen, und Harry griff nach seiner Hand und küßte sie. »Du machst das prima, Josh. Finden Sie nicht auch?«

»Er ist sehr tapfer. Viele Erwachsene wären empfindlicher. Wo bist du denn hingefallen, Josh?«

»Auf der East End Avenue. Vor unserem Haus.«

»Du hattest Glück, daß dein Dad dabei war.«

Mit der freien Hand strich sich Harry das berühmte goldblonde Haar zurück. »Ich hab mir ein Taxi geschnappt und ihn sofort hergebracht. Hab nicht mal den eigenen Wagen benutzt. Und? Was meinen Sie?«

Caron sah seine ängstliche Miene, die braunen Augen mit

den dunklen Wimpern, die glatte Haut. Sie wußte, daß Harry etwa Mitte vierzig war – die Zeitschriften traten jede Einzelheit aus dem Leben des ehemaligen Stars der Comedy-Serie *Scott* breit, der jetzt als Nachfolger von Johnny Carson gehandelt wurde –, aber er wirkte jünger. Der muskulöse Brustkorb und die Schultern unter dem Baumwollpullover hätten einem Teenager gehören können.

»Ich glaube, das hier muß einfach ein bißchen ruhiggestellt werden, und dann ist alles in Ordnung.«

Kravitz lächelte erleichtert. »Wirklich?«

Sie erwiderte das Lächeln. »Ja, sicher.«

Wieder küßte er die Finger seines Sohnes. »Hörst du das?« Dann, zu Caron gewandt: »Aber Sie werden es doch selbst machen, oder?«

»Wenn Sie möchten.«

»Unbedingt. Das willst du doch auch, Josh, oder?« Er winkte mit der Hand seines Sohnes.

»Ja«, sagte Josh.

Teil Eins

Sonntag bis Freitag

15. – 20. August 1993

1

Es gab keine Stelle an Carons Körper, die nicht weh tat. Der Arm, den sie um Joshs Schultern gelegt hatte, schmerzte über die gesamte Länge, und ihre Finger waren aufgeschürft von dem Versuch, sich zu verteidigen. Ihre Vagina und ihr Rektum brannten. Blut tropfte von ihrer Unterlippe, wo Harry sie gebissen hatte.

Hinter einem Gitter direkt hinter der Doppeltür zum elften Revier saß eine elfenhaft blonde Polizistin an einer Tastatur. Sie blickte auf und sah Caron, sah Joshs erschrockenes, verschmiertes Gesicht, dann schaute sie wieder die blutende Caron an.

»Was kann ich –«

»Ich bin verprügelt und sexuell mißbraucht worden«, erklärte Caron. Sie schluckte und hätte sich beinahe übergeben, weil sie immer noch Spuren von Harrys Gewalt schmeckte. »Von meinem Mann.«

»Der Junge auch?«

»Nein. Aber ich konnte ihn nicht dort lassen.« Die Tränen, gegen die Caron ankämpfte, brannten in ihren Augen; die kühle Reaktion der Polizistin hätte fast dazu geführt, daß sie endgültig die Beherrschung verloren hätte. Aber Caron mußte unbedingt ruhig bleiben, um glaubwürdig zu sein. Sie war so gut wie ohnmächtig gegenüber Harrys Position in der Unterhaltungswelt. Er war ein nationales Symbol. Wenn sie einen hysterischen Eindruck machte, würde sie nicht die geringste Chance haben.

»Wir müssen weg von hier, weg von meinem Mann«, sagte sie mit leiser, aber entschlossener Stimme. »Er wird mich umbringen, wenn er mich findet. ›Ich bringe dich um.‹ Das hat er gesagt.«

Wie betäubt beantwortete Caron alle Fragen, lieferte ihnen Sätze, die sie in ihre Maschinerie einfütterten. Die Gleichgültigkeit der Polizisten verschwand schnell, nachdem sie Harrys Namen genannt hatte. Gerüchte machten die Runde. Keiner wollte es so recht glauben. *Harry Kravitz?* Sie hatten schon viel gesehen, aber so etwas noch nicht.

Caron spürte die Blicke vieler Augenpaare, während sie nach Worten rang, um zu beschreiben, was Harry getan hatte. Die Ermittler, die mit ihr sprachen, ein Mann und eine Frau, konnten nicht verbergen, wie verstört sie waren.

»Sie behaupten also, Mr. Kravitz habe eine Jekyll-Hyde-Persönlichkeit?« sagte der Mann.

»Ja.«

»Und er ist Ihnen gegenüber nie zuvor gewalttätig geworden, beim Sex oder bei anderen Gelegenheiten?«

»Nein. Nie.« Caron wischte sich über den Mund, was die Lippe wieder zum Bluten brachte.

Die Frau reichte ihr ein Tuch. »Möchten Sie ins Bad?« fragte sie freundlich, und Caron nickte und ging hinaus.

Sobald sie verschwunden war, beugte sich die Frau zu ihrem Partner. »Ich hab mir früher diese Kravitz-Show jede Woche angesehen. *Scott.* Er hat einen Anwalt gespielt, ein Landei. Echt witzig. Machte einen wirklich netten Eindruck. Und er sieht phantastisch aus.«

»Die Serie läuft nicht mehr, oder?«

»Nur Wiederholungen. Sie lief sieben oder acht Jahre.«

»Hab ich nicht gerade erst gelesen, daß er eine Talkshow am Abend bekommen soll?«

Die Frau nickte. »Ich hab ein paar seiner Filme gesehen. Und erst vor kurzem war er bei Jay Leno. Es war umwerfend.« Sie hielt inne. »Und er schlägt seine Frau und will sie umbringen. Ein Arschloch wie so viele andere.« Sie schüttelte den Kopf. Sie zuckte die Achseln: *Auch das noch.*

Die Polizistin am Schalter grüßte eine Kriminalpolizistin, die ihr Haar zu einem Pferdeschwanz gebunden hatte und ein Sommerkleid trug. »Rate mal, wen wir hier haben«, sagte sie.

»Donald Trump?«

»Besser. Mrs. Harry Kravitz.«

Die Ermittlerin blickte überrascht auf. »Was hat sie angestellt?«

»Sie ist hierher geflüchtet. Körperverletzung und Vergewaltigung. Ihr Ehemann.«

»Ihr Mann? *Er* soll das gewesen sein?«

»Behauptet sie jedenfalls. Ich glaube es erst, wenn er gesteht.«

»Genau. Aber wenn sie ihn loswerden will, übernehme ich ihn gern.«

»Nicht, wenn ich ihn vor dir erwische.«

Die Ermittler wollten noch mehr wissen, aber Caron hatte zu viel Angst, auf dem Revier zu bleiben. Polizeirevier hin oder her – es war ein öffentlicher Ort, und wenn sie Harry verhafteten, würden sie ihn hierher bringen. Es waren schon Menschen auf Polizeirevieren und in Gerichten ermordet worden. Menschen, die eigentlich hätten geschützt werden müssen. Harry konnte sie auch hier umbringen.

Die offizielle Anzeige, die ärztliche Untersuchung und Behandlung würden warten müssen. Sie konnte einfach nicht hierbleiben.

Ein Polizist brachte Caron und Josh in ein Hotel an der

Lexington Avenue. Das Auto war ein Zivilfahrzeug, ein anonymer, verbeulter alter Buick, und dieser Polizist war kräftig genug, auch ein Nashorn abzuschrecken, aber Caron legte sich flach auf den Rücksitz und brachte Josh dazu, dasselbe zu tun. Das Hotel war nur eine Station auf ihrem Weg; Frauen aus einem Frauenhaus würden sie hier abholen. Der Standort des Frauenhauses wurde geheimgehalten.

Dort würde sie auch die ärztliche Behandlung erhalten, denn sie hatte sich geweigert, sich ins Krankenhaus bringen zu lassen. Auch Krankenhäuser waren zu öffentlich und zu unsicher. Lieber würde sie die Schmerzen noch ein wenig länger ertragen, als sich und Josh in Gefahr zu bringen. Erst wenn sie ein gewisses Maß an Sicherheit für sie beide erreicht hatte, würde sie anfangen können, sich um anderes zu kümmern, nachdenken, wen sie anrufen könnte, wer ihr glauben würde. Ganz sicher war Julie Gerstein darunter. Vielleicht Barbara Wrenn oder andere, die sie aus dem College kannte ...

Caron merkte, daß sie die Hände über die Tagesdecke aus Chenille rieb. Das tat zwar weh, aber die Baumwollrippen unter ihren Händen waren wie kaltes Wasser im Gesicht.

Sie stand auf und stellte sich vor den Spiegel des Frisiertischs. Sie beugte sich vor und betrachtete ihr Spiegelbild, als hätte sie einen fremden Menschen vor sich. Abstand finden.

Sie konnte sich nicht mehr genau erinnern, wohin Harry sie überall geschlagen hatte. Die Schläge dröhnten immer noch in ihr, aber sie mußte sich auf jeden Teil ihres Körpers konzentrieren, um ihn mit dem Spiegelbild in Verbindung zu bringen und den Schaden einschätzen zu können.

Sie strengte sich an, fachlich zu denken. Es half, die widerwärtigen, ekelerregenden Erinnerungen an sein Eindringen zu verdrängen. Die aktuelle Angst und die vor der Zukunft. *Ich bringe dich um.*

Der Blick ihrer dunklen Augen war starr, aber klar, und sie hatte keine blauen Flecke im Gesicht. Wimperntusche, die sie heute morgen, vor tausend Jahren, aufgetragen hatte, zog Spuren über ihre Wangen. Eine Bißwunde mit schwärzlich geronnenem Blut hätte sie fast zusammenzucken lassen. Ihr Haar, von dem Harry immer gesagte hatte, es habe die Farbe von Honig, war verfilzt von Tränen und Schleim; es fühlte sich starr an, wenn sie die Locken berührte, die ihr bis über die Schultern fielen. Einer der kurzen Ärmel ihres T-Shirts war halb abgerissen, als Harry daran gezerrt hatte, um ihr das Shirt vom Leib zu reißen. Schließlich hatte er es einfach nur hochgeschoben. Sie erinnerte sich an den erstickenden Stoff über Nase und Mund. Als sie danach gegriffen hatte, um ihn wegzureißen, um wieder atmen zu können, hatte sie die schwarze Leggings loslassen müssen, an die sie sich verzweifelt geklammert hatte, und Harry hatte sie heruntergerissen...

Der brennende Schmerz dort unten flackerte wieder auf, als sie sich erinnerte, wie er gestoßen und gekratzt hatte.

Dann änderte sich das Bild vor Carons geistigem Auge, als hätte jemand die Kanäle umgeschaltet. Sie sah, wie es vor jenem schrecklichen Tag gewesen war, ihr wunderbares Leben mit ihrem Mann und ihrem Kind. Sie sah den hinreißend aussehenden Harry, wie er stolz neben ihr stand und ihren Rücken streichelte, während sie zusahen, wie Josh auf dem Spielfeld einen guten Schlag plazierte. Sie dachte daran, wie beschützend Harry sie im Arm gehalten hatte, als sie sich durch die Menge begeisterter weiblicher Fans drängten, wie er den Frauen zulächelte, freundliche Worte sagte, aber seine Liebe hatte nur ihr gehört. Sie sah sich und Josh, wie sie vor lauter Lachen die Couch zum Umkippen brachten, als sie sich zu dritt einen von Harrys Filmen ansahen und Harry Witze über sich und die anderen Schauspieler riß, einen nach dem anderen...

Josh kam aus dem Bad. Caron konnte ihn im Spiegel sehen.

Seine Miene war jetzt starr, er hatte einen Schock. Anders als zuvor, als er hereingeplatzt war und sie und Harry kämpfend vorgefunden hatte, entsetzt die wild schlagenden Arme, die tretenden Beine, das Grunzen und die unterdrückten Schreie nicht hatte mißverstehen können.

»Ich hätte es dir nicht sagen dürfen«, meinte er nun wieder, zum fünften oder sechsten Mal.

Die East End Avenue lag im weichen Zwielicht, die Fenster der eleganten Häuser spiegelten das Kupferrot eines weiteren großartigen Sonnenuntergangs. Harry sah einen Augenblick lang zu, dann ging er ans andere Ende der Wohnung. Er öffnete die Schiebetür, trat hinaus auf die Terrasse und ließ den flüssigen rosafarbenen Glanz des East River die Tränen hervorbringen, die er bisher nicht hatte weinen können.

Er weinte lange Zeit.

Am Ende wurde ihm alles zu viel – der Kuß der sommerlichen Brise, die er und Caron so oft genossen hatten . . . das große Bett hinter ihm, immer noch zerwühlt, von Blutspuren befleckt.

Er rieb sich mit dem Taschentuch das Gesicht trocken. Er würde noch verrückt werden, wenn er nicht nach draußen kam. Er hatte sich noch nie so sehr gehaßt.

Ein Ungeheuer. Er war ein Ungeheuer.

Er sah sich seine Hände auf dem Terrassengeländer an. An zwei Fingern waren Kratzer, in einer Handfläche ein Fingernagelabdruck. Normalerweise gelang es ihm, ohne solche Spuren davonzukommen.

Aber normalerweise konnten die anderen sich auch kaum wehren. Caron . . . Caron war mutig und stark, und sie hatte um ihr Leben gekämpft. Er hätte schlimmere Schäden davontragen können. Aber er war geübt darin, anderen Schaden zuzufügen, ohne daß seine Hände verletzt wurden.

Dieser Gedanke führte zu noch mehr Tränen.

Diesmal war es nicht einfach irgendein menschlicher Sandsack. Es war deine eigene Frau. Deine liebevolle, wohlduftende, wunderbare Frau.

Harry sah seine Tränen auf seine Hände fallen. Er stieß ein Winseln aus. Jetzt konnte er fühlen, welchen Schmerz er Caron bereitet hatte, innen und außen, all die Spuren seiner anatomischen Waffen.

Er würde hinunter zum Fluß gehen, versuchen, das Elend und den Schrecken dessen, was er getan hatte, loszuwerden. Nachdenken, was er nun tun sollte. Wie er Caron und Josh finden könnte, um alles wieder gut zu machen.

Er würde es ihr erklären können, das wußte er. Nicht nur er – alle, die ihnen nahestanden, würden helfen. Sie hatte bereits Paul und Tomas von irgendwo angerufen, und sowohl der Agent als auch der Anwalt hatten sich sofort bei Harry gemeldet, um ihrer Sorge Ausdruck zu verleihen und zu erklären, daß sie auf seiner Seite standen. Tomas hatte Fragen gestellt, sich Notizen gemacht.

Sie hatten Carons Version der Ereignisse nicht akzeptiert – und so ungerecht dies war, so mußte es sein. Er hatte etwas Schreckliches getan, etwas, wofür es keine Entschuldigung gab, aber es war nicht so, daß ihm je zuvor mit Caron eine solche Entgleisung passiert wäre.

Er hatte sich vor zwei Jahren geschworen, daß er nie wieder einen Menschen verletzen würde, den er liebte – und diesen Schwur hatte er gehalten. Die rasende Wut, die in ihm aufflakkerte, wenn sich ihm etwas oder jemand in den Weg stellte, hatte er von Freunden und seiner Familie ablenken können – eine Fähigkeit, die er seit seinem zwanzigsten Lebensjahr kultiviert hatte. Er hatte gelernt, Ersatz zu suchen. Und in den grünen Dickichten New Yorks gab es dazu genügend Gelegenheiten. Genug Fleisch und Blut, das nicht Harrys eigenes war, das eigentlich niemandem gehörte.

Eine böse Sucht. Aber auch ein lebenswichtiges Bedürfnis, das erfüllt werden mußte.

Jetzt würde er seine gesamten Reserven an Zurückhaltung brauchen, dieses Bedürfnis wieder in jene Richtung abzulenken, weg von Caron. Er hatte ihr nie zuvor weh getan. Er würde sein Versprechen einhalten, wie auch das gegenüber Josh.

Es gab niemanden, der ihn nicht dabei unterstützen würde, seine Ehe wieder aufzubauen. Caron hatte nur noch in Kuba Verwandte, hatte keine Freunde in New York, die nicht in erster Linie seine Freunde waren.

Er würde sie wieder nach Hause bringen. Ihr zeigen, wie entschlossen er war, einen neuen Anfang zu versuchen. Caron würde außer sich sein, aber er würde sie anflehen, seine Entschuldigung und sein Versprechen anzunehmen.

Er hatte die Wohnungstür schon geöffnet und schaltete gerade die Alarmanlage ein, als sein Telefon klingelte – der Geschäftsanschluß, nicht der private, den Caron benutzen würde. Er ließ den Anrufbeantworter anspringen, griff aber nach dem Hörer, als der Anrufer sich als Polizist vorstellte.

»Mr. Kravitz?«

»Ja?«

»Ich rufe wegen Ihrer Frau an. Wissen Sie, wo sie ist?«

Harry packte den Hörer fester. »Nein.«

»Sie ist im Hotel Norwich. Achtzigste und Lex. Ich habe sie gerade vom Revier aus hingefahren. Sie beide hatten offenbar einen kleinen Streit.«

»Na ja, es war ein wenig –«

»Das war keine Frage. Sie brauchen mir Ihre Privatangelegenheiten nicht zu erzählen. Aber wissen Sie ... Ich bin ein Fan – als *Scott* noch lief, habe ich nie eine Folge verpaßt ... Sie sollten neue Folgen drehen, es ist erheblich besser als der Mist, der zur Zeit läuft. Und ich möchte nicht, daß diese Geschichte an die große Glocke gehängt wird. Ihre Frau war ganz außer sich, der Kleine weinte. Warum fahren Sie nicht rüber und bringen alles wieder in Ordnung? Ich darf gar nicht dran denken, was daraus wird, wenn die Journalisten so was in die Fänge kriegen.«

2

»Ich habe keinen Hunger«, sagte Josh.

»Ich weiß, ich auch nicht. Aber wir sollten trotzdem etwas essen.« Demonstrativ schob sich Caron einen Bissen von dem Thunfisch-Sandwich in den Mund, das der dicke Polizist ihnen gebracht hatte. Um nicht zu würgen, trank sie sofort Kaffee hinterher.

Josh begann zu weinen, und Tränen tropften auf das Sandwich, das er in der Hand hielt. »Was Dad da getan hat ... Ich kann es kaum glauben ...«

Caron legte das Sandwich hin. Plötzlich hatte sie die Szene wieder vor sich, spürte das Entsetzen, die Ausweglosigkeit. Sie hätte am liebsten ihre Angst, ihre Qual laut herausgeschluchzt, aber sie mußte sich zusammennehmen. Und sie mußte sicherstellen, daß Josh genau wußte, was da passiert war. »Das meiste davon hast du gar nicht gesehen. Er hat mir sehr, sehr weh getan.«

Joshs Tränen flossen, und Caron wünschte sich, sie wären schon im Frauenhaus, wo es wenigstens ein paar Antworten, ein paar Ratschläge geben würde. Eine Möglichkeit, in diesem Alptraum wach zu bleiben.

Es klopfte an der Tür. Beide zuckten zusammen. Gott sei Dank – die Leute vom Frauenhaus.

Sie öffnete die Tür, ließ aber die Kette vorgelegt.

Harry griff ins Zimmer und entfernte die Kette mühelos.

Er spürte es genau, er war wieder er selbst. Dieser schreckliche Zorn war verschwunden. Und er wußte, er würde Caron alles erklären können. Um Josh machte er sich weniger Sorgen. Die Liebe im Blick des Jungen sprach Bände. Sein Sohn vertraute ihm und verstand ihn, wie es nur ein Blutsverwandter konnte.

»Du bist mir so wichtig. Ich liebe dich so sehr«, sagte Harry zu Caron, bemüht, sie auf keinen Fall zu berühren. »Ich hasse mich für das, was ich getan habe. Am liebsten hätte ich mich heute von der Terrasse gestürzt. Ich wußte, daß du in deiner Tasche im Schrank Skalpelle hast, und es ist mir schwergefallen, sie nicht gegen mich zu richten –«

»Wie hast du uns gefunden?« fragte Caron.

Harry schüttelte den Kopf. Seine Augen waren feucht und rot. »Laß mich ausreden. Dann kannst du sagen, was du willst. Ich werde zuhören. Ich werde mir alles anhören, was du mir sagen willst. Bitte, Caron, vertrau mir. Ich weiß, was für ein Verrat das war, und ich verspreche, daß es nie wieder passieren –«

Es klopfte. Caron rannte zur Tür. Der Polizist. »Bitte«, sagte sie, »bleiben Sie bei uns. Gehen Sie nicht weg. Dieser Mann hier ist mein Mann. Er ist derjenige, der –«

»Ich weiß, Ma'am. Ich wollte nicht stören, nur fragen, ob Sie noch etwas zu essen möchten.«

Harry schenkte dem Mann sein berühmtes Lächeln – jenes Lächeln, das Filmstars veranlaßte, ihm vor laufenden Kameras Dinge zu erzählen, die sie ansonsten nicht einmal ihrem Agenten bei einem Kir anvertraut hätten.

Caron hatte sich entschieden. Es gab nur eine einzige Möglichkeit. Sie packte Josh am Arm. »Wir müssen jetzt gehen.«

Der Junge zögerte, sah zur Tür, dann zu seinem Vater.

»*Sofort*«, beharrte Caron, zog ihn mit sich und ging.

Harry folgte ihnen. »Caron, ich liebe dich. Dich und Josh. Ich weiß, wie dir zumute ist. Aber bitte, verlaß mich nicht.«

Caron wandte sich an den Polizisten und zeigte mit zitterndem Finger auf ihr Gesicht.

»Sehen Sie das hier?« fragte sie. »Das war Harry. Er hat mich zusammengeschlagen. Er hat noch viel mehr getan, aber das können Sie nicht sehen, weil ich angezogen bin. Er hat mich vergewaltigt. Vaginal und anal.« Sie haßte es, in Joshs Gegenwart davon zu sprechen, aber ihr blieb keine andere Wahl. Sie mußte den Polizisten unbedingt überzeugen. Er starrte Harry an, ignorierte sie und Josh. Seine Miene zeigte deutlich, daß er kaum glauben konnte, so ein Glück zu haben: Er stand direkt neben Harry Kravitz.

Caron sagte: »Harry ist nicht der Mensch, den Sie vom Fernsehen kennen. Er ist nicht Scott, und er ist nicht charmant und freundlich. Er ist ein gefährlicher, gewalttätiger Verrückter. Er hat gedroht, mich umzubringen.«

Sie hatte die Stimme erhoben. Sie keuchte, spürte wieder die Erstickungsangst, die sie gehabt hatte, als Harry ihr das T-Shirt übers Gesicht gezogen hatte. Sie klang so verrückt, wie sie behauptete, daß Harry es war. Aber das war gleichgültig. Der Polizist hörte sie kaum. Er wußte, daß Harry nie so etwas tun würde.

»Ich hab die Nerven verloren«, sagte Harry sanft. »So etwas ist mir noch nie passiert. Sag das dem Officer.«

»Hat er Sie je zuvor geschlagen, Ma'am?«

»Nein. Aber er –«

»Meinen Sie nicht, Sie sollten sich beruhigen, bevor Sie eine Entscheidung treffen, die Sie vielleicht bereuen könnten?« fragte der Polizist.

Caron packte Joshs Hand fester und rannte an dem Polizisten vorbei aus dem Zimmer.

Sie rannten den überfüllten Bürgersteig entlang. Caron hielt Josh fest an der Hand, und der Junge spürte, wie ihr Schweiß ihren Griff rutschig machte.

Er spürte körperlichen Schmerz, denn ein Teil seiner selbst war immer noch im Hotel, bei seinem Dad.

Er hätte alles dafür gegeben, daß all dies nicht passiert wäre.

Seine Nase tat normalerweise kaum mehr weh, aber jetzt kam der Schmerz zurück. Es war wie Kopfschmerzen, aber konzentrierter, als hätte sich alles Gefühl, das er normalerweise im Kopf hatte, in der Nase geballt. Er legte die freie Hand vorsichtig auf die Nase, während sie weiterrannten.

Bald schon brachte der Schmerz ihn zum Weinen; Tränen liefen über seine Hand, sein Gesicht.

Er wußte, es war unmöglich, aber er wollte nach Hause. Nicht nur einfach nach Hause gehen, am liebsten wäre er jetzt immer noch zu Hause. Er wünschte sich, diese Straße, die er mit Caron entlangrannte, würde sich einfach in Luft auflösen, und sie wären wie Toto und Dorothy wieder zurück in der East End Avenue, wo sein Dad einen Telefonhörer in einer Hand hielt und mit der anderen Joshs Haar zauste.

Bei diesem Gedanken flossen die Tränen noch heftiger, bis er die Hand von der Nase nehmen und sich das Gesicht abwischen mußte.

»Telefonischer Notdienst gegen Gewalt in Familien.«

»Ich rufe von einem Münzfernsprecher aus an.« Carons Herz klopfte ihr bis zum Hals. Ihre Stimme zitterte. »Mein Stiefsohn ist bei mir, und wir ... wir sind in Gefahr. Mein Mann hat mich geschlagen und vergewaltigt. Er wird mich umbringen, wenn er kann. Wir brauchen eine sichere Zuflucht.«

»Wie ist denn Ihr Vorname, Liebes?«

»Caron.«

»Wo ist Ihr Mann jetzt, Caron?«

»Das weiß ich nicht.«

»Könnte er in der Nähe sein?«

»Noch nicht.«

»Sind Sie und der Junge verletzt?«

»Ich ja. Er ist nicht verletzt worden.«

»Waren Sie bewußtlos? Ist Ihnen irgendwie übel, oder –«

»Ich bin Ärztin.«

Eine Sekunde Schweigen. »Oh. In Ordnung, Caron. Wo –«

»Ich war bei der Polizei. Sie haben uns in ein Hotel gebracht, wo uns Leute von einem Frauenhaus abholen sollten. Aber irgendwie hat mein Mann uns gefunden...«

Caron hielt inne. Die Erinnerung daran, wie Harry die Sicherheitskette gelöst hatte, mit dieser Hand, die ihr das Blut abgeschnürt hatte, ließ sie aufkeuchen, als wäre sie in eiskaltes Wasser gefallen. Harrys Hand, die einmal – gestern, eine Million Jahre zuvor – so tröstend gewesen war, die sie gestreichelt, geführt hatte. Ihr Haar oder ihren Knöchel berührt, *ihre* Hand gehalten, wenn sie nervös gewesen war...

Sie schauderte und kämpfte gegen die Übelkeit an.

Ununterbrochen ließ sie den Blick über die Bürgersteige schweifen. Vor dem Anruf hatte sie ein Taxi quer durch die Stadt genommen, und sie war sicher, daß Harry ihr nicht hatte folgen können, aber sie kam sich jetzt vor, als wäre ihre Gestalt mit Neon ausgeleuchtet, als wären sie und Josh Ziele in einer Schießbude. In jedem der vorbeifahrenden Taxis konnte Harry sitzen, Harry mit einer Pistole.

Würde er so weit gehen? Würde Harry sie auf offener Straße niederschießen?

Und was hätte sie geantwortet, wenn sie gestern jemand gefragt hätte, ob sie glaube, daß Harry sie je zusammenschlagen und vergewaltigen würde?

»Wo sind Sie jetzt?«

»Fünfundfünfzigste und Sechste.«

»Auf der Straße?«

»Ja. Ich habe schreckliche Angst, daß er mich findet.«

»Das verstehe ich. Wir werden unser Bestes tun, damit das nicht passiert. Was –«

»Ich muß Ihnen sagen, wer mein Mann ist. Er ist Harry Kravitz.«

»*Scott?*«

»Ja.«

Verblüfftes Schweigen, und dann kam die Frau zum Thema zurück. »Wie sehen Sie aus, Caron?«

»Ich bin eins dreiundsechzig, dünn, hellbraunes Haar. Schwarze Hose, graues T-Shirt. Ich . . . Ich sehe ziemlich wüst aus.«

»Sehen Sie ein Café oder so etwas irgendwo in der Nähe? Einen Ort, an dem es hell ist, wo viele Menschen sind?«

Caron drehte sich, um sich umzusehen. »Hier ist ein Delikatessengeschäft neben einem Restaurant, ein kleines Stück die Fünfundfünfzigste runter.«

»Gehen Sie dort hinein. In etwa zwanzig Minuten wird eine Frau in einem roten T-Shirt mit einem blauen Ford Taunus mit Jersey-Nummernschild vorbeikommen. Suzette wird reinkommen und Sie abholen.«

Auf dem Anrufbeantworter waren einige Nachrichten eingegangen, als Harry nach Hause kam, aber keine von den Medien. Noch nicht. Er rief Tomas an, der erklärte, er habe gerade ein anderes Gespräch in der Leitung und werde zurückrufen.

Harry ließ sich auf seinen Schreibtischstuhl sacken. Auf dem gesamten Heimweg hatte er dieselbe Szene vor Augen gehabt: Josh, der ihn ansah, während er von Caron mitgezogen wurde. Mit jeder Faser seines Körpers hatte Harry ihnen hinterherrennen wollen, um seinen Josh in die Arme zu nehmen und ihn festzuhalten.

Er erinnerte sich daran, wie Josh sich als Baby in seinen Armen angefühlt hatte, wie er sich gewunden hatte wie ein unruhiges kleines Kätzchen. In Harrys Geruchssinn war immer noch die Abfolge von Gerüchen gespeichert, von der Babyzeit bis heute: Babycreme, Windeln, Sandburgen in Atlantic City . . . ein Baseballhandschuh . . . das Notebook.

Er sackte tiefer zusammen und wurde von jener Verzweiflung befallen, die er oft auf den Gesichtern von Menschen gesehen hatte, die einen Unfall oder eine Naturkatastrophe hinter sich hatten und ein Kind betrauerten.

Wenn ihr kostbares Kleines gerade erst aus ihrem Leben gerissen worden war und einen Krater des Schmerzes hinterlassen hatte.

Er konnte seinen Josh nicht gehenlassen.

Harry setzte sich aufrecht hin und griff nach dem Bildwürfel auf seinem Schreibtisch, der diverse Fotos von Josh enthielt. Er schaute die beste Porträtaufnahme an und starrte in Joshs Augen, bis er fast spüren konnte, wie eine Verbindung zwischen ihnen entstand.

Du stehst jetzt unter Carons Einfluß, Sohn. Du kannst mich nicht hören. Aber ich verspreche dir, von einem Herzen zum anderen, daß ich alles tun werde, um dich bei mir zu behalten. Ich werde der Vater sein, den du liebst, den du brauchst.

Auf dem Foto wurde Joshs Haar vom Wind hochgewirbelt, und jetzt berührte Harry es. Ich werde finden, was ich brauche, Sohn. Ich werde zum Psychiater gehen. Ich weiß, ich habe Caron etwas Schreckliches angetan, noch Schlimmeres als dir vor zwei Jahren. Ich verspreche dir, daß ich nichts Schlimmes mehr tun werde. Du kannst zurückkommen und bei mir bleiben, und ich werde dich nur noch liebevoll berühren.

Ich werde ein besserer Vater werden und ein besserer Mensch, größer und größer, und wir werden meinen Aufstieg miteinander teilen. Nur wir beide.

Das Telefon klingelte. »Ist sie heimgekommen?« wollte Tomas wissen.

»Nein.« Harry seufzte. Er stellte den Bildwürfel wieder auf den Schreibtisch.

»Wo warst du, als ich angerufen habe?«

»Ich habe nach Caron gesucht. Sie ist . . . sie ist nicht mehr sie selbst.«

»Das war zu befürchten.« Tomas hielt inne. »Gibt es etwas, was ich wissen sollte, Harry?«

Er antwortete nicht sofort, und Tomas fuhr fort: »Jegliche Enthüllungen in der Öffentlichkeit sollten zuerst von dir kommen. Aber das muß ich dir sicher nicht sagen.«

»Selbstverständlich.«

»Und? Wie sieht's aus? Wird Caron in der Öffentlichkeit verkünden, daß du sie geschlagen hast? Und wenn ja, wie lauten die Tatsachen, die wir präsentieren werden?«

Caron hatte ihm keine Wahl gelassen. Er mußte antworten – und sich dann nach dieser Antwort richten. Seine Zukunft, seine und die seines Sohnes, waren in Gefahr. Caron stellte eine ungeheure Bedrohung dar.

Er legte auf und starrte lange die Wand neben dem Schreibtisch an. Die Besetzungsfotos von *Scott* . . . Plakate seiner Filme . . . auf einem war er mit John Goodman zu sehen, wie sie oben auf einem Schulbus rauften. Auf einem anderen hielt Harry Meg Ryan im Rettungsgriff, während andere schöne Frauen neidisch zusahen. Er gab gerahmte Fotos von Harrys Fernsehauftritten mit David Letterman, mit Barbara Walters, mit praktisch jedermann.

Wieder sah sich Harry die Bilder von Joshie an.

Er griff nach dem Telefon und wählte die Nummer von Ronald Brale.

Das Frauenhaus war ein großes, mehrstöckiges Doppelhaus an der Siebenten, nahe der Avenue A, die sie nach einer Reihe unnötiger Wendungen und langer Umwege erreicht hatten. Es war ein heruntergekommenes, unauffälliges Haus. Frauen sahen fern und aßen Kartoffelchips. Auf einem Kaffeetisch wurde ein geschälter, aufgeschnittener Apfel langsam braun. Mehrere Kinder in Schlafanzügen saßen herum und spielten.

Suzette war ein kleine, zarte Frau, kaum eins fünfundfünfzig groß, aber sie hatte sofort berichtet, sie habe einen schwarzen Gürtel und eine Magnum. Sie führte Caron und Josh in den zweiten Stock, in ein winziges Zimmer an der Rückseite des Hauses, in dem ein Etagenbett stand. Vom Fenster aus konnte man eine Feuertreppe erreichen, auf der ein Hibachi und große Topfpflanzen standen.

»Ruht euch einen Augenblick lang aus«, sagte Suzette. »Dann wird eine von uns sich um die Aufnahme kümmern. Das Bad ist gegenüber.«

Josh ging sofort hin. Caron, nun allein, ließ sich aufs Bett sinken. Sie mußte sich waschen, aber erst einmal würde sie Suzettes Rat befolgen.

In ihrer Handtasche hatte sie ein paar Schmerztabletten gefunden, die sie irgendwann einmal eingesteckt hatte, als Josh sich den großen Zeh gebrochen hatte. Das Mittel half ein wenig, aber sie fühlte sich schmutzig. Überall auf ihrer Haut waren Blutkrusten. Sie hätte gern geduscht und frische Unterwäsche angezogen, aber Suzette hatte sie, ebenso wie die Polizei zuvor, angewiesen, sich nicht zu waschen, ehe nicht die ärztliche Beweisaufnahme vorüber war.

Und es würde genügend Beweise geben.

Ihre Vagina und ihr Rektum sahen vermutlich aus, als hätte ein wildes Tier an ihr gefressen.

Sie schloß die Augen, aber sie schlief nicht ein. Ein wildes Tier, das traf es genau.

In den Nachrichten, in Zeitungen hatte sie die Worte oft gehört oder gelesen, diese formellen, klinischen Phrasen, mit denen Vergewaltigungen beschrieben wurden: erzwungener analer und vaginaler Geschlechtsverkehr. Sie hatte Frauen in der Notaufnahme gesehen. Aber nichts davon hatte sie auf die Realität vorbereitet, auf dieses unmenschliche Reißen und Stoßen, die widerwärtige Ungeheuerlichkeit, daß jemand sie schlug und mit Fäusten und Fingern, Zähnen und Penis in sie eindrang.

Ihr wurde übel. Sie setzte sich auf, klammerte sich an den Bettrahmen. Keuchend und schwitzend blieb sie sitzen, und die Übelkeit ließ langsam wieder nach.

Zitternd ging sie zum Fenster, öffnete es und lehnte sich hinaus in die schwüle Luft, atmete tief ein, um ihren Magen zu beruhigen. Das Geländer der Feuertreppe bebte leicht. Wahrscheinlich fuhr irgendwo in der Nähe die U-Bahn vorbei. Caron lauschte, erwartete, das Rumpeln eines Zuges zu hören.

Plötzlich bemerkte sie, daß es kein Geräusch gab und daß nur ihr Teil der Feuertreppe bebte.

Hinter einer der Pflanzen regte sich ein Schatten. Ein Mann in Schwarz, ein metallisches Glitzern. Er stürzte sich auf Caron.

Sie schrie und sprang zurück ins Zimmer. Er setzte einen Fuß in einem schwarzen Turnschuh aufs Fensterbrett. Caron sah sich hektisch nach einem Wurfgeschoß um, entdeckte einen Globus auf dem Schreibtisch und schleuderte ihn nach dem Eindringling.

Suzette trat Scherben zur Seite und beugte sich hinaus. Aus dem Flur konnte man aufgeregte Stimmen hören. Josh starrte gebannt das Fenster an.

»Er ist weg. Nichts mehr zu sehen«, sagte Suzette. »Und Sie sind sicher, daß es nicht Ihr Mann war?«

»Ja. Er hat jemanden geschickt.«

Suzette nahm Carons Hände. »Das hier ist nicht die sicherste Gegend. Es wird eingebrochen, Leute werden überfallen. Niemand weiß, daß du hier bist. Dieses Haus ist geheim. Die Chancen, daß er es tatsächlich auf dich abgesehen hatte, sind tausend zu eins.«

»Er hatte ein Messer.«

»Das überrascht mich nicht. Aber jetzt ist er weg und wird andere damit bedrohen. Du hast ihn verscheucht.« Suzette öffnete die Tür. »Selbstverständlich kannst du nicht hierbleiben, nachdem das Fenster zerbrochen ist. Du wirst das Zimmer mit einer anderen Frau teilen müssen.«

»Ich bleibe nicht hier«, sagte Caron.

In dem engen Badezimmer wusch sich Caron das Gesicht und zuckte zusammen, als das heiße Wasser an ihre Wunde kam.

Suzette und die anderen drängten sie, nicht zu gehen. Sie waren überzeugt, daß der Eindringling es nicht auf Caron abgesehen hatte.

Aber Caron wußte es besser.

Im gnadenlos glitzernden Spiegel sah sie die Veränderung in ihrem Gesicht, ihren erstarrten Mund. Auch der Teil von ihr, der bisher alles geleugnet und sich an den dünnen Hoffnungsfaden geklammert hatte, daß dies alles wieder anders werden würde, kannte nun die Wahrheit. Es würde keine Erklärungen geben, keine Erste Hilfe, die sie wieder zurück in die scheinbare Sicherheit ihrer Ehe, ihres Lebens und ihrer Arbeit führen würden, dieser vertrauten Tage und Nächte und Monate und Jahre.

Ihre Psyche suchte nach Halt und griff gnadenlos ins Leere.

Einen Monat zuvor hatte sie mit Harry und Josh auf einer Decke im Central Park gelegen, unter einem niedrigen Ast, nahe dem See mit den Segelbooten; Harry hatte sich mit einer

Sonnenbrille und einem weichen Fischerhut unkenntlich gemacht. Er fütterte sie mit Zitroneneis von einem Plastiklöffel. Sie hatte den Geschmack auf der Zunge gespürt, das flirrende Sonnenlicht im Gesicht, und eine grenzenlose Zufriedenheit, wie sie sie niemals empfunden hatte, nicht, bevor sie Harry kannte.

Und nun wollte er sie auslöschen. Und in den vergangenen Minuten hatte er genau das versucht.

Die Vorstellung, durch Harrys Hand zu sterben, war nun mehr als eine Angst. Sie war wirklich geworden, so wirklich wie das Blut, das sie immer noch schmeckte. Beinahe wäre es passiert. Harry hatte diesen Mann mit dem Messer geschickt. Ihre Chirurgenreflexe, oder auch einfach Glück, hatten sie gerettet, sonst würde sie nun bereits verblutet sein, auf dem Bettvorleger in diesem kleinen Zimmer . . . und ihr Stiefsohn hätte seine einzige Überlebenschance verloren.

Sie sah im Spiegel, wie ihr Tränen in die Augen traten, wie sich ihr Mund verzog, und dann gaben ihre Beine unter ihr nach, und sie sank auf den kalten Boden. Sie und Josh waren gestrandet. Sie konnten nicht hierbleiben, und es gab für sie keine andere Zuflucht. Julie hatte Caron angefleht, nach Boston zu kommen, aber dort könnte Harry sie leicht finden, und das würde auch Julie in Gefahr bringen. Caron sehnte sich nach Sicherheit, aber sie hatte nichts anderes vor sich als einen finsteren, klaffenden Tunnel.

Auch als sie ihre Mutter verloren hatte, war dieser Tunnel dagewesen. Seit ihr Vater zum erstenmal dieses falsche Lächeln aufgesetzt und Caron und ihrer Schwester Elisa beteuert hatte, ihrer Mutter ginge es gut, hatte sich dieser Tunnel vor ihr aufgetan, unerträglich leer, unendlich.

In Santa Conda war man entweder reich oder sehr arm, und die Familie Alvarez war reich.

Die Stadt lag an der Südküste der Isla de Tampas, der drittgrößten Insel der Republik Kuba. Carons Vater Horace war Leiter der kardiologischen Abteilung des Krankenhauses von Santa Conda; er hatte seine Frau Greta kennengelernt, als sie als Oberschwester auf seine Station kam.

Caron war im vorletzten Highschooljahr, als Greta, die nie ihre Arbeit aufgegeben hatte und allgemein um ihre Lebenskraft beneidet wurde, immer mehr abnahm. Ihre Haut wurde gelblich. Ein Nierenproblem; man zog Spezialisten zu Rate. Als nichts half, bestach Horace die entsprechenden Würdenträger und ließ sie nach San Diego bringen, nach Kalifornien, zu einem berühmten Facharzt. Aber von dort kamen nur schlechte Nachrichten, und dieser Arzt sah sich, da er die Alvarez' und ihren Einfluß nicht kannte, nicht zum Leisetreten veranlaßt.

Gretas linke Niere arbeitete überhaupt nicht mehr, und die rechte würde ebenfalls bald versagen.

Zurück in Santa Conda begannen sie mit der Dialyse. Sie suchten einen Organspender. Die Mädchen waren inkompatibel. Schließlich fand sich eine Cousine Gretas, aber als alles bereit war, hatte Greta bereits Sepsis entwickelt, und eine Operation war unmöglich.

Caron konnte sich noch gut an jenen bewölkten Montag im März erinnern, als Greta, die in einem Krankenhausbett lag, ein letztes Mal mit ihren abgemagerten Armen ihre Töchter umklammert hatte. Sie hatte immer noch Kraft; die Knochen hatten sich fest gegen Carons Rücken gepreßt. Caron hatte den Schmerz als vorübergehende Versicherung, daß ihre Mutter noch lebte, begrüßt.

Sie hatten die ganze Nacht an ihrem Bett gesessen.

Horace hatte die Mädchen nach Hause schicken wollen; er wollte die wenige Zeit, die Greta noch blieb, für sich allein. Aber das hatte er den Mädchen ebensowenig eingestehen können wie jedes andere Gefühl, denn er empfand ihnen gegenüber nur selten etwas. Er liebte Greta abgöttisch und trauerte schon jetzt. Und dafür benötigte er alle emotionale Energie, die er aufbringen konnte.

Greta starb am darauffolgenden Nachmittag.

Caron erinnerte sich an die blumenübersäte Krankenhauskapelle, in der Tausende von Kerzen brannten, und an ihren verzweifelten Vater, der sich, bläulichweiß im Gesicht, durch die Messe kämpfte. Ohne Gretas vereinende Wärme waren er und Caron und Elisa drei gebrochene Individuen, nicht imstande, sich selbst oder andere zu trösten.

Schon nach einem Monat hatte Horace endgültig genug von dem Heim der Familie in Santa Conda. Er hatte das Angebot eines Dr. Felhammer an der John Hopkins School of Medicine in Baltimore akzeptiert, der ihn schon seit Jahren gedrängt hatte, und war in die Staaten gereist, um dort seine neue Stelle anzutreten.

Elisa war freundlich und kümmerte sich um Caron, aber das Haus hallte wider vor Leere, und Elisas Streitereien mit ihrem Mann Reco verstörten Caron. Manchmal saß sie in der Badewanne und ließ mehr und mehr heißes Wasser ein, um ihr ständiges Frieren zu bekämpfen, und dann hörte sie die Stimmen ihrer Eltern. Sie waren weit entfernt, aber so real, daß Caron erschrocken auffuhr. Immer wieder klammerte sich ihr Geist dann an den Frieden des Traums, an die Chance, daß alles nur ein Witz, ein Fehler gewesen wäre. Ihre Mutter und ihr Vater waren immer noch hier. Das Haus war wieder ein Heim.

Aber dann verstummten die Stimmen, und das Wasser wurde kalt, und Caron hatte nun vor sich, was bereits die ganze Zeit dagewesen war: den Tunnel. Die kalte, dunkle Leere von Carons Tagen, die sich in die Ewigkeit erstreckten, ohne Umarmungen – nicht einmal schmerzhafte, knochige –, ohne alles.

Und jetzt, in dem kleinen Bad des Frauenhauses, stand Caron wieder auf und schlang die Arme um sich selbst. In den ersten sechzehn Jahren ihres Lebens war Greta immer für sie da gewesen – und da sie gewußt hatte, daß ihr Mann als Vater nur begrenzt zugänglich war, und weil sie vielleicht auch Schuldgefühle hatte, weil sie die einzige war, der Zugang zu Horaces Herzen gestattet war, hatte sie sich doppelt um die Mädchen gekümmert. In schlimmen Zeiten konnte Caron immer mit den starken Armen ihrer Mutter rechnen, ihrer ruhigen Stimme und dem vertrauten süß-verschwitzten Geruch ihrer Umarmung.

Aber noch nie hatte sie sich so danach gesehnt, Greta wiederzuhaben, wie jetzt.

Nur für eine einzige Minute, nur, um sie davor zu bewahren, endgültig zusammenzubrechen.

Caron ließ die Arme sinken. Das Badezimmer war heiß und feucht, aber dort, wo es keine Berührung mehr gab, nicht einmal mehr ihre eigene, breitete sich Kälte aus, wie um Caron zu zeigen, wie hoffnungslos einsam sie war.

In der First Avenue nahm Caron ein Taxi und dirigierte den Fahrer nach Westen und dann nach Norden. Als sie die Menschenmenge sah, die die laue Nacht am oberen Broadway genossen, stieg sie mit Josh aus.

Die Angst und die Übelkeit würden sie wieder einholen, würden sie überwältigen, wenn sie es zuließ. Aber bis dahin hatte sie nur ein Ziel: Sie wollte weg von hier.

In den zwei Jahren ihrer Ehe hatte sie sich daran gewöhnt, Harrys Freunde und Bekannte auch als die ihren zu betrachten. Alle, auch Harry, hatten sie dazu ermutigt. Aber das waren nicht ihre Freunde. Jeder einzelne Anruf in »ihrem« Kreis hatte ihr an diesem Abend nur Erstaunen und Unglauben eingebracht.

Sie wagte nicht, mit ihrer Freundin Julie Gerstein in Massachusetts Kontakt aufzunehmen, oder mit ihren Kollegen und Bekannten in New York, und sie derselben Gefahr auszusetzen, in der sie selbst sich befand.

Die Polizei hatte sie nicht beschützt.

Das Frauenhaus hatte ihr keine sichere Zuflucht bieten können.

Ich bringe dich um.

Niemand konnte ihr helfen. Sie mußte für sich selbst sorgen.

Um sie herum waren Verkehrslärm, Gesprächsfetzen, das warme Summen einer geschäftigen Sommernacht in der Stadt. Aus einer Pizzeria duftete es nach Oregano, und Caron wurde wieder übel. Sie legte die Hand auf den Magen.

»Ist alles in Ordnung?« fragte Josh ängstlich. Seine Verzweiflung klang durch jedes Wort. Wenn sie nicht in Ordnung war, was dann?

Caron drückte seine Hand. Sie umarmte ihn und wäre bei seiner vertrauensvollen Erwiderung beinahe in Tränen ausgebrochen. Er war nicht mehr der blasierte Teenager. Er legte den Kopf an ihre Schulter, und sie spürte, wie er zitterte, wie im vergangenen Juni, als er eine Grippe gehabt hatte und sie sein Zittern selbst mit ihrer eigenen Körperwärme nicht hatte heilen können.

»Was machen wir jetzt? Wohin können wir gehen?« fragte Josh mit brechender Stimme.

»Darüber denke ich gerade nach«, sagte sie ruhig, dann drückte sie ihn noch einmal an sich und ließ ihn los.

Im Geist hakte sie ab, was sie tun könnte, ebenso, wie sie bei Operationen vorging, immer sechs Schritte vorausdenkend, die Sinne aufmerksam auf jeden falschen Ton gerichtet.

Zunächst einmal sollten sie normaler aussehen. Die neugierigen Blicke waren gefährlich.

Zweitens sollten sie New York sofort verlassen.

Sie überquerten den Broadway und gingen in eine Apotheke. Sie hatten kein Dermablend, aber eine ähnliche Creme, die die blauen Flecken abdecken und heilen würde. Caron kaufte das Präparat und ging mit Josh in einen Coffee Shop einen Block weiter. In der Toilette wusch sie sich das Gesicht und bedeckte die Bereiche, die sich bläulich und rötlich verfärbt hatten, mit einer dicken Schicht Creme. Danach kaufte sie eine dünne beigefarbene Strickjacke in einer Boutique für Abendkleidung, dem einzigen Kleidergeschäft, das geöffnet war. Das Material hatte einen merkwürdigen Goldschimmer, aber die Jacke bedeckte ihre zerschlagenen und zerkratzten Arme.

An einem Geldautomaten hob sie von drei unterschiedlichen Konten Geld ab, so viel wie jeweils möglich. Insgesamt brachte das 1200 Dollar. Sie sah sich nach einem Taxi um.

»Und wohin jetzt?« fragte Josh.

»Zum Port Authority Busbahnhof.«

»Das ist von hier aus Richtung Downtown.«

»Ja. Aber so kommen wir am besten aus New York raus. Ein Bus ist billiger als ein Flugzeug und schwieriger zu verfolgen...«

»Das meine ich nicht. Schau doch mal.«

Caron sah in die Richtung, in die Josh zeigte. Drei Blocks weiter den Broadway entlang bildete sich ein Stau. Rücklichter stehender Autos, so weit das Auge reichte.

Wie konnte sie das übersehen haben?

Panik stürmte auf sie ein. Was hatte sie sonst noch übersehen? Sie wäre beinahe in diese Falle gegangen, die sie unendlich viel Zeit gekostet hätte. Harry hatte ihnen einen Killer auf die Fersen gesetzt. Vielleicht auch mehr als einen. Seine Mittel waren unerschöpflich. Die Leute würde alles für ihn tun.

Sie erinnerte sich an den Fuß im schwarzen Turnschuh und das Messer...

Sie merkte, daß ihre Hände zu zittern begonnen hatten, Sie versuchte, sich zu beherrschen.

»Gehen wir nach Kuba?« fragte Josh. Seine Augen waren wieder feucht.

»Nein.« Caron gab ihm die Antwort, die ihr verzweifeltes Hirn schließlich hervorgebracht hatte. »Nach Maryland. Zu einer Freundin.«

»Nicht nach Massachusetts? Zu Julie?«

Caron schüttelte den Kopf. Erst als die verklebten Locken ihr ins Gesicht fielen, bemerkte sie, daß sie vergessen hatte, sich um ihr Haar zu kümmern. »Dein Dad erwartet vermutlich, daß wir zu Julie gehen. Aber Barbara kennt er nicht, er weiß nicht mal, daß ich jemand in Maryland kenne. Barbara ist eine alte Freundin aus dem College.«

»Wird sie uns denn helfen?«

Gute Frage, dachte Caron und erinnerte sich an die warmherzige, aber unbeständige Frau, mit der sie seit dem College nur hin und wieder Karten ausgetauscht hatte.

Einen Augenblick lang wurde sie von einem Auto abgelenkt, das vor dem Lebensmittelladen weiter unten hielt. Einen Augenblick lang glaubte sie voller Schrecken, es wäre der Buick des Polizisten; aber dann stieg der Fahrer aus – eine dünne, verwahrlost wirkende Frau in einer Anstreicherhose – und ging in den Laden.

Caron sah sich das Auto noch einmal an. Es war sogar noch verbeulter als der Wagen des Polizisten, die Stoßstange mühsam mit Draht befestigt, die Türen verrostet.

Sie hatte eine Idee. »Komm«, sagte sie und nahm Joshs Hand.

Sie sprach die Fahrerin an, als diese mit einer Tüte wieder aus dem Laden kam. »Ich würde gern Ihr Auto kaufen«, sagte Caron. »Wieviel möchten Sie dafür?«

Die Frau wich einen Schritt zurück. Caron bemerkte ihre

Blässe und die unnötig dicke Kleidung und die anderen Anzeichen und dachte: Eine gute Wahl.

»Mein Auto?«

»Ja. Ich zahle fünfhundert.« Sie wartete ab, wie die Frau den Vorschlag verdauen würde. »Bar«, fügte sie hinzu.

Die Frau sah Caron an, dann Josh. Sie drückte ihre Einkaufstüte fest an sich. Sie wandte sich dem Auto zu, dann sah sie wieder Caron an.

»Tausend.«

»Das ist es nicht wert.«

Die Frau blinzelte. »Sie sind aber mächtig scharf drauf.«

»Sechshundert.«

»He«, meinte die Frau, »mir kann's egal sein.« Sie streckte die Hand nach dem Türgriff aus.

Caron berührte sie an der Schulter, spürte, wie knochig sie war. »Warten Sie. Siebenhundert.«

»Nein. Kapieren Sie das endlich. Ich will mein Auto behalten. Ich hab nur auf Sie gehört, weil ich dachte, es springt wirklich was dabei raus.«

Caron sah sich um. Es schien keine andere Möglichkeit zu geben, und sie konnte wohl kaum weiter auf dem Broadway herumlaufen und versuchen, anderer Leute alte Autos zu kaufen.

Die Frau beobachtete sie. »Wollen Sie die Karre nun oder nicht? Eintausend.« Sie streckte eine leicht zitternde Hand mit dem Schlüssel aus.

Caron griff danach, klappte die Handtasche auf und zog hektisch einen Packen Banknoten heraus.

3

In den Sitzen waren Risse, und das Auto stank nach altem Rauch. Josh hoffte, daß das alles war, daß es nicht auch noch gefährliche Abgase gab. Er hatte von Kohlenmonoxid gelesen, daß es eindringen und einen bewußtlos machen konnte, bevor man es merkte.

Wenn das passierte, könnte Caron die Kontrolle über den Wagen verlieren, und sie hätten einen Unfall.

Aber da er selbst in diesem Fall auch bewußtlos sein würde, würde er es nicht merken.

Eine Sekunde lang erschien die Vorstellung reizvoll.

Das erschreckte ihn. Er setzte sich gerader hin, öffnete das Fenster ein wenig weiter und hielt sein Gesicht in die warme Luft.

Seine Augen taten weh vom Weinen, und es fühlte sich an, als hätte er etwas anderes als Blut in den Adern, etwas Schweres, das ihn behinderte und dafür sorgte, daß sein Hirn nicht so funktionierte wie üblich. Er hatte das Gefühl zu denken wie die Großmutter seines Freundes Nicholas, die bei Nicholas' Eltern wohnte und immer wieder vergaß, daß sie Töpfe auf dem Herd hatte, selbst wenn schon dunkler Rauch im Zimmer stand.

Es war so schwer, sich an diesen Tag zu erinnern.

Nicht mal unbedingt an den ganzen Tag; nur an die letzten paar Stunden.

Er war früh wach geworden, immer noch aufgeregt vom Vorabend. Er hatte sich angezogen und Nicholas auf dem Baseballplatz im Carl Schurz Park getroffen. Sie hatten trainiert, bis es zu heiß wurde, hatten sich dann die Füße im Fluß gekühlt und sich – nach dem Gewitter des Vortags – an der Sonne gefreut, bis ein Parkwächter dem ein Ende gemacht hatte.

Sie waren zu Nicholas nach Hause gegangen, hatten Brote gegessen und Apfelsaft getrunken und Schach gespielt.

Josh konnte sich noch gut erinnern, wie er ein Spiel beendet, auf die Uhr geschaut und entschieden hatte, daß er nicht mehr genug Zeit für ein weiteres Spiel hatte. Er hatte Nicholas geholfen, die Figuren zurück in die Schachtel zu tun. Er sah noch genau vor sich, wie er sich von der Mutter und der Großmutter seines Freundes verabschiedet hatte und später mit dem Portier des Hauses, in dem sie wohnten, gewitzelt hatte – mit seinem Kumpel Schlomo, der immer einen neuen schmutzigen Witz wußte, und jedesmal mußte Josh ihm versprechen, daß er seinem Vater nichts sagen würde.

Er war mit dem Lift nach oben gefahren, hatte geklingelt, und da niemand aufgemacht hatte, hatte er die Tür mit seinem eigenen Schlüssel aufgeschlossen.

Und Geräusche gehört . . .

Seine Kopfhaut hatte gekribbelt, daran erinnerte er sich noch, als er den Geräuschen quer durch die Wohnung gefolgt war, zu Dads und Carons Zimmer. Der Fernseher? Er wußte, daß das nicht der Fall war. Aber er hatte es sich so sehr gewünscht.

Blut an der Wand. Geschrei. Dad halb angezogen, auf- und abzuckend, um sich schlagend. Caron hatte einen erstickten Schrei von sich gegeben, wie jemand in einem Alptraum, wenn man nicht lauter schreien kann. Sie hatte etwas über dem Gesicht gehabt.

Von dem Augenblick an, als Josh das Blut gesehen hatte, hatte er eigentlich nur noch wegrennen wollen. Aber das konnte er nicht, denn dann hatte Caron die Hand hochgerissen und lauter geschrien, und sein Vater hatte sich umgedreht und ihn gesehen.

An diesen Augenblick erinnerte er sich gut. Ein erstarrtes Bild. Dad mit Blut am Mund, die Hose offen, Schwanz draußen. Caron, die sich wand, um sich von den Laken und ihrer Kleidung zu befreien, und die immer noch nicht wußte, daß Josh da war.

Danach wurde es wieder trüb, raste schnell weiter und doch unendlich langsam.

Josh hatte sich umgedreht, war in die Küche gegangen, hatte sich dort hingesetzt und die Arme schützend über dem Kopf verschränkt. Sein Herz hatte laut und schnell geklopft, sein Magen gebrannt. Er hatte geschluchzt wie ein kleines Kind.

Er erinnerte sich an die kalte Tischplatte an seiner Nase, die den Schmerz zurückgebracht hatte, von damals, als sie gebrochen war. Damals hatte sich seine Nase so riesig angefühlt wie ein Auto. Der Schmerz war schlimmer gewesen als alles, was er je zuvor gespürt hatte, die Explosion direkt an der Spitze des Knochens eine so schreckliche Erinnerung, daß er die Stelle danach nie wieder hatte berühren können, ohne ein Echo davon zu spüren.

Seine Nase . . .

Er hätte es Caron nie sagen dürfen.

Sie wären jetzt nicht hier, wenn er das nicht getan hätte.

Wieder begann er zu weinen.

Selbst um elf Uhr abends war die Autobahn nach New Jersey immer noch ziemlich voll. Kleinbusse mit Familien und alte Autos wie das von Caron, mit Gepäck und Fahrrädern auf dem Dachgepäckträger.

Vielleicht hätte sie das auch tun sollen, zur Tarnung.

Josh döste, nachdem er sich in den Schlaf geweint hatte, und sein Kopf stieß immer wieder gegen Carons Schulter. Caron war gefährlich erschöpft; immer wieder drohten ihre Augen zuzufallen.

Sie stellte das Radio lauter und suchte nach einem Musiksender, der sie wachhalten würde. Aber es war ein reines Mittelwellenradio, und alles, was sie empfangen konnte, waren ein örtlicher Bibelsender und WCBS, die New Yorker Nachrichtenstation.

Also hörte sie sich die Sportergebnisse und Wetterberichte und Politiker und Katastrophenberichte an.

Kurz hinter Camden bemerkte sie, daß es im Sender unruhig geworden war. Es gab Hintergrundgeräusche, Papier raschelte, die Stimme des Ansagers klang aufgeregt.

»Eine Sondermeldung«, verkündete er. »Harry Kravitz hat für heute abend um elf Uhr dreißig eine nationale Pressekonferenz angekündigt, die also in acht Minuten beginnen wird. Sender Achtundachtzig wird die Konferenz live übertragen.«

»Eine sehr ernste Situation, wie wir erfahren haben«, erklärte seine Kollegin. »Ein Familienmitglied behauptet offenbar, Harry habe es tätlich angegriffen. Haben wir noch weitere Informationen, Marvin?«

»Noch nicht«, erwiderte Marvin. »Ich wiederhole, der Sender achtundachtzig wird um elf Uhr dreißig eine landesweite Pressekonferenz übertragen, für die Harry Kravitz eine Erklärung wegen angeblicher Gewalttätigkeit in seiner Familie angekündigt hat. Harry Kravitz war der Star von *Scott*, einer beliebten Comedyserie, in der er einen Kleinstadtanwalt spielte. Harry ist seitdem einer der bekanntesten Film- und Fernsehstars der Welt.«

Säure brannte sich durch Carons Brust. Ihr Fuß auf dem Gaspedal zitterte. Sie überlegte, ob sie irgenwo anhalten, die acht Minuten warten und sich die Lügen ihres Mannes anhören sollte, worin sie auch bestehen mochten, aber die Gefahr hielt sie davon ab.

Sie trat fester aufs Gas, um das Zittern zu bremsen, beschleunigte, ließ sich wieder zurückfallen. Es wäre tragisch, jetzt von der Polizei angehalten zu werden.

Dann war es halb zwölf, und Harrys Stimme ertönte. Josh wurde sofort wach.

»Meine Freunde da draußen«, sagte Harry, »ich brauche Ihre Hilfe. Meine Frau und mein Sohn sind verschwunden.«

Er schluckte Tränen herunter, räusperte sich.

»Am frühen Abend tauchte meine Frau, Dr. Caron Alvarez, auf einem Polizeirevier hier in New York auf. Sie war verletzt und verwirrt. Sie behauptete, ich ... ich hätte sie ... angegriffen.«

Bei den letzten Worten brach Harrys Stimme. Caron spürte, wie in ihrer Kehle verzweifelte Tränen aufstiegen.

Er war wirklich gut.

Sie griff nach Joshs Hand und drückte sie, lenkte mit der Linken.

»Sie behauptete außerdem, sie hätte meinen Sohn zu seinem eigenen Schutz aus meinem Haus entführt. Ich habe dieser Pressekonferenz heute abend zugestimmt, um Ihnen die ganze Sache erklären und Sie alle um Ihre Hilfe bitten zu können.

Meine Frau ... meine Frau hat sich geschnitten, als ich versuchte, ihr ein Skalpell wegzunehmen. Sie hatte versucht, sich damit umzubringen.« Er schwieg einen Augenblick, räusperte sich wieder. »Zuvor habe ich schon gesagt, daß Caron verwirrt war. Dieser Zustand ist krankheitsbedingt. Caron ... sie ... sie ...« Man hörte, wie eine Hand über das Mikrophon gelegt wurde, dann weiteres Schnüffeln. Dann fuhr Harry mit angespannter Stimme fort: »Meine Frau leidet an einem Hirntumor.«

Er schloß mit der flehentlichen Bitte, die Zuhörer mögen ihm helfen, seine geliebte Frau und seinen Sohn zu finden.

»Viele von Ihnen kennen meine wunderbare Caron noch von ihrer wohltätigen Arbeit nach den Verwüstungen durch den Hurrikan Andrew. Mein Sohn ist dreizehn Jahre alt. Sie können ihre Fotos jetzt auf dem Bildschirm sehen.

Ich habe mich mit allen Mitteln dagegen gewehrt, daß das FBI diese Angelegenheit als Entführung behandelt. Meine Frau ist für ihre Handlungen nicht verantwortlich. Einer der besten New Yorker Neurologen hat ein Gutachten erstellt, sie ist krank und keine Kriminelle. Statt dessen appelliere ich an Sie. Bitte, halten Sie nach den beiden Ausschau. Helfen Sie mir, meine Familie wiederzubekommen – für die kostbaren letzten Monate, die Caron mit uns zusammen haben wird. Und Josh, wenn du das hier hören kannst: Ich liebe dich, mein Sohn. Ich schwöre, ich *werde* dich finden.«

Caron mußte an die Seite fahren und anhalten. Sie stellte den Motor ab und taumelte aus dem Auto.

»Caron?« fragte Josh. »Bist du krank?«

»Nein. Ich brauche nur ein bißchen frische Luft.« Dann wurde ihr erst klar, was er meinte, und sie stieg wieder ein. »Ich habe keinen Hirntumor. Ich bin nicht krank. Das hat dein Dad erfunden.«

Sie hörten die Insekten am Straßenrand und die vorbeifahrenden Autos.

»Ich weiß nicht, warum«, fuhr Caron fort. »Aber ich kann es mir denken. Er mußte seine Erklärung abgeben, bevor die Leute mehr darüber erfahren, was wirklich passiert ist.«

»Angriff als die beste Verteidigung«, meinte Josh.

»Genau.«

»Und was wirst du machen? Wirst du ihm widersprechen?«

Caron drehte sich in dem dunklen Auto zu Josh um. »Wir werden ihm beide widersprechen müssen.«

4

»Sie brauchen sich uns nicht vorzustellen, Dr. Alvarez«, sagte der WCBS-Ansager. »Sie sind eine der bekanntesten Ärztinnen des Landes.«

Caron schloß die Augen. »Danke.«

»Wir danken *Ihnen*, daß Sie uns angerufen haben. Sind Sie bereit? Wir gehen auf Aufnahme.«

Caron packte den Hörer des Münzfernsprechers fester, damit er ihr nicht aus der schwitzenden Hand rutschte. »Ich habe gerade den Aufruf meines Mannes auf Ihrem Sender gehört. Ich habe keinen Hirntumor. Ich habe überhaupt keine körperlichen Probleme außer denen, die dadurch verursacht wurden, daß mein Mann mich heute abend angegriffen hat.« Caron hielt inne, schluckte, atmete zitternd tief ein und fuhr fort. »Harry Kravitz hat mich geschlagen und vergewaltigt. Er hat mich an Mund, Ohren und Armen gebissen. Er hat mich an so vielen Stellen getreten und geschlagen, daß ich sie nur noch anhand der Schwellungen und Prellungen aufzählen kann. Er hat mein vaginales und anales Gewebe durch . . . durch gewaltsames Eindringen verletzt.«

Caron biß die Zähne zusammen, damit sie nicht mehr klapperten. Wie schon zuvor auf dem Revier brauchte sie ihre gesamte Selbstbeherrschung, um ihre Geschichte so sachlich erzählen zu können.

»Während dies geschah, kam mein Stiefsohn ins Zimmer, sonst wäre ich jetzt vielleicht tot. Harry hat gesagt, er werde mich umbringen. Er wird mich umbringen. Jemand hat mich bereits mit einem Messer angegriffen.«

Caron dachte daran zu erläutern, daß Harrys angebliche Botschaft an Josh »Ich *werde* dich finden« eigentlich als Drohung gegen sie selbst gemeint war, aber als sie das noch einmal durchspielte, bemerkte sie, daß sich das nur nach Verfolgungswahn anhören würde.

Sie wußte, was Harry hatte sagen wollen. Aber keiner der Hörer würde das begreifen, und ihre Zweifel würden sich danach auch auf alles andere ausdehnen, was Caron gesagt hatte.

Der Ansager fragte: »Jemand hat Sie mit einem Messer angegriffen? Wer?«

»Ich kannte den Mann nicht. Aber ich weiß, daß Harry ihn geschickt hat.«

Nach kurzem Zögern fragte der Ansager: »Ist Mr. Kravitz jemals zuvor gewalttätig geworden?«

»Nein. Er wurde mitunter laut und wütend, und es hat einige sogenannte Unfälle gegeben...«

»Was ist dieser Auseinandersetzung vorausgegangen?«

Auseinandersetzung? Nein. Aber Caron war nur zu bereit zu antworten. »Mein Stiefsohn machte sich Sorgen, weil Harrys Laune in der letzten Zeit immer schlechter geworden war. Er hatte Angst, daß Harry ihm weh tun würde. Als ich Josh fragte, ob so etwas schon jemals zuvor geschehen sei, fand ich heraus, daß Harry... vor drei Jahren Joshs Nase gebrochen hat, indem er ihn mit dem Kopf gegen eine Wand stieß. Angeblich hatte der Junge sich den Bruch bei einem Sturz zugezogen, und ich selbst war... war die Ärztin, die den Bruch gerichtet hat.«

»Damals haben Sie Harry kennengelernt?«

»Ja.«

»Sie behaupten also, daß Ihr Mann lügt?«

»Er lügt.« Caron holte tief Luft und versuchte verzweifelt, sich die Tränen zu verbeißen. »Ich... Ich habe Harry geliebt. Wir haben einander geliebt. Das dachte ich wenigstens. Er war der wunderbarste...

Das alles ist nicht meine Schuld. Ich habe keinen Hirntumor, und ich erfinde all diese Anschuldigungen nicht, weil ich... weil ich krank bin. Ich habe Harry auf das angesprochen, was Josh mir erzählt hat, und er hat sich auf mich gestürzt. Aber es geht nicht nur um mich. Es geht auch um meinen Sohn. Josh wird es Ihnen selbst sagen. Einen Augenblick bitte.«

Mit feuchter Hand reichte Caron das Telefon an Josh weiter. Sie hörte zu, während er erklärte, was er gesehen hatte. Er stotterte hin und wieder, aber er berichtete alles genauestens, ohne etwas dramatisch auszumalen. Er erklärte, wie verwirrend das alles für ihn sei. Das Blut erwähnte er nicht.

Caron versuchte sich vorzustellen, wie Josh auf einen neutralen Zuhörer wirken mochte. War er überzeugend? Oder würden die Leute denken, sie hätte das mit ihm eingeübt?

Sie liebten Harry. Sie sahen jede seiner Sendungen, machten Witze über Harry in ihrem Schlafzimmer. Auf der Straße grüßten sie ihn mit entzücktem Lächeln. Viele nannten ihn immer noch Scott.

Sie wußten wenig von Caron, sie kannten nur diese kubanische Ärztin, Harrys Frau, ein Gesicht in Zeitschriften wie *People*.

Jetzt erzählte Josh von seiner Nase, und seine Stimme war fester, seine Angst deutlicher.

»Ich hab es nie jemandem erzählt«, sagte Josh ins Telefon. »Mein Dad hat mich darum gebeten. Er hat geweint. Er sagte, er würde mir nie wieder weh tun, und das hat er auch nicht. Aber so, wie er sich die letzte Zeit benommen hat... Immer hat er geschrien und manchmal Sachen umgeworfen...«

Der Ansager hatte ihn offenbar gefragt, ob Harry etwas nach Menschen geworfen habe.

»Nein«, sagte Josh, »nur auf den Boden oder an die Wand.« Er lauschte der nächste Frage, dann sagte er: »Ja, mein Dad fehlt mir. Ich wünschte...« Seine Stimme brach, und er schluchzte leise.

Einen Augenblick später wischte er sich die Augen und sagte zu Caron: »Er will wissen, wo wir sind.«

Caron nahm den Hörer. »Das kann ich Ihnen nicht sagen.« Sie rang nach Worten, wollte sagen, daß ihrer beider Leben davon abhing, daß Harry sie *nicht* fand, aber die Phrasen aus billigen Filmen, die ihr einfielen, waren schlimmer als Schweigen.

Sie legte auf.

»Das war ziemlich unheimlich«, sagte Josh, nachdem er wieder ins Auto gestiegen war und die Knie am Armaturenbrett abgestützt hatte. »Was, wenn uns jemand am Telefon gesehen hat, der in diesem Augenblick gerade Radio hörte?«

»Es war keine Direktübertragung. Sie haben einen Bandmitschnitt gemacht.« Caron schaltete das Radio ein. Einen Augenblick später konnte sie sich selbst hören, und dann Josh.

»Wie Plastik«, stöhnte Josh, als es vorüber war. »Es klingt so unwirklich. Als wären *wir* diejenigen, die alles nur erfunden haben.«

Caron erinnerte sich an ein Poster im Frauenhaus, auf dem ein Mann und eine Frau jeweils ihre Version der Ereignisse erzählt hatten. Die Frau hatte hysterisch ausgesehen, der Mann ruhig. Und darunter hatte gestanden: »Er lügt besser, als sie die Wahrheit sagen kann.«

Caron bemerkte, daß die Moderatoren immer noch über sie sprachen, und stellte den Ton wieder lauter.

»Wir haben jetzt Dr. Edwin Nusser aus Boca Raton in Florida am Telefon. Dr. Nusser hat darum gebeten, eine Erklärung über die Harry-Kravitz-Geschichte abgeben zu dürfen. Bitte, Doktor.«

»Ich habe nach dem Hurrikan Andrew mit Dr. Alvarez zusammen hier in Florida gearbeitet. Dr. Alvarez ist eine Heldin, und Hunderttausende wissen das. Wenn sie sagt, daß körperlich alles mit ihr in Ordnung ist, dann stimmt das auch. Wenn sie sagt, man hat sie angegriffen, dann ist das die Wahrheit. Die Integrität von Dr. Alvarez steht außer Frage. Ich möchte gern der erste sein, der ihr öffentlich alle Hilfe anbietet, die sie brauchen kann, und ich bitte sie innig, sich bei mir zu melden.« Er gab eine Nummer an.

Caron nahm einen Stift aus der Handtasche und schrieb die Nummer mit.

»Wirst du ihn anrufen?« fragte Josh.

»Ja. Aber er kann nichts für uns tun.«

Josh meinte: »Vielleicht werden sich noch mehr Leute auf unsere Seite stellen.«

»Darauf solltest du lieber nicht hoffen. Ich bin bei vielen Ärzten nicht sonderlich beliebt. Und deinen Dad liebt die ganze Welt. Erwarte nicht, daß die Leute wirklich glauben, daß Harry Kravitz sein Kind und seine Frau schlägt.«

Josh packte Carons Handgelenk. »Wieso versuchen wir dann, irgendwem was zu erklären? Wieso dieser Anruf beim Sender? Wozu war das gut?«

»Wir mußten auf das antworten, was dein Dad gesagt hat, weil wir es uns nicht leisten können, *nicht* zu antworten. Aber wir dürfen nicht viel erwarten.« Caron beschleunigte und hörte ein dumpfes Rasseln im Buick. »Danke, daß du mir beigestanden hast. Das war unsere einzige Chance.«

»Ich hab dir geholfen?«

»Auf jeden Fall. Ansonsten hätte mein Wort gegen das deines Vaters gestanden.«

»Alle lieben Dad. Das war immer schon so.«

»Nicht immer. Das kann nicht sein. Er muß auch anderen weh getan haben. Man wird nicht plötzlich so spät im Leben gewalttätig. Wieso hat er sich von deiner Mutter getrennt?«

»Du weißt doch. Sie ist verrückt. Sie hat mich nie auch nur sehen wollen.«

Caron warf ihm einen kurzen Blick zu, dann konzentrierte sie sich wieder auf die Straße. »Und wenn das gar nicht wahr wäre?«

Josh überlegte einen Augenblick lang. »Du meinst, sie ist vielleicht gar nicht verrückt und Dad hat nur gelogen? Aber wieso hat sie dann einen Zweijährigen weggeschickt? Wieso hat sie nie Kontakt mit mir aufgenommen?«

»Das weiß ich nicht. Aber wenn dein Vater das so wollte, dann hat er sicher dafür gesorgt.«

»Glaubst du, das könnte er?«

»Er könnte alles.«

Josh ließ sich zurücksinken. Er rieb sich den Kopf, als hätte er Kopfschmerzen. Tränen liefen ihm über die Wangen. Caron tätschelte seine Schulter.

»Wenn er alles kann«, schluchzte Josh, »dann kann er uns auch finden.«

5

»Du hast das Frauenhaus gefunden und trotzdem nichts ausrichten können?« fragte Harry aufgebracht.

Ronald Brale, neben Harry auf der Parkbank, lehnte sich zurück. »Es ist nicht gerade eine Kleinigkeit, Harry.«

»Scheiße. Scheiße, Scheiße, Scheiße.«

Brale hatte sich dessen, was er seine »Klettermaxe-Ausrüstung« nannte, wieder entledigt und trug ein hellblaues T-Shirt und Jeans. Er und Harry saßen auf einer Bank im Carl Schurz Park, und jeder Vorübergehende hätte sie für zwei alte Freunde gehalten, die in einer Sommernacht frische Luft schnappen. Die Tatsache, daß diese Bank unter einer Lampe stand, die nicht funktionierte – wie schon seit anderthalb Jahren, dank der Effizienz der zuständigen Stellen –, verhinderte, daß Passanten Harry erkannt oder sich später an die Szene erinnert hätten. Außerdem war die Zahl der Passanten um drei Uhr nachts recht eingeschränkt, und es handelte sich überwiegend um solche, die es nicht mal bemerkt hätten, wenn das Ungeheuer von Loch Ness hier auf der Bank gesessen und ein Picknick verspeist hätte.

»Und was soll ich jetzt machen?« fragte Brale.

»Wo könnte sie deiner Meinung nach sein? In einem anderen Frauenhaus?«

Brale rieb sich das Kinn. »Möglich. Aber ich habe eine Menge Geld und Beziehungen gebraucht, um sie dieses eine Mal zu finden. Nein ... Ich glaube nicht, daß sie in einem anderen Frauenhaus ist. Ich hab sie zu Tode erschreckt.« Er überlegte einen Augenblick länger. »Ich würde sagen, sie ist abgehauen.«

»Und wohin?«

»Bin ich Hellseher? Keine Ahnung ... vielleicht zu Verwandten? Freunden? Was glaubst *du* denn, wo sie sein könnte?«

»Wir wissen, daß sie nicht im Krankenhaus ist. Sie hat keine Verwandten, wenn man mal von einer Schwester in Kuba absieht. Und mit der hat sie schon vor Jahren jede Verbindung verloren. Es gibt ein paar Leute ... ein Professor am Johns Hopkins, von dem wir Weihnachtskarten bekommen, eine Freundin in Boston. Sie heißt Julie, äh, Gerstein. Eine Augenärztin.«

»Wie würde sie nach Baltimore oder Boston kommen?«

Das schwache Mondlicht umriß Harrys Züge – das vorstehende Kinn, die perfekte Nase, das dichte Haar, das ihm in die Stirn fiel. Aber statt der liebenswerten, schelmischen Miene, die er immer fürs Fernsehen aufsetzte, sah Brale die Entschlossenheit, die Harry in seinen Tagen als Alleinunterhalter gezeigt hatte, wenn er seine gesamte Energie auf die nächste Vorstellung konzentrierte, auf den nächsten Club.

»Zug, Flugzeug, Auto?« sagte Harry. »Keine Ahnung. Wenn du dich früher zurückgemeldet hättest, hätten wir uns was ausdenken können, du hättest die wahrscheinlichste Strecke überwachen können . . .«

»Wenn ich mich schneller zurückgemeldet hätte, dann wahrscheinlich von einer Polizeiwache aus. Du kannst nach einem Mordversuch in einem Frauenhaus nicht einfach davonschlendern. Ich mußte meine Spuren verwischen.«

»In öffentlichen Verkehrsmitteln laufen sie und Josh zu sehr Gefahr, erkannt zu werden«, meinte Harry. »Es sei denn, sie hat Josh irgendwo anders gelassen. Gott, ich wünschte, ich könnte mit ihm reden. Ich brauche ein bißchen Zeit mit ihm, um ihm alles zu erklären. Er weiß nicht genau, was er da gesehen hat.«

»Im Radio hat er sich ziemlich überzeugend angehört.«

Harry hatte denselben Eindruck gehabt, wagte aber nicht, es zuzugeben – weder Brale noch sich selbst gegenüber. Joshs Aussage im Radio hatte ihn erschreckt. Verstand der Junge denn nicht, daß er damit seinen Vater ans Messer lieferte? Wie hatte der liebe, sich nach seinem Vater sehnende Junge ihn plötzlich so verraten können?«

Er war zutiefst wütend auf Josh. Aber diese Gefühle mußten im Verborgenen bleiben – oder Harry würde erheblich größere Schwierigkeiten bekommen, als er jetzt schon hatte.

Zu Brale sagte er nur: »Er ist den ganzen Abend bei Caron gewesen.«

»Die Sache mit dem FBI war übrigens nicht übel«, stellte Brale fest. »Wir wissen also, daß er noch bei Caron war, als sie mit dem Sender telefonierte. Wird sie ihn irgendwo lassen und ein Flugzeug oder einen Bus nehmen? Kann ich mir nicht vorstellen. Nicht, nachdem sie beim Sender angerufen hat, nachdem die Leute wissen, was los ist. Man würde sie immer noch erkennen können; Leute könnten sich an die Geschichte mit dem Hurrikan erinnern. Und du bist der erklärte Liebling der Massen. Für die Öffentlichkeit ist sie nur deine Frau. Also gehen wir mal davon aus, daß sie und Josh immer noch zusammen sind. Welche Möglichkeiten haben sie denn? Mir fallen zwei ein. Sich in New York verkriechen oder die Stadt verlassen, ohne auf öffentliche Verkehrsmittel zurückzugreifen. Würde sie jemand mitnehmen? Wen könnte sie deshalb angerufen haben?

Harry schüttelte den Kopf. Einen Augenblick lang schwiegen beide. Ein Schwarzer ging vorbei und summte vor sich hin.

Brale sagte: »Fangen wir doch mal mit dem *was* an, bevor wir uns um das wohin oder wie kümmern. Was wird sie jetzt vorhaben? Wie wird sie zurückschlagen wollen?«

»Felhammer oder Julie«, sagte Harry. »Sie braucht einen Arzt, um die Hirntumor-Diagnose abzustreiten, und sie ist unter Ärzten nicht besonders beliebt.«

Brale bemerkte, daß Harry von *Diagnose* gesprochen hatte, nicht von einer Hirntumor-*Geschichte* oder Behauptung. Harry schien schon halb davon überzeugt, daß er tatsächlich die Wahrheit sagte.

Aber wenn Harry kein heimlicher Soziopath wäre, würden weder er noch Brale selbst hier frei auf dieser Bank sitzen können und darüber nachdenken, wie sie Harry aus dieser Krise helfen könnten.

Harry hatte eine leichte Unruhe verspürt, als der Schwarze vorbeigekommen war. Die leicht gebückte Haltung, das ziellose Schlendern hatten etwas zu bedeuten.

Er hatte wieder an Josh denken müssen. Dieser verräterische Bengel, der ihn verpetzte und sein Vertrauen mißbrauchte.

Jetzt, nachdem seine Besprechung mit Brale zu Ende war,

wartete er nur darauf, daß dieser endlich außer Sichtweite war. Dann setzte er sich selbst in Bewegung, in Richtung Norden. Mit geübter Lässigkeit zwang er sich, nicht zu schnell für diese Tageszeit zu gehen, aber immer noch rasch genug, daß er den Mann, falls er den Park nicht verlassen haben sollte, noch erwischen würde.

Harrys Handflächen kribbelten. Joshs Worte dröhnten in seinem Kopf: »Ich habe es nie jemandem erzählt ... mein Dad hat mich darum gebeten ... Immer hat er geschrien und manchmal Sachen geworfen ... er hat Caron weh getan.« Er spannte die Armmuskeln an und entspannte sie wieder, wiederholte das mehrmals, als wollte er Joshs Angst und Schmerz damit aufsaugen.

Plötzlich hörte er ein Rascheln in der Hecke, dann ein Zischen. Er blieb stehen, lauschte. Er spähte durchs Gebüsch.

Ein Mann urinierte. Aber er war um die zwanzig, mit wirrem Haar und nacktem Rücken, und Harry drehte sich schnell um und ging lautlos weiter.

Schließlich fand er den Schwarzen. Er saß auf der Kante einer Parkbank, die Hände beinahe bescheiden im Schoß gefaltet. Er hatte Spuren von Grau im Haar, die im Licht der nächsten Lampe recht gut zu sehen waren.

Harry hakte ihm den Arm um den Hals und schleppte ihn ins Dunkel hinter der Bank. Die wild um sich schlagenden Hände des Mannes konnten nichts gegen ihn ausrichten.

Das war nicht Harrys ältestes Geheimnis, nicht einmal sein schlimmstes. Aber es war das einzige, von dem absolut niemand je erfahren durfte.

Das erste Mal war es im Frühjahr 1967 passiert. Er hatte eine kleine Wohnung an der East 32nd Street gehabt, hatte aber die meiste Zeit bei seiner damaligen Freundin Hermine an der West 10th verbracht. Hermine war üppig und liebenswert und großzügig, und sie stand gern noch einmal auf und briet ein paar Burger, wenn Harry hungrig um 2 Uhr nachts nach Hause kam, nach seinem letzten Auftritt als Alleinunterhalter.

»Ich bin sowieso wach«, sagte sie immer, wenn Harry sie dankbar umarmte. »Es macht doch keinen Unterschied, ob ich im Bett liege und lese oder am Herd stehe.«

Eines Abends hatte Harry an einem klebrigen Tisch seitlich der Bühne von Snickers, einem Comedy-Club in Brooklyn, gesessen und ohne ein Lächeln darauf gewartet, daß sein Vorgänger, ein aufsteigender Stern namens Darren Davies, endlich mit seiner antisemitischen Tirade fertig wurde. Die Witze hatten Harry so getroffen, daß er aufs Herrenklo geflüchtet war ... und dort waren dann die alten Gefühle zurückgekehrt.

Als er dastand und sich an die verschlossene Tür der winzigen Toilette lehnte und den nicht vom Fichtennadel-Aroma zu überdeckenden Abflußgeruch einatmete, hatte Harry sich an einen ähnlichen Geruch erinnert, an unerträglichen Schmerz, an einen seiner Kindheitstage damals in Craig Head.

Es gab nicht viele Juden in North Carolina, und Harrys Vater Aaron, der seinen Namen von Kravitz in Crane geändert hatte, als er eine Christin heiratete, behielt sein Judentum lieber für sich. Aber als Harry in der zweiten Klasse war, war seine frisch verwitwete Tante Darcy Levy von New York nach Craig Head gezogen und hatte kein Geheimnis aus ihrer Religion gemacht, und dann war alles herausgekommen.

Eines Tages waren Harrys beste Freunde, Sam MacArthur und George Beech, ihm nach dem Nachmittagsunterricht auf die Jungentoilette gefolgt.

»Wir gehen nachher Angeln, ja?« fragte Harry. »Ich muß noch heim und meine Sachen holen.«

Ihm war aufgefallen, daß Sam und George nur dastanden und ihn genau beobachteten, als er den Reißverschluß aufzog und zu urinieren begann.

»Müßt ihr nicht noch heim?« fragte Harry.

»Sieht überhaupt nicht anders aus als unsere«, sagte Sam zu George.

George ließ sich auf die Knie nieder und betrachtete Harrys Penis aus der Nähe.

Plötzlich hatte Harry ein seltsames Gefühl. »Was soll das denn?« fragte er. Er war fertig und machte den Reißverschluß wieder zu.

Sam grinste. »Ein Bericht.«

»Alle in der Klasse wollten wissen, ob deiner am Ende abgeschnitten ist«, sagte Sam. »Weil du doch Jude bist. Sie meinten, George und ich sollten das rausfinden.«

Harry spürte ein Stechen in der Brust. »Halt die Klappe«, sagte er und wurde rot.

»Hol ihn noch mal raus«, schlug Sam vor, »damit George und ich eine Zeichnung davon machen können. Für den Bericht.«

Das seltsame Gefühl brannte weiter. Harry wollte raus aus diesem Alptraum und wieder Pläne fürs Angeln mit seinen besten Freunden schmieden. Er rannte zur Tür.

»Zum Teufel mit euch«, sagte er. »Hört doch auf mit dem Mist. Wir holen jetzt unsere Sachen und –«

In diesem Augenblick hatten sie ihn an den Armen gepackt.

Es waren nicht nur George und Sam. Russ MacArthur, Sams älterer Bruder, wartete draußen im Flur mit zwei anderen aus der sechsten Klasse, Melvin Clark und Jerry Albert. Zu fünft brachten sie Harry runter zum Mantle Beach, zu einer schattigen Lichtung in einem Fichtenwäldchen, auf der Harry und George schon Hunderte von Nachmittagen mit Angeln verbracht hatten.

Sie stießen Harry auf den sandigen, nadelbedeckten Boden. Er schlug mit dem Kopf auf einem Felsen auf, fest genug, daß sich einen Augenblick lang alles vor seinen Augen drehte; und in diesem Augenblick konnte Harry sich und Sam und George sehen, wie sie sonst auf dieser Lichtung waren, ausgestreckt über die Felsen, Angelruten im Wasser. Sie hatten für gewöhnlich eine große Dose Eistee und eine Tüte Kartoffelchips dabei.

Einmal war Harry von einem gewaltigen Ruck an der Angel aufgeschreckt worden. Die beiden anderen waren ebenfalls aufgesprungen, hatten ihn um die Taille gepackt und aufgeregt gebrüllt, während er mit dem Ding gerungen und schließlich einen riesigen, zappelnden Blaufisch aus dem Wasser gezogen hatte.

»Mann!« hatte George geschnaubt.

»Mordsfang.« Sam hatte Harry auf den Rücken geschlagen.

Alle hatten in der Schule mit diesem Abenteuer angegeben.

Und nun lag Harry da, Sand im Mund und Schmerzen im Bauch, in den Sam ihn gerade getreten hatte, und die fünf Jungen sahen ihn an, wie er und seine beiden Freunde damals den Blaufisch angesehen hatten, während sie überlegten, ob sie ihn am Leben lassen sollten.

»Zieht ihm die Hose aus«, sagte Russ und hielt Harrys Arme am Boden. Sam und Melvin bückten sich.

Das Aufflackern eines Streichholzes war zu hören, als Jerry sich eine Zigarette anzündete.

Melvin fragte: »Wollen wir ihn da unten ein bißchen verbrennen? Verbrennt die Haare zuerst. Die stinken.«

»Zweitkläßler haben noch keine Haare«, meinte Jerry.

»Juden schon. Die sind haarig.«

»Der da nicht«, stellte Russ fest, als die anderen Harrys Hose herunterzogen.

Harry schrie und trat mit beiden Beinen zu, aber er hatte keine Chance. Sie stürzten sich auf ihn, drückten ihn zu Boden.

»George«, meinte Russ. »Willst du nur zusehen?«

Aus seiner Position, auf dem Rücken liegend, konnte Harry gerade noch seine geschrumpften Genitalien sehen, die bebten wie der Rest seines Körpers. Er triefte vor Schweiß.

George kam auf ihn zu. Harry beobachtete mit starrem Entsetzen, wie George den nackten Fuß hob und mit der Ferse auf seinen Hodensack trat.

Es fühlte sich an, als hätte ihn jemand mit dem Schwert durchbohrt. Er bekam keine Luft mehr, dann keuchte er schluchzend und stöhnend. Das Stöhnen wurde zu einem schrillen Schrei, als Jerry mit der Zigarette die Spitze seines zitternden Penis berührte.

Harry stand in der Toilette von Snickers, hielt sich die Ohren zu gegen das Gift, das von der Bühne dröhnte, und er spürte, wie ihm Tränen über die Wangen liefen. Die Gefühle waren wieder da, droschen auf ihn ein, die Wut und der Schmerz.

Damals hatte sich die ganze Schule gegen ihn gewandt; Bewunderung und Freundschaft waren Mißtrauen und Verachtung gewichen. Sam und George waren ihm aus dem Weg gegangen. Mindestens einmal im Monat gelang es Harry nicht, seinen Folterern aus der sechsten Klasse auszuweichen, und wenn sie guter Laune waren, bekam er nur einen Tritt zwischen die Beine oder sie schlugen ihm ein Buch über den Kopf. Einmal zwang Russ MacArthur Harry, eine lebende Kaulquappe zu schlucken, und dann rief er andere Jungen herüber, die zusahen, wie Harry seine beiden letzten Mahlzeiten auf den Bürgersteig erbrach.

Diskriminierung war schon lange kein Thema mehr für Harry. Er hatte seinen Nachnamen wieder in Kravitz geändert und stand mit trotzigem Stolz zu seinem Erbe. Er war in New

York. Er hatte Legionen von Freunden, die es auch nicht gestört hätte, wenn er Moslem gewesen wäre.

Aber auf keinen Fall würde er sich die eigene Karriere verderben. Darren Davies hatte in der Hackordnung einen erheblich besseren Platz als er und wurde oft bei Snickers beschäftigt. Sich offen mit dem Mann anzulegen, wäre beruflicher Selbstmord gewesen.

Harry wußte, wem seine Tränen galten.

Nicht den lange verlorenen Freunden.

Er weinte um sich selbst, um das, was er an diesem Abend verloren hatte – seine letzten Prinzipien, seine Selbstachtung.

Zum Ende des Abends hin konnte Harry den Ansturm der Gefühle nicht mehr ertragen. Nachdem die Zuschauer weg und die anderen Künstler zu einem Schwatz an die Bar gegangen waren, stürzte Harry zur Tür. Wenigstens konnte er gehen, ohne Darren noch in den Arsch kriechen zu müssen. Darauf zumindest würde er stolz sein können.

Aber kaum hatte Harry den Club verlassen, fühlte er sich von Darren herzlich an der Schulter gepackt. Harry hatte den sauberen Duft der Frühlingsnacht in der Nase, und er hatte es fast geschafft, wegzukommen und noch eine Spur seines Stolzes zu bewahren, da sagte Darren: »Prima Auftritt heute. Gute Arbeit.« Und Harry mußte antworten: »Du warst auch gut. Wirklich witzig.«

Mit wachsender Übelkeit hatte er in der U-Bahn auf dem Weg zurück zu Hermine gesessen. Aber als er in ihre Straße kam, bemerkte er, daß sein Schritt langsamer geworden war.

Er bemerkte, daß er nicht nur keinen Hunger hatte – er hatte auch keine Lust, mit Hermine zusammenzusitzen, bei ihr zu sein, sie zu lieben.

Er wollte ihr weh tun.

Was für ein Schleimer er doch war, sie immer für sich

kochen zu lassen, alles zu nehmen, was sie ihm anbot. Hermine versuchte, ihn in die Falle zu locken. Sie glaubte offensichtlich, daß es sich auszahlen würde, wenn Harry erst einmal gut verdiente.

Je länger er darüber nachdachte, desto überzeugter war er, daß Hermine vorhatte, ihn zu umgarnen, daß all ihre scheinbar liebenswerten Gesten eigennützigen Motiven entsprangen.

Er ging an dem Haus, in dem sie wohnte, vorüber und lief weiter, um den Block, um den nächsten. Er wurde immer wütender, so wütend, daß er Fleisch unter den Händen spüren wollte, er wollte hören, wie sie erschrocken und schmerzerfüllt schrie . . .

Er war jetzt fast wieder an der U-Bahn, aber er hätte auch innerhalb einer Minute vor Hermines Tür sein können, wenn er sich beeilte . . .

Etwas sagte ihm, er solle es nicht tun.

Er rannte in die andere Richtung, zur U-Bahn, die Treppe hinunter und zum Bahnsteig, wo er drei Minuten lang auf- und abtigerte, bis ein Zug kam.

Er ging in den Prospect Park, lief dort noch länger umher. Als er unter den Bäumen hindurch den betonierten Weg entlangkam, fragte ihn ein Obdachloser nach Streichhölzern.

Harry setzte an, in die Tasche zu greifen, hielt dann inne, hob beide Hände und legte sie dem Mann um den Hals. Als der Mann entsetzt die Augen aufriß – weiter, immer weiter – hatte Harry gespürt, wie so etwas wie Hochstimmung über ihn kam.

Er hatte losgelassen, zugesehen, wie der Mann zu Boden sackte. Harrys Füße hatten sich fast von selbst bewegt, er hatte mit seinen Lederschuhen auf den sich kaum mehr bewegenden Körper eingetreten.

Leises Wimmern, dann Schweigen.

Harry starrte ihn eine Minute lang an, sah, daß sich die Brust des Mannes hob und senkte.

Er floh.

In der U-Bahn zurück nach Manhattan hatte Harry ein merkwürdiges Gefühl verspürt, das er erst nach einiger Zeit identifizieren konnte: Erleichterung. Das Gefühl hielt sich für Wochen und setzte sich immer wieder über die nur sachte aufsteigende Reue hinweg.

Jetzt waren die Augen des Schwarzen geschlossen, aber nicht freiwillig. Blut lief aus dem Mund des Mannes und über seine linke Hand, auf die Harry getreten hatte.

Harry überprüfte seine eigenen Hände, seine Kleidung, und eilte davon.

Nach so vielen Jahren spürte er den Selbsthaß nur noch direkt nach der Tat. Er wählte sich immer Leute aus, die er für entbehrlich hielt, für unwichtig, und er ließ sie immer am Leben, damit sie gefunden und mit Hilfe seiner Steuergelder wieder zusammengeflickt werden konnten.

Was er immer noch empfand, jedesmal, war diese Erleichterung. Er war dankbar, sie sich auf diese Weise verschaffen zu können – daß er diese Obdachlosen verprügeln konnte, statt sich auf andere zu stürzen: die Kinder . . . seinen eigenen Sohn . . . und normalerweise die Frauen, die ihn liebten.

Normalerweise . . .

Aber er hatte immer noch qualvolle Stunden vor sich, bevor die Erleichterung einsetzen würde, Stunden, in denen er noch einmal selbst den Schmerz der Schläge spüren würde, die man ihm damals am Fluß verabreicht hatte, seine ehemaligen Freunde . . . und in der Toilette des Clubs, wo er sich so danach gesehnt hatte, an die Spitze zu kommen.

6

Von der Columbia University in New York angenommen zu werden, war das Belebendste, was Harry je passiert war. Er arbeitete jeden Tag hart daran, aus dieser Chance das Beste zu machen, um seiner Vergangenheit zu entfliehen, seiner bereits ziemlich erheblichen Sammlung von Geheimnissen – sowohl dem, das sein Vater versucht hatte zu bewahren, als auch seinen eigenen, erheblich weniger edel begründeten.

Er engagierte sich für Hillel und führte die antisemitische Bewegung an. Seine Moderationen für den Studentensender brachten ihm eine begeisterte Zuhörerschaft, die seinen Stil mit dem bissigen Humor eines Ernie Kovacs verglichen.

Nach dem Abschluß arbeitete Harry als Produktionsassistent beim Fernsehen. Abends nahm er dann die U-Bahn zum Snickers. Er beobachtete die Stammgäste, fügte diese Beobachtungen mit seinen Rundfunkerfahrungen und seinen ganz persönlichen Lektionen in Selbstkontrolle und Gruppendynamik zusammen und wurde Alleinunterhalter.

Allmählich verdiente er damit das erste Geld. Er hatte Gastauftritte bei Mike Douglas und Merv Griffin und in einer Sondersendung mit Dinah Shore. Das Publikum liebte Harry; er war nicht bösartig, er blieb sauber und er hatte eine mitreißende Art, Bruchstücke des Alltags herauszupicken und ihnen jenen komischen Extradreh zu verleihen, der alle Tränen lachen ließ.

Eines Abends war er im Improv und probierte dort neues Material aus. Nach seinem erfolgreichen Auftritt kam ein anderer Künstler, ein cleverer, im Aufstieg begriffener Komiker namens Ronald Brale, auf ihn zu und schlug vor, sie sollten noch ins Copacabana gehen. Im Tiefparterre unter dem berühmten Club gab es eine private Bar mit freien Getränken und kaltem Büfett für die großen Künstler, die vorbeikamen. Harry und Ronald unterhielten sich mit Steve Lawrence und Robert Goulet, dann mit Myron Cohen.

Schließlich leerte sich der Raum, und die beiden gossen sich einen letzten Cognac ein.

Ronald stellte gerade die Flasche wieder zurück, als Boomer Picard, der Geschäftsführer, hereinkam. »Was macht ihr beiden Verlierer denn hier?«

»Wir trinken Cognac«, erwiderte Ronald.

»Werdet nicht auch noch unverschämt!« Boomer gab Ronald einen Stoß. »Ich hab euch nicht reinkommen sehen, sonst hätte ich das verhindert. Diese Bar hier ist nicht für Amateure. Macht, daß ihr rauskommt. Und bezahlt gefälligst für das, war ihr getrunken habt.«

Ronald schubste zurück. »Leck mich.«

Harry beobachtete, wie die beiden kämpften. Ronald war tapfer, aber Boomer war erheblich schwerer, und jeder wußte, daß er früher einmal Boxer gewesen war. Aber Ronald ließ sich nie etwas gefallen, nicht auf der Bühne und nicht im Alltag.

Wieder schubsten sie einander, und Boomer stürzte, stieß mit dem Kopf gegen die schmiedeeiserne Fußleiste der Bar.

Es gab ein unangenehmes Geräusch. Nach einem Augenblick der Erstarrung knieten sich Ronald und Harry hin, dann standen sie wieder auf.

Boomer war tot.

Harry kam hervorragend mit der Polizei zurecht. Einige Cops wußten, wer er war, und wollten ein Autogramm. Sie waren durchaus bereit, seine Aussage zu akzeptieren, daß Boomer über eine lockere Teppichkante gestolpert und sofort tot gewesen war.

Harry hatte Ronald gedeckt, ohne nachzudenken. Später,

als er bequem im Sessel in seiner Wohnung saß, fand er die Erklärung für sein Verhalten.

Er brauchte es, daß jemand wie Ronald ihm etwas schuldig war. Er brauchte Protektion. Einige seiner alten Bedürfnisse aus der Zeit in Craig Head kehrten zurück. Er schwor sich, er würde dagegen ankämpfen, aber das hatte er schon zuvor getan, und war dennoch hilflos gewesen, wenn die Begierde ihn übermannte. Es half ihm nicht immer, irgendwelche Obdachlosen zu verprügeln. Und hier in New York waren die Polizisten nicht so bemüht, alles unter den Teppich zu kehren wie damals in Craig Head.

Ronald war klug und zuverlässig und geldgierig. Er fügte anderen gern Schmerz zu, das hatte Harry an seiner Körpersprache gesehen, an seinem beschleunigten Atem.

Harry wußte noch nicht, wofür er Ronald einmal brauchen würde, und sein besseres Selbst fürchtete sich davor, diese Bekanntschaft überhaupt ausnutzen zu müssen. Aber ein Star zu werden war für Harry wichtiger als alles andere, und er war auf dem Weg. Und wenn er sich die Bedingungen sachlich betrachtete, mußte er zugeben, daß er bei diesem Aufstieg früher oder später Protektion brauchen würde.

Die nächsten Jahre waren wunderbar. Harry wurde von der Paul-Wundring-Agentur angenommen; er konnte es sich leisten, Auftritte abzulehnen; er wurde in der Öffentlichkeit wiedererkannt.

Er unterhielt ein aktives und gesundes Sexualleben. Es gelang ihm, seine Phantasien Phantasien bleiben zu lassen. Brale wurde nicht gebraucht, aber Harry bezahlte ihn regelmäßig, angeblich für neues Material, aber man wußte ja nie. Wer eine Reiseversicherung abschließt, glaubt auch nie, sie jemals nutzen zu müssen.

Hin und wieder mußte sich Harry aus eigener Kraft schützen. Eine Fernsehshow wechselte den Produzenten, und die Nachfolgerin hatte ihre eigenen Favoriten und wollte Harry nicht übernehmen; sie rief ihn nicht zurück, wollte nicht mal mit ihm essen gehen. Also ließ Harry eine erfundene Geschichte durchsickern, sie sei heroinabhängig und lesbisch. Ein freier Mitarbeiter von *GQ* hatte einen boshaften Artikel über Harry geschrieben; Harry schnüffelte herum, fand heraus, daß der Journalist mit Kokain dealte, um seine überzogenen Rechnungen zu bezahlen, und zeigte ihn an. Er stellte auch sicher, daß die Polizei genug Beweise fand, um den Mann längere Zeit einzulochen.

Aber er mußte mit diesen Dingen aufhören. Er liebte das Showgeschäft zu sehr, um sich mit dessen schmutzigerer Seite beflecken zu wollen. Und es wurde einfach zu gefährlich. Das Risiko war nicht mehr zu rechtfertigen. Er würde Brale benutzen, falls er wieder in Schwierigkeiten kommen würde.

Harry war außer sich vor Freude, als er seine erste tägliche Fernsehshow bekam, in der alle Berühmtheiten auf lässigen Barhockern saßen und von ihm interviewt wurden. Es war ein bescheidener Erfolg, gewann ihm weitere Bewunderer. Gutaussehend, umgänglich und einnehmend, konnte Harry jedem ein Lächeln entlocken, aber seine größte Stärke lag darin, auch die säuerlichsten Gäste dazu zu bringen, sich selbst witzig zu finden. Er siebte und hakte nach, bis er herausgefunden hatte, was ihnen gefiel, dann nutzte er das, baute es auf, spielte auf diese Seite seiner Gäste direkt an. All das brauchte nur Minuten, und die Gäste hatten hinterher das Gefühl, wunderbar gewesen zu sein. Sie konnten es kaum erwarten, wiederzukommen.

Schließlich setzte jedoch ein anderer Sender eine beliebte Serie gegen ihn ein, Harrys Einschaltquoten ließen nach, seine Sendung wurde abgesetzt. Inzwischen besaß Harry ein Penthouse und verkroch sich darin, versuchte, das überwältigende

Gefühl des Versagens abzuschütteln. Er bestellte sogar die Lebensmittel per Telefon.

Seine Schwester Monica, frisch geschieden, war gerade nach Vermont zurückgezogen und kam mit ihren beiden Kindern, dem achtjährigen Adam und der zehnjährigen Debbie, für zwei Wochen zu Besuch nach New York. Sie erklärte leicht beschämt, sie werde den Namen ihres Exmannes, Wool, behalten. Sie hatte Schuldgefühle, daß sie nicht Harrys Beispiel gefolgt war und den Namen ihres Vaters wieder angenommen hatte.

Harry schluckte seine Mißstimmung herunter und spielte die Rolle des erfolgreichen Fernsehstars, wie es von ihm erwartet wurde; er führte seine Verwandten in den Studios herum. Alle dort grüßten ihn mit Küßchen und Handschlag, und er wurde mehrmals um Autogramme gebeten. Das half, sein Versagensgefühl ein wenig zu lindern. Er spürte langsam wieder Aufwind.

Es dauerte nicht lange, bis Paul Wundring Harry mit dem Vorschlag einer Comedy-Serie anrief. Die Tatsache, daß der Leiter der Agentur ihm diesen Vorschlag persönlich unterbreitete, sagte Harry mehr als deutlich, von welcher Bedeutung dieses Projekt war.

Sie drehten einen Pilotfilm für *Scott*, in dem Harry die Titelrolle spielte, einen liebenswerten schlaffen Kleinstadtanwalt. Es gelang ihm, die Dialoge zu seinem Vorteil zu verändern, sie komischer zu machen, ohne die Autoren zu verärgern – was eigentlich für unmöglich gehalten wurde. In Harrys Interpretation verlor die Hauptfigur ein wenig von ihrer Tölpelhaftigkeit, gewann Bauernschläue hinzu, war weniger albern als einfach gesellig und lustig. Harrys gutes Aussehen und sein attraktives Lächeln setzten einen guten Kontrapunkt zu Scotts Naivität. Adrienne Grunwald war als Scotts Frau die perfekte Besetzung. Ihre vergnügt-sarkastischen Kommentare hoben die Figur des Anwalts nur noch mehr hervor.

Harry zahlte Ronald Brale weiterhin »Honorare« für »Material« – obwohl Ronald längst nicht mehr im Alleinunterhalter-Geschäft arbeitete; und beide verstanden, um was es ging, obwohl es nie zur Sprache kam.

Hin und wieder, als seine Karriere steil nach oben verlief, überlegte Harry, ob er sich nicht von diesem Mann trennen sollte. Aber nun war er sehr froh, es nicht getan zu haben.

Sheila Dannenbring hatte die wunderschönsten Augen, die Harry je gesehen hatte, und das sagte er ihr auch.

»Mein einziger guter Zug«, sagte sie und goß ihm Champagner nach.

»Aber nein!« Harry nahm ihre freie Hand und drehte sie so, daß ihre langen, schlanken Finger anmutig auf seinem Handgelenk lagen. »Sie haben wunderschöne Hände, und ... Ich kenne Sie nicht gut genug, um das fortzusetzen.«

Beide lachten.

»Danke, daß ich mich trauen konnte, Sie um ein Autogramm zu bitten«, meinte Sheila. »Wir dürfen eigentlich die Erster-Klasse-Passagiere nicht mit so etwas belästigen, aber ich konnte ›Scott‹ einfach nicht widerstehen.«

Die Serie war noch in der ersten Staffel und bereits von CBS übernommen worden, aber Harry war noch nicht an die Ehrfurcht gewöhnt, die Fernsehstars entgegengebracht wurde. Er wurde rot, begann zu stottern, grinste und meinte schließlich: »Ich Ihnen auch nicht.«

Harry und Sheila heirateten sieben Monate später, und nach einem knappen Jahr bekamen sie einen Sohn. Sheila wollte ihn Robert nennen, aber Harry bestand auf Joshua, aus Loyalität gegenüber seiner Abstammung.

Die Ehe verlief nicht ohne Spannungen. Nach anfänglichem Erfolg war das Schicksal der Serie für zwei Jahre relativ ungewiß, und obwohl sich nie einer der wichtigen Leute am Telefon verleugnen ließ, war die ständige Unsicherheit doch eine schwere Bürde. Manchmal spürte Harry, wie seine Magensäure ihn auffraß. Wenn es ihm derart elend ging, konnte es sein, daß er seine Stimmungen unangemessen auslebte. Und der kleinste Ärger zu Hause konnte so etwas auslösen.

Er haßte sich selbst dafür, daß diese Seite ans Tageslicht trat, und versuchte, es zu verhindern. Wenn er sich versucht fühlte, Sheila zu schlagen oder mit Gegenständen um sich zu werfen, zog er sich die Shorts an und joggte im Central Park. Hin und wieder verschaffte er sich Erleichterung, indem er jemanden zusammenschlug.

Josh war zwei, als Harrys bis dahin unfehlbares Sicherheitssystem zum erstenmal Sheila gegenüber versagte. Er hatte gerade einen weiteren Absturz in den Zuschauerzahlen hinnehmen müssen, und ihm war übel vor Sorge. An diesem Abend stellte Sheila den Fernseher zu laut, und das letzte, was Harry brauchte, war zu erleben, wie andere einen Job erledigten, den er vielleicht nicht mehr lange haben würde.

Er brach Sheilas Arm an vier Stellen.

Selbstverständlich war das das Ende der Ehe, und Harry war wütend auf sich selbst. Aber er würde seinen Sohn nie hergeben, und er würde sein Image als *Scott* nicht verletzen lassen. Er mußte aufräumen.

Er brachte Josh zu Brale und drohte Sheila, daß dem Jungen etwas zustoßen würde, wenn sie mit ihrem Privatleben an die Öffentlichkeit ginge oder versuchte, das Sorgerecht für Josh zu bekommen. Sheila hatte keine Ahnung, daß er nur so tat als ob. Er konnte sie überzeugen, sein Leben und das seines Sohnes für immer zu verlassen.

Harry war entschlossen, ein guter Vater zu sein. Josh würde sich nie fragen müssen, wo er war.

Dieses Versprechen hielt er. Er unterhielt Josh mit denselben Geschichten, die er als Junge gehört hatte, über die vergangene *Mischpoke* und ihr Federkissen-Geschäft, aber er flüsterte nicht, wie sein Vater es getan hatte; er trompetete es laut heraus.

Scott konnte sich im Sendeplan halten. Die Serie kletterte in die Top Ten und erhielt regelmäßig Emmys. William Paley bedachte Harry und Adrienne mit Geschenken aus solidem Gold und nannte sie »die Diamanten von CBS«.

Scott war Harrys Leben, ebenso wie Josh. Harry gestaltete seinen Stundenplan so, daß er dem Jungen reichlich Aufmerksamkeit zuwenden konnte. Er schrieb Josh in einer Hebräischschule ein und lernte zusammen mit ihm.

Über seine eigene Kindheit sprach er nicht viel. Er wich Fragen aus und log, wenn es sein mußte. Er erfand eine Kindheit in Atlanta, für den Fall, daß er Einzelheiten erzählen mußte. Ein Praktikum, das er in seiner Collegezeit dort abgeleistet hatte und das ihn vom Botenjungen zum Produktionsassistenten geführt hatte, gab der Promotion-Abteilung von CBS genug zu Kauen, wenn sie eine Heimat für *Scott* brauchten.

Wenn Josh nach seiner Mutter fragte, erklärte Harry betrübt, wie krank sie sei, krank im Kopf, zu krank, als daß man ihr ihr Kind je anvertrauen könnte . . . Sie war schon vor Jahren verschwunden, und niemand wußte wohin.

Dann kam jener schreckliche Sonntag im Februar 1985, als Adrienne Grunwalds weißer Corvette im Nieselregen auf dem Ventura Freeway ins Schleudern geriet und von einem Müllwagen aufgeschlitzt wurde. Adrienne war sofort tot. Ihr Airedale Sherman blieb unverletzt.

William Paley überbrachte Harry persönlich die Nachricht von der Einstellung der Serie; nicht, daß das überraschend gekommen wäre. Harry wußte, man konnte dem amerikanischen Publikum eine künstliche Familie verkaufen, aber nicht die Wiederauferstehung eines derart betrauerten Familienmitglieds, und das war Adrienne ganz bestimmt. Harry selbst hatte echte Tränen geweint, Sherman auf dem Schoß, als er bei einer Gedächtnissendung zu Ehren Adriennes seine Lieblingsszenen und Anekdoten von der Produktion erzählte.

An diesem Abend ging Harry zu den Docks am West Side Highway. Er suchte sich sein Ziel, einen taumelnden Süchtigen mit schmutzigem Bart, und wollte gerade zuschlagen – die Wut durchströmte bereits seinen ganzen Körper –, als der Mann sich plötzlich zur Seite duckte, um sich eine Zigarette anzuzünden. Die Körpersprache änderte sich schlagartig. Harry wich tiefer in den Schatten zurück und beobachtete entsetzt, wie der Mann sich geschickt die Zigarette anzündete und dann wieder in seine Rolle zurücksackte, als er aus dem Versteck kam.

Ein Polizist. Ein Lockvogel.

Waren sie hinter ihm her? Nein. In New York kümmerte sich niemand darum, wenn Penner zusammengeschlagen wurden, sie prügelten sich ununterbrochen untereinander. Der Cop wartete vermutlich auf irgendwelche Jugendbanden, die dazu übergegangen waren, Obdachlose anzuzünden.

Aber Harry war entsetzt, erschrocken, wütend. Beinahe wäre er in die Falle gegangen.

Schnell verließ er die Gegend und ging zur Bowery. Am Ende einer Gasse fand er einen ausgemergelten alten Knaben, der nichts anderes sein konnte als er selbst. Harry begann mit dem Gesicht, schlug dem Kerl die wenigen verbliebenen Zähne aus. Er dachte daran, wie wunderbar es gewesen war, *Scott* zu sein, als er auf die Zehen des Mannes einschlug und wild vor sich hinkeuchte.

Es gab eine Reihe von Gastauftritten in den morgendlichen und spätabendlichen Talkshows, und dann nichts mehr. Als

Harry eines Morgens mit Josh frühstückte, dachte er daran, wie sehr die Behandlung, die ihm in der Unterhaltungswelt zuteil wurde, derjenigen ähnelte, die man als trauernder Hinterbliebener erlebte: Zuerst wirbelten alle um einen herum, dann kehrten alle zu ihren Einkaufslisten zurück und vergaßen einen.

Aber er hatte sich angestrengt, und Paul zog an den richtigen Strängen, und Harrys langwährende Liebesaffäre mit der Unterhaltungsindustrie war noch in ihrer Blüte. Die Leute liebten ihn; nicht nur die Zuschauer, sondern auch die Regisseure und Produzenten und die anderen Schauspieler. Sein Ruf als jemand, mit dem man gut zusammenarbeiten konnte, der anderen half, sich besser darzustellen, war so stark wie eh und je.

Er bekam diverse Nebenrollen in Kassenschlagern. Er trat im Fernsehen auf. Er sprang für Johnny ein.

Es hatte schon seit Jahren Gerüchte gegeben, daß Carson sich zurückziehen wolle. Einige neue Namen wurden ins Spiel gebracht. David Letterman, Jay Leno und Harry Kravitz.

»Auf einer Wahrscheinlichkeitsskala von zehn«, sagte Paul Wundring eines Tages im Dezember 1990, als sie unter den Fichtenzweigen saßen, die das La Cirque dekorierten, »erreichst du schätzungsweise acht Punkte. Letterman hat neun, und Leno sechs. So sagt man jedenfalls.«

Harrys Herz brannte. Er versuchte, ruhig weiterzuessen, aber Paul durchschaute ihn.

Er packte Harrys Handgelenk. »Das ist unglaublich, oder? Du schleppst dich weiter, durch dick und dünn, und beinahe, beinahe . . . und dann passiert's. Der Durchbruch. Du bist ganz oben.«

Harry sah Paul in die Augen. Er war überwältigt. »Ich hoffe . . . o Gott . . .«

Die Gerüchte gingen weiter. Nichts war entschieden. Harry

kam nach Hause und fand Josh am Telefon, am falschen Telefon, an seinem Geschäftsanschluß.

Harry war entsetzt. Was, wenn Paul versucht hatte, ihn zu erreichen?

Er begann zu brüllen. Josh *durfte* diesen Anschluß nicht benutzen, das wußte er doch.

Während Josh noch um eine Entschuldigung rang, klingelte das Telefon. Paul. Harry wußte, das war *der* Anruf. Harry würde der größte Star der Welt werden, er hatte es die ganze Zeit gewußt, und nun würde er es erfahren. Nichts konnte ihn halten, nicht Letterman, nicht Leno, nicht einmal Carson selbst oder ein besetztes Telefon.

Aber Paul rief nur an, um zu fragen, ob Harry ein gutes koscheres Restaurant kannte.

Harry beendete das Gespräch und legte auf. Josh entschuldigte sich weiter. Harry hörte nicht, was er sagte, nur das Summen, dieses nervtötende insektenhafte Summen von Geräuschen, die seine Aufmerksamkeit forderten, während sein Blut rauschte.

Wann würde dieses Warten, diese Spannung, je aufhören? Es trieb ihn in den Wahnsinn. Und Paul, wie konnte Paul so unsensibel sein, wenn er doch *wußte,* daß Harry wartete?

Paul hätte ihn nicht belästigen dürfen. Josh hätte ihn nicht belästigen dürfen.

Harrys Wut wurde größer, und auch das Summen wurde lauter, und plötzlich wußte er, was man mit störenden Insekten machte. Man drückte sie an die Wand.

7

Horace hatte dafür gesorgt, daß Caron nach Amerika reisen konnte. Sie schrieb sich am Johns Hopkins ein, was kein großes Problem darstellte, da ihr IQ und ihre Bildung mehr als überzeugend waren.

Caron sollte Kuba im August 1976 verlassen und ihr erstes Semester in Baltimore antreten. Aber im Juli erreichte sie eine Nachricht von Dr. Felhammer, dem Kollegen ihres Vaters, daß es Horace nicht gut gehe.

Die Spätnachmittagssonne fiel in orangefarbenen Pfützen auf Carons Bettvorleger, als sie für die Abreise aus Santa Conda packte. Ihre wichtigsten Sachen hatte sie in Kleidungsstücke gewickelt: Familienbilder und die Lieblingsstatuetten ihrer Mutter, darunter eine Büste von Vasco da Gama. Caron wollte sie ihrem Vater mitbringen, der sie Greta einmal geschenkt hatte.

Die Büste ließ den Koffer sehr schwer werden, aber ein Rest von Kinderglauben ließ Caron denken, daß Horace wieder gesund würde, wenn sie sie ihm brachte, und sie würden endlich wie Vater und Tochter zusammenleben können.

Carons Schwester Elisa und Elisas Mann Reco begleiteten Caron zum Flughafen. Die Frauen klammerten sich weinend aneinander.

Im Flugzeug schaute Caron auf das endlose Meer hinab und fühlte sich verlassener als je zuvor in ihrem Leben – sogar mehr als bei Gretas Tod. Sie hatte nicht gewußt, daß der Schmerz der Leere einem immer erhalten bleibt.

Aber bald würde sie wieder bei ihrem Vater sein, und vielleicht würde er sich jetzt, weit entfernt von Santa Conda und den Geistern seiner Jahre dort, enger an sie anschließen.

Caron hatte sich Dr. Felhammer immer wie die verrückten Wissenschaftler in Filmen vorgestellt. Aber der Mann, der sie am Flughafen abholte, war groß und schlank und hatte einen Schnurrbart.

Er nahm ihr das Handgepäck ab und setzte es ab. Er hielt ihre Hände und küßte sie auf beide Wangen. Dann sagte er ihr, Horace sei tot.

Eine Lungenentzündung hatte seine letzten Widerstandskräfte dahingerafft, trotz aller Antibiotika. Die Beisetzung sollte an diesem Nachmittag stattfinden; man hatte nur auf Caron gewartet.

Die Tage nach der Beisetzung vergingen in tiefer Trauer. Caron verbrachte sie zusammengerollt unter der Decke des großen Bettes ihres Vaters in dem vornehmen Apartmenthaus, in dem er gewohnt hatte. Sie weigerte sich, bei Dr. Felhammer zu wohnen oder das Essen anzurühren, das er ihr brachte. Aber er war ausdauernd, pflegte sie wie ein krankes Tier, und schließlich begannen ihre Wunden zu heilen.

Felhammer half Caron, die Wohnung zu verkaufen und einen Platz am Smith College in Massachusetts zu finden, denn er glaubte, die Wärme einer Kleinstadt würde ihr guttun. Caron kam am College zurecht und fand auch ein paar Freunde, aber sie fühlte sich einsam. Sie wachte vor dem Weckerklingeln auf, und der Schmerz, die Leere zogen ihr den Magen zusammen. Sie gewöhnte sich an, früh am Morgen die Wettervorhersage anzurufen, denn der Sprecher dort hatte eine rauhe Stimme und einen Akzent wie ihr Vater damals in Santa Conda, wenn er gerade aufgewacht war.

Caron studierte Medizin in Harvard und zeichnete sich besonders in Chirurgie und Kinderheilkunde aus. Sie liebte Babys und Kleinkinder, verbrachte viel ihrer kostbaren Freizeit mit ihnen und war jedesmal verzweifelt, wenn sie eines verloren. Der Schmerz überzeugte sie davon, daß es richtig war, bei der Chirurgie zu bleiben.

Sie graduierte mit Auszeichnung in beiden Fachgebieten.

Dr. Felhammer war ihr einziger Gast bei beiden Abschlußfeiern. Zu Elisa hatte sie jede Verbindung verloren.

Carons Zimmergenossin bei ihrem Praktikum im Massachusetts General Hospital war Julie Gerstein – breitschultrig, ernsthaft und entschlossen, Carons Sicherheitszone zu durchbrechen.

»Du glaubst, daß alle, die du liebst, verschwinden«, sagte Julie eines Abends, als sie aus dem Kino zurückkamen. »Also hast du Angst, andere an dich heranzulassen.«

»Das ist meine Entscheidung.«

»Diese Entscheidung wird dich zu einer miesen Ärztin machen.«

Caron blieb stehen. »Nicht in der Chirurgie.«

»Egal wo. Es schränkt auch den gesamten Rest deines Lebens ein. Sieh mal, Caron, ich weiß, daß du schlimme Zeiten hinter dir hast, aber jetzt bist du erwachsen. Es ist Zeit, aus deiner Höhle zu kommen und ein paar Risiken einzugehen. Komm, versuch zu fliegen, oder wenigstens zu springen.«

Caron dachte über den Rat ihrer Freundin nach und begann, ihn in die Praxis umzusetzen, und sie fing mit Julie an. Wie konnte man keine Liebe und Dankbarkeit gegenüber einem Menschen empfinden, der sich um halb sechs aus dem Bett quälte, um seine Zimmergenossin zu den Sechs-Uhr-Vorlesungen zu bringen, damit sie nicht allein durch die dunklen Unterführungen gehen mußte?

Im Operationssaal begann sie, Forderungen zu stellen, bat um Möglichkeiten zu assistieren, machte Vorschläge. Sie zeigte erste Anzeichen echter chirurgischer Begabung. Sie gewann unter ihren Altersgenossen einen gewissen Ruf wegen ihrer mutigen, einzelgängerischen Art, die Arbeit anzugehen.

Dann fiel sie auch ihren Vorgesetzten auf, und man bot ihr eine Stelle als Assistenzärztin in der Chirurgie an.

Eines Abends wurde Caron in die Kinder-Intensivstation gerufen, um sich ein Brandopfer anzusehen.

Wayne Snow war ein sommersprossiger Neunjähriger, von dessen rötlichem Haar nichts mehr geblieben war. Eine Dose Zündflüssigkeit, die zu dicht an einem Hibachi gestanden hatte, war vor ihm explodiert. Von einem seiner Ohren war nur noch ein Stück übrig, und nichts von seiner Unterlippe.

Um nicht in Schluchzen auszubrechen, begann Caron sofort, sich Notizen zu machen. Sie machte das mit der rechten Hand. Mit der linken hielt sie die von Wayne. Während sie schrieb, drückte sie die Hand immer wieder ermutigend. Als er es einmal schaffte, den Druck zu erwidern, hob Caron seine Hand an die Lippen und küßte sie.

Wayne wurde operiert. Während der Genesung sah Caron ihn drei- oder viermal täglich. Sie brachte ihm Eis und Videos. Eine Weile ging es ihm besser.

Caron spürte den Rückschlag beinahe schon, bevor er meßbar war. Die medizinischen Daten waren nicht einmal beunruhigend, aber sie spürte, daß der Junge davondriftete.

Sie hätte ihn am liebsten gepackt und ihn voll mit Medizin und Blut und Atemluft gepumpt. Sie wollte ihn anschreien, er solle nicht aufgeben. Es brachte sie fast um, daß all ihre Ausbildung und ihr Können und ihre Leidenschaft ihr nicht die Macht gaben, Wayne zu retten.

Er starb drei Wochen später. Bei seiner Beerdigung brach Caron zusammen und mußte die Kirche verlassen.

Sie träumte immer wieder von dem Jungen. Sie sah ihn gesund und munter beim Spielen oder wie er auf einem Fahrrad an ihr vorübersauste.

Eines Nachmittags nach zwei Nachtschichten, als Caron eigentlich schlafen sollte, konnte sie die Träume nicht mehr verdrängen. Sie stand auf und ging zum Hafen, stemmte sich gegen den böigen Novemberwind. Sie beschloß, sich ein paar Tage freizunehmen und sich in einem Tennisclub bis zur Erschöpfung anzutreiben. Vielleicht würde das ihren Kummer erleichtern, vielleicht würden dadurch die Bilder der Operation und der Zeit danach, die sich immer wieder in ihrem Kopf abspulten, verschwinden.

Caron ging beim Krankenhaus vorbei, um ihren Dienst zu überprüfen, bevor sie sich für das Tennistraining eintrug.

Ein anderer Chirurg stand gerade am Schwarzen Brett, als sie hinkam, ein Argentinier namens Pier Natillo.

»Wie geht's?« fragte er Caron.

Sie setzte zu einer Routineantwort an, aber dann sah sie sein Gesicht und merkte, daß er die Frage ernst gemeint hatte.

»Ich glaube, ein bißchen besser. Ich denke immer noch die ganze Zeit an Wayne, und ich träume von ihm. Ich muß damit aufhören.«

»Warum?«

Caron starrte ihn an.

»Es ist angemessen, daß wir die Patienten betrauern, die wir verlieren«, sagte Pier. »Wenn Ärzte das nicht tun, dann ist mit ihnen etwas nicht in Ordnung. Möchten Sie, daß ein Kind von seinem Arzt vergessen wird?«

Bei ihrem langen Wochenende auf dem Tennisplatz fand Caron ein wenig Trost im ununterbrochenen Spiel . . . und in Piers Worten, die von Menschlichkeit, von Freundlichkeit kündeten. Die Distanz in der Medizin hatte sie oft erschreckt. Pier war ein Arzt, der über Wärme verfügte.

»Ruf ihn an«, sagte Julie, nachdem Caron schon wieder eine Woche lang zu Hause war und Pier nicht begegnet war. »Los, jetzt gleich.«

»Nein.«

»Dann bring ihn wenigstens irgendwie dazu, daß er dich anruft.«

Also sah sich Caron die Dienstpläne etwas genauer an und schaffte es, Pier »zufällig« zu begegnen.

»Hallo«, sagte er und berührte sie am Arm. »Sie sehen besser aus.«

Sie hatte vergessen, wie attraktiv er war, mit seinem glänzenden schwarzen Haar und den großen eckigen Händen. Sie überlegte, wie sie es erreichen konnte, daß er sie wirklich anrief, aber er machte es ihr leicht.

»Ich hatte gehofft, daß ich sie bald wiedersehe«, sagte er. »Würden Sie mit mir essen gehen?«

An einem verschneiten Freitagabend in der darauffolgenden Woche holte Pier sie mit seinem Jeep ab. Sie aßen Meeresfrüchte in einem dunklen, holzgetäfelten Restaurant an einer Straße oberhalb des Hafens.

»Träumen Sie immer noch von Wayne?« fragte Pier Caron.

»Nicht mehr so viel, aber ja, er verfolgt mich immer noch.«

»Diese Verluste sind einfach schrecklich. Es tut weh. Mir ist es viermal passiert.«

Caron schüttelte den Kopf. Sie konnte sehen, daß er auf das Sterben dieser Kinder mit derselben finsteren Hoffnungslosigkeit reagierte, die sie nach dem Tod von Wayne erlebt hatte. »Wie kann man damit zurechtkommen? Manchmal wünschte ich, ich wäre wie die anderen –«

Pier hob abwehrend die Hand. »Ich werde diesen Gedanken für Sie zu Ende bringen. Sie wünschen sich, Sie könnten diese Tode so ausblenden wie die anderen, indem Sie sie irgendwo in einer Datei speichern, zwischen Sterberaten und Durchschnittsquoten.«

Caron blinzelte. »Genau.«

Pier nahm ihre Hände und drückte sie fest.

Am nächsten Wochenende gingen sie in einen spanischen Film, wo sie immer schon vor den anderen Zuschauern über die Gags lachten, weil die anderen auf die Untertitel warten mußten – was alles noch komischer machte. Am Wochenende danach lud Pier Caron zu einem Brunch in sein Haus ein.

Er wohnte in einem gemieteten Cottage in einer beinahe ländlichen Gegend von Lexington, drei Zimmer mit einem angebauten Gewächshaus. Im Gewächshaus fehlten mehrere Scheiben, und es war überwuchert, aber die ständige Sonne hielt es warm, und es roch nach Erde.

»Würde es dir etwas ausmachen, wenn wir hier bleiben?« fragte Pier und servierte ihr Geflügelsalat.

»Ich freue mich sogar darüber«, erwiderte Caron.

Sie ließen sich auf einer Decke auf dem gestampften Boden nieder. Im Radio erklang eine Klaviersonate. Nach dem Essen holte Pier einen Teller mit Obst, das sie zu dem Rest einer Flasche Riesling aßen.

Er fütterte sie mit einem Stück Melone, und sie gab ihm eine Erdbeere. Aber er hielt ihre Hand fest und küßte sie. Dann zog er sie dichter an sich. Er nahm sie in die Arme, und sie küßten sich.

Sie liebten sich auf der Decke, und danach lagen sie dort noch Stunden und hörten den Vögeln zu, die sich um die Körner im Futterhäuschen draußen stritten.

Caron hatte die Formulierung »verliebt sein« nie sonderlich gemocht, als wären es Worte aus einer fremden Sprache, die sie eigentlich verstehen sollte, aber nicht wirklich begriff.

Nach dem Tag im Gewächshaus fielen sie ihr aber immer öfter ein, wenn sie an Pier denken mußte, was häufig geschah.

Sie waren gern zusammen. Sie erzählten sich ihr Leben in allen Einzelheiten. Kümmerten sich umeinander.

Zum erstenmal seit ihrer Kindheit hatte Caron nicht mehr so sehr das Gefühl, verlassen zu sein.

Im April machte Pier ihr einen Heiratsantrag.

»Wir werden ein wunderbares Paar abgeben. Das weißt du so gut wie ich«, sagte er. »Wir wollen beide ein Heim und Kinder. Warum noch warten?«

Als der Mond in ihrer Hochzeitsnacht aufging, schlenderten sie über den Strand in Bermuda, und Pier sagte: »Wirst du jetzt aufhören, die Pille zu nehmen?«

»Noch nicht gleich.«

»Wann?«

»Im September, wenn meine Zeit als Assistenzärztin zu Ende ist. Darüber haben wir doch schon gesprochen.«

»Geht es denn nicht früher?«

Caron lachte. »Hab doch Geduld, Pier. Wir werden unsere Brut schon früh genug bekommen.«

Aber Pier fing immer wieder davon an. Er wollte unbedingt Kinder. Er konnte einfach nicht warten. Es würde vielleicht Monate dauern, bis sie schwanger würde. Sie sollten jetzt schon anfangen, es zu versuchen.

Caron packte die Pillen weg. Pier hatte sich genau informiert, wie man die Empfängnismöglichkeiten verbessern kann – achtundvierzig Stunden zwischen den einzelnen Beischlafakten warten, danach die Beine höher legen – und sie warteten gespannt darauf, daß Carons Periode ausblieb. Aber sie kam jeden Monat.

»Vielleicht strengen wir uns zu sehr an«, sagte Caron im August und verbiß sich nur mühsam die Tränen. »Vielleicht sollten wir aufhören, an Kinder zu denken, und uns einfach nur lieben.«

Pier starrte wütend die Tamponschachtel in ihrer Hand an. »Ich verstehe das einfach nicht.«

»Ich auch nicht.«

Sie streckte die Arme nach ihm aus, brauchte seinen Trost, wollte ihn trösten. Sie sehnte sich danach, ihr Kind im Arm zu halten, an diesem unbeschreiblichen Schöpfungsprozeß teilzuhaben. Ihr stummer, unveränderlicher Körper erstaunte sie. Zweimal hatte sie bereits davon geträumt, in sich einen wunderbar möblierten, aber mit Spinnweben überzogenen Raum zu haben.

Aber Pier ließ sie einfach stehen und sagte, er müsse sich um seine Patienten kümmern.

Immer noch auf die Theorie vertrauend, daß sie sich entspannen sollten, versuchte Caron mehrmals, die Bühne für eine jener ausgiebigen Liebesnächte zu bereiten, wie sie sie vor ihrer Hochzeit gekannt hatten. Sie kaufte neue Unterwäsche, neue Platten. Statt bis zur Schlafenszeit zu warten, sprach sie Pier zu Zeiten an, wenn sie glaubte, der Gedanke an Sex wäre eine angenehme Überraschung für ihn.

Aber er meckerte nur über die Musik und schien kein Interesse an Carons Verführungsversuchen zu haben.

Caron versuchte, nicht überempfindlich zu reagieren, aber Piers abweisende Haltung verletzte sie. Er war immer anspruchsvoll gewesen, aber nun, da sie beide Caron als Versagerin betrachteten, war jede neue Zurückweisung vernichtend.

Als sie sich eines Nachmittags rasch umzog, um Pier nicht in Arbeitskleidung begrüßen zu müssen, beschloß Caron, einen Fruchtbarkeitstest machen zu lassen. Pier hatte das abgelehnt; er fand diese Untersuchungen zu kompliziert und erniedrigend.

Aber alles war besser als dieses Warten.

Sie ließen sich testen. An dem Morgen, an dem sie die Ergebnisse bekommen sollten, stand Caron in der Küche und trank drei Tassen Kaffee, aber sie konnte nichts herunterwürgen.

Pier trat hinter sie und faßte sie um die Taille. Er hatte so etwas in der letzten Zeit so selten getan, daß seine Berührung wie eine wunderbar warme Decke wirkte. Caron schmiegte sich an ihn, voller Dankbarkeit und Liebe.

Das Wartezimmer war nur durch eine Glaswand vom Wartezimmer eines Gynäkologen getrennt. Die Stühle waren mit dem Rücken zueinander aufgestellt, aber Caron war sich der schwangeren Bäuche hinter ihr nur allzu bewußt.

Nach einer Weile drehte sie sich um und sah hin.

Ihr wurde klar, daß sie schon fast davon ausging, daß sie nie zu diesen Frauen gehören würde.

Einige von ihnen waren hübsch, besonders eine zierliche Latina mit einem strahlenden Lächeln. Ihre lila Umstandsbluse betonte ihre riesigen braunen Augen. Auf ihrem Schoß schmiegte sich ein Zweijähriger dicht an den schwangeren Bauch seiner Mutter.

Carons Hals brannte vor ungeweinten Tränen, als sie so deutlich vor sich sah, was Pier sich in seinem Leben über alles wünschte.

In ihrer Phantasie sah sie die Frau in einem kurzen Nachthemd, die Brüste darunter prall und reif, wie sie im Cottage in das große Bett schlüpfte. Pier betrat die Szene und legte sich neben sie und streckte seine Hand aus, um ihr übers Haar zu streichen . . .

Die Szene war so realistisch, daß Caron ganz übel wurde. Der Kaffee stieg ihr bitter in der Kehle auf.

Sie mußte Pier einen Blick zuwerfen, um festzustellen, ob er die Frau ebenfalls ansah.

Das tat er selbstverständlich nicht. Er las in einer Fachzeitschrift.

Caron zwang sich, sich wieder umzudrehen. Sie hatten die Ergebnisse noch nicht erfahren. Es gab keinen Grund anzunehmen, daß überhaupt ein physisches Problem bestand. Manchmal brauchten Frauen Monate bis zur Empfängnis. Sie konnte gut an einem der nächsten Tage schwanger werden.

Sobald Caron und Pier das Büro des Spezialisten betraten, kam dieser hinter seinem großen Schreibtisch hervor, um sie zu einer Sitzgruppe zu bitten. Caron drückte sich die Hände an die Brust. Sie wußte, was das bedeutete. So etwas taten Chirurgen ebenfalls, wenn sie schlechte Nachrichten hatten. Sie sorgten dafür, daß sich alle erst einmal bequem hinsetzten und taten so, als seien sie selbst ganz ruhig, und dann erzählten sie den Angehörigen, daß ihr Verwandter gestorben war.

»Es tut mir leid«, sagte der Mann. »Das Ergebnis der Spermauntersuchung ist ausgesprochen gut. Ihre Eileiter sind nicht funktionsfähig, Caron. Wir können die üblichen Maßnahmen versuchen, aber ich kann Ihnen nichts versprechen.«

Wieder mußte Caron an die Frau in der lila Umstandsbluse denken, und Tränen fielen ihr in den Schoß. Pier stand auf und nahm sie in die Arme und drückte seine Wange an ihre.

»Wir schaffen das schon«, sagte er, und sein Atem war warm an ihrem Ohr.

Caron ließ sich die Eileiter durchblasen. Es tat schrecklich weh, aber es änderte nichts. Man riet ihr von Fruchtbarkeitsmitteln ab, das würde nichts helfen.

Aber wie durch ein Wunder war die Kälte aus ihrer Ehe verschwunden. Pier schien ihren Trost ebenso zu brauchen wie sie den seinen.

Eines Abends gingen sie in einen Film, in dem eine rührende

Geburtsszene vorkam. Caron griff nach Piers Hand, im selben Moment, als er nach ihrer griff. Er zog ihre Hand an die Lippen und küßte sie. »Wir haben immer noch uns«, sagte er leise.

»Ja«, flüsterte sie. »Aber ich kann einfach nicht aufhören, mir zu wünschen –«

»Doch, du kannst. Wir hören beide auf. Was vergangen ist, ist vergangen. Wir beide sind eine Familie. Ich liebe dich mit allem, was ich habe.«

Trotz Piers tapferer Worte konnte Caron den Gedanken an ein Kind nicht völlig aufgeben. Die Wochen vergingen, und sie sah, wie ihre Kollegen nach der Arbeit nach Hause zu ihren Familien eilten, und sie sehnte sich nach einem Kind.

Es fiel ihr schwer, auf der Kinderstation zu bleiben. Am liebsten hätte sie die Kleinen immer nur im Arm gehalten, statt zu arbeiten.

Ohne Pier etwas davon zu sagen, ging sie zu einer Versammlung zum Thema Adoption.

Aber es war schwer, wenn man ein eigenes Kind wollte, daran zu denken, einem fremden eine Heimat zu bieten. Sie und Pier hatten jedoch nur noch die Wahl zwischen Adoption und Kinderlosigkeit.

Die Versammlung fand in einer Kirche in Waltham statt. Ein paar allzu vergnügte Männer und Frauen klebten sich Namensschilder an und tranken Saft. Aber Caron erfuhr, was sie wissen wollte. Es gab Kinder, die man adoptieren konnte, besonders, wenn man bereit war, ein älteres zu nehmen.

Sie verließ die Kirche mit einem Umschlag voller Broschüren, aber sie war noch nicht bereit, nach Hause zu gehen. Sie fuhr zu dem kleinen Dorfanger von Lexington, stieg aus und setzte sich im Dunkeln auf eine Bank, den Umschlag fest an sich gedrückt.

Tränen liefen über ihr Gesicht, als sie an all die Babysachen dachte, die sie so hoffnungsvoll angeschafft hatte. So oft hatte sie von ihrer Schwangerschaft geträumt – wie sich die ersten Anzeichen einstellten, wie sie einen Test machte, es Pier erzählte. Die Monate freudiger Erwartung. Selbst die Wassereinlagerung, die Übelkeit – der Oberarzt, den sie im Krankenhaus am liebsten mochte, sagte immer, es gäbe keine gesünderen Vorboten, und er genösse es, eine schwangere Frau sich übergeben zu sehen.

Caron hatte sich ihr Baby bei der Geburt vorgestellt, feucht und faltig. Die Ratespiele darüber, wem er oder sie ähnlich sah. Die Namen: Greta, Elisa. Pier Junior, Horace.

Die Wehen, die Entbindung. Beim Stillen von Pier im Arm gehalten zu werden, während er zärtlich mit ihr flüsterte.

All das würde sie nie erleben.

Sie hatte keine Chance, sie war ihr genommen worden, wie man Wayne Snow die Zukunft genommen hatte.

Also trauerte Caron wieder einmal, diesmal nicht um ein bestimmtes Kind, sondern um all die Kinder, die sie nie haben würde.

Als Caron Pier von der Versammlung und ihren Gedanken und Gefühlen erzählte, war er derjenige, der weinte.

Caron nahm ihn in den Arm und legte den Kopf an seine Schulter. »Es ist so schwer«, sagte sie. »So traurig.«

Sanft schob Pier sie weg. Er sah ihr in die Augen. »Ich kann das einfach nicht. Es tut mir leid«, sagte er.

Caron schluckte. Sie betete, es möge nicht seine endgültige Entscheidung sein. Sie mußte einen Weg finden, ihn von einer Adoption zu überzeugen. Nie ein Kind zu haben, das sie im Arm halten konnte, würde unerträglich für sie sein.

Dann kam der größere Schock. »Ich liebe dich, Caron, wirklich. Es ist schrecklich, dich verlassen zu müssen. Aber ich habe lange darüber nachgedacht. Den Gedanken an eigene Kinder aufzugeben ist noch schrecklicher.«

Caron wartete nicht, bis sie eine neue Wohnung gefunden hatte, sondern zog sofort aus. Es war zu quälend, in der Nähe von Pier und all ihren verlorenen Hoffnungen zu sein. Sie packte einen Koffer, zog in ein Hotel in der Bostoner Innenstadt und legte sich ins Bett.

Den ganzen ersten Tag lang lag sie nur da, zu elend, um zu schlafen oder auch nur zu weinen. Die Sonne ging unter. Caron träumte, daß ein Skalpell sie vom Kopf bis zu den Zehen aufschnitt und daß sie innerlich nur aus Staub bestand; er wurde in Wolken aus ihr herausgeweht.

Als es Morgen wurde, ging Caron ans Fenster. Sie schob es auf und setzte sich auf die Fensterbank.

Sie brauchte sich eigentlich nur noch zu ducken und das Gewicht zu verlagern, und in ein paar Sekunden würde alles vorbei sein.

Sie stellte sich vor, wie sie auf dem Bürgersteig da unten liegen würde, wie die Passanten auswichen, sich dabei gegenseitig umrannten.

Sie saß dort, bis die Hauptverkehrszeit zu Ende war und nicht mehr so viele Menschen auf dem Bürgersteig waren. Jetzt konnte sie es tun, ohne jemanden zu verletzen.

Nein.

Die Leute da unten würden nicht verletzt werden. Aber was war mit denen, die sie gern hatten, ihren beiden Freunden, Julie Gerstein und Dr. Felhammer?

Das war vielleicht das erbärmlichste von allem, dachte Caron und beobachtete, wie eine Fliege gegen das Fensterglas stieß. Ihr Selbstmord würde nur zwei Menschen auf der ganzen Welt etwas ausmachen. Es gab niemanden sonst, dem sie etwas bedeutete. Ihre Mutter und ihr Vater waren tot; Elisa und Reco waren von Santa Conda weggezogen, und keiner von Carons Versuchen, etwas über ihren neuen Wohnort herauszufinden, hatte zu etwas geführt.

Aber ... das bedeutete auch, daß ihr Tod weniger Leid verursachen würde: keine Eltern, kein Mann, keine ungeborenen Kinder, die sie betrauerten.

Sie hätte so weiterleben sollen wie damals, bevor sie Pier kennengelernt hatte.

Wenn sie nie wieder jemanden an sich heranließ, brauchte sie so etwas nie wieder durchzumachen.

Sie konnte nicht verlieren, was sie überhaupt nicht hatte.

Caron schloß das Fenster und ging ins Bett.

Sie beendete ihre Zeit als Assistenzärztin im Mass General einsam, lehnte alle Einladungen ab, konzentrierte ihre Gefühle auf die Kinder, die sie nun hauptsächlich behandelte. Es lag eine gewisse Sicherheit darin, immer mit mehreren Leuten zu tun zu haben. Wenn man sich nicht nur auf einen Mann konzentrierte, eine Frau, ein Kind, dann konnte der Verlust dieser Person nicht so vernichtend sein.

Ihre nächste Assistentenstelle brachte sie wieder ans Johns Hopkins, wo Dr. Felhammer, obwohl ihr arbeitsreicher Alltag häufigen Kontakt verhinderte, immer in der Nähe war.

Danach mußte sie entscheiden, was als nächstes anstand. Sie hatten die besten Häuser zur Auswahl. Zurück ans Mass General und zu Julie? Oder am Hopkins bleiben?

Keine dieser Alternativen schien ihr die richtige zu sein.

Sie war allein, das war alles. Sie konnte sich auf niemanden wirklich verlassen, nur auf sich selbst. Vielleicht würde sie den inneren Frieden, der immer nur eine kurze Strecke entfernt schien, finden, indem sie diese Wahrheit akzeptierte.

Caron bewarb sich beim New York Hospital/Cornell Medical Center um eine Vollzeitstelle – plastische und rekonstruktive Chirurgie –, und wurde mit derselben Begeisterung aufgenommen wie in ihrer bisherigen Abteilung. Ihr Ansehen wuchs. Sie stellte sich beruflichen Herausforderungen mit ungeheurer Leidenschaft, sie lehnte nichts ab, versuchte das Unmögliche. Fälle, die jeder andere Arzt abgelehnt hätte, wurden zu ihrer Spezialität.

Sie gewöhnte sich an die Stadt. In ihrer spärlichen Freizeit machte sie lange Spaziergänge, bei denen sie manchmal das Gefühl hatte, der einzige Mensch zu sein, der nicht ganz freiwillig allein unterwegs war.

Sie besuchte die Bibliotheken der Stadt. Sie hatte Bibliotheken schon immer geliebt, kannte ihre Geräusche, ihre Gerüche. Auch ein unbequemer Holzstuhl konnte etwas Tröstliches haben, das Rascheln einer Zeitung auf der Tischplatte.

Ironischerweise war es in einer Bibliothek, wo sie einen letzten vernichtenden Schlag erhielt. Beim Durchblättern einer Fachzeitschrift fiel ihr Blick auf ein quälend vertrautes Lächeln. Pier – mit Frau und Sohn. Nicht ganz die Frau in der lila Bluse, aber fast. Die Bildunterschrift berichtete, sie verließen die Vereinigten Staaten, um in Argentinien eine Praxis zu eröffnen.

Bevor sie sich beherrschen konnte, entfuhr Caron ein gequältes Aufstöhnen.

8

Dieses Bild von Piers häuslichem Glück verstörte Caron mehr, als sie sich je hätte vorstellen können. Obwohl ihr die selbstgewählte Einsamkeit nach der Trennung geholfen hatte, hatte Caron dadurch die Konfrontation mit dem eigentlichen Problem nur aufgeschoben. Ganz gleich, wie sehr sie sich vom Kopf her wünschte, ihr Leben in einem emotionalen Vakuum zu verbringen, die Gefühle selbst ließen das nicht zu. Hinter ihren Schutzwällen steckte ein Mensch, und dieser Mensch begann, gegen die Einschränkungen anzukämpfen.

Piers Foto hatte Erinnerungen an eine andere Möglichkeit geweckt: das Leben zu entdecken, statt es zu vermeiden.

Aber es brachte auch Schrecken, die unerträgliche Qual von Abweisung und Verlust.

Ein Teil von Caron wollte es wieder versuchen.

Und der andere Teil hatte Angst.

Bei ihrer ersten Verabredung führte Harry Caron zu Elaine's. Die Leute starrten sie an, und ein Paar bat um ein Autogramm, unter dem mißtrauischen Blick von Elaine.

»Ich hab von diesem Lokal immer wieder gelesen, seit ich in New York wohne«, sagte Caron. »Ich kann gar nicht glauben, daß ich jetzt wirklich hier bin – mit solch einer Berühmtheit.«

»Diplomiert und staatlich geprüft«, sagte Harry.

Caron lächelte. Sie hatte schöne Zähne, stellte Harry fest, wie von einem Steinmetz poliert. »Darf ich die Ausweise mal sehen?« fragte sie.

Harry sah sie einen Moment lang verblüfft an. Dann holte er die Brieftasche heraus und zeigte ihr seine Goldkarte und den Mitgliedsausweis der Schauspielervereinigung.

Elaine kam vorbei, flüsterte Harry etwas ins Ohr, ging wieder. Harry grinste.

Caron fragte: »Darf ich wissen, was sie wollte?«

»Sie meinte nur, daß ich mich noch nie so angestrengt hätte, jemanden zu beeindrucken.«

Caron lachte. »*Das* beeindruckt mich wirklich.«

Nach Piers sparsam zugeteilten, beherrschten Gefühlen war Harrys Liebe wie ein Sonnenbad. Caron spürte die Strahlen, wie sie einstmals die Sonne von Santa Conda gespürt hatte, die mit ihrer Kraft sogar ihren Schmerz weggebrannt hatte.

Ihre eigenen Gefühle waren zu ungeübt und zu verwirrt, als daß sie auch nur hätte versuchen können, Harry viel zurückzugeben, aber er schien Geduld zu haben. Und selbst wenn sie ihm hätte widerstehen können – seinem Sohn konnte sie nichts entgegensetzen.

Der Junge, der schon in der Notaufnahme so liebenswert gewesen war, war ein wunderbares Kind. Josh war klug und sensibel. Er hatte eine Art, die Augen ein wenig zusammenzukneifen, wenn er einem zuhörte oder sich etwas ansah, was man ihm zeigte, die deutlich machte, daß er sich vollkommen auf einen konzentrierte. Er mochte Baseball, Schach und Kochen und war auf allen drei Gebieten gut.

Manchmal entschuldigte sich Harry, wenn eine Änderung in seinen Plänen bedeutete, daß der Junge einen Tag oder Abend mit ihnen zusammen verbrachte, aber Caron war entzückt.

Harry wollte Caron einmal operieren sehen, und sie arrangierte, daß er bei einer Brustrekonstruktion dabeisein durfte. Der Stolz darauf, ihre Fähigkeiten zu demonstrieren, während ihr berühmter Liebhaber strahlend zusah, war überwältigend. Harry wurde zu zahllosen Empfängen und anderen Ereignissen eingeladen. Jeder hatte ihn gerne als Gast. Caron begann, ihn bei solchen Verpflichtungen zu begleiten. Seine Arbeit oder Pflichten wie Elternabende führten manchmal dazu, daß sie nicht an einer Veranstaltung teilnehmen konnten, auf die sie sich gefreut hatten, aber das machte Caron nichts aus. Daß er sich für seinen Beruf und sein Kind aufopferte, sprach in ihren Augen sehr für Harry.

An dem Tag, als Harry ihr einen Heiratsantrag machte, hatte Caron viele Stunden im OP mit einem Lungenkrebspatienten verbracht, der sehr wahrscheinlich sterben würde. Sie hatte sich heimgeschleppt, eine Nachricht vorgefunden, Harry wolle mit ihr Essen gehen, und ihn angerufen, um abzusagen.

»Ich bin deprimiert und vollkommen erledigt«, sagte sie. »Ich werde mir noch ein Brot machen und dann schlafen.«

»Nicht heute abend.« Harry senkte die Stimme. Dieses rauhe Flüstern wirkte immer. »Ich akzeptiere einfach keine Ablehnung. Heute ist ein wichtiger Abend. Ein historischer Abend.«

Sie trafen sich in einem dunklen kleinen spanischen Restaurant. Harry bestellte Hors d'Oeuvres und eine Flasche Wein, und nachdem Caron sich ein wenig entspannt hatte, stellte er die Schachtel mit dem Ring auf den Tisch.

»Harry!«

Er schob ihr die Schachtel hin. »Mach sie auf.«

Alle im Restaurant hörten zu und beobachteten sie. Caron spürte ihre Neugier, ihre Aufregung, ihren Neid. Sie sagte: »Ich muß darüber nachdenken. Ich weiß nicht, ob ich –«

»Das mußt du auch nicht. Denk solange nach, wie du willst. Einen Tag, auch zwei. Aber bis dahin –«, er öffnete die Schachtel, holte den diamantbesetzten Topasring heraus und steckte ihn ihr an den Finger – »trag ihn und freu dich daran.«

Sie heirateten an einem Samstag im Mai 1991, im Plaza. Rabbi Manfred Rosenstein leitete die Zeremonie. Der zehnjährige Josh war Trauzeuge; Julie Gerstein war Carons Zeugin. Dr. Felhammer erholte sich gerade von einer Prostataoperation und konnte nicht teilnehmen. Paul Wundring agierte als Brautvater.

»Sie bekommen einen wunderbaren Mann«, sagte Paul leise, als er sie über den blütengesäumten Teppich zur *chuppa* führte. »Harry ist eines der großen Talente unserer Zeit. Und er hat Glück, jemanden wie Sie gefunden zu haben. Ich hoffe, Sie werden sehr glücklich miteinander.«

Caron erzählte Harry von Pauls Glückwünschen, als sie zusammen in ihrer Suite im Dorchester Hotel in London lagen. Harry küßte sie und betrachtete Pauls Worte wie einen Segen. Sie *würden* glücklich miteinander werden.

Sein Leben hatte sich an jenem Januartag in der Notaufnahme in New York verändert.

Als er zugesehen hatte, wie Caron Joshs Nase behandelte, das vorsichtige Tasten ihrer zarten, schlanken Finger, war ihm die beinahe religiöse Atmosphäre aufgefallen, die sie umgab. Sie umschloß auch ihn und Josh. Alles wurde plötzlich sehr deutlich und scharf: die getrockneten Tränen auf seinem Gesicht, die Reste seiner niederschmetternden Reue; seine Liebe zu seinem wunderbaren Sohn, diesem großartigen kleinen Menschen, der so wirklich war und so durch und durch gut; und seine Wahrnehmung von Caron als Heilerin.

Harry hatte sie kaum eine Stunde gekannt, aber er war bereits überwältigt. Er mußte sie einfach in sein Leben ziehen. Ihre saubere, gesunde Güte würde die letzten Spuren seines anderen Lebens tilgen, dieses anderen Selbst, das von nun an tot sein würde, nach dem, was er seinem Kind angetan hatte.

Und er würde ihr viel zu geben haben. Er würde die Tonight Show bekommen und der bekannteste Mann des Landes werden, reicher und berühmter und beliebter als je zuvor. All das würde er Caron schenken. Er würde ihr ein wundervolles Leben in der Wohnung in East End bieten, unbeschwert von seinen alten Problemen. Er würde ihr Träume erfüllen, die sie noch nicht einmal geträumt hatte.

Es hatte Caron nie an Geld gefehlt. Jetzt noch mehr zu haben, war nichts wirklich Neues. Aber Harry zeigte ihr Möglichkeiten, es zu benutzen, an die sie zuvor nicht einmal gedacht hatte.

Sie hatte sich immer auf eine Art gekleidet, die ihre Mutter als »flott« bezeichnet hatte: gut geschnittene Jacken, Pullover . . . hin und wieder echter Schmuck. Ihre Haut war rauh und trocken vom vielen Waschen und der intensiv gereinigten Berufskleidung. Sie benutzte nur Make-up, wenn sie hin und wieder einmal daran dachte.

Aber unter Harrys Einfluß begann Caron, ihr dichtes, honigfarbenes Haar länger und lockiger zu tragen, in dem Stil, der für sie von Enzo aus dem Eastside Salon kreiert wurde. Sabrina Valin, die Frau von Harrys Anwalt Tomas, empfahl ihr eine Make-up-Beraterin und eine Beraterin für Kleidung, die regelmäßig die Boutiquen nach Sachen durchforstete, die zu Caron passen würden und Kombinationen erstellte, die ihr exotisches Aussehen und ihre gute Figur betonten. Zum erstenmal in ihrem Leben besaß Caron eine Reihe glitzernder Abendkleider, die sie zu jenen Veranstaltungen trug, bei denen Harry als Gastgeber fungierte oder auch nur ganz einfach mit seiner inzwischen hinreißend aussehenden jungen Frau teilnahm.

Es gefiel ihr, daß er so auf sie achtete und wie sehr er den Effekt ihrer Verwandlung schätzte.

Johnny Carson moderierte die Tonight Show immer noch selbst, und Harry gehörte immer noch zu den aussichtsreichsten Kandidaten, ihn zu ersetzen. In der Zwischenzeit war seine Popularität weiter gestiegen. Er vertrat Carson regelmäßig. Paul Wundrig mußte alles bis auf die besten Fernseh- und Konzertangebote ablehnen, sonst hätte Harry nicht einmal mehr Zeit zum Rasieren gehabt.

Es hagelte Einladungen, und Harry und Caron nahmen viele davon an. Aber Harry achtete auch darauf, noch Zeit für seine Familie und für Freunde zu haben.

Das waren Carons Lieblingstage – solche, die sie mit Harry und Josh gemeinsam verbrachte. Eine Familie zu haben, zu der sie gehörte und die sie als wichtiges Mitglied schätzte, war, als wäre endlich ein Traum wahr geworden. Sie wartete täglich darauf, daß Josh erklärte, er sei jetzt zu erwachsen, um noch mit seinem Vater und seiner Stiefmutter zusammen unterwegs zu sein, aber der Junge schien die Ausflüge ebenso zu genießen wie Caron.

Sie mußte aufpassen, daß ihr Beschützerinstinkt, was Josh

anging, nicht mit ihr durchging. Auf einem Bootsausflug vor Cape Cod, wo sie Wale sehen wollten, hatte Caron solche Angst gehabt, als Josh sich über die Reling lehnte, daß sie sich neben ihn gestellt und den Arm um ihn gelegt hatte, bis ein gereizter Seufzer des Jungen sie dazu gebracht hatte, ihn wegzunehmen.

Ihre ärztliche Distanz verschwand völlig, wenn Josh krank wurde. Sie wurde selbst krank vor Sorge, wenn es nach etwas Ernstem aussah. Ein befreundeter Kinderarzt sagte ihr, sie führe sich auf wie eine frischgebackene Mutter.

»Aber das bin ich doch auch«, hatte Caron erwidert.

Manchmal schien Harry mehr Schutz zu brauchen als sein Sohn.

An einem Sonntag im April 1992 waren Harry und Caron zum Brunch im Strandhaus der Valins in Westport, Connecticut – einem alljährlichen Ereignis, das den Beginn der Saison kennzeichnete. Caron sah sich die knospenden Blüten an, lächelte über das Katzengeschrei der Möwen und dachte daran, wie sie zum erstenmal hier gewesen war, 1991, einen Monat vor ihrer Hochzeit.

Nevös wegen all der Berühmtheiten – Tomas vertrat viele Stars – und unsicher in ihren Khakihosen und Sportschuhen, war Caron froh über Sabrinas Freundlichkeit gewesen, als die Frau des Anwalts sie mit mütterlicher Anteilnahme behandelte und ihr den Garten zeigte, während Harry im Haus geblieben war, um mit einigen der Gäste zu sprechen. Tomas hatte sich weniger gastfreundlich gezeigt, aber Caron hatte schließlich gelernt, daß er es nie war. Schon gar nicht Latinas gegenüber, wie ihr aufgefallen war, als sie versucht hatte, einen gemeinsamen Nenner mit ihm zu finden, und ihn das nur noch eisiger werden ließ.

Nachdem sie nun ein Jahr verheiratet und vertraut mit ihrer neuen Rolle war, bedachte Tomas sie hin und wieder mit seiner Aufmerksamkeit, so wie an diesem Tag.

Er setzte sich neben sie auf die weiße schmiedeeiserne Bank, von der aus man die Bucht unterhalb des Hauses sehen konnte. Er sprach über das Gras und die Sonne, beides ungewöhnlich für diese Jahreszeit. Dann sagte er: »Ich höre, Sie arbeiten wirklich hart.«

»Ja.«

»Das müssen Sie selbstverständlich nicht. Sie könnten ihren Operationsplan einschränken oder in eine Privatpraxis eintreten.«

Caron glaubte immer noch, daß er nur auf ein unverbindliches Gespräch aus war, und sagte: »Eines Tages vielleicht. Aber nicht jetzt. Ich mag es so, wie es ist.«

Tomas trommelte mit den Fingern auf seinen Oberschenkel. Er trug Tennisshorts, und seine Beine waren vom ausgiebigen spätnachmittäglichen Training schlank und muskulös.

»Harry durchlebt gerade eine anstrengende Zeit«, sagte er. »Er wartet schon lange darauf, daß die Entscheidung wegen der Tonight Show fällt. Wie Sie sicher wissen.«

»Selbstverständlich.«

»Und wenn er die Show bekommt, wird der Stress nicht geringer werden. Ganz im Gegenteil. Und wenn nicht – na ja, dann wird es eine andere Art von Spannung, aber keine geringere. Und deshalb«, jetzt sah er sie direkt an, »sollten Sie vielleicht darüber nachdenken, ihre Arbeit und ihr Privatleben anders zu organisieren.«

Caron erwiderte seinen Blick. »Wollen Sie damit sagen, daß ich mehr für Harry da sein sollte?« fragte sie mit ihrer üblichen Direktheit.

»Ich sage nur, daß er Sie sehr liebt. Er braucht Sie. Und ja, Sie sollten darüber nachdenken.«

Caron betrachtete forschend Tomas' kleine, dunkle Augen, sein gebräuntes Gesicht. Ein Muttermal nahe seinem Schlüsselbein sah aus, als könnte es einmal gefährlich werden. Sie mußte daran denken, ihn darauf anzusprechen, aber zunächst wollte sie verstehen, worum es bei diesem Gespräch eigentlich ging.

»Hat Harry mit Ihnen darüber gesprochen?« fragte sie unsicher. »Wieso hat er es mir nicht selbst gesagt?«

»Er möchte vielleicht nicht, daß Sie sich aufregen.«

»Glauben Sie, daß es ihn wirklich stört?«

Tomas schüttelte den Kopf. »Er hat nur erwähnt, daß er Sie gern mehr zu Hause hätte. Sie fehlen ihm.«

Auf dem Rückweg in die Stadt legte Caron den Sicherheitsgurt nicht an, so daß sie näher neben Harry sitzen konnte und ihre Schultern sich berührten, während sie vorsichtig versuchte, über das Gespräch mit Tomas zu reden. Sie wollte keinesfalls, daß Harry insgeheim unglücklich mit ihr war.

Schließlich nahm sie seine freie Hand und sagte, was ihr am Herzen lag.

Harry grinste unbehaglich und gab zu, daß es stimmte.

»Aber«, wandte Caron ein, »du weißt doch, daß ich im Krankenhaus gebraucht werde.«

»Ich weiß. Ich mag es nur nicht, nach Hause zu kommen, wenn du nicht da bist.«

Harry konnte auch vor sich selbst nicht zugeben, daß ihn mehr störte als nur die leere Wohnung.

Zum Beispiel ein Elternabend in Joshs Schule, ein gemeinsames Essen. Viele Eltern von Dalton-Schülern waren Prominente, aber Josh war eindeutig das Kind mit dem berühmtesten Vater. Harry warf sich mit Begeisterung auf Schulaktivitäten, unter anderem auch aus diesem Grund. Alle Schüler wollten ein Autogramm. Selbst die coolsten der coolen Moms und Dads tendierten dazu, rot anzulaufen und sich einzuschmeicheln.

Aber bei diesem Essen war Caron der Magnet gewesen. In einem korallenroten Hosenanzug, ihr honigfarbenes Haar in

Kringeln, nahm sie Komplimente für eine Ansprache bei einer Berufs-Informationsveranstaltung der Schule entgegen, bei der sie mit Hilfe von Dias beschrieben hatte, wie sie einem Kind, das von einem Hund gebissen worden war, eine neue Nase modelliert hatte.

Ein paar Leute übergingen Harry sogar, um *ihre* Hand zu schütteln und *sie* bewundernd anzulächeln.

Am nächsten Morgen rief Harry Paul an und bat ihn, sich wieder einmal bei den Carson-Leuten umzuhören: Wollte Johnny nun aufhören oder nicht?

Harry, Caron und Josh sahen sich an jenem Abend ein Video an, als Paul zurückrief und meinte, keiner seiner Kontaktleute habe etwas Neues herausfinden können. Man hülle sich in Stillschweigen. Der Film lief weiter, während Harry immer noch mit Paul sprach. Josh ging zu Bett. Caron schaltete die Elf-Uhr-Nachrichten ein.

»Hast du das Band weiterlaufen lassen?« fragte Harry, als er zurückkam.

»Ja«, sagte Caron. »Es war nicht mehr viel. Möchtest du es sehen? Dann spule ich zurück.« Sie griff nach der Fernbedienung.

»Ich weiß nicht mehr, an welcher Stelle ich rausgegangen bin«, sagte Harry gereizt.

»Ich lasse es zurücklaufen, bis es dir wieder einfällt.« Caron drückte einen Knopf.

»Nein!« Harry griff nach der Fernbedienung. »Ich will es nicht mehr sehen.«

»Das Ende war nicht sonderlich überraschend –«

»Das brauchst du mir nicht zu erzählen!« Wütend starrte er Caron an.

Seine Wut traf sie wie ein Stoß. Unwillkürlich wich sie ein wenig zurück.

»Vielleicht läßt du dich nicht gerne überraschen«, sagte

Harry, »aber ich schon. Jeder, der kein anal fixierter Roboter ist und jeden Schritt im voraus –«

»Ich bin kein –«

»Unterbrich mich nicht!« Er schleuderte die Fernbedienung zu Boden. »Ich gehe raus, weil das Telefon klingelt, und wenn ich zurückkomme, muß ich feststellen, daß es euch scheißegal ist, daß ich diesen Film mitangesehen habe. *Ihr* seid fertig, also wen interessiert, ob ich das Ende sehen will? Ihr seid verdammt rücksichtslos –«

Das Telefon klingelte. Harry ging aus dem Zimmer. Zitternd wusch sich Caron und putzte sich die Zähne. Sie saß im Bett und versuchte, die *Times* zu lesen, als Harry hereinkam und sich zu ihren Füßen niederließ.

»Es tut mir leid«, sagte er. »Ich entschuldige mich für meinen Ausbruch. Ich war im Unrecht.«

»Aber was –«

»Ich weiß es nicht. Ich glaube, ich mußte einfach Dampf ablassen. Ich bin so angespannt wegen dieser Tonight-Show-Sache. Paul hat gerade noch mal zurückgerufen – er hat gehört, Carson habe Prostatakrebs.«

Caron verzog betrübt das Gesicht. »Wie schrecklich.«

Harry wollte sie darüber ausfragen, von ihr die Antworten erhalten, die Paul nicht hatte liefern können. Aber er hielt sich zurück. Es war besser, mit den medizinischen Fragen zu warten. Er wollte sich nicht aufführen wie ein selbstsüchtiger Geier, wenn der arme Kerl wirklich Krebs hatte.

9

Für Harrys fünfundvierzigsten Geburtstag ließ Caron den gesamten Rainbow-Room nur für sie und ihre Gäste reservieren, an einem Samstagabend. Es war nicht einmal schwierig, man war froh, Harry einen Gefallen tun zu können.

Sie und Josh planten und organisierten und stellten Listen zusammen, und Harry schöpfte nicht den geringsten Verdacht. Josh war ganz aufgeregt über dieses Geheimnis. Er hütete es leidenschaftlich, erzählte nicht einmal Nicholas etwas davon. Caron nahm ihn mit zu Churchill, damit ihm ein Smoking angemessen wurde, und wartete geduldig und ohne Einwände, als er Fliege und Kummerbund in einem grellen Südseeblau wählte. Sie umarmte ihn und sagte ihm, wie umwerfend er aussah.

Die Party war ein gewaltiger Erfolg. Niemand hatte abgelehnt. Jede Berühmheit in New York und viele weitere Gäste aus Europa und von der Westküste prosteten einem vollkommen verdutzten und begeisterten Harry mit teurem Champagner zu.

Auch Leno und Letterman waren da, und ein sehr gesund aussehender Johnny Carson.

Eine Stunde vor der Dämmerung lagen Harry und Caron verschwitzt und glücklich in ihrem Bett. Carons Kopf ruhte an Harrys Brust. Sie streichelte ihn und dachte an die Party und an ihren faszinierenden und lebhaften Mann.

Sie liebte ihn leidenschaftlich.

Seine Wutausbrüche verletzten sie. Mit seiner unbändigen Energie und Entschlossenheit konnte er Caron und alle anderen, die sich ihm in den Weg stellten, beiseiteschieben. Aber sie wußte, daß das Leben nicht nur ein Märchen sein konnte. Die

Hälfte ihres Lebens hatte aus Märchen bestanden, und am Ende war die Prinzessin immer von ihrem Turm gestürzt.

Caron wußte, wie eine schlechte Ehe aussah. Die ihrer Schwester Elisa hätte als Modell dienen können.

Harry mißhandelte sie nicht. Er verachtete sie nicht. Er schlug oder trat sie nicht, und er brachte sie auch nicht mit boshaften Anschuldigungen dazu, schluchzend zusammenzubrechen. Harry wurde eklig, wenn er übermäßig angespannt oder verärgert war. Und in seiner besonderen Situation konnte man wenig dagegen tun.

Harry war etwas Besonderes. Harry war die Nadel im Heuhaufen. Und er erwiderte ihre Leidenschaft. Er liebte sie und Josh abgöttisch. Er gab ihnen alles, was er hatte.

Wie oft hatte er seine eigene Arbeit beiseitegestellt, um mit Caron ins Kino oder in den Zoo zu gehen, wenn sie sich nicht gut fühlte? Wie oft war sie am Morgen wachgeworden, und er hatte schon seine Frühstücksüberraschung der Woche vorbereitet, für Caron und für Josh? Wieviele Ferien und Wochenenden hatte er sich entschlossen bemüht, sie die Leere ihrer Vergangenheit vergessen zu lassen?

Caron schmiegte sich enger an Harry, so dicht sie nur konnte.

Du überhäufst mich mit deiner Liebe, teilte sie ihm lautlos mit. *All diese leidenschaftliche, bedingungslose Liebe. Du hast mich geöffnet und läßt sie in mich hineinfließen und wärmst die kalte Leere in mir.*

Sie dachte an Pier, an diese Zuneigung, die manchmal sichtbar gewesen war und manchmal nicht. Sie hatte danach Ausschau halten und immer wieder überprüfen müssen, ob sie nicht schon völlig verschwunden war. Piers bedingungslose Leidenschaft war seinen Patienten vorbehalten gewesen.

Da sie nichts anderes kannte, hatte Caron angenommen, das müßte so sein. Jetzt, nachdem sie Harry kannte, wußte sie es besser. Sie hatte Angst gehabt, sich wieder auf jemanden einzulassen – aber sie war weit über ihre wildesten Hoffnungen hinaus belohnt worden.

Wieviel einfacher es doch ist, dachte Caron, *wahre Liebe zurückzugeben.*

Vor Harry hatte Caron so viel von ihrer Energie darauf verschwenden müssen, gegen ihre chronische Traurigkeit anzukämpfen. Was für ein Unterschied zu dem Glück, das sie heute empfand!

Sein Kinn an Carons Kopf gedrückt, spürte Harry, wie seine Gefühle ihn überwältigten. Freudentränen stiegen auf.

Er war unendlich glücklich.

Was für eine wunderbare Überraschung diese Party gewesen war – all die Berühmtheiten waren gekommen, um einen der ihren zu ehren.

Immer wieder fielen ihm die bekannten Gesichter ein, die großen Namen. Barbara Walters. Jack Nicholson. Shirley MacLaine. Stephen King hatte zu seinem Smoking eine Monstermaske getragen, sie dann abgenommen und Harry geschenkt. Demi Moore hatte ihm einen Kuß auf die Lippen gedrückt.

Und wer hatte dieses umwerfende Ereignis inszeniert? Seine geliebte Frau und sein Sohn. Seine Familie.

Er konnte sein Glück wirklich kaum glauben.

Wie tragisch sich sein Leben entwickelt hätte, wenn er auf dem alten Gleis geblieben wäre. Harry dankte jeder höheren Macht, die er sich je hatte vorstellen können, für diese zweite Chance – für all seine zweiten Chancen.

Zumindest konnte er etwas zurückgeben. Zumindest hatte er gezeigt, daß er es wert ist, diese Chancen zu erhalten. Seine Talente hatten aufblühen können, waren zu seinem Dank ans Universum geworden.

Er legte seine Hand auf die von Caron und streichelte ihre Finger, ihre Chirurginnenhände mit den kurzgeschnittenen Nägeln und den zarten Knochen. Er erinnerte sich daran, wie er diese Frau zum ersten Mal gesehen hatte, diese Hände, diese Ausstrahlung. Er hatte so recht gehabt, sich um sie zu bemühen. Sie war großartig für ihn und für Josh.

Von ein paar bedauerlichen Ausnahmen abgesehen, hatte Harry das Versprechen gehalten, das er sich selbst gegeben hatte. Er hatte ihr alles gegeben, hatte ihr Leben verändert. Auch dieser Chance hatte er sich als wert erwiesen.

Er war stolz auf sein neues Selbst. Der alte Harry war tot und begraben. Niemand würde in der Lage sein, die alten Geschichten noch einmal auszugraben; mit vagen Aussagen und Halbwahrheiten hatte Harry jeden Hinweis auf seine Vergangenheit verschleiert. Leute, die ihn als Kind in Craig Head gekannt hatten, hatten keine Ahnung, daß zwischen diesem Schmock Harry Crane und dem berühmten Harry Kravitz ein Zusammenhang bestand. Diejenigen, die es wußten, konnten nichts darüber sagen, ohne sich selbst der Peinlichkeit oder Schlimmerem auszusetzen; und wer würde ihnen glauben, wenn sein Wort gegen das ihre stand? Wer war glaubwürdiger als Harry? Hatte nicht die gesamte Medien- und Unterhaltungswelt ihn gerade geehrt?

Harry zog Caron an sich und küßte ihr Haar. Er schloß die Augen, aber er war zu aufgeregt, um schlafen zu können.

10

»Du wirst mir wirklich fehlen«, sagte Harry zum viertenmal, als Caron den gepackten Koffer neben die Aktentasche stellte und anfing, ihr Handgepäck durchzugehen. Er beugte sich über die Tasche, als sie einen Badeanzug hineinsteckte. »Wozu ist denn das da?«

»Das Notwendigste. Falls der Koffer verlorengeht.«

»Du bist so ordentlich.« Er runzelte die Stirn. »Wieso brauchst du auf einer Chirurgenkonferenz unbedingt einen Badeanzug?«

Caron sah ihn an. Halb im Scherz sagte sie: »Stehe ich etwa auch dabei und schaue zu, wenn du packst?«

»Schon gut, schon gut, tut mir leid.«

»Ich weiß, du willst nicht, daß ich gehe –«

»Da hast du recht. Aber ich weiß, daß ich ein Idiot bin.« Harry legte die Arme um sie und zog ihren Kopf an seine Schulter. »Achte einfach nicht darauf. Ich wünsche dir viel Spaß.«

»Nur nicht zu lange.«

»Genau.«

Boca Raton war luxuriös und heiß. Alle Ärzte beschwerten sich, auch Caron, aber insgeheim verspürte sie etwas, was sie lange nicht mehr empfunden hatte: Heimweh nach Kuba. Die Palmen und die schwüle Hitze, und die Menschen . . . jeder, der sie hier bediente, schien aus Kuba zu kommen. Einmal sprach Caron ein Zimmermädchen auf Spanisch an, und die Frau sah sie verwirrt an und antwortete in Englisch, wenn auch mit Akzent.

Am Nachmittag des zweiten Konferenztages begann es zu regnen, die Art von Sintflut, an die sie sich aus ihrer Kindheit erinnerte, rauschende Wasservorhänge. Die Vorhersagen klangen ziemlich beunruhigend, und am nächsten Morgen wurden Hurrikanwarnungen ausgegeben.

Der Hurrikan Andrew legte Florida in Trümmer. Fahrzeuge wurden ausgeschickt, um aus der ganzen Umgebung Ärzte und Sanitäter zusammenzuholen. Caron gesellte sich zu einer Gruppe von Chirurgen im Shore Point General Hospital. Die Notaufnahme quoll über, das Wartezimmer war so voller

Patienten, daß keine Sitzplätze mehr frei waren. Auch in den Fluren wurden Leute verarztet. Überall war Blut zu sehen. Arbeiter, die versuchten, die zerbrochenen Fenster zu richten, konnten sich kaum durch die Menschenmassen bewegen.

Als sie von der Toilette zurückeilte, sah Caron, wie eine Schwester eine Gruppe Neuankömmlinge untersuchte. Sie hatte zwei Leute mit schweren Verletzungen durch Glassplitter herausgesucht, aber offenbar die Kopfverletzung eines anderen übersehen: ein Teenager, der davonstolperte, um zu warten, blutete an Nase und Ohr.

Caron wies die Schwester auf ihn hin. Die rothaarige Schwester sah von Caron zu dem Jungen und wieder zurück, mit ungerührter Miene.

Plötzlich verstand Caron. Der Junge war Kubaner.

Caron brachte ihn in ein Untersuchungszimmer und verband ihn. Sie schluckte ihre Wut herunter, sagte sich, sie habe sich vielleicht geirrt, oder es könnte die Dummheit einer Einzelnen gewesen sein. Raschen Schrittes ging sie zu ihrem Arbeitsplatz zurück. Aber ihre Aufmerksamkeit war geweckt.

Im weiteren Verlauf des Tages, als der Strom der Verletzten nicht nachließ, zog sich Carons Magen immer weiter zusammen. Sie hatte sich nicht geirrt. Die bevorzugten Patienten – und bei dieser hektischen Aktivität die *einzigen* Patienten, die Aufmerksamkeit erhielten – waren weiß.

In einer kurzen Essenspause versuchte Caron, ihren Kollegen aus dem Norden diese Situation zu erklären. Sie bekam Lippenbekenntnisse zur Antwort, aber alle waren übermüdet und hatten andere Sorgen. Eine Gruppe örtlicher Ärzte machte ihr klar, daß diese Diskriminierung das übliche Vorgehen war.

Nach drei Stunden Schlaf im Hotel bemerkte Caron, daß die Telefone zum Teil wieder funktionierten. Sie rief Harry in New York an.

»Ich bin fast wahnsinnig geworden«, sagte Harry. »Gott sei

Dank seid ihr alle in Ordnung. All diese Toten und Verletzten! Wo bist du? Ich hatte versucht, dich über AP zu erreichen, aber –«

»Ich habe Opfer behandelt. Aber hör mal...« Caron erzählte Harry von der Diskriminierung bei der medizinischen Versorgung, von den Hispano-Amerikanern, die unbehandelt blieben. »Das kann ich nicht ignorieren. Die Leute verbluten hier. Sie haben Infarkte, und niemand kümmert sich um sie. Ein vierzehnjähriges kubanisches Mädchen ist an ihrem Erbrochenen erstickt. Ich werde Krach schlagen. Sei darauf gefaßt.«

La Clinica Gratis para Victimas Cubano del Huracan Andrew war bereits am Nachmittag funktionsfähig. Caron und ein wachsender Strom von Schwestern und Pflegern arbeiteten mit einigen wenigen anderen Ärzten zusammen in Ladenräumen, die hastig für viel Geld gemietet worden waren.

Bis zum Abend hatte sich die Nachricht verbreitet, und die Patienten wurden immer zahlreicher. Aber es gab auch mehr Personal, und Caron mietete die beiden angrenzenden Läden. Patienten mit leichteren Verletzungen wurden nach der Behandlung um Hilfe gebeten.

Die spanischsprachigen Medien drängten nach Interviews. Caron sagte wenig, nutzte die Gelegenheit nur, um auf die Existenz der Klinik hinzuweisen. Sie weigerte sich, mehr von ihrer Zeit für Fragen zur Verfügung zu stellen, und kümmerte sich lieber um ihre Patienten.

Es war Morgen, das wußte Caron, weil Licht durchs Glas fiel, aber ansonsten hatte sie kein Gefühl dafür, wie lange sie von Bruch zu Riß zu Fleischwunde geeilt war. Sie konnte sich nicht erinnern, wann sie zum letzten Mal geschlafen hatte.

Ein vierjähriger Junge saß auf dem Schoß seines Vaters,

während Caron ihn untersuchte. Der Vater gab beruhigende Laute von sich, aber das war kaum notwendig; der Junge rührte sich kaum.

»Hat er sich übergeben?« fragte Caron. *»Ha vomitado el?«*

»Si. Muchos veces.« Er erklärte, daß das Kind aus dem Royal Hospital nach Hause geschickt worden war. Dort hatte man behauptet, er sei in Ordnung, aber der Vater hatte sich Sorgen gemacht, als der Junge einfach dort liegenblieb, wo man ihn ablegte.

Caron fragte, ob er den behandelnden Ärzten von der Übelkeit erzählt habe, ob sie die Augen des Jungen untersucht hätten, was sonst noch getan worden sei.

Der Junge zeigte alle Anzeichen einer schweren Gehirnerschütterung. Selbst ein Student im ersten Semester hätte das wissen müssen. Er hätte nicht einmal von der Trage gehoben werden dürfen, und schon gar nicht nach Hause geschickt.

»Dr. Alvarez?« sagte eine Schwester.

Es war einfach unglaublich.

»Doktor, nur fünf Minuten.«

Caron sah einen blendenden Scheinwerfer. Sie blickte auf und hatte eine Frau mit einem Mikrophon vor sich, und hinter dieser Frau sah sie eine Kamera mit der Aufschrift CNN.

Ein UPI-Fotograf gewann einen Pulitzer-Preis für das Foto, das er in diesem Augenblick von Caron machte, in dem ihr Tränen der Wut über die Wangen liefen, während sie darum rang, die Situation zu erklären. Ihr Haar hing in langen Strähnen herunter, sie hatte Blut auf der Jacke, und eine Hand hatte sie zärtlich auf die Wange eines bewußtlosen Kindes gelegt.

Als sie drei Wochen später nach New York zurückkehrte, war sie berühmt. Die Zeitschrift *People* nannte sie »die Heldin des Hurrikans«. Es gab Angebote von Verlegern und Filmproduzenten.

»Sie wollen das wirklich nicht weiterverfolgen?« fragte Paul Wundring, als sie – ihre Hand in der Harrys – an einem Bankett im La Cirque teilnahm. »Ich habe mir die Vorschläge mal angesehen. Ein paar davon sind ganz in Ordnung.«

»Nein«, sagte Caron entschlossen. »Ich habe nur getan, was getan werden mußte, das ist alles.« Sie lächelte. »Ich kann nichts darüber sagen, das nicht banal wäre. Ich habe keine Einsichten weiterzugeben. Die Menschen haben Hilfe gebraucht, ich habe sie ihnen gegeben, und das ist alles.«

Später rief Paul Caron im Büro an. »Eine letzte Gelegenheit, Ihre Meinung zu ändern. Sind Sie sicher, daß Sie auch nicht zu *60 Minuten* wollen?«

»Ja.«

»Sind sie . . . meinen Sie das wirklich ernst? Oder haben Sie nur Angst, daß es Harry schaden könnte?«

»Harry steht über solchen Dingen. Er hat mich bedingungslos unterstützt. Es war *sein* Geld, das ich benutzt habe. Nein, Paul, wir haben kein Eifersuchtsproblem. Ich möchte nur einfach weiter Ärztin bleiben, sonst nichts. Und jetzt gehe ich wieder an die Arbeit.«

11

In dem Jahr nach dem Hurrikan gab es noch mehr Versuche, Caron auf die Filmleinwand oder vor eine Fernsehkamera zu locken, aber sie lehnte ab. Wenn man sie fragte, wieso sie nicht mit der Behandlung kubanischer Armer fortfuhr, sagte sie, zufrieden zu sein, eine bescheidene Veränderung in der Art der medizinischen Fürsorge in Florida herbeigeführt zu haben, erklärte aber auch, sie ziehe es vor, ihre Arbeit in New York fortzusetzen.

Harry wurde gebeten, die Oscarverleihung zu moderieren. An dem Tag, an dem der Vertrag abgeschlossen wurde, ließ Harry seine Sekretärin Graceann einen Tisch im Four Seasons für den folgenden Samstagabend buchen. Ein besonderes Essen mit sieben Gängen wurde vorbereitet, bei dem jedes Element selbst das dort übliche einzigartige und kreative Menü übertraf. Harry und Caron und Josh feierten gemeinsam mit Paul und Tomas und deren Frauen und aßen Rochen, Gebäck und Leckereien von Miniatur-Servierwagen, die exklusiv für ihren Tisch angefertigt worden waren.

Harry trug einen taubengrauen Anzug aus Seide und Leinen, mit einem handgenähten Hemd in blassestem Rosa. Caron war atemberaubend in metallischem Gold mit diamantenen Schmetterlings-Ohrringen.

Mehrere Zeitungen brachten ein Foto der Gruppe.

In der folgenden Woche erschienen eine Reihe wütender Briefe auf der Leserbriefseite der *Times*. Die Autoren, sämtlich Ärzte, beschimpften Dr. Caron Alvarez, sie klage sie zwar öffentlich an, geldgierige Eiferer ohne soziales Gewissen zu sein (ein direktes Zitat aus ihrem CNN-Interview), aber sie selbst vergnüge sich nur zu gern mit dem Reichtum, den sie aus ihrem plötzlichen Ruhm bezogen habe, wobei sie auch noch weiterhin so tat, als setzte sie ihre sehr kurzfristige und lohnbringende Arbeit bei der medizinischen Versorgung von armen Hispano-Amerikanern fort.

Der Skandal zog immer weitere Kreise. Caron wurde eine Prominentenärztin mit einem Prominentengatten genannt, der nichts weiter sei als ein publicitygieriger Opportunist. Es gab eine Demonstration vor dem New York Hospital.

Die Los Angeles Times berichtete, daß eine militante hispano-amerikanische Gruppe geschworen hatte, die Oscarverleihung zu stören, aus Protest gegen die »herzlose und obszöne

Ausnutzung von Hispanoamerikanern durch protzige Berühmtheiten.« Die Story wurde im ganzen Land verbreitet.

Eine Woche vor der Ausstrahlung der Oscarverleihung trafen sich Tomas und Paul mit Harry und den Produzenten der Ausstrahlung sowie Vertretern der Sender. Am selben Nachmittag erklärte Harry, er werde nach guter alter amerikanischer Tradition die Moderation des Festaktes niederlegen.

Harry wurde von Billy Crystal ersetzt, der seine Ansprache und viele seiner Übergänge darauf aufbaute, daß er nicht viel Zeit gehabt hätte, sich vorzubereiten. Die Frage der Hispanoamerikaner wurde nicht angesprochen. Es gab keine Störungen. Billy war wunderbar.

Zum erstenmal seit über zwei Jahren ging Harry spät abends im Central Park spazieren. Nahe dem See entdeckte er einen Betrunkenen, der am Stamm eines Baums zusammengesackt war. Er blieb einen Augenblick lang stehen, verborgen hinter einem Busch, und überzeugte sich, daß er Mann immer noch lebte. Er bewegte sich ein wenig.

Harry wollte, daß er bei Bewußtsein war. Wenn nicht, würde er die Suche fortsetzen.

Bewußt trat er auf einen Zweig. Der Mann hob den Kopf und sah sich um.

Harry stürzte sich auf ihn wie ein Panther. Er drückte das Gesicht des Mannes in den Dreck und hörte ein Wimmern. Er schlug ihn wieder und wieder auf den Rücken, dann stand er auf und trat zu.

Harry schien seine Enttäuschung mit Würde zu tragen. Die Unruhe wegen Caron legte sich langsam. Sie und Harry hatten durch seinen Rückzug aus dem Scheinwerferlicht der Oscarverleihung an Glaubwürdigkeit gewonnen.

Johnny Carson kündigte schließlich an, sich zurückziehen

zu wollen. Er schien keinen Krebs zu haben. Er riß Witze über Golf und Mädchen in Badeanzügen.

Zu seinem Nachfolger wählte man Jay Leno.

Harry hätte sich beinahe übergeben, als er das hörte. Er ging ins Bad und setzte sich mit gekreuzten Beinen auf den Boden, spielte noch einmal das Gespräch mit Paul durch, spürte, wie der Inhalt seines Magens sich regte. Ihm war schwindlig, und er lehnte den Kopf an den Wannenrand.

Das kühle Porzellan war erfrischend, aber das war nicht gut. Erfrischung bedeutete, noch bewußter zu werden. Harry sehnte sich nach Betäubung. Er sehnte sich danach, für eine Weile das Elend dieser Niederlage vergessen zu können.

Jetzt wußte er, wie es war, wenn man ein Kind sterben sah.

Graceann buchte eine Villa auf einer winzigen westindischen Insel namens Patty Pig Tail, nur für Harry, Caron und Josh.

»Nur eine Woche«, sagte Graceann. »Eine heilsame Woche mit deiner Familie. Es gibt nichts, womit ich in der Zwischenzeit nicht zurechtkommen könnte. Nicht«, fuhr sie mit einem Blick auf Harry fort, »daß hier nicht waschkorbweise Briefe für dich ankommen werden. Aber du brauchst Ruhe. Geh und genieße es.«

Die Insel war voller Vögel. Wenn man das Boot verließ, erhielt man einen Hut und den guten Rat, diesen Hut wegen des Vogelkots ständig aufzubehalten.

»Graceanns Idee war ein wahrer Segen«, sagte Harry, als sie sich am zweiten Abend zum Essen auf der Veranda niederließen. Der Koch brachte die Platten herein, und Harry legte Caron und Josh vor, dann sich selbst. »Ich hätte nicht gedacht, daß ich so schnell von dieser Sache Abstand gewinnen könnte. Ich dachte, ich würde hier nur unruhig sein. Aber ich merke, daß ich mich tatsächlich ein wenig entspanne.«

Josh fragte: »Können wir morgen Schnorcheln?«

»Aber sicher«, sagte Harry.

»Geht ihr beiden allein.« Caron rieb sich die Augen. »Ich brauche einen Tag, um meine Batterien wieder aufzuladen.«

Harry blickte von seinem Fisch auf. »Alles in Ordnung, Liebes?«

»Ja. Ich bin nur müde.«

Eine Weile aßen sie schweigend weiter. Dann sagte Harry: »Wir sind hierher gekommen, um als Familie zusammenzusein.«

Caron blickte auf. »Ja. Und das sind wir ja auch. Ich sagte nur, ich brauche ein bißchen Zeit, um –«

»Das hast du bereits erklärt. Um deine Batterien aufzuladen.«

Die Gereiztheit in seiner Stimme war unverkennbar. Plötzlich war die Atmosphäre angespannt wie vor einem Gewitter. Josh schaute von Caron zu Harry. Unter seinem »Jamaica«-T-Shirt hob und senkte sich seine magere Brust schnell.

»Wenn ich mit euch kommen soll«, begann Caron leise, »dann könnte ich –«

»Denk an deine Batterien. Du solltest auf keinen Fall deine *Batterien* vernachlässigen! Und es würde mir nie einfallen, dich zu zwingen –«

Das Mädchen erschien, mit einer Kanne Tee auf einem Tablett. Harry machte eine unbedachte weit ausholende Geste, traf das Tablett und fegte die Kanne in Carons Schoß.

Keuchend sprang sie auf. »Eis, Schnell!«

Harry goß sein Wasserglas aus, fing das Eis in der Hand auf. Caron riß ihren Rock hoch. Harry drückte ihr das Eis gegen die rotgefleckten Oberschenkel.

»Es tut mir so leid«, sagte er. »Ich bin ein Trottel.«

Als sie sich in dem weiträumigen, nach außen offenen Schlafzimmer aufs Bett vorbereiteten, sah Harry sich Carons Oberschenkel noch einmal an, auf denen immer noch rote Flecken brannten. »Tut es immer noch weh?« fragte er.

»Nein«, sagte Caron, aber sie zuckte zusammen, als sie das Podest zum Bett erstieg.

Harry beobachtete, wie sie das Laken ganz vorsichtig über sich zog. »Ist es möglich, daß du das unbewußt getan hast?«

»Was getan?«

»Den Tee über dich gegossen.«

Caron runzelte die Stirn. »Ich habe ihn nicht vergossen, das warst du.«

»Meine Geste war nur eine Antwort auf etwas, was du gesagt hast. Wenn ich es mir recht überlege, frage ich mich, ob du das nicht mehr oder weniger herbeigeführt hast.«

»Selbstverständlich nicht. Wieso sollte ich?«

»Um nicht mit uns schnorcheln zu müssen.«

»Das ist doch lächerlich.« Caron machte ihre Nachttischlampe aus.

Harry trat ans Bett, um sie anzusehen. Sie hatte die Augen geschlossen. Er sagte: »Nenn mich nicht lächerlich und schlaf dann einfach ein.«

Caron öffnete die Augen wieder und setzte sich. »Ich sagte, deine Bemerkung sei lächerlich; ich habe nichts über dich gesagt. Ich bin *müde*, Harry. Und *ich* bin diejenige, die verbrüht wurde. Vergessen wir das doch einfach und schlafen endlich.«

Harry ballte die Faust und schlug ans Betthaupt, direkt neben Carons Kopf, ein fester, donnernder Schlag. Dann ging er hinaus.

Am nächsten Morgen benahm sich Harry, als wäre nichts geschehen. Josh war unsicher, versuchte herauszufinden, wie die Situation war, und Caron konnte fast spüren, wie er sich entspannte, als Harry die Schnorchelsachen zusammenpackte und mit dem Mädchen über das Picknick witzelte.

Als sie sich auf den Weg machten, küßte Harry Caron auf die Wange und sagte so leise, daß nur sie es hören konnte: »Verzeihst du mir?«

Was? hätte Caron am liebsten gefragt, aber sie war nicht einmal sicher, ob sie selbst diese Frage verstand. Sie führte die Szene auf den Streß zurück, unter dem sie beide gestanden hatten. Sie erwiderte seinen Kuß und nickte.

Sie machten beide harte Zeiten durch. Es war unfair, nur über Harry den Stab zu brechen. Es konnte gut möglich sein, daß er recht hatte und sie ihn tatsächlich provoziert hatte.

12

Jay Lenos Zuschauerzahlen waren alles andere als großartig. Ein paar plumpe Manöver seiner Managerin halfen nur wenig, auch nicht, daß er sie hinterher feuerte.

»Er steckt in der Scheiße«, sagte Paul zu Harry. »Vielleicht schafft er es, vielleicht auch nicht. NBC beobachtet das alles sehr genau.«

»Was, wenn er es nicht schafft? Würden sie die Show dann mir anbieten?«

Paul rührte seinen Wodka mit dem Finger um. »Vielleicht. Und vielleicht« – er sah Harry direkt an, seine verblüffend jadegrünen Augen blitzten – »solltest du ablehnen.«

»Ablehnen? Wieso das denn?« Aber in ihm keimte ein Verdacht auf, ein Gefühl, wie er es lange nicht mehr erlebt hatte, daß am anderen Ende des Regenbogens noch etwas auf ihn wartete. Paul würde nicht einfach nur mit ihm spielen.

Paul beugte sich über den Tisch. »Ich habe heute früh einen Anruf von Sam Saloubian bei CBS bekommen. Kennst du die Talkshow, die sie dort gegen Leno und *Nightline* entwickeln?«

»Sicher«, sagte Harry. »Die hat Letterman.«

Paul schüttelte den Kopf. »Sie denken viel über Letterman nach. Selbst Dave weiß nichts davon. Sie möchten mit dir reden.«

Harry schwieg, versuchte, diese Nachricht zu verdauen.

»Sie haben nicht nur versucht, mich auszuhorchen«, sagte Paul. »Sie machen dir praktisch einen Antrag.«

Harry lehnte sich zurück; sein Herz klopfte heftig. Er starrte die Wasserflecken an, die das Eis auf dem dunklen Holztisch hinterließ. Er sah Paul an, seinen Freund Paul, der immer alles herunterspielte . . . der solche Worte wie vorhin nicht benutzt hätte, wenn es nicht um eine todsichere Sache ginge.

Er nahm den Cocktailspieß aus seinem Drink, starrte das Hyatt-Logo an und prägte sich das Bild der Gläser und Servietten ein. Dann fuhr er die Kamera weiter zurück und nahm die gesamte Szene auf, sich und Paul und die anonymen Anzugträger an den anderen Tischen.

Sie hatten keine Ahnung, daß sie einem wichtigen Augenblick der Fernsehgeschichte beiwohnten.

Die Besprechungen mit CBS verliefen bestens. Sam und seine Leute behandelten Harry wie den Star der Stars. Die Show sollte ganz einfach *Harry* heißen.

»Wir werden ein paar Wochen nach Beginn der Herbstsaison anfangen«, erzählte Harry Caron und Josh. »Um den Zeitpunkt zu erwischen, an dem die Leute gerade anfangen, sich mit den anderen neuen Shows zu langweilen, die alle nicht überleben werden. Ihr solltet die Pläne für die Öffentlichkeitsarbeit sehen. Das wird ein Knüller! Und die geplanten Spots werden brillant.«

Harry verbrachte eine Woche mit den Aufnahmen für die Werbevideos. In jedem war er mit einer anderen Berühmtheit zu sehen, die darum bat, zu seiner Show eingeladen zu werden: Tom Cruise, Bruce Willis, Michelle Pfeiffer, Tom Brokaw. CBS trieb an beiden Küsten alte Schulden ein, um die entsprechenden Leute zu bekommen.

Der Tag, an dem sie die Aufnahmen beendeten, war der heißeste Augusttag seit Jahrzehnten. Harry ging nach Hause in seine klimatisierte Wohnung und wartete darauf, was die Prominenz des Senders von den Spots halten würde. Wenn sie ihnen gefielen, war alles gelaufen. Man würde sofort mit der Ausstrahlung beginnen, und der Oktobertermin würde festgesetzt. Wenn die Reaktion gemischt war, würden sie vielleicht über weitere Aufnahmen oder andere Konzepte nachdenken, und der Beginn der Showreihe könnte verschoben werden.

Harry machte sich ein Brot und einen Eistee. Er versuchte, auf der Terrasse zu essen, aber die Hitze war erdrückend. Er sah sich eine Serie nach der anderen an und wartete und wartete.

Das Telefon rührte sich nicht.

Der Himmel wurde dunkler. Blitze zuckten alle paar Minuten auf. Dann donnerte es, und der Regen begann. Dicke Tropfen spritzten auf die Terrasse und mischten sich mit Ruß und Staub; dann goß es in Strömen.

Josh kam herein, sein Haar triefend naß, und er hinterließ Wasserflecken auf dem Boden. Er nahm sich ein Handtuch und rieb sich trocken, dann griff er nach dem Telefon.

»Nicht meins!« rief Harry und drehte sich um, um nachzusehen.

»Ist sowieso egal. Sie sind alle ausgefallen. Im ganzen Block. Das hat mir Schlomo erzählt.«

»Scheiße. Wieso denn das?«

Josh starrte ihn erstaunt an. »Das Gewitter.«

»Spar dir den Sarkasmus.«

»Ich bin doch gar nicht –«

»Und gib mir keine Widerrede!«

Das Haustelefon klingelte. Harry spang auf und nahm ab. Das Gerät war eine Antiquität, und sie benutzten es praktisch nie, aber vielleicht hatte CBS, nachdem sie per Telefon nicht durchkommen konnten, einen Boten geschickt.

Aber es war nur dieser blöde Pförtner, der sagte, Josh habe sein Rad in der Halle gelassen, und ob er es in den Fahrradkeller bringen sollte?

»Ja«, fauchte Harry und verkniff sich den Hinweis darauf, daß es wohl reichlich unwahrscheinlich war, daß Josh an einem solchen Abend noch mit dem Rad wegfahren würde.

Caron kam um halb sieben nach Hause. Das Telefon war immer noch tot.

»Das geht jetzt schon seit Stunden so«, sagte Harry. »Und es gibt nichts Neues. Das weiß ich, weil ich um die Ecke gegangen bin und Paul angerufen habe. Aber wenn es etwas gäbe, würde ich es nicht erfahren.«

Caron nahm einen Salat aus dem Kühlschrank und fragte: »Wie wichtig wird es denn sein? Du weißt doch, daß dir die Show sicher ist. Sie werden sie nicht wieder an Letterman geben. Ob ihnen die Spots nun gefallen oder nicht, ändert diese Entscheidung nicht.«

»Stimmt. Vielleicht den Anfangstermin, aber ...«

»Du bist so daran gewöhnt, es beinahe zu schaffen, daß du diese Sache in dieselbe Kategorie steckst und dich wegen nichts und wieder nichts aufregst.«

»Vielleicht hast du recht.«

Sie aßen Geflügelsalat, den Josh zubereitet hatte. Caron und Harry sahen fern, während Josh aufräumte.

»Danke, mein Schatz«, sagte Caron zu Josh und tätschelte ihm den Rücken, als er das Spülbecken saubermachte. »Und der Salat war köstlich. Die Wasserkastanien waren wirklich eine gute Idee.« Sie öffnete einen Schrank und holte Teebeutel heraus.

Harry rief aus dem Wohnzimmer: »Bring mir einen Schokoladenkeks mit, Liebes!«

»Keine mehr da«, antworte Josh.

Harry kam in die Küche. »Das ist unmöglich. Gestern hatten wir noch eine ganze Schachtel.«

»Ich wußte nicht, daß du sie haben wolltest. Ich hab sie mit zu Nick genommen.«

»Verdammt noch mal.« Harry schlug die Hände fest zusammen, direkt vor Joshs Gesicht. »Du siehst hier eine Schachtel mit frischem Gebäck und glaubst, keiner will es haben?«

»Tut mir leid. Ich hole dir neue. Hat der Bäcker noch offen?«

»Harry«, sagte Caron. »Beruhige dich. Das ist doch keine große Sache.«

»Für mich schon. Ich hätte eben gern einen Keks gegessen.«

Harry stürzte aus der Küche, bis ins Wohnzimmer, wirbelte herum und kam zurück. Er zeigte mit dem Finger auf Josh, berührte beinahe seine Nase. »Und verkneif dir diesen Sarkasmus. Das gefällt mir überhaupt nicht. Versuch so was nicht noch mal mit mir.«

Josh gab ein erstauntes Geräusch von sich, das wie ein ersticktes Auflachen klang. »Dad –«

»Und lach nicht noch über mich!« brüllte Harry.

»Harry!« Caron packte ihn am Arm. »Hör auf damit. Laß ihn in Ruhe.«

Harry warf ihr einen wütenden Blick zu, dann ging er hinaus, ohne Josh noch eines Blickes zu würdigen.

Caron blieb lange wach. Harry schlief, aber sie war verstört und hatte immer wieder die Szene mit Josh vor Augen.

Harry mußte lernen, zwischen den Spannungen, die sein Beruf mit sich brachte, und dem Umgang mit seinem Sohn eine Grenze zu ziehen. Er konnte nicht verlangen, daß der Junge alles verstand, und er geriet immer näher an die Grenze des Erträglichen.

Es war einfach ungerecht. Es mußte aufhören, bevor Harry Josh gefühlsmäßig auf eine Weise verletzte, die nicht mehr gutzumachen war. Es war schwer genug, dreizehn zu sein, verwundbar, sensibel ... und der Sohn eines Stars ...

Sie würde mit Harry darüber reden müssen.

Harry ging am nächsten Morgen früh aus dem Haus. Caron hatte an diesem Tag frei. Sie duschte und zog schwarze Leggings und ein T-Shirt an. Josh kam in die Küche, als sie sich gerade Saft eingoß. Er war noch im Schlafanzug, zerzaust und unglücklich.

»Ich wollte gestern abend nicht sarkastisch sein.« Er blieb stehen und sah ihr zu, wie sie ein Glas für ihn eingoß. »Er war ganz ohne Grund gemein zu mir.«

Caron nahm ihn in den Arm. Der Schlafanzug war weich und roch nach Kind. Noch ein Jahr oder so, und die Hormone würden das ändern und Josh nach Teenager riechen lassen.

»Er war wirklich gemein«, gab Caron zu. »Er sollte sich bei dir entschuldigen.«

»Ich hab Angst.«

»Wovor?«

»Vor Dad. Ich hab Angst, daß er mir weh tut.«

Caron trat einen Schritt zurück und legte Josh die Hände auf die Schultern. »Weißt du, Liebling, dein Vater ist im Augenblick sehr, sehr angespannt. Das ist keine Entschuldigung dafür, sich so zu benehmen, aber versuch, dich nicht von seiner schlechten Laune erschrecken zu lassen.« Sie reichte ihm den Saft. »Du weißt doch, dein Dad würde dir nie weh tun.«

»Caron.« Josh stellte das Glas ab. »Ich muß dir was erzählen.«

Während sie darauf wartete, daß Harry nach Hause kam, versuchte Caron, sich irgendwie in der Wohnung zu beschäftigen, aber nichts konnte sie lange ablenken.

Sie ging einkaufen, war aber zu nervös.

Das Telefon funktionierte wieder, und sie versuchte, Julie Gerstein zu erreichen. Sie hatten monatelang keinen Kontakt mehr gehabt. Sie erreichte Julies Anrufbeantworter zu Hause und den im Krankenhaus. Sie hinterließ überall die Bitte, Julie möge so bald wie möglich zurückrufen.

Endlich hörte sie Harrys Schlüssel im Schloß, kurz vor vier.

»Sie waren begeistert von den Spots«, rief er, noch bevor die Tür hinter ihm ins Schloß gefallen war. »Völlig hin- und hergerissen. Sam Saloubian ist persönlich reingekommen, um es mir zu sagen. Ist über zwanzig Minuten in meinem Büro geblieben und hat darüber geredet, wie toll die Show sein wird. Rate mal, welcher Spot ihm am besten gefallen hat?«

Caron wartete im Wohnzimmer auf ihn, wo sie steif auf der Couch saß. »Ich bin hier.«

Harry kam herein. »Rate mal.«

»Harry«, sagte Caron, »ich muß mit dir reden.«

»Über was?«

»Über Josh.«

»Was hat er denn angestellt?«

»Er hat mir erzählt, wie das mit seiner Nase wirklich passiert ist.«

Harry sagte kein Wort, aber er begann, schneller zu atmen. Er setzte sich Caron gegenüber in einen Sessel, die Ellbogen auf die Knie gestützt. Er sah ihr in die Augen. »Du bist ganz außer dir«, stellte er fest.

»Mehr als das. Mir ist regelrecht übel.«

»Ich weiß, daß es unverzeihlich war – «

»Dein *Kind*! Du hast deinem Sohn die Nase gebrochen und darüber Lügen erzählt und ihn ebenfalls lügen lassen!«

Harry sackte zusammen und seufzte tief. »Ich hab das die ganze Zeit mit mir herumgeschleppt. Es lag mir wie ein Zementblock im Magen. Ich würde alles dafür geben, es ungeschehen machen zu können. Ich würde mein Leben dafür geben.«

Caron stand auf und ging ans Fenster. Dunst stieg über dem Fluß auf. Hitze drang durchs Fensterglas. Sie stand da, die Arme verschränkt, zitternd.

Harry hatte genauso reagiert, wie sie es erwartet hatte, oder? Oder hatte sie im Hinterkopf noch die Hoffnung auf eine Erklärung gehabt, auf irgendeinen Zauber, der ihr das Entsetzen nehmen würde? Ein verbales Rettungsboot, in das sie klettern konnte?

Aber es gab keines. Ihre Ehe war zu Ende.

Hinter ihnen lagen Zimmer, in denen ihre Vertrautheit sich zu einer ganz eigenen Kraft entwickelt hatte, in denen der Alltag von drei Personen miteinander verschmolzen war.

Dies aufzugeben, alles, was jemals wirklich ihr gehört hatte, war unmöglich.

Aber das Unmögliche mußte getan werden, denn sie konnte nicht bleiben.

Hinter ihr sagte Harry: »Wenn du wüßtest, wie verzweifelt ich den Jungen liebe . . . wie leid es mir getan hat . . . Ich hab mir selbst und ihm geschworen, daß so etwas nie wieder passieren wird, und es ist auch nicht wieder passiert. Ich hab ihn nie angerührt.«

Caron drehte sich wieder zu ihm um, sah ihn aber nicht an, und er fuhr fort: »Ich hoffe, das hat Josh dir auch erzählt.«

»Ja.«

Harry beobachtete, wie seine Frau auf- und abging. Er konnte die Muskelbewegungen an ihren Beinen sehen. Sie hielt den Rücken gerade, den Nacken steif, wie sie es tat, wenn sie wegen einem ihrer Fälle nervös war. Er überlegte, ob er sie an ihre eigene Einschätzung von Joshs Bruch erinnern sollte, wie relativ einfach alles gewesen war, aber er war nicht sicher, wie sie das aufnehmen würde.

Vielleicht würde aus dieser Sache sogar etwas Gutes erwachsen. Wenigstens war jetzt die Wahrheit ans Licht gekommen. Diese Bürde brauchte er nicht länger zu tragen. Sie konnten alle drei über diese vergangene Tragödie sprechen, und die Heilung konnte beginnen. Er konnte sich weiterhin an das Versprechen halten, das er Josh an jenem schrecklichen Tag gegeben hatte. Und nachdem Caron nun Bescheid wußte, konnten sie zusammenarbeiten und ihre Familie auf einer noch festeren Grundlage gegenseitiger Ehrlichkeit aufbauen.

»Wo ist Josh?« fragte Harry.

»Bei Nicholas.«

Harry stand auf. »Ich rufe ihn an, er soll rüberkommen. Wir können alle drei darüber reden.«

»Warum, Harry?«

Er blieb stehen und sah sie an. Ihre Augen waren gerötet. »Ich kann es nicht ertragen, daß es so bleibt, daß wir so weit voneinander entfernt sind. Ich wünschte, ich hätte dabeisein können, als er darüber gesprochen hat. Es tut mir leid, daß er es nicht in meiner Gegenwart getan hat. Wann hat er es dir denn erzählt?«

»Heute früh. Und Harry, wenn du gewollt hättest, daß es auf andere Art ans Tageslicht kommt, hättest du« – Caron hustete, schluckte Tränen herunter – »es ja selbst tun können.«

»Ich weiß.«

»Daß du Josh gezwungen hast, alles geheimzuhalten, macht es nur noch schlimmer.«

Harry rieb sich die Augen. »Ich hatte Angst, daß du mich verlassen würdest, wenn du es erfährst. Und ich habe mein Versprechen gehalten. Von diesem Tag an habe ich nie auch nur die Hand –«

»*Glaubst du das denn wirklich, Harry?*«

»Wie meinst du das? Selbstverständlich –«

»Willst du dir selbst weismachen, daß du nur einen schlechten Tag hattest und seitdem ein liebevoller Vater warst? Du bedrohst den Jungen die ganze Zeit! Ich sehe doch, was du tust! Gestern abend zum Beispiel! Zu wissen, daß du gewalttätig geworden bist, daß du ihm die Nase gebrochen hast, stellt dein Verhalten in ein ganz anderes Licht. Überleg doch mal, wie es Josh vorkommen muß: Wenn du ihm mit der Faust drohst, dann ist das nicht nur eine Geste. Du drohst, daß du ihm wieder das Gesicht einschlagen wirst.«

»Ich hab es nicht mit der Faust getan. Ich hab nur –«

»Ich meine nicht nur gestern. Ich habe schon oft gesehen, wie du Josh gedroht hast. Ich hab nur nie verstanden, wie ernst diese Drohungen waren.«

Harry holte tief Luft. »Diese Sache gerät außer Kontrolle. Du verhältst dich, als wäre das hier eine dieser Nachmittags-Talkshows. Ich habe Josh mein Wort gegeben, daß ich ihm nie wieder weh tun werde. Ich habe geweint. Josh weiß, daß es eine einmalige Sache war, eine Tragödie, die sich nicht wiederholen wird. Er vertraut mir.«

»Nein. Er vertraut dir *nicht*.« Caron kam auf Harry zu. Die Hände in die Hüften gestützt, baute sie sich vor ihm auf. »Deshalb hat er mir doch davon erzählt. Weil er Angst vor dir hat, Harry! Er hat Angst, daß du ihn wieder angreifen wirst.«

»Hör auf, von Angreifen zu reden!«

Sie schüttelte den Kopf. »Ich habe mir eine Menge Worte verkniffen, aber jetzt ist Schluß damit. Ich hab so vieles übersehen. Harry, du mißhandelst dein Kind!«

Er schnaubte. »Jetzt hör aber auf!«

Caron wischte sich die Tränen ab. Ihre Stimme zitterte vor Wut. »Du hättest Josh gestern vielleicht wieder geschlagen, wenn ich nicht dagewesen wäre, um dich umzustimmen. Aber ich werde dir keine weitere Gelegenheit geben, ihm noch etwas anzutun.«

Harry blinzelte. »Was willst du damit sagen?«

»Das weißt du genau. Wir werden uns trennen.«

Harrys Magen zog sich zusammen. »Du willst mich verlassen?«

»Wie könnte ich bleiben? Und Josh?«

»Josh?« Harry schüttelte den Kopf. »Ich könnte Josh nie gehen lassen.«

Caron setzte zu einer Antwort an, aber ihr fehlten die Worte, um Harrys Verteidigung zu durchdringen. Sie starrte ihn noch einen Augenblick an, dann drehte sie sich um und ging ins Schlafzimmer.

»Was wir brauchen«, sagte Harry und folgte ihr, »ist ein Familiengespräch. Eine Gelegenheit, über alles zu reden –«

»Da irrst du dich. Wir brauchen nur eins: Abstand.«

»Kurzfristig.«

»Für immer.«

Sie sah, wie seine Miene entgleiste. Ihre Worte schienen noch im Raum zu hängen. Carons Kinn zitterte; Tränen liefen ihr über die Wangen.

»Um Joshs Willen, Harry. Denk an den Jungen!«

»Das tue ich doch. Josh braucht mich! MICH!«

Schluchzend sagte Caron: »Wenn Josh bei dir bleiben will, möchte ich das von einem Psychologen bestätigt haben. Ich muß hören, daß ein Kinderpsychiater erklärt, daß das in Ordnung ist.«

Harry starrte Caron an. »Du würdest solchen Typen von unseren Privatangelegenheiten erzählen?«

»Nicht, wenn du uns gehen läßt. Aber wenn du Josh behalten willst – «

»Das ist Erpressung!«

»*Ich kann ihn nicht bei dir lassen, Harry!* Und ganz gleich, was wir beschließen, glaubst du nicht, daß die Leute herausfinden werden, weshalb wir uns getrennt haben? Du kannst so etwas nicht geheimhalten.«

Harrys Hände zitterten. Er steckte sie in die Taschen. In einer knisterte etwas, ein Zettel von Bruce Pettibone von CBS über den Spot mit Tom Brokaw; Harry hatte das Blatt den ganzen Nachmittag in der Tasche gehabt und hin und wieder berührt: »Ein phantastischer Spot für ein phantastisches Talent – und damit meine ich *dich*, Harry!«

Er holte den Zettel heraus und zerknüllte ihn.

»*Du kannst so etwas nicht geheimhalten.*«

Harry hatte plötzlich ein Bild vor Augen, wie Bruce in Sam Saloubians Büro kam. Bruce ging über den dicken Teppich zu Sams Schreibtisch, stützte sich darauf und beugte sich vor.

»Harry Kravitz hat seinen Sohn mißhandelt«, sagte Bruce.

Sam erhob sich. Er hatte die Augen weit aufgerissen. »Bist du sicher?«

»Alle reden schon darüber.«

Das Bild verschwand, und nun sah Harry, wie ein Videoband in einen Kellerraum bei CBS gebracht wurde. Ein Archivarbeiter betrachtete sich den Aufkleber auf der Schachtel: Es waren Harrys Werbespots für die Show.

»Sollen wir das wiederverwenden?« fragte er und legte das Band zu einem Haufen anderer, die bereits auf einem Tisch lagen.

»Ach was«, sagte Igor, der Bandtechniker. »Verbrenn das Arschloch. Der Kerl hat sein Kind geschlagen.«

Etwas in Harrys Brust sackte nach unten. Er hatte das Gefühl, als hätte ihm eine Maschine die Atemluft abgesaugt.

Wieder betrachtete er die zerknüllte Notiz, dann sah er Caron an. Sie starrte ihn aus weit aufgerissenen Augen an, als wäre er ein wildes Tier. Und während er sie noch ansah, nahm ihr Gesicht einen angewiderten Ausdruck an: ein jämmerliches, sabberndes Tier.

Das war nun wirklich zu viel.

Er stieß sie mit beiden Händen. Sie fiel rückwärts aufs Bett.

Der angewiderte Gesichtsausdruck wich der Angst.

Das gab Harry Kraft. Sie hatte recht, sich zu fürchten. Mit allem andern lag sie falsch, aber ihre Angst war berechtigt.

Caron wollte wieder aufstehen. Harry warf sich mit vollem Gewicht auf sie.

Caron spürte den Druck von Harrys Knien in ihrem Magen und keuchte. Sie hatte ihre Muskeln nicht mehr zur Abwehr anspannen können.

Sie versuchte zu schreien, aber dazu hatte sie keine Luft mehr.

Harry schlug mit beiden Fäusten auf sie ein, auf ihre Brust. Sie wollte seine Hände wegziehen, konnte sie aber nicht pakken.

»Du kannst mich nicht aufhalten! Du kannst mich nicht aufhalten!« keuchte Harry und schlug im Rhythmus seiner Worte zu.

Caron hörte auf, sich zu wehren. Ihr Herz schlug heftig. Aber sie bekam immer noch keine Luft, und unter seinem Gewicht konnte sie nicht atmen.

»Selbstgerechtes Miststück«, murmelte Harry. Er äffte sie nach: »›Wenn du Josh behalten willst . . . Wenn Josh wirklich bei dir bleiben will‹ . . . Er ist *mein* Sohn, du dreckiges Miststück.«

Wie sehr er sich doch geirrt hatte, als er glaubte, Caron sei die Vollendung seiner Familie. Sie war die Bruchstelle.

Er haßte, haßte, haßte sie.

Harry packte eine Handvoll von Carons Haar und riß daran, beobachtete sie und wurde mit einem schmerzverzerrten Gesicht belohnt. Aber dann bekam das Miststück eine Hand frei und kratzte nach seinen Augen, und er mußte sie beißen. Er drückte die Zähne in ihren Daumen, und sie keuchte, und er biß fester zu.

Plötzlich wurde Caron schlaff. Ihr Gesicht war schrecklich verzerrt. Aber Harry akzeptierte ihre Kapitulation noch nicht. Er mußte ihr noch so einiges zeigen. Das war er ihr schuldig.

Für das Durcheinander, das sie in seinem Leben angerichtet hatte.

Er hatte sie aus dem Dreck geholt, eine ausländische Ärztin mit einem Pappschachtelbüro in einem Krankenhaus, und ihr Ruhm und Diamanten geschenkt, sie mit Champagner verwöhnt. Er hatte ihr seinen geliebten Sohn anvertraut. Er hatte immer nur gegeben und gegeben und gegeben. Und was hatte er zurückbekommen?

Ein Plünderung. Sie hatte sein Leben geplündert.

Sie hatte so getan, als sei sie seines Vertrauens würdig, aber das war sie nicht. Sie war ein Parasit.

Sie hatte ihn reingelegt.

Harry sah sie an, wie sie unter ihm lag. Sie öffnete die Augen und schien etwas sagen zu wollen, aber es gab nichts, was Caron sagen konnte und was Harry sich anhören mußte, und er brachte sie zum Schweigen, indem er ihr die Faust in den Mund rammte.

Er hatte Blut an der Hand und wischte es an ihrem T-Shirt ab, spürte ihre weiche Brust, schlug auch darauf ein. Caron stöhnte und versuchte, sich abzuwenden. Er ließ sie eine Minute in Ruhe, so wie sie ihn hatte glauben lassen, *er* sei sicher bei *ihr* – dann wandte er sich gegen sie, wie sie sich gegen ihn gewandt hatte.

Harry zog rasch Hose und Schuhe aus. Er kniete sich über Caron, packte seinen steifen Penis und stieß ihn ihr in den Mund.

Caron versuchte, den Kopf zur Seite zu drehen, aber Harry hielt sie fest. Blut und Speichel und der Druck auf ihren Hals ließen sie beinahe ohnmächtig werden. Sie mußte den Kopf heben, um auch nur ein wenig Luft zu bekommen, und das machte alles nur noch schlimmer. Sie versuchte zuzubeißen, Harry zu verletzen, ihn aufzuhalten – aber ihre Kiefer hatte keine Kraft.

Plötzlich schrie Harry auf, und zu dem metallischen Geschmack ihres Blutes spürte sie den von Sperma. Caron würgte und versuchte zu spucken, aber Harry hatte sein Knie auf ihrem Hals, und sie konnte es nur aus dem Mundwinkel rinnen lassen.

Harry war noch nicht fertig. Mann, würde er es ihr zeigen!

Er ließ sich auf sie fallen, ruhte sich einen Moment aus.

Das war erst der Anfang.

Sie sprach mit ihm; er sah, wie sich ihre Lippen bewegten und mußte sich anstrengen, etwas zu hören, denn ihre Stimme war leise.

»Du tust mir weh«, stöhnte sie. »Bitte hör auf.«

Harry schlug sie gegen die Brust. »Das glaube ich nicht.«

»Harry!«

Statt ihr zu sagen, sie solle die Klappe halten, schlug er sie einfach weiter.

Langsam kehrte seine Kraft zurück. Er spürte, wie sie ihn immer mehr ausfüllte. Kraft in jeder Faser seines Körpers.

Womit sollte er sie als nächstes belehren?

Blut tropfte ihr in die Augen. Caron blinzelte durch eine rote Wand. O Gott! Sie konnte sich nicht bewegen, konnte nicht sprechen – würde er sie nun auch daran hindern, etwas zu sehen?

Sie versuchte, tief Luft zu holen. Sie konzentrierte sich darauf, auf ihre Lungen, ihr Zwerchfell, ihre Luftröhre. Das machten sie in der Notaufnahme, wenn es so aussah, als ob sie einen Patienten verlieren würden: Sie versuchten, sein System daran zu erinnern, wie man überlebte.

Sie wußte, daß sie sich im Schockzustand befand, im klinischen Trauma. Sie spürte die Anzeichen in ihrem Körper, konnte sie mit dem verbinden, was sie normalerweise aus einer anderen Perspektive wahrnahm.

Sie hatte plötzlich ein Bild vor Augen, wie sie aus dieser Perspektive aussah – eine Patientin. Ein Opfer. Aber der nächste Schritt wollte ihr einfach nicht einfallen. Was sollte ein solches Opfer tun?

Sie dachte an die zusammengeschlagenen Frauen, die sie in der Notaufnahme gesehen hatte, deren Männer oder Freunde sie dorthin gebracht hatten. Caron hatte immer geglaubt, sie seien wie Elisa, hätten durch ihre Trägheit ihre stillschweigende Zustimmung gegeben.

Jetzt wurde sie von ihrem eigenen Mann zusammengeschlagen und vergewaltigt, sie war hilflos, und sie war verletzt und würde vielleicht sterben.

Caron spürte, wie der Druck von Harrys Gewicht nachließ, aber eine Sekunde später riß er ihr die Leggings weg. Sie versuchte, sich vom Bett zu wälzen, aber wieder warf Harry sich auf sie. Er drückte ihr ein Knie in den Solarplexus, das andere schob er ihr zwischen die Beine.

Und dann spürte sie Harrys Penis, der sie zerriß, und Wellen von Schmerzen, die sie überwältigten.

Hatte sie das jetzt verstanden? War es ihr endlich klar?

Das hier ist deutlicher, als es in den Himmel schreiben zu lassen, dachte Harry und stieß weiter.

Nach ein paar Minuten hatte er Carons jämmerlichen Anblick und ihr Winseln satt. Er hörte auf, rollte von ihr weg und stellte befriedigt fest, daß sich seine Kraft nicht auf seinen Penis beschränkte. Mit einem festen Ruck an einem Bein und einem Arm konnte er Caron auf den Bauch werfen. Damit sie keine Geräusche mehr machte, drückte er ihren Kopf aufs Bett, dann rückte er sie zurecht, um von hinten in sie einzudringen.

Caron stöhnte vor Schmerz in Mund und Kiefer, als ihr Kopf aufs Bett gedrückt wurde. Aber sie konnte wieder atmen, ihr Gewebe wurde wieder durchblutet, und für einen gesegneten Augenblick hatte sie kein Gewicht auf sich.

Sie warf sich zur Seite, vom Bett herunter.

Sie landete auf den Knien auf dem Teppich und wagte nicht liegenzubleiben, obwohl Schmerzwellen sie durchzuckten. Auf Ellbogen und Knien kroch sie auf die Tür zu.

Harry war einen Augenblick aus dem Gleichgewicht geraten, aber er brauchte nur eine Sekunde, um sich zu erholen – er wartete allerdings, bevor er weitermachte, beeindruckt von Carons verrücktem Versuch, ihm zu entkommen. Wie man eine Spinne im Waschbecken beobachtete, bevor man sie hinunterspülte.

Harry ließ die Spinne zur Tür kriechen, bevor er sie am Beim packte und zurück aufs Bett riß, mit dem Bauch nach unten. Er schlug sie fest auf den Rücken, um sie daran zu erinnern, wer der Boß war.

Er würde ihr den Fick ihres Lebens verpassen.

Diese Explosion von Schmerz, das würgende Entsetzen, brachen durch Carons Erstarrung, und plötzlich hatte sie genug Atem, um zu schreien. Sie schrie und schlug nach hinten und trat um sich. Der Schmerz wurde schlimmer, ließ sie gellender schreien. Auch Harry schrie jetzt, versuchte, sie zum Schweigen zu bringen, aber sie hörte nicht auf, ebensowenig wie er.

Neben dem Bett klingelte das Telefon. Harry hielt einen Sekundenbruchteil inne, und mit ungeheurer Anstrengung stieß Caron ihn zur Seite und rutschte unter ihm weg.

Sie hörte ein neues Geräusch und drehte sich um.

Josh stand in der Schlafzimmertür.

13

Josh rannte davon, aber sein Anblick ließ Harry einen Augenblick lang erstarren.

Caron blieb nur noch lange genug im Zimmer, um ihre Tasche und ihre Hose an sich zu reißen. Sie zog die Hose an, schrie nach Josh, fand ihn in der Küche, wo er kreidebleich auf einem Stuhl saß.

»Bleib hier!« schrie Harry aus dem Schlafzimmer.

Caron zog Josh aus der Wohnung in den Flur. »Wenn du gehst«, schrie Harry, »dann bringe ich dich um. *Ich bringe dich um.*« Als sie die Wohnungstür zuwarf, hörte sie, daß er noch einmal ihren Namen rief, dann rannte sie umso schneller.

In der Halle wich Schlomo, der Portier, erstaunt zurück, als er Caron sah, blutig und verdreckt, wie sie Josh hinter sich herzog. Caron dachte einen Augenblick lang daran, ihn um Hilfe zu bitten, aber dann hörte sie, wie eine weitere Fahrstuhltür aufging und Harry nach ihr rief.

»Wo gehen wir hin?« fragte Josh immer wieder, als Caron ihn die Einundachtzigste Straße entlangzerrte.

Zunächst antwortete sie nicht, sondern konzentrierte sich darauf, immer wieder die Richtung zu wechseln, um Harry zu entkommen. Schließlich sagte sie: »Zu einem Telefon.«

»Was ist ... was ist passiert?«

Sie kamen an ein chinesisches Restaurant, das heruntergekommen, aber gemütlich aussah, und gingen hinein. Caron schob Josh in eine Nische mit aufgeplatzten braunen Ledersitzen, die von der Straße aus nicht zu sehen war. »Dein Vater ... hat die Nerven verloren. Du hattest recht, Angst vor ihm zu haben. Er hat mir sehr weh getan. Tut mir leid, wenn wir so fliehen müssen, aber es muß sein, und ... mehr kann ich dir jetzt nicht erklären. Laß mich zuerst anrufen. Ich versuche, Hilfe für uns beide zu finden.«

Sie rief Paul Wundring an. Sie versuchte, ihre zitternde Stimme zu beherrschen, aber es gelang ihr nicht. Er hörte ihr schweigend zu.

»Ich ... ich bin entsetzt«, sagte Paul, als sie fertig war. »Ich kann es einfach nicht begreifen. Wo, sagten Sie, sind Sie jetzt?«

»An einem Münztelefon. Josh und ich wissen nicht wohin. Ich habe schreckliche Angst, daß Harry uns finden wird.«

»Geben Sie mir die Nummer«, sagte Paul. »Ich möchte Harry anrufen, dann rufe ich Sie zurück.«

Auf dem Telefon stand keine Nummer. »Ich rufe Sie in zehn Minuten wieder an«, sagte Caron.

Sie erreichte Tomas in Westport. Zunächst hörte er zu, ohne sie zu unterbrechen, gab dann aber abgehackte, hektische Geräusche von sich, als sie Einzelheiten beschrieb.

»Von wo aus rufen Sie an?« fragte er.

»Von einem Münzfernsprecher.«

»Wo genau?«

»Ich ... das möchte ich nicht sagen.«

»Wie kann ich Ihnen helfen, wenn Sie mir nicht sagen, wo Sie sind?«

»Tomas, ich sage Ihnen doch, Harry wird mich umbringen! Ich werde niemandem verraten, wo ich bin.«

»Das ist . . . eine ziemlich verblüffende Geschichte, Caron. Sie bezichtigen eine der geachtetsten Persönlichkeiten der Welt einer verachtenswerten kriminellen Handlung. Ich glaube, ich kann dieses Gespräch nicht weiterführen, bevor ich nicht auch Harrys Version gehört habe.«

Die Worte und der Tonfall sagten Caron, daß Tomas keine Hilfe für sie sein würde. Sie legte auf.

Als sie Paul zurückrief, sprang der Anrufbeantworter an, und im Büro meldete sich der Telefondienst. Sie wartete, versuchte es noch einmal, mit demselben Ergebnis.

Sie mußte einen Augenblick lang innehalten, um sich zu langsamerem Atmen zu zwingen, damit sie nicht hyperventilierte. Sie taumelte, mußte sich an der Wand abstützen. Josh beobachtete sie mit offenem Mund, wie ein zu Tode verängstigtes Kleinkind.

Caron rief Julie Gersteins Privatnummer an. Julie ging schon beim ersten Klingeln an den Apparat.

»Ich hab deine Nachricht erhalten«, sagte sie. »Aber es war niemand zu Hause, als ich in eurer Wohung anrief. Ist irgendwas passiert?«

Wo soll ich anfangen? frage Caron sich. »Ich habe Harry verlassen. Bin buchstäblich davongerannt. Ich bin in einem Restaurant, an einem Münzfernsprecher. Josh ist bei mir. Harry hat mich geschlagen und vergewaltigt. Mehrmals –«

»Caron!«

»Es ist ganz plötzlich passiert. Na ja, eigentlich nicht, aber ich habe einfach die Anzeichen nicht bemerkt . . . Mehr kann ich dir jetzt nicht sagen.«

»Wie schwer bist du verletzt?«

Caron versuchte wieder, ihre Atmung zu verlangsamen. »Ich bin ziemlich fertig. Aber ich komme zurecht.«

»Hast du die Polizei angerufen?«

»Noch nicht«, sagte Caron und spähte durch das schmutzige Restaurantfenster. Harry konnte eigentlich unmöglich wissen, wo sie waren, aber das war reine Logik, und ihre Angst reagierte nicht auf Logik. Harry konnte, würde jeden Augenblick hier sein. Er konnte durchs Dach brechen, durch das schmutzige Glas.

»Geh in deine Praxis«, drängte Julie. »Du mußt dich sowieso untersuchen lassen, wegen der Vergewaltigung. Können sie dich dort nicht auch schützen?«

»Das ist der erste Platz, an dem Harry nach mir suchen wird.«

»Was willst du denn sonst tun? Und was kann *ich* tun?«

»Ich glaube nicht, daß du irgendwas tun kannst.«

»Komm nach Boston, Caron. Komm in meine Wohnung. Steig in ein Flugzeug –«

»Ich gehe nirgendwo hin, wo Harry mich finden könnte.«

»Dann mußt du zur Polizei. Du bist das Opfer einer Vergewaltigung. Du bist geschlagen worden, Caron. Dafür gibt es Frauenhäuser. Laß dich und Josh in ein solches Haus bringen, und dann sag aller Welt die Wahrheit über deinen Mann, den Fernsehstar. Erzähl ihnen, was für ein Schwein er ist.«

14

»Hallo?« sagte Barbara Wrenn, ihre Stimme rauh vor Schlaf.

»Barbara, hier ist Caron Alvarez. Tut mir leid, daß ich so spät anrufe.«

»Caron?«

»Hast du Radio gehört?« fragte Caron und merkte an dem Schweigen, daß sie ganz anders anfangen mußte.

»Hm«, sagte Barbara, »könnte ich dich morgen zurückrufen, Liebes? Ich war ziemlich lange auf, und ich bin wirklich fertig und –«

»Nein.« Caron rieb sich die schmerzenden Augen. »Ich muß sofort mit dir sprechen, Barbara. Ich brauche Hilfe.«

Es war beinahe vier Uhr nachts, aber Ocean City, Maryland, war immer noch lebendig.

Barbaras Wohung befand sich in einem unansehnlichen, niedrigen Gebäude mit einem schmalen Streifen sandigen Gartens davor. Nach der lebhaften Innenstadt klang der alte Wagen in der leisen Straße erschreckend laut, und Caron stellte dankbar den Motor ab.

Sie berührte Joshs Schulter, um ihn zu wecken. »Laß uns reingehen, dann kannst du in einem richtigen Bett schlafen.«

Barbara kam ihnen entgegen. Caron hatte sie seit fünfzehn Jahren nicht gesehen, und das waren offenbar harte Jahre gewesen: Barbaras Bauch zeichnete sich deutlich unter Sweatshirt und Leggings ab; ihr metallisch rotes Haar war drei Zentimeter dunkel nachgewachsen.

Caron hatte sich in New York gewaschen, aber die blauen Flecken und Schwellungen ließen Barbara entsetzt zurückweichen. Sie zog Caron und Josh in die Wohnung.

»Es tut mir so leid, hier mitten in der Nacht reinzuplatzen.«

»Na ja, ich sehe, daß es ein Notfall ist.« Barbara sah sich Carons Gesicht näher an. »Tut das so weh, wie es aussieht? Was ist passiert? Hat dich jemand zusammengeschlagen?«

Tränen flossen, brannten in den offenen Wunden um Carons Mund, und sie wischte sie weg. Ihr Kopf tat furchtbar weh. »Kann Josh sich hinlegen, bevor ich anfange?«

»Lieber Gott«, sagte Barbara zum vierten oder fünften Mal. »Kein Wunder, daß du aus New York raus mußtest. Wie soll man sich vor einem Fernsehstar verstecken?«

Die Frage hing im Raum wie der Dampf aus ihren Teetassen. Caron hatte keine Ahnung, was sie darauf antworten sollte, ebensowenig wie sie wußte, was sie tun sollte, außer Josh ins Bett zu stecken und Barbara alles zu erzählen.

Ihr tat alles weh, innerlich und äußerlich. Ihr Kopf fühlte sich an, als hätte jemand mit einem Baseballschläger darauf eingeschlagen. Sie hatte versucht, Tee zu trinken, aber ihre Lippen waren zu wund, und sie konnte sich nicht vorstellen, etwas anderes zu trinken als das Eiswasser, das Barbara ihr zuvor gegeben hatte.

Die innerlichen Schmerzen, die das Schmerzmittel während der Fahrt halbwegs unter Kontrolle gehalten hatte, waren jetzt sehr stark. Ihre Vagina und ihr Rektum fühlten sich an wie zerfetzt. Als sie auf der Toilette gewesen war, hatte sie geblutet.

Sie nahm Salbe und Desinfektionsmittel aus Barbaras Medizinschrank, verband ihre Wunden, so gut es ging, und schlief auf der Couch ein.

Josh schlief immer noch, als Caron um zehn erwachte.

Barbaras Wohnung war ein Segen. Sie verdankte Barbara ein Stück ihres Lebens – und jetzt mußte sie sich sogar noch weiter auf diese eigentlich eher flüchtige Bekanntschaft verlassen. »Ich brauche was zum Anziehen», sagte sie. »Ich muß meine Frisur verändern, und was ich sonst noch ändern kann. Ich brauche Bargeld, soviel du mir geben kannst. Und . . . Ich würde Josh gern eine Weile bei dir lassen.«

Barbara blinzelte. »Du willst, daß er hierbleibt?«

Caron nickte. »Tut mir leid. Aber zusammen sind wir zu leicht zu erkennen. Ich hoffe, es wird nur für ein paar Tage sein. Bis ich einen Weg gefunden habe, mich gegen Harry zu stellen.«

»Das mit den Kleidern ist kein Problem. Aber ich habe nicht viel Geld . . .«

»Ohne dich?« fragte Josh, und seine Augen wurden feucht.

Caron umarmte ihn fest. »Nur ein paar Tage. Damit ich . . . an dieser Sache arbeiten kann.«

Er konnte sie einfach nicht loslassen. Sie hatte seinen Kopf an ihre Schulter gedrückt, und er schmiegte sich so fest wie möglich an sie. Er sah die grünen und lila Flecke an ihrem Hals und schloß die Augen.

»Wohin gehst du denn?«

»Ich muß Leute finden, die deinen Dad von früher kennen.«

»Dr. Nusser, hier spricht Caron Alvarez.«

»Dr. Alvarez! Ist alles in Ordnung? Was kann ich für Sie tun?«

Caron seufzte. »Gar nichts. Es ist wunderbar, daß Sie mir helfen wollen, aber . . . Sie können nichts tun.«

»Sind Sie jetzt in Florida? Sie könnten hier bei mir und meiner Frau wohnen, ihre Verletzungen behandeln lassen –«

»Ich bin nicht in Florida. Und ich würde Sie nie gefährden, indem ich zu Ihnen komme.«

»Was ist mit dieser Behauptung Ihres Mannes? Sie können das schwarz auf weiß widerlegen. Ich arrangiere eine Tomographie, Bluttests –«

»Die Fakten interessieren doch keinen. Die Welt hält Harry für Gott und den Weihnachtsmann in einer Person. Nein, Dr. Nusser, ich werde Sie nicht mit in diese Geschichte ziehen. Ich kann nirgendwo lange bleiben. Harry wird mich finden. Er hat mich bereits in einem Frauenhaus gefunden. Er hat keine zwei Stunden dazu gebraucht.«

»Sie sind mit Harry Kravitz' Büro in New York bei CBS-TV in New York verbunden. Ich habe diese Sondernummer für Informationen eingerichtet, die das Verschwinden meiner Frau und meines Sohnes betreffen. Bitte hinterlassen Sie Ihren Namen und Ihre Nummer, Ihren Wohnort und alle Informationen, die Sie für mich haben. Hier spricht Harry Kravitz. Ich danke Ihnen. Gott segne Sie.«

»Hier ist Farah Dikta, in Ithaca, New York. Ich habe Ihre Frau gerade in Wegman's Supermarkt gesehen . . .«

»Mr. Kravitz, ich heiße Robert. Ich rufe aus Tucson an. Vielleicht habe ich mich ja geirrt, aber ich bin gerade von Dallas hierher geflogen, und ich glaube, Ihre Frau und Ihr Sohn waren in derselben Maschine . . .«

Caron war zwei Stunden von Ocean City entfernt.

Als sie an diesem Morgen auf Barbaras Couch gelegen und Ihre Panik niedergerungen hatte, hatte sie auch ihren körperlichen Zustand einzuschätzen versucht und sich für gesund genug erklärt, um weitermachen zu können – nicht, daß sie eine Wahl gehabt hätte. Dann war sie die wenigen Möglichkeiten durchgegangen, die ihr blieben, für den Fall, daß sie bei ihren hektischen Überlegungen vom Vorabend eine übersehen hatte, als sie und Josh durch die Nacht nach Maryland gefahren waren.

Sie konnte nicht in New York bleiben. Es gab dort niemanden, der nicht eher Verbindung zu Harry hatte als zu ihr. Jeder ihrer Versuche, sich innerhalb von New York in Sicherheit zu bringen, hatte sie nur noch mehr gefährdet.

Sie konnte nicht zu Julie nach Boston gehen oder zu Herbert Felhammer in Baltimore; das war genau das, was Harry erwarten würde. Sie hatte sogar schon an Kuba gedacht, aber es gab keine Möglichkeit, das Land zu erreichen, nicht ohne viel Geld, und was sollte sie dort anfangen? Und was war mit Josh?

Es gab keinen sicheren Ort für sie, Punkt, denn um auch nur

die geringste Hoffnung zu haben, sich gegen Harry zur Wehr setzen zu können, mußte sie bestimmte Leute erreichen – und sie vor allem finden.

Sie hatte wenig zu ihrer Verfügung: ein uraltes Auto, ein paar Kleider zum Wechseln und 174 Dollar.

Sie hätte schon lange erkennen müssen, daß Harry zur Gewalttätigkeit neigte. Die Hinweise waren deutlich genug gewesen, wenn sie nur darauf geachtet hätte. Sie war so begeistert gewesen, endlich eine Familie gefunden zu haben, daß sie alles andere ausgeblendet und verdrängt hatte, ihre wachsende Abhängigkeit, Harrys Bedürfnis nach Macht, die Anpassungen in Joshs Verhalten, in ihrem eigenen.

Und nun, da sie wußte, wozu Harry fähig war, mußte sie diese Linie so weit zurückverfolgen wie möglich.

Sie konnte nicht die erste sein. Sie war vielleicht nicht einmal das Opfer, dem er am meisten zugefügt hatte. Harrys wütendes Murmeln, während er sie schlug und vergewaltigte, schien das zu bestätigen: Flüche über seine Familie, was sie ihm angetan hatten, und daß sie bekommen hatten, was sie verdienten, ebenso wie Caron.

Harry hatte so viele Freunde und Bekannte, die ihn verehrten, so viele Einladungen; es war ihr nicht unangenehm aufgefallen, daß er keine Verwandten zu haben schien. Caron selbst kannte es ja kaum anders.

Es mußte Gründe geben, wieso nie jemand aus Harrys Familie aufgetaucht war. Gründe, wieso Harry sie nie erwähnte, keinen Hinweis gab, wo sie waren . . . bis gestern, bis sein Haß ausgebrochen war.

Sie wußte nicht, wo sie suchen sollte, außer in Harrys Heimatstadt Atlanta. Sie war nicht einmal sicher, wonach sie suchte.

Aber diese Leute hatten vielleicht die Kugeln, die das Ungeheuer aufhalten würden.

Josh konnte nicht aufhören, über seine Mutter nachzudenken.

»Sie hat mich nie sehen wollen«, hatte er zu Caron gesagt.

»Was, wenn das gar nicht stimmt?« hatte sie gefragt.

Was dann?

Er saß auf dem Bett und starrte den Fernseher an, ohne ihn wirklich zu sehen. Er fühlte sich zittrig und elend, aber er hatte auch Hunger, obwohl er gerade erst einen großen Hamburger verschlungen hatte, den Barbara ihm gemacht hatte.

Sie war diejenige gewesen, die den Fernseher eingeschaltet hatte. Erwachsene taten das immer, wenn Josh in der Nähe war – wenn er seinen Dad im Büro beim Sender besuchte, war er im allgemeinen keine zwei Minuten da, dann schob ihn jemand in einen Sessel vor einem Fernseher. Als bräuchten Kinder und Jugendliche eine bestimmte Art von Vitaminen, die sie nur von einem Bildschirm beziehen konnten.

Caron hatte ihm das Versprechen abgenommen, sich keine Sendungen mit seinem Vater anzusehen. Sie hatte darüber auf jene Art gesprochen, die sie immer an den Tag legte, wenn sie glaubte, Josh werde ihr widersprechen, aber Josh hatte nur zu gern zugestimmt.

Er konnte nicht einmal an seinen Vater denken, ohne an das Blut und das Geschrei zu denken, und an den Alptraum danach.

Josh zog die Knie an, legte die Arme darum und versuchte, sich an seine Mutter zu erinnern. Er hatte eine vage Vorstellung von ihr, von einer großen, schlanken Frau mit großen, kalten Händen. In diesem geistigen Bild hatte sie einen verrückten Gesichtsausdruck.

Josh konnte sich nicht erinnern, seine Eltern jemals zusammen erlebt zu haben. Sein Vater sagte immer, er solle es erst gar nicht versuchen. Denk nicht an sie, hatte er gesagt. Es gibt keinen Grund dazu. Sie ist anders als wir. Sie ist geisteskrank.

»Was, wenn das gar nicht stimmt?«

Konnte es möglich sein, daß seine Mutter anderswo ein ganz normales Leben führte?

Wie sie wohl war? Würde sie Josh jetzt sehen wollen?

Ein Instinkt, zum Glück ein sehr allgemeiner, sagte ihm, daß sie sich bisher nicht angestrengt hatte, mit ihm Kontakt aufzunehmen, und was immer das bewirkt haben mochte, würde sich nicht geändert haben.

Er nahm sich zwei Kissen vom Bett und drückte sie an sich.

Caron hatte eine Stadt namens Brazel erreicht, nahe dem Ende der DelMarVal-Halbinsel. Es war eine geschäftige, irgendwie schräge Stadt, voll mit Urlauberfamilien, die in überfüllten Motels wohnten. Caron kaufte einen Stadtplan und suchte die Stadtbücherei.

Mit Barbaras Hilfe hatte sie ihr Aussehen so gut wie möglich verändert. Ihre langen, honigfarbenen Locken waren jetzt kurzgeschnitten und dunkelbraun. Ihre blauen Flecke hatte sie mit Dermablend übertüncht. Außer der Haarfarbe und dem Make-up hatte Barbara auch eine Hornbrille mit runden Gläsern gekauft.

Aber Caron fühlte sich immer noch nackt und ausgeliefert.

Die Schlagzeile von *USA Tody* an diesem Morgen lautete: »Kravitz-Sohn bestätigt: Mein Vater ist ein Schläger«, darüber prangten Fotos von Harry, Josh und Caron. Auch jede andere Zeitung hatte sich des Themas angenommen. Und das würde noch schlimmer werden.

Die Bibliothekarin achtete nicht auf Haar und Brille, so merkwürdig das Caron auch vorkam. Sie zeigte Caron, wo sie die Nachschlagewerke finden würde.

Caron wartete, bis die Frau gegangen war, dann suchte sie die Telefonbücher der weiteren Umgebung. Zum Glück hatten sie eines von Atlanta.

Sie fand vier Kravitzes und schrieb sich alle Nummern auf.

Dann verließ sie die Bibliothek wieder und fand eine kleine Gaststätte mit einer alten braunen Telefonzelle, wie Caron sie seit ihrer Ankunft in den Staaten nicht mehr gesehen hatte. Mit einer der Vierteldollar-Münzen, die Barbara eigentlich für den Waschsalon gesammelt hatte, rief sie die erste der Kravitzes in Atlanta an, eine Carla F.

»Ich bin hier in Harry Kravitz' Büro bei CBS-TV in New York«, sagte sie der Frau. »Harry versucht, entfernte Verwandte in Atlanta zu finden, um sie zu seiner neuen Show einzuladen, und ich möchte gern wissen, ob Sie zu diesen Verwandten gehören.«

»Nein«, sagte die Frau. »Unsere Familie stammt eigentlich aus Ohio. Aber richten Sie ihm bitte aus, wie leid mir diese ganze Geschichte tut, ja? Ich habe ihn heute früh im Fernsehen gesehen. So ein armer Mensch! Ich hoffe, seine Frau und der Junge werden bald gefunden.«

Caron rief nacheinander David, Stephanie und Steven Kravitz an und hoffte jedesmal, daß einer von ihnen zögern oder stottern würde, ihr einen Grund geben, ihre Reise nach Atlanta fortzusetzen und sie aufzusuchen.

Aber es gab nicht das geringste Anzeichen, daß es sich um Verwandte von Harry handelte.

Sollte sie überhaupt weiter nach Atlanta fahren? Wozu?

Sie hatte kein Geld, niemanden, den sie aufsuchen konnte, keinen Hinweis, daß Harry dort tatsächlich Verwandte hatte.

Eine Sackgasse.

In der Telefonzelle war es glühend heiß. Caron öffnete die Tür. Sie wollte etwas trinken, aber niemand im Restaurant achtete auf sie, und sie wagte nicht, die Aufmerksamkeit auf sich zu lenken.

Sie hatte keine Ahnung, was sie als nächstes tun sollte.

Welche anderen Fäden hatte sie, die sie weiterführen würden?

Ihr wurde schwindlig. Sie mußte sich an der Tür festhalten, um aufrecht sitzenbleiben zu können. Ihr Frühstück kam ihr wieder hoch, und sie taumelte aus der Zelle auf die Damentoilette und übergab sich lange und schmerzhaft.

Sie saß auf dem Boden der Kabine, die Hand auf der Brust, als könnte das ihr Herzklopfen beruhigen.

Die Erinnerungen kehrten zurück. Harrys Gesicht über ihrem, seine höhnische, verzerrte Grimasse. Dolche von Schmerz durchbohrten sie; der Geschmack von Blut.

Wieder übergab sie sich.

Trauma. Das Wort blinkte immer wieder vor ihren Augen auf.

Sie hatte sich die ganze Zeit nur mit Hilfe von Adrenalin aufrecht gehalten. Aber trotz ihrer fachlichen Ausbildung hatte sie nicht getan, was Opfer tun mußten, um über ihre Erfahrung hinwegzukommen: sich ihr stellen. Sie sich bewußt und zu eigen machen.

Die Erinnerungen waren im Lauf der langen Nacht immer wieder aufgeblitzt und in ihren kurzen Schlaf eingedrungen, aber das war kein bewußter Akt gewesen, ganz im Gegenteil.

Und nun tat sie, was eine Therapeutin in einer Beratungsstelle für vergewaltigte Frauen vielleicht mit ihr getan hätte, wenn Caron sich diesen Luxus hätte erlauben können.

Sie blieb auf dem feuchten Kachelboden sitzen, hielt sich mit zitternden Händen an der Toilette fest und erklärte sich selbst, was mit ihr geschehen war.

Sie hatte einen Mann mit verborgenen dunklen Seiten. Eine Art Krebs der Seele. Ohne es zu wissen, hatte sie diese Stellen berührt, und die Geschwüre waren aufgebrochen. Der Mann, dem sie vertraut, dessen Kind sie geliebt hatte, hatte sein ganzes Gift auf sie gerichtet.

Das war keine schlimme Phase, die irgendwann wieder vorüber sein würde. Harry wollte sie sterben sehen. Er manipulierte bereits seine Verbündeten, die Medien und Millionen seiner Fans, um sie Carons Tod und sein Überleben akzeptieren zu lassen.

Der Mann mit dem Messer hatte sie schnell und einfach gefunden, und er würde sie wieder finden, wenn sie irgendwo zu lange blieb. Sie konnte jetzt seinen Atem hören, das Messer sehen.

Sie konnte spüren, wie er auf sie einstach.

Sie hatte keine Zuflucht, keine Möglichkeiten, keine Ahnung, wie sie sich retten sollte, niemanden, der auf ihrer Seite stand.

Kein Wunder, daß sie nicht mehr weiter wußte.

Über dem einzigen Waschbecken der Damentoilette hing ein kleiner, halbblinder Spiegel, und Caron schaute hinein. Sie hatte sich gewaschen und den Schaden behoben, den der Schweiß mit ihrem Make-up angerichtet hatte.

Sie sah in die Augen hinter der Brille und versuchte, einen Rest von Stärke darin zu erkennen.

Sie wiederholte immer wieder bestimmte Sätze, versuchte alles ans Tageslicht zu locken, was an Vertrauen und Selbstvertrauen noch in ihr existierte.

Sie dachte an die Obdachlosen, die sie jeden Tag im Krankenhaus sah, die sich irgendwo in New York durchschlugen. Sie erinnerte sich an die Kubaner in Florida, an ihren Mut. Und an die Menschen zu Hause – nicht die reichen und wohlgenährten Nachbarn auf der Isla, sondern die Kubaner von heute, die Durchschnittsbürger, die jeden Tag Schlange standen, um in einem Laden, in dem es nichts anderes mehr gab, ihren rationierten Anteil an Kartoffeln abzuholen.

Sie konzentrierte sich auf die Stärke all jener, die keine andere Wahl hatten, als stark zu sein, und dann sah sie wieder die Frau im Spiegel an und gestand sich ein, daß sie zu ihnen gehörte.

Wieder in der Telefonzelle, rief Caron Barbara an, erzählte ihr schnell das Neueste und fragte nach Josh.

Die heisere Stimme des Jungen wies darauf hin, daß er geweint hatte. Sie sagte: »Es ist schlimm, nicht wahr?«

Er weinte wieder. Sie hörte zu und versuchte, nicht ebenso zu reagieren. Sie konzentrierte sich auf die Fragen, die sie stellen mußte, sobald Josh nicht mehr weinen würde, und wie sie am besten sein Gedächtnis anregen konnte.

Als er sich ein wenig beruhigt hatte, sagte sie: »Deine Mutter heißt Sheila, nicht wahr? Und wie lautete ihr Nachname vor der Hochzeit?«

»Dannenbring.«

»Steht es so auf deiner Geburtsurkunde?«

»Ja.«

»Erinnerst du dich noch an ihren Geburtsort?«

»Allemar, New Jersey.«

»Kannst du dich überhaupt ein wenig an sie erinnern, Josh?«

Er schniefte. »Nur ganz wenig.«

»Aber dein Dad sagte, sie sei in einer psychiatrischen Klinik gewesen? Hat er je den Namen erwähnt?«

»Er sagte nur, er wisse nicht, wo sie inzwischen sei.«

Als Caron die leise, ängstliche Stimme hörte, wünschte sie sich von ganzem Herzen, sie könnte bei ihm sein, neben ihm sitzen, ihn in den Arm nehmen. Es mußte ein Qual für ihn sein, allein und verzweifelt in unbekannter Umgebung, ohne einen vertrauten Erwachsenen in der Nähe . . . und dazu die schreckliche Erkenntnis über seinen Vater.

Er war schon damals, als sie ihn kennengelernt hatte, ein tapferer kleiner Junge gewesen und hatte sich vertrauensvoll ihrer Behandlung überlassen.

Jetzt mußte er tapferer sein, als man es eigentlich von einem Dreizehnjährigen verlangen konnte.

Gott sei Dank war er nicht mehr bei Harry.

Sie hörte wieder, wie er mit dem Radiomoderator gesprochen hatte, wie klar und ehrlich, wenn auch zittrig, seine Stimme geklungen hatte. Seine Aussage verlieh der ihren mehr Gewicht. Ohne sie würde sie einfach wie eine hysterische Frau dastehen, die ohne Beweis und Zeugen behauptete, vergewaltigt worden zu sein.

»Wieso willst du so viel über meine Mutter wissen?« fragte Josh.

»Ich werde nach ihr suchen. Die Behörden in Allemar haben vielleicht Informationen darüber, wo sie sich jetzt aufhält.«

»Was kann eine Verrückte uns schon helfen?«

»Denk dran, was ich dir gestern abend gesagt habe. Was, wenn sie gar nicht verrückt ist? Was, wenn sie einfach nur Angst hat?«

15

Es machte ihr angst, wieder nach Norden zu fahren.

Auf der Autobahn drückte Caron den Fuß fest aufs Gaspedal. Schweiß brach ihr aus, lief ihr über den Nacken. Das Auto schien ihren Widerwillen zu spüren wie ein kluger alter Gaul; es hustete und bockte.

Zum Glück lag Allemar im Süden von New Jersey. Noch weiter in die Nähe von New York zu müssen, hätte Caron vor Schreck gelähmt.

Vielleicht war ihre ganze Mühe umsonst. Mädchenname, Geburtsstadt – das war oft in späteren Jahren so unwichtig. Und Sheila wohnte vielleicht jetzt ganz woanders. Es war durchaus möglich, daß Harry in diesem Fall die Wahrheit gesagt hatte.

Aber sie hatte keine andere Möglichkeit; sie mußte es versuchen.

Ein blauroter Blitz flackerte hinter ihr auf. Caron stellte entsetzt fest, daß ein Streifenwagen hinter ihr fuhr und der Fahrer sie anwies, an die Seite zu fahren. Sie gehorchte, mit zitternden Händen.

Der Polizist war sofort an ihrem Fenster. Die Pistole an seiner Hüfte sah riesig aus. Er hatte die Hand darauf gelegt. Die andere Hand streckte er aus.

»Führerschein und Zulassung bitte.«

Caron holte tief Luft. »Hab ich nicht dabei.«

Der Polizist schwieg einen Augenblick. Dann sagte er: »Steigen Sie bitte aus.«

Caron stieg aus. Der Mann sah sie genauer an. Er hatte die Hand immer noch an der Waffe.

»Warten Sie hier«, sagte er und ging zu seinem Wagen.

Entsetzen erfüllte sie. Hatte der Mann sie erkannt? Meldete er das jetzt gerade über Funk?

Er würde die Waffe ziehen, sie zwingen, mit ihm zu kommen, und sie zu Harry bringen, zu ihrer Hinrichtung.

Im Bankettsaal der Trattoria dell'Arte stand die Chefredakteurin der Zeitschrift *Parents* auf dem Podium und entfaltete das Manuskript ihrer Begrüßungsrede für das »Prominente Eltern des Jahres«-Preisbankett. Das Fernsehen übertrug das Ereignis dank der hohen Popularität des Preisträgers, Harry Kravitz.

Der Saal war überfüllt. Die Gewinnerin des vergangenen Jahres, Susan Sarandon, hatte längst nicht so viele Gäste angezogen, überlegte die Redakteurin, während sie ihre Ansprache beendete und die Preisplakette in die Hand nahm.

»Und deshalb ist es mir eine Ehre«, sagte sie, »diesen Preis einem Mann zu verleihen, der sich immer als vorbildlicher

Vater gezeigt hat. Wir sind dankbar, daß er heute bei uns sein konnte; im Augenblick befindet er sich in der quälendsten Situation, der ein Elternteil ausgesetzt sein kann. Versichern wir ihn also alle unserer Unterstützung. Applaus für den ›Prominenten Vater des Jahres‹, Harry Kravitz.«

Donnernder Beifall ertönte. Harry stand auf und trat ans Pult. Er umarmte die Redakteurin und küßte sie auf beide Wangen.

Der Applaus hielt an. Harry tippte ans Mikrofon und versuchte zu sprechen, aber die Menge ließ das nicht zu. Sie sprangen auf und klatschten nur noch lauter.

Harry mußte sich abwenden und sich die Augen wischen.

Die Augenärzte in Julie Gersteins Gruppe wechselten sich montags mit dem Dienst ab, und an diesem Tag war sie dran gewesen. Aber am Vormittag hatte es nicht viel zu tun gegeben, und um zwei Uhr war sie fertig.

Als sie nach Hause fuhr, genoß sie die sonnigen Flecken, und schließlich hielt sie an, um zu Fuß weiterzugehen. Sie kam an einem Mann vorbei, der auf einer Bank saß und den *Globe* las, und spähte aufs Titelblatt, ob dort etwas über Caron stand. In den Morgenzeitungen und im Fernsehen hatte es geheißen, sie werde vermißt.

Gott sei Dank.

Den ganzen Tag war Julie abgelenkt gewesen, hatte immer mit einem Ohr zum Telefon gelauscht. Caron hatte deutlich gemacht, daß sie nicht nach Baltimore kommen würde. Aber Julie dachte, sie würde sich vielleicht noch einmal melden.

Ihr wurde ganz übel, wenn sie an Caron dachte, an die liebenswerte, ernsthafte Caron, und daran, wie verletzt und traumatisiert und verzweifelt sie jetzt sein mußte. Sie wäre so gern zu ihr geeilt, um diesen Kampf gemeinsam mit ihr auszufechten. Jetzt, nachdem Harrys Strategie deutlich war, hätte sie ihn gern mit ihren Waffen bekämpft. Eine Armee von Ärzten zusammengestellt, um die Tumortheorie zu widerlegen.

Aber ohne Caron gab es dazu keine Möglichkeit. Und »Caron würde nie lügen« war keine fachliche Begründung.

Sie entdeckte einen Mann, der sich auf einem winzigen Fernseher ein Spiel der Red Sox ansah, und ging auf ihn zu. »Hi«, sagte sie. »Dürfte ich Sie um einen Gefallen bitten?«

Der Mann grinste. »Aber sicher.«

»Könnte ich bei der nächsten Werbeeinblendung mal bei CNN reinsehen?«

»Das können Sie jetzt gleich.« Er wechselte den Kanal.

Zusammen sahen sie sich den Wetterbericht an, dann den Beginn einer Sendung über Salmonellen.

»Warten Sie auf was Bestimmtes?« fragte der Mann.

»Nachrichten über Harry Kravitz und seine Frau.«

»Das ist vielleicht eine Geschichte! Die beste Show seit Burt und Loni.«

»*Nein*«, sagte Julie entschieden, aber dann wurde ihr klar, wie unwichtig die Ansicht dieses Passanten war. Er kannte Caron nicht. Er würde nicht verstehen, daß dies eine obszöne Lügengeschichte war und nicht der Medienzirkus von Berühmtheiten.

Was, wie ihr klar wurde, das allgemeine Problem war.

Sie sagte: »Ich weiß nicht, jemand in einer solchen Lage tut mir einfach leid –«

»Ja. Er ist mitten im Fadenkreuz. Seine Frau stellt Behauptungen auf, und er kann nur –«

»Ich rede von *ihr*. Wie kann ein unschuldiges Opfer einem Mann entkommen, der überall bekannt ist? Harry Kravitz ist offensichtlich ein Soziopath, und dennoch kann er die ganze Welt auf seine Seite bringen, während seiner armen Frau kein Mensch zuhört – die Leute kennen sie nicht, aber ihn halten sie für ein Familienmitglied.«

Julie wollte noch viel mehr sagen, wollte erklären, wie gut sie Caron kannte. Aber sie mußte vorsichtig sein, falls Caron sich doch noch in Boston verstecken wollte.

»Na ja«, sagte der Mann, »die Wahrheit sollte ja wohl ans Licht kommen, sobald sie gefunden wird.«

»Ich hoffe, man findet sie nicht. Ich hoffe, daß das Spektakel noch viel größer wird. Ich hoffe, sie wird ihn mit Gewebeproben und DNS-Proben überhäufen, bis er es nicht mehr leugnen kann.«

Caron berührte den Türgriff, aber ihr wurde sofort klar, daß sie nicht davonfahren konnte.

Der Polizist war zurück, mit feindseliger Miene. »Ist das Ding da echt? Oder eine Fälschung?« fragte er und zeigte auf etwas.

Sie bemühte sich, nicht entsetzt zu wirken. »Wovon reden Sie?«

»Ihre Inspektionsplakette. Ich kann mir nicht vorstellen, daß dieser Schrotthaufen wirklich durchgekommen ist.«

»Das ist . . . das ist nicht mein Auto. Meine Freundin . . .«

Der Polizist verdrehte die Augen. »Sparen Sie sich das.« Er bückte sich zur hinteren Stoßstange, die, was Caron erst jetzt sah, herunterhing. Mit einer Zange, die er offenbar aus seinem Auto geholt hatte, drehte er den Draht, der sie festhielt, wieder zusammen. Als er damit fertig war, stand er wieder auf.

»Fahren Sie das Ding zurück nach New York. Lassen Sie es reparieren, und erwerben Sie eine echte Plakette. Und suchen Sie sich einen neuen Freund«, schloß er und zeigte auf Carons zerschlagenes Gesicht, das auch das Make-up nicht ganz verbergen konnte.

»Aber Julie hat nicht gesagt, daß Caron das tatsächlich vorhat. Sie sagte nur, sie hofft es, oder?« fragte Harry.

Ronald Brale lächelte in sein Telefon. Harry hörte wirklich nur, was er wollte.

»Das hat sie gesagt«, bestätigte er.

»Und Caron hat sich vermutlich nicht mal untersuchen lassen. Bevor sie in dieses Frauenhaus kam, war keine Zeit, und nachdem du sie dort gefunden hast, muß sie sofort in Panik abgehauen sein.«

»Das schließt nicht aus, daß sie sich untersuchen ließ«, wandte Brale ein.

»Wie denn?« fragte Harry. »Wenn sie das macht, setzt sie sich der Gefahr aus, entdeckt zu werden.«

»Ich weiß nicht. Aber jedenfalls ist sie nicht hier bei der Gerstein, das kann ich dir sagen. Ich habe diese Frau stundenlang beobachtet, und Caron hat keinerlei Kontakt zu ihr aufgenommen. Sie denkt allerdings, das könnte noch passieren. Sie wollte nicht mal zugeben, daß sie Caron kennt. Sie hat sich ziemlich angestrengt, genau das zu vermeiden.«

Harry holte tief Luft. »Bleib an ihr dran. Was können wir wegen Felhammer unternehmen? Kennst du jemanden, der ihn beobachten kann?«

Brale reckte sich. Er hatte vor einem Haus in der Nähe von Julies Wohnung geparkt und wartete darauf, daß sie nach Hause kam. Der Empfänger für die Telefonwanze lag auf der Beifahrerseite auf dem Boden, direkt neben dem kleinen Fernseher.

»Keine gute Idee, Harry. Viele Köche . . .«

»Aber Caron könnte zu ihm flüchten, während du Julie beobachtest.«

»Ich werde mich um beide kümmern. So haben wir es geplant.«

»Ich weiß, was wir geplant haben, aber das ist mir nicht sicher genug.«

»Kein Problem. Ich habe Wanzen hier angebracht, bringe

welche in Baltimore an, pendele hin und her – es kann nichts passieren. Besser, als noch jemanden mit reinzuziehen.«

Harry, in seiner Küche, die Zeitung vor sich ausgebreitet, dachte darüber nach. Jemand anderen auf Felhammer anzusetzen, würde das Netz verdichten, aber Brale hatte recht: Wer immer es war, er würde nicht Brales Hintergrund haben und konnte korrumpierbar sein. Was, wenn er zu einem Klatschblatt ging und mit denen einen Deal abschloß, Harrys schmutzige Wäsche ans Licht zu ziehen?

»Es sei denn«, meinte Brale schließlich, »wir finden jemanden, der gar nicht weiß, um was es geht. Einen Kopfgeldjäger mit dem einfachen Auftrag, sie zu finden und heimzubringen.«

»Kennst du so jemanden?«

»Ja.«

»Wieviel würden wir ihm erzählen müssen?«

»Sehr wenig. Diese Typen arbeiten allein. Sie sind darauf spezialisiert, Leute zu finden. Sie haben ihre Methoden – saubere Methoden.«

Harry hörte angespannt zu. Das klang vernünftig. Er wies Brale an, einen solchen Mann zu engagieren.

Inzwischen war er ziemlich sicher, daß Caron bald zu Julie oder Felhammer kommen oder sich zumindest bei einem von ihnen melden würde, damit sie ihr Geld schickten. Harry wußte genau, wieviel sie abgehoben hatte und wie lange es in etwa reichen würde. Sie konnte nichts mehr abheben, ohne ihren Aufenthaltsort zu verraten. Sie hatte keine andere Wahl, als sich an ihre Freunde zu wenden.

Und dann konnte Brale seine Arbeit erledigen, und Harry und die Nation konnten gemeinsam den tragischen Selbstmord der begabten jungen Chirurgin betrauern, und er und Josh konnten wieder zu ihrem normalen Leben zurückkehren.

Hinter dem Rathaus von Allemar gab es einen bewachten Parkplatz. Caron nutzte die Abgeschiedenheit, um mehr Dermablend aufzutragen. Dann blieb sie noch eine Minute sitzen und zwang sich, die atemlose Furcht zurückzudrängen, die sie jedesmal überwältigte, wenn sie aus dem Auto steigen mußte.

Aber es war notwendig, hier weiterzumachen. Mit ein wenig Glück würde es im Geburtsregister oder im Grundbuch Informationen über die Familie Dannenbring geben, inklusive Vornamen, und vielleicht neuere Adressen. Selbst wenn diese Daten Jahre alt sein mochten, wären sie vielleicht ein Anfang.

Sie stieg die Treppe hinauf, vorbei an zwei Teenagern in Shorts, die die Beine in die Nachmittagssonne streckten. Sie streckte die Hand aus, um die Glastür des Gebäudes aufzustoßen, und konnte es nicht.

Dann sah sie das Schild: *Dienstag bis Freitag 9.00 – 16.00 Uhr, Montag und Samstag 9.00 – 14.00 Uhr.*

Es war Montag, halb vier.

»*Verdammt* noch mal«, flüsterte Caron. Eines der Mädchen blickte auf. Caron drehte sich um und ging langsam wieder zum Wagen zurück. Sie glaubte, den Blick des Mädchens spüren zu können, aber als sie sich umdrehte, hatte es sich längst wieder ausgestreckt.

Im erdrückend heißen Auto schloß Caron entmutigt die Augen. Harry würde inzwischen mit allen Kräften nach ihr suchen, den Druck nur noch erhöhen. Bald würden alle in diesem Land nach ihr Ausschau halten.

Sie konnte nicht zu Barbara zurück; es war zu gefährlich, zusammen mit Josh gesehen zu werden, nachdem sie auf jedem Bildschirm und in jeder Zeitung gewesen waren. Sie konnte Barbara und Josh nicht dieser Gefahr aussetzen. In Bewegung zu bleiben, war ihr einziger Schutz, und daher auch Schutz für die anderen beiden.

Denn sie gab sich keinen Illusionen darüber hin, daß Harry

Barbara oder andere Unschuldige verschonen würde, wenn sie dabei im Weg waren, Caron zu vernichten, die als einzige zwischen ihm und der Fortsetzung seiner Lebenslüge stand. Je mehr sie sich über die Ereignisse der letzten beiden Tage klar wurde, desto deutlicher wurde Harrys Krankengeschichte für sie.

Sie hätte es wissen sollen. Es kam ihr jetzt alles so logisch vor. Sie hätte mehr Fragen stellen müssen.

Aber statt dessen hatte sie einen Verteidigungswall gebaut, hatte Harry bei seiner Lüge geholfen, statt auch nur eine Spur der unerträglichen Wirklichkeit wahrnehmen zu wollen.

16

»... keine weiteren Informationen über das Verschwinden von Dr. Caron Alvarez und ihrem Stiefsohn, dem dreizehnjährigen Joshua Kravitz ... der Familie des bekannten Schauspielers und Moderators Harry Kravitz. Zeugen aus allen Teilen des Landes, von Kalifornien bis Maryland, haben sich gemeldet, weil sie die beiden angeblich gesehen haben, aber Mr. Kravitz' Pressesprecherin teilte uns mit, die beiden würden immer noch vermißt, und die Sorge um sie steige stündlich, da Dr. Alvarez schwer erkrankt sei ...«

Caron schlug mit der Faust auf den Beifahrersitz. Wurde das nun langsam zur Wahrheit, diese Vermutung, sie sei krank, und hatte man sie wirklich in Maryland gesehen? War sie selbst in dieser Verkleidung leichter zu erkennen, als sie glaubte? Wurde sie zum Beispiel gerade jetzt beobachtet?

Würde der Mann mit dem Messer sie finden?

Sie versuchte, diese Gedanken wegzuschieben und eine billige Unterkunft für die Nacht zu finden.

Sie mußte in einem Motel nahe der Autobahn weitere siebenundvierzig ihrer kostbaren Dollars lassen. Dennoch war sie dankbar für das muffige Zimmer, dessen Fenster auf eine Fabrikanlage hinausging; sie wusch sich Gesicht und Hände und griff nach dem Telefonbuch.

Endlich hatte sie Glück.

Drei Dannenbrings: Kenneth, Maura P. und S.

War es möglich, daß Allemar mehr als nur ein Anfang sein konnte? War es möglich, daß Sheila immer noch hier wohnte?

Es fiel ihr schwer, nicht sofort anzurufen, aber Caron wußte es besser.

Caron hatte sich ein Stück des Stadtplans von Allemar aus dem Telefonbuch kopiert und folgte dem Weg zur Pear Terrace. Nummer fünfzehn war ein kleines, überwachsenes Haus, das dringend einen neuen Anstrich gebraucht hätte und auf dessen schattigem Rasen drei Katzen schliefen.

Mit klopfendem Herzen ging Caron zur Haustür und klingelte. Die Katzen blickten gelangweilt auf.

Niemand antwortete.

Caron spähte durch ein Fenster in die Einzelgarage. Drinnen stand ein kleiner weißer Ford.

Im Haus brannte kein Licht, aber das Auto war sauber und die Katzen wohlgenährt. Wer immer S. Dannenbring war, sie schien wirklich hier zu wohnen.

Caron schaute in den Briefkasten, aber der war leer. Dann entdeckte sie einen Gärtnereikatalog, der halb in der Erde zu ihren Füßen vergraben war. Sie las die Adresse.

Sheila Dannenbring, 15 Pear Terrace.

»Hallo«, sagte eine kühle Stimme hinter ihr. Caron zuckte zusammen, drehte sich um und sah eine magere Frau mit Pferdeschwanz, die in einem Trainingsanzug und Reeboks die Einfahrt entlangkam.

Die New Yorker Gesellschaft für Altes Hebräisch hatte ihre Räume in einem Laden in der Dreiundvierzigsten Straße. Um Einbrüche zu verhindern, befand sich an den Abenden und am Wochenende ein Gitter vor Fenster und Türen, aber jeden Montagabend, wenn die Schüler sich versammelten, wurde das Gitter zurückgeschoben.

Schlomo Bendagin freute sich immer schon die ganze Woche auf diese Montagabende. Im Haus 114 East End wußte man genau, daß er gern eine Schicht für Kollegen übernahm, außer an Montagen, da er seine Studien als heilige Verpflichtung betrachtete.

Als Schlomo an diesem Tag den Schlüssel ins Schloß steckte, eine Schulter schwer gebeugt vom Gewicht der Büchertasche, war er erstaunt, als aus dem benachbarten Hauseingang ein hochgewachsener, breitschultriger Mann mit dickem rötlichbraunen Haar auf ihn zukam und ihn ansprach.

Auch dieser Mann hatte eine heilige Verpflichtung.

Die Frau, die Sheila Dannenbring sein mußte, sah Caron ruhig an. Die Katzen rührten sich erwartungsvoll. Caron holte tief Luft, um sich vorzustellen, schwieg dann aber, als sie in Sheilas Miene so etwas wie Wiedererkennen las.

Wiedererkennen, und dann Angst.

»Verschwinden Sie«, sagte Sheila.

Caron schüttelte den Kopf. »Harry hat diese Geschichte über den Hirntumor in Umlauf gesetzt, damit sich niemand wundert, wenn ich sterbe. Ich bin in schrecklicher Gefahr. Und Josh auch. Bitte lassen Sie mich reinkommen.«

Sheila starrte sie an, und Caron bemerkte das Alter dieser Augen in dem ansonsten jungen Gesicht. Ich hab meine Kompromisse gemacht, schienen diese Augen zu sagen, aber das ist meine Sache, und meine ganz allein.

»Wieso Josh?« wollte Sheila wissen.

»Werden Sie mich reinlassen?«

Sheila trat zur Seite und hielt die Tür auf. Sie führte Caron in ein luftiges Wohnzimmer mit einem Erkerfenster, das auf einen blühenden Garten hinter dem Haus hinausging. Eine Schubkarre und ein offener Sack mit Dünger warteten dort darauf, daß Sheila zurückkehrte und weiterarbeitete.

Caron setzte sich auf ein Sofa, Sheila nahm ihr gegenüber Platz. Der Stoff schien ein wenig feucht; Sheila gehörte offenbar zu den Leuten, die nie rechtzeitig die Fenster zumachten. Die Feuchtigkeit und der Geruch nach Erde erinnerten Caron plötzlich an das Gewächshaus im Cottage in Lexington, ihr Glück mit Pier ... und die darauffolgenden Verluste, die sie für so schrecklich gehalten hatte.

Wie naiv ...

Sheila fragte: »Wieso sagten Sie, Josh sei in Gefahr?«

Caron beugte sich vor. Sie versuchte, Sheila in die Augen zu sehen. »Josh hat gesehen, was Harry tat. Daß er mich geschlagen und vergewaltigt hat. Er hat meine Aussage öffentlich bestätigt –«

»Ich weiß. Ich habe Sie im Radio gehört. Aber Josh ... selbst Harry würde nie –«

»Nein?«

Caron ließ die Frage im Raum stehen. Dann fuhr sie fort: »Ich weiß, daß Sie Josh lieben. Ich liebe ihn auch. Im Augenblick hat er sich vor Harry versteckt, Sheila, aber er ist nicht sicher. Bitte erzählen Sie mir alles, was Sie über Harrys Vergangenheit wissen. Wohnen seine Verwandten noch in Atlanta? Können Sie mir Namen nennen? Ich habe nur eine Chance, ihm entgegenzutreten, und zwar indem ich enthülle, wer er tatsächlich ist.«

»Ihm entgegentreten? Sie träumen wohl.« Tränen liefen Sheila über die Wangen. »Glauben Sie denn, ich hätte mein Kind aufgegeben, wenn ich eine Chance gehabt hätte, Harry entgegenzutreten? Hätte ich je versprochen, mich nie mit Josh in Verbindung zu setzen, meinen Sohn glauben zu lassen, was immer Harry ihm erzählt?

Es gibt keine weiteren Fakten oder Namen«, sagte sie dann. »Dafür hat Harry gesorgt. Sie sind allein, genau wie ich. Lassen Sie Josh nicht wieder gegen Harry aussagen. Es ist mir gleich, was *Sie* tun, aber ich habe mich nicht all die Jahre zurückgehalten und um Joshs Willen alles getan, was Harry verlangte, damit Sie es jetzt verderben.«

Sie weinte jetzt. Eine Katze, die ihnen nach drinnen gefolgt war, sprang ihr auf den Schoß und ließ sich dort ein wenig unbehaglich nieder.

Caron fragte leise: »Was hat Harry Ihnen angetan?«

Sheila zog ihr Sweatshirt aus und zeigte ihren linken Arm. Der Arm war merkwürdig verformt, zu knochig an den falschen Stellen.

»Ich habe zu lange gewartet, es richten zu lassen. Dann bin ich nicht mehr hingegangen, um die Folgeoperationen machen zu lassen. Ich hatte Angst, sie würden Fragen stellen, und Harry sagte, er würde mich umbringen, wenn ich wieder hinginge.«

Caron starrte sie an. »Es gibt also keine Berichte darüber, daß Harry dafür verantwortlich ist?«

Sheila ließ den Arm sinken. »Nein.«

»Harry bricht gerne Knochen«, sagte Caron. Und dann, mit fester Stimme. »Er hat Josh die Nase gebrochen.«

Sheila keuchte. »Gestern? Aber ich dachte, er hätte nur Sie –«

»Nicht gestern. Vor drei Jahren. So habe ich Harry kennengelernt. Ich habe Josh in der Notaufnahme des Krankenhauses in New York behandelt. Sowohl er als auch Harry haben gelogen. Sie haben behauptet, Josh wäre auf dem Eis ausgerutscht und gefallen.« Caron beugte sich wieder vor. Sie nahm

Sheilas Hände, bemerkte, daß die linke kleiner war, daß die Knochen und Muskeln zu nicht mehr viel nütze waren. »Sehen Sie jetzt ein, daß Josh nicht sicher sein kann? Sie müssen uns helfen. Bitte, Sheila. Sagen Sie, was er Ihnen angetan hat. Sagen Sie es der ganzen Welt. Lassen Sie mich WCBS anrufen.«

Sheilas Kinn zitterte. »Das kann ich nicht. Aber...«

»Was aber? *Ich flehe Sie an!*«

»Ich sollte Ihnen das nicht erzählen. Monica hat mich schwören lassen, daß ich es nicht tue. Aber vielleicht kann es Ihnen helfen...«

»Hältst du es wirklich für eine gute Idee, es hier zu machen?« fragte Harry Graceann.

Sie schob Salz- und Pfefferstreuer ans andere Ende von Harrys Küchentisch. Ein Fernsehteam baute im Flur seine Geräte auf.

»Aber ja«, erwiderte sie. »Das wird vielen Zuschauern sehr vertraut vorkommen. Was machen sie um diese Zeit denn anderes, als an Ihrem Küchentisch zu sitzen? *Ihre* Familien sind in Ordnung, sie entführen sich nicht gegenseitig die Kinder und erzählen schreckliche Lügen über ihre Partner. Du kommunizierst von deiner Küche zu ihrer.«

Harry rieb sich die Augen. Graceann drückte seine Schulter. »Immer mit der Ruhe«, sagte sie.

»Als ich Caron gebeten habe, meine Frau zu werden«, sagte Harry in die Kamera, »habe ich versprochen, mich immer um sie zu kümmern. ›In kranken und gesunden Tagen‹ ist für mich keine Phrase. Und ich mache da keinen Unterschied zwischen geistiger und körperlicher Gesundheit. Die Krebszellen, die Carons Nervensystem auffressen, lassen sie auf vielerlei Art krank werden, und Sie alle da draußen müssen mir helfen, sie zu finden, damit ich mein Versprechen einhalten kann.«

Harrys Stimme brach. Die Crew bewahrte mitleidiges Schweigen, und in den meisten der dreißig Millionen Zimmer in den USA, in denen der Fernseher auf diese Sendung eingestellt war, verhielten sich die Menschen nicht anders und warteten, bis Harry sich wieder gefaßt hatte.

»Auf dem Bildschirm sehen Sie die gebührenfreie Nummer, die Sie anrufen können, wenn Sie irgend etwas über Caron wissen«, fuhr Harry leise fort. »Viele freundliche Menschen haben sich bereits gemeldet, und Gott möge Sie für diese Hilfe segnen. Hören Sie bitte nicht auf, nach Caron und Josh Ausschau zu halten.«

Russell Moorpath fühlte sich geehrt, am Fall Kravitz mitzuarbeiten. Kopfgeldjäger wurden nie in der Zeitung erwähnt, und er konnte niemandem erzählen, daß er engagiert worden war, Kravitz' Frau und Sohn zu finden, aber es war trotzdem eine Ehre für ihn.

Er hatte keine Waffe und benutzte keine komplizierteren Geräte als öffentliche Telefone, aber er hatte ein hervorragendes Netz von Informanten. Und wie immer bekam er, was er wollte. Durch einen Freund bei der Polizei hatte Russell gehört, daß eine Autofahrerin angehalten worden war, die vielversprechend schien. Er überprüfte auch den einen oder anderen Tip von Motels und Gemischtwarenläden.

Langsam bildete sich ein Muster.

Russell hatte sein Handwerk gelernt.

Höchstens noch zwei Tage, und er würde die Dame und den Jungen sicher nach Hause bringen können.

17

Herbert Felhammer hätte am liebsten einen Schuh nach dem Fernseher geworfen. Noch nicht mal acht Uhr morgens, und schon war ihm der Tag verdorben.

Nicht genug, daß man Harry Kravitz am Abend zuvor auf Sendung gelassen hatte; jetzt wiederholten auch noch alle morgendlichen Magazinsendungen die widerwärtigen Lügen dieses Kerls.

Felhammer fühlte sich so hilflos, daß ihm übel wurde.

Es war nicht nur sein Körper, dem die Kräfte fehlten – obwohl das schlimm genug war, mit den Metastasen, die sich immer weiter verteilten. Es war nicht einmal der grausame Kontrast zwischen diesem zerstörten Körper und dem makellosen Hirn, das besser arbeitete als je zuvor, als würde es von den Abgasen des Zerstörungsprozesses angetrieben.

Es war, daß er Carons Alptraum so deutlich vor Augen hatte und ihr dennoch nicht helfen konnte, sie nicht dazu bringen konnte, zu ihm zu kommen, trotz all seiner Gebete und Meditationen und jeder Gedankenübertragungstechnik, die er versucht hatte.

Er schaltete den Fernseher aus – er konnte Fernbedienungen nicht ausstehen, er würde überhaupt keinen Grund mehr haben, aufzustehen und sich zu bewegen, wenn er an dieser Stelle auch noch klein beigab –, ging unsicher wieder zu seinem Stuhl zurück und stellte sich eine neue Frage.

Wieso mußte es denn Gedankenübertragung sein?

Er hatte sich um Carons willen bedeckt gehalten. Für den Fall, daß sie sich um Hilfe an ihn wenden würde, wollte er nicht ins Licht der Öffentlichkeit treten.

Aber Harry wußte ohnehin von seiner Existenz, und es war Harry, um den es ging. Also wieso sollte er sich weiterhin ruhig verhalten? Wieso sollte er nicht Katie Couric anrufen und ihr eine oder zwei Geschichten erzählen?

Nun wußte Caron, daß Harry eine Schwester und eine Tante in Virginia hatte. Und sie kannte den Namen der Schwester: Monica Wool.

Nachdem Sheila verstanden hatte, um was es ging, hatte sie Caron die gewünschten Informationen gegeben. Das Problem war nur, daß sie nicht sonderlich viel wußte.

Aber wie naiv von Caron, es anders zu erwarten! Wenn man den Stoff seines Lebens neu webte, ließ man darin keine Löcher zu. Harry hatte mit brillanter Präzision Lügen und Halbwahrheiten um sich verbreitet.

Und es gab eine Menge, was er hatte verbergen müssen.

Sheila hatte von einem verängstigten, kaum verständlichen Anruf Monicas erzählt, als Harry sich hatte scheiden lassen, der deutlich auf ein weiteres unaussprechliches Geheimnis hinwies.

Monica hatte es nicht direkt angesprochen, aber Sheila hatte das Gefühl gehabt, es liefe alles darauf hinaus, daß Harry seine Nichte, Monicas Tochter Debbie, sexuell mißbraucht hatte.

Harry war offensichtlich nicht nur gewalttätig. Er war auch ein Kinderschänder.

Sheila wußte außerdem, daß Monica einmal in Vermont gewohnt hatte und danach in Virginia, aber nie in Atlanta.

Nun wußte Caron, wo sie weitersuchen mußte, und sie war auf dem Weg dorthin.

Sie war zu müde, um es am Dienstagabend bis nach Virginia zu schaffen. Sie hielt am Neonschild eines Motels an der Delaware-Küste an. Die Straße war stark befahren, die Umgebung allerdings verschlafen und hinterwäldlerisch. Tiefes, dunkles Wasser floß in einem Bewässerungsgraben hinter dem Parkplatz.

Nebenan zog gerade eine Familie aus. Es gab drei lebhafte,

lachende Kinder, das älteste ein Mädchen in Joshs Alter. Sie waren draußen, warfen sich eine kleine Schachtel mit Cornflakes zu, spielten damit, während die Eltern den Wagen beluden. Caron beobachtete sie durch die Jalousien: fünf Menschen, die zueinander gehörten.

Ihr ganzes Leben lang war das ihr Ideal gewesen. Dann hatte sie es gefunden, verloren und wiedergefunden – eine Familie, zu der sie gehören konnte, zu der sie paßte, wie drei Kissen auf einem Sofa.

Harry, Josh und Caron.

Sie wandte sich vom Fenster ab, die Hand an die Brust gedrückt, gegen den Schmerz.

Caron rief Josh von einem Münzfernsprecher aus an. Seine erste Frage war, ob sie seine Mutter gefunden hatte, und sie verneinte, weil sie das Gefühl hatte, daß ihm die Wahrheit mehr weh tun würde als diese Lüge.

Als sie aus der Telefonzelle kam, fiel ihr Blick auf einen Zeitungsstand – und sie entdeckte ihr Gesicht gleich auf drei Titelseiten.

Das Foto zeigt sie mit hellem, lockigem Haar und ohne Brille, aber trotzdem zog sich ihr der Magen zusammen.

Um sich noch unkenntlicher zu machen, kaufte sie eine Bräunungscreme, ging ins Hotel und trug sie auf.

Später wollte sie in die Stadt fahren, um sich etwas zu essen zu besorgen. Sie schloß das Auto auf, sah sich nervös auf dem Parkplatz um und dachte gerade dankbar, daß die beunruhigende Dunkelheit auch ein Segen für sie war, als plötzlich ein Mann neben ihr auftauchte.

»Dr. Alvarez?«

Caron schrie auf und fuhr herum.

Die Frau sah zu Tode erschrocken aus, dachte Russell. Leute bekamen immer einen Schreck, wenn er sie fand, aber sie war wie erstarrt. Er fragte sich, ob das von ihrer Krankheit kam, ob der Tumor sie zu einem nervlichen Wrack gemacht hatte.

Dann versuchte sie zu flüchten, rannte hinter das Auto. Er folgte ihr, packte sie am Arm und wollte sich gerade identifizieren, damit sie sich beruhigte, und fragen, wo der Junge sei, als sie sich wieder losriß und gegen den Wagen prallte.

Ein Stück der Stoßstange fiel scheppernd zu Boden, und sie landete obendrauf.

Der Mann streckte die Hand nach ihr aus. Caron packte das Stück Stoßstange, wich nach hinten aus und stand auf. Sie schlug nach seinem ausgestreckten Arm.

Er zuckte zusammen. »Doktor, hören Sie . . .«

»Verschwinden Sie!« sagte sie heiser. »Lassen Sie mich in Ruhe!«

Aber das tat er nicht, er kam immer näher, und Caron reagierte. Mit aller Kraft schwang sie das Blech mit beidhändiger Rückhand nach seinem Kopf, zielte instinktiv auf die Schläfe.

Er fiel zu Boden, aber er atmete noch.

Keuchend, erschrocken, betend, daß niemand auf den Parkplatz kommen möge, zerrte Caron den Mann zum Graben. Sie drückte seinen Kopf, die Schultern unter Wasser, bis er tot war, dann stieß sie ihn ganz hinein.

Noch bevor die Leiche vollständig untergegangen war, hatte Caron den Parkplatz verlassen.

Joshs rechtes Ohr schmerzte so sehr, daß er davon wach wurde. Er drehte sich um, um sich auf die linke Seite zu legen, und das half ein bißchen.

Aber er konnte nicht wieder einschlafen.

Wenn in der Nacht Wind aufkam, wirbelte er manchmal Sand aus Barbaras Hof gegen das Fenster, was Josh jedesmal zusammenzucken ließ, weil er befürchtete, draußen wäre jemand.

Er hatte die ganze Zeit Angst.

Er wünschte mit aller Kraft, daß er wieder in New York wäre. Selbst der Duft nach verbranntem Essen in Nicholas' Wohnung erschien ihm jetzt angenehm.

Wenn er doch nur wieder bei Nicholas wäre – sie könnten Scrabble spielen, er würde sogar Nicholas' Großmutter mitspielen lassen. Er würde einfach alles dafür tun.

Er hatte Heimweh. Caron fehlte ihm. Und er vermißte auch seinen Vater – oder den, den er für seinen Vater gehalten hatte.

Josh dachte viel an Caron. Er konnte es nicht ertragen, sie sich mit all ihren Blutergüssen und Verletzungen vorzustellen, also dachte er immer an sie, wie sie zuvor ausgesehen hatte, mit lockigem Haar und klaren Augen und unverletzter Haut.

An diesem Morgen hatte er Pfannkuchen gebacken, groß und locker, so wie Caron sie am liebsten hatte . . . als ob er sie ihr bringen könnte.

Josh drehte sich wieder um und schrie leise auf, als er mit dem Ohr das Kissen berührte. Tränen liefen ihm über die Wangen, brennend heiß, und tropften aufs Kissen. Ihm war überall heiß.

Um sieben Uhr morgens war Caron in Virginia. Es hatte Stunden gedauert, bevor sie aufhören konnte zu zittern.

Sie brauchte etwas zu essen, aber sie wagte es nicht, die Straße zu verlassen. Sie wartete immer noch darauf, erwischt zu werden. Auf das Ende.

Aber nichts war passiert.

Sie hatte keine Ahnung, wie der Mann sie gefunden hatte. Aber es war möglich, daß sie jetzt wieder frei war, nachdem sie ihn getötet hatte.

Schließlich hielt sie an einem überfüllten Rasthaus in Spencerville an, um zu frühstücken.

Im Waschraum stellte sie ermutigt fest, daß die künstlich gebräunte Haut nicht nur die blauen Flecke besser verbarg als das Dermablend allein, sondern ihr gesamtes Aussehen verändert hatte. Mit der anderen Frisur und Haarfarbe, der Brille und dem dunklen Lippenstift, mit dem sie die Form ihres Mundes ein wenig verändert hatte, sah sie tatsächlich ganz anders aus als die Caron auf den Fotos. Viele Frauen standen vor den Toiletten Schlange, und keine von ihnen gönnte ihr auch nur einen Blick.

Sie setzte sich an die Theke des Restaurants und bestellte Eier und Kaffee. Sie hatte nur noch knapp sechzig Dollar übrig; das einst so tröstliche Bündel Bargeld wurde jedesmal dünner, wenn sie es ansah.

Im Fernseher an der Wand lief die *Today*-Show. Caron sah zu, wie Bryant Gumbel einen Astronomen interviewte. Dann lief ein Werbespot, dann kam ihr Frühstück. Caron strich sich Butter auf den Toast, sah plötzlich Katie Couric auf dem Bildschirm und neben ihr ein sehr vertrautes Gesicht: Dr. Felhammer.

Caron hielt inne, die Hände mitten in der Bewegung erstarrt.

»Ich habe Caron mit Schnitten und blauen Flecken gesehen«, sagte er. »Einmal hatte sie ein Hämatom an der Hand. Sie sagte immer, es seien Unfälle gewesen, aber wenn derselbe Mensch einen immer wieder scheinbar aus Versehen verletzt, muß man unbewußte Absichten vermuten. Was diese Hirntumorgeschichte angeht –«

»Sie bestätigen also, daß Caron Alvarez tatsächlich einen Hirntumor hat?« fragte Katie.

»Nein!« Dr. Felhammer explodierte. Es ging ihm schlechter, das sah Caron genau. Seine Schultern waren eingesunken, und seine Hände zitterten. Aber seine Stimme war immer noch kräftig. »Caron hat keinen Krebs. Punkt. Ende der Geschichte. Ich bin Arzt und selbst Krebspatient. Ich weiß Bescheid. Sie hat ebensowenig Krebs wie Sie. Es ist eine gemeine Lüge.«

Caron zwang sich, die Eier aufzuessen. Sie zahlte, steckte das Wechselgeld ein und zwang sich, ganz ruhig zur Damentoilette zu gehen. Obwohl es ihr ungemein schwer fiel.

Der wunderbare, liebenswerte, tapfere Dr. Felhammer. Caron hätte ihn am liebsten angerufen und darauf bestanden, daß er sofort aus Baltimore verschwand, aber sie wußte, daß er ihr nie zuhören würde. Sie würde sich und ihn mit einem solchen Anruf nur noch mehr in Gefahr bringen.

Er hatte sich wahrhaftig schon genug gefährdet. Was würde Harry ihm antun? Oder war es möglich, daß er es nicht wagen würde, etwas zu unternehmen? Wäre Harry klug genug, seine zerstörerischen Möglichkeiten für Caron aufzusparen?

Im Waschraum war es noch voller als zuvor. Alle Kabinen waren besetzt. Dann ging die direkt neben Caron auf, und sie hielt dem blonden jungen Mädchen, das herauskam, dankbar die Tür auf.

»Sie schließt nicht«, sagte das Mädchen. »Soll ich sie für Sie halten?«

Carons Magen zog sich zusammen, und sie nickte, weil sie nicht wagte, den Mund aufzumachen. Sie hängte ihre Tasche an den Türgriff und konnte sich gerade noch vor die Schüssel knien, bevor ihr das Frühstück hochkam.

Dann blieb sie zitternd hocken, klammerte sich an die Toilette, bis ihr Magen sich wieder ein wenig beruhigt hatte. Sie wischte sich Augen und Mund und stand auf.

Sie griff nach ihrer Handtasche.

Sie war weg.

Caron rannte aus der Kabine, sah sich hektisch nach der Tasche oder dem Mädchen um. Sie hätte am liebsten an die anderen Kabinen geklopft, wagte es aber nicht.

Sie blieb eine Minute lang stehen, schwer atmend, voller Entsetzen. Sie hatte nur noch das Geld in der Handtasche gehabt. Und alles, was sie für ihre Verkleidung brauchte, befand sich ebenfalls darin, die Bräunungscreme und das Dermablend und die restliche Kosmetik. Die Autoschlüssel hatte sie Gott sei Dank in der Jackentasche. Aber ihre Notizen . . .

Waren die in der Handtasche? Der Name von Harrys Schwester, die anderen Informationen, die sie von Sheila erhalten hatte?

Caron tat so, als suche sie nach einem Ohrring und bückte sich. Sie suchte den Boden ab, für den Fall, daß ihre Tasche einfach nur heruntergefallen war.

Aber sie wußte, das konnte nicht sein. Die Tasche und das Mädchen waren längst verschwunden.

»Was suchen Sie denn, Liebes?« fragte eine Frau in einem grauen Jogginganzug.

Alles. Ich hab alles verloren.

Caron sah die Frau an, und einen schrecklichen Moment lang war sie nicht sicher, ob sie diese Worte laut ausgesprochen hatte. Aber offensichtlich nicht, denn das Lächeln der Frau blieb.

»Meinen Ohrring. Aber ich habe ihn schon gefunden. Danke.«

Zitternd ließ sich Caron kaltes Wasser über die Hände laufen. Sie wollte sich auch gerade das Gesicht waschen, als ihr einfiel, daß sie das nicht tun durfte. Sie hatte keine Möglichkeit, das Make-up zu erneuern, wenn sie es abwusch.

Nicht zum erstenmal fiel ihr auf, daß sie automatisch darauf wartete, daß ihr jemand zu Hilfe kam.

Daß Harry ihr zu Hilfe kam.

Die Frau im Trainingsanzug hatte sich am benachbarten Becken die Hände gewaschen und ging zum Trockner. Ihre offene Handtasche stand auf dem Beckenrand, nah genug, daß Caron sie berühren konnte.

Ein Lippenstift lugte aus einem der Fächer.

Caron griff nach ihm und steckte ihn sich in die Tasche.

Carons Notizen waren im Auto. Erleichtert ließ sie sich auf den Sitz fallen, las sie immer und immer wieder, als wollte sie sich ins Gedächtnis einbrennen, was beinahe verlorengegangen wäre.

Sie schloß das Auto ab, dachte einen gequälten Augenblick lang daran, wie leichtfertig sie das Geld dafür weggeworfen hatte, und ging zu den Münzfernsprechern.

Sie wagte nicht, Julie oder Dr. Felhammer anzurufen, weniger denn je zuvor.

Also meldete sie ein R-Gespräch zu Barbara an.

»Ich hab nichts mehr, Caron. Weniger als nichts. Und Josh . . . der Arme hat eine Ohrenentzündung.«

»O je. Bist du sicher?«

»Ich habe ihn ins Krankenhaus gebracht. Sie haben uns Erythromycin gegeben.«

Ein weiterer Grund, wieso Barbara kein Geld mehr hatte. Sie hatte vermutlich ihre letzten Dollars für den Arzt und das Medikament ausgegeben. Caron war schrecklich zumute.

Barbara sagte: »Ich werde am Freitag bezahlt. Mein Scheck wird direkt auf mein Bankkonto eingezahlt, also kann ich Mittags zum Geldautomaten gehen und Geld abheben und es dir schicken.«

Caron rieb sich den Nacken. »Wie funktioniert so was?«

»Ganz einfach. Ich gehe einfach in den Drugstore. Es dauert nur eine Stunde oder so, und dann hast du es. Aber du wirst es irgendwo abholen müssen, an einer Adresse, die sie mir angeben, und du wirst dich irgendwie ausweisen müssen.«

»Ausweisen?«

»Mit deinem Führerschein oder so.«

Caron überlegte einen Augenblick. »Ich rufe dich gleich zurück.«

Caron hatte bisher keinen Grund gehabt, das Durcheinander im Auto näher unter die Lupe zu nehmen. Aber jetzt sah sie sich schnell an, was im Handschuhfach lag. Papiere, Streichhölzer, eine Tränengas-Sprühdose. Und ein Schatz: die Wagenpapiere.

»Ramona Cruces.« Caron buchstabierte Barbara den Namen. »Finde heraus, wo ich das Geld abholen kann. Ich rufe dich morgen wieder an.«

»Was wirst du denn die nächsten zwei Tage machen? Hast du wenigstens was zu Essen?«

»Nein.«

»Caron, hör zu. Geh in einen überfüllten Schnellimbiß, in der Mittagszeit. Schau immer wieder auf die Uhr, als würdest du auf jemanden warten. Geh ganz nach hinten durch, als ob du jemanden suchst. Auf dem Weg zurück findest du bestimmt Trinkgeld, das jemand liegengelassen hat und das noch nicht weggeräumt wurde. Nimm es einfach mit.«

Caron sammelte auf diese Art beinahe achtundzwanzig Dollar. Es tat ihr weh, das schmale, abgehärmte Gesicht der Kellnerin zu sehen, der sie den Tag verdarb, aber das Geld rettete sie.

Sie gab sieben Dollar für Benzin und eine Karte von Virginia aus. Auf der Karte sah sie, daß es zwanzig Meilen südlich von Spencerville eine größere Bibliothek gab.

Tomas Valin schaltete sich durch die nachmittäglichen Talkshows, während er Papiere unterschrieb, und blieb bei *Donahue* hängen, wo gerade über Harry diskutiert wurde.

Er sortierte die Papiere und hörte dabei der Diskussion zu.

Die Sache stand nicht allzugut für Harry. Daß Caron sich nicht hatte medizinisch untersuchen lassen, sprach für ihn, aber die Gschaftlhuber im Fernsehen gaben viel darauf, daß Josh freiwillig seinen biologischen Vater verlassen hatte und mit der Stiefmutter gegangen war, und sie fragten, wieso es keine medizinischen Beweise für Harrys Hirntumor-Theorie gab.

»Ich verstehe nicht«, sagte ein Zuschauer ins Mikrofon, »wieso sich die Medien nicht mehr darum kümmern. Dieser Arzt in Baltimore sagt, es sei nicht wahr. Wo sind ihre Ärzte? Wo sind die Tests? Wieso verlangt denn niemand handfeste Beweise?«

Tomas fragte sich dasselbe.

Julie Gerstein liebte Parties, aber diese hier gefiel ihr überhaupt nicht.

Über fünfzig Ärzte und Ärztinnen stopften sich an einem langen blauen Swimmingpool an jemandes Haus in Wellesley mit Schnittchen und Bier voll – sie hatte sich wirklich auf diesen Abend gefreut. Aber das war, bevor sie gewußt hatte, daß man ihre beste Freundin vergewaltigen und zusammenschlagen würde.

Julie hatte an diesem Morgen die *Today*-Show gesehen, in der Carons alter Freund und Mentor sie verteidigt hatte. Ihr waren nie Blutergüsse bei Caron aufgefallen, aber als sie hörte, was Felhammer sagte, konnte sie sich erinnern, unbewußt ein paar kleine Verletzungen zu viel wahrgenommen zu haben – und das erst, seit Caron mit Harry verheiratet war.

Julie hatte den ganzen Morgen über angestrengt nachgedacht, ob sie sich ebenfalls an die Medien wenden sollte, und schließlich beschlossen, noch zu warten.

Es gab so vieles, was sie tun wollte. Carons Unschuld in die Mikrofone schreien; Caron und den Jungen suchen und sie retten; Harry Kravitz den Hals umdrehen, den perversen Dreckskerl ganz langsam umbringen.

Aber sie mußte Caron an erste Stelle setzen, und Caron mußte erst einmal nach Boston kommen. Dann würde Julie sie verstecken müssen, und öffentliches Geschrei war in dieser Situation vollkommen fehl am Platz.

Am Freitagmorgen hatte Caron eine Liste von siebenunddreißig Personen namens Wool, darunter viermal M. Wool, einmal M. I. und einmal M. C. Wool. Die beiden letzteren kamen ihr unwahrscheinlich vor; wenn Monica eine Mittelinitiale nach ihrem Mädchennamen hatte, dann wäre das K. Aber Caron schloß sie trotzdem mit ein.

Sie war auf dem Weg, sich an dem Ort, den Barbara ihr genannt hatte, Geld abzuholen, am Flagg Market in Spencerville.

Dann, so hoffte sie inständig, würde sie Monica finden und überzeugen können, ihr zu erzählen, was Harry Debbie angetan hatte – um es an die ganze Welt weiterzugeben.

Aber Sheila hatte bereits heftigen Widerstand geleistet. Caron hatte sie erst überzeugen können, als sie ihr gezeigt hatte, wie sehr auch Josh in Gefahr war. Solch einen Hebel besaß sie für Monica nicht. Im Gegenteil; Monica würde darum kämpfen, ihr Geheimnis bewahren zu können. Harry hatte mit Sicherheit dafür gesorgt.

Caron griff nach ihrer Liste und ging hinaus zum Wagen. Sie öffnete die Fenster, um die Hitze herauszulassen, und alles brach wieder einmal über ihr zusammen. Sie spürte, wie sie immer entmutigter wurde.

Aber als sie einstieg und die Tasche auf den Sitz stellte, strich sie mit der Hand über die Liste von Wools, und sie erinnerte sich, daß sie immerhin ein Stück weitergekommen war.

Sie hatte ohne Geld überlebt. Sie war nicht erkannt worden.

Sie hatte Fortschritte gemacht. Harry hatte zweimal versucht, sie umbringen zu lassen, und diese Versuche waren fehlgeschlagen, und er wußte immer noch nicht, wo sie und Josh sich aufhielten.

Sie hatte ihn immerhin so lange schlagen können.

18

»Spencerville, Virginia!« schrie Harry ins Telefon. »Sie ist jetzt dort. Ihre Brieftasche war gerade in der Post. ›In Spencerville, Virginia, gefunden‹ stand dabei. Und du treibst dich immer noch an den falschen Orten rum, während ein altes Wrack von einem Arzt den Nerv hat, mir öffentlich im Fernsehen zu widersprechen! Dieser Schmock, den du da angeheuert hast, hat bisher noch nicht mal Bericht erstattet!«

Ronald Brale lehnte sich im Auto zurück und hielt das Telefon ein Stück vom Ohr weg, während Harry weitertobte. Als der Krach langsam nachließ, drückte er es wieder ans Ohr.

»Sei still, Harry«, sagte er ungerührt. »Wenn ich dir weiterhelfen soll, mußt du aufhören, dich wie ein Verrückter aufzuführen. Du weißt, daß wir jetzt nichts gegen Felhammer unternehmen können. Das wäre so dumm, daß du gleich die Bißspuren an deinem Schwanz zeigen könntest.«

Harry hätte am liebsten das Telefon gegen die Wand geworfen, aber statt dessen trat er die Schranktür zu. Sein Lederstiefel hinterließ nur eine kleine Delle, also trat er weiter, bis sie deutlicher sichtbar war.

»Verdammt, was machst du denn da?« fragte Brale. »Es klingt, als ginge eine Kanone los.«

»Geht dich nichts an. Und jetzt mach dich auf den Weg.«

»Schon unterwegs.«

Harry mußte ins Büro, aber sein mürrisches Gesicht im Spiegel gefiel ihm nicht. Er nahm noch schnell eine sehr heiße Dusche, um sich abzureagieren.

Als er sich das Haar trockenrieb, fiel sein Blick wieder auf sein Spiegelbild, und er war immer noch nicht zufrieden. Er sah aus wie Scheiße.

Wie zum Teufel war es Caron gelungen, bis nach Virginia zu kommen, wo doch das ganze Land nach ihr Ausschau hielt? Einige der Medien begannen schon, sich von ihm abzuwenden. War es möglich, daß man an ihm zweifelte und die Leute einfach nicht reagierten, wenn sie Caron sahen? Und was wollte sie in Virginia?

Es gefiel ihm überhaupt nicht, daß sie sich nach Süden gewandt hatte. Zu viele Skelette im Kleiderschrank. Nicht, daß sie genug gewußt hätte, um sie aufstöbern zu können.

Ron würde sich verdammt beeilen müssen, sie zu finden. Und dann endlich dafür sorgen, daß sie sich umbrachte.

Dann würde auch Josh zurückkommen, und er und Harry konnten sich versöhnen und wieder eine Familie sein.

Harry schaute noch einmal in den Spiegel.

Mit feuchtem Haar sah er jünger aus. Wie damals, in seinen Freiheitskämpfer-Tagen.

Damals, als er noch ein wirklich guter Mensch gewesen war.

Er ließ das Handtuch fallen und starrte in den Spiegel. Er studierte das gemeißelte Kinn, die ausdrucksvollen Augen, das berühmte Haar.

Damals war er wirklich gut gewesen, nicht nur eine Karikatur.

Plötzlich traf es ihn wie ein Schlag: Hier stand er und hatte einen Killer auf seine Frau angesetzt, der sie mit ihrem eigenen Skalpell umbringen sollte – die Frau, die er aufs schrecklichste verletzt hatte, als sie ihn wegen seines Sohnes zur Rede stellte.

Er hatte den gesamten Film eiskalt geplant: Josh würde

zurückkommen, die neue Show ein Riesenerfolg, er selbst ein verzweifelter Witwer. Aber es war kein Film, es war ein Verbrechen. Sein Verbrechen. Eines seiner Verbrechen.

Was zum Teufel war nur mit ihm geschehen? Wie hatte der jüdische Patriot zum mörderischen Teufel werden können?

Und wie konnte er nur den Weg zurück finden?

Harry ging ins Schlafzimmer und legte sich aufs Bett. Er war nackt und fror in der klimatisierten Luft, aber er regte sich nicht, seine Gedanken zermalmten ihn schier unter sich.

Er lag da und hörte auf die Stimmen, die in ihm tobten. Erinnerte sich an Stimmen über sich, vor langer Zeit am Mantle Beach, wo er so schrecklich in der Falle gesessen hatte.

Wie jetzt wieder. Tatsache war, er hatte mit Caron den Punkt überschritten, an dem noch eine Wende möglich war. Er konnte nicht mehr zurück. Sie hatte angekündigt, daß sie vorhatte, ihn zu zerstören.

Er hatte sich bei seinen Aktionen bezüglich Caron zu sehr darauf verlassen, daß sie jeden Augenblick auftauchen und von Ron erledigt werden würde. Aber nun verstand er, daß er zusätzliche Hilfe brauchte.

Als erstes mußte er in der Öffentlichkeit jeglichen Zweifel daran ausmerzen, daß die von ihm präsentierten Tatsachen stimmten. Er mußte beweisen, daß Caron log.

Es war Zeit für die Tonbandcassette.

Er stand auf, zog sich an und ging ins Büro.

»Hier spricht Harry Kravitz. Ich danke Ihnen, und Gott segne Sie.«

»Hallo? Ich verkaufe Zugfahrkarten in Mincie, Indiana, und hier ist ein weiblicher Fahrgast mit einem Jungen, es könnte Dr. Alvarez sein . . .«

»Sie ist längst im Leichenhaus. Sündige Hure . . .«

»Mr. Kravitz, bitte rufen Sie Mrs. Semper an. Ich habe Ihre

Frau heute früh gesehen. Sie war im Einkaufszentrum von Framingham. Ich bin in Massachusetts . . .«

Als er die Fußpflegepraxis verließ, sah Schlomo unruhig auf seine Taschenuhr. Normalerweise kam die Post nie nach eins, aber darauf konnte man sich auch nur Anfang der Woche verlassen. Von Mittwoch an ließen die Postboten nach, besonders, wenn das Wetter gut war.

Er mußte zurück zum Haus 114 East End. Wenn seine Mutter doch bloß nicht so langsam wäre!

Er setzte sie in ein Taxi, wiederholte die Adresse zweimal gegenüber einem Fahrer, der offenbar so langsam dachte wie Schlomos Mutter lief, und beeilte sich, um von seinem Kollegen zu übernehmen.

»Die Post schon da? Noch im Kasten?« wollte Jack Dodge wissen.

»Nein«, sagte Schlomo. »Mr. Kravitz hat sie mit raufgenommen. Tut mir leid. Ich dachte, ich würde rechtzeitig zurückkommen.«

Jack biß die Zähne zusammen. Es waren saubere, gerade und ebenmäßige Zähne in einem großen, attraktiven Mund, der den Frauen gefiel. Daß Jack über eins achtzig groß und breitschultrig war, störte sie auch nicht gerade, ebensowenig wie seine Vorliebe für lässige Anzüge, die ihm paßten, als trüge er sie hauptberuflich. »Ist Kravitz noch oben?«

»Nein.«

»Sie müssen mich in die Wohnung lassen.«

Schlomo schnappte nach Luft. »Auf keinen Fall.«

»Sie müssen«, wiederholte Jack. »Kommen Sie, lassen Sie mich doch nicht noch mal von vorn anfangen. Sie kennen die Geschichte. Ich muß alles wissen, was hier passiert. Ich muß sehen, was in der Post war. Ich muß Caron vor ihm finden.«

Teil Zwei

Freitag bis Montag

20. – 23. August 1993

19

Als sie Harrys Schreibtisch aufräumte, fand Graceann Geroka eine Kette aus Büroklammern. »Was soll denn das?« murmelte sie leise.

Ihre elfjährige Tochter Lilly glaubte, die Frage sei an sie gerichtet gewesen. »Eine Halskette?«

Graceann warf ihr einen Blick zu. »Ich habe nur gemeint, wieso sitzt er hier und spielt mit Büroklammern rum, wenn er so viel zu tun hat? In der Zeit, die das hier gebraucht hat, hätte er ein weiteres Interview geben können.«

Lilly Geroka sah zu, wie ihre Mutter die Kette in einen Papierkorb warf. Sie verstand, daß Graceanns Arbeit auch darin bestand, sich über solche Sachen aufzuregen, aber sie fand es auch cool, daß Harry mit Büroklammern spielte.

Harry war so nett. Lilly hatte nicht mal was dagegen, Halsschmerzen zu haben, böse Halsschmerzen, wenn das bedeutete, daß sie nicht zur Schule mußte und mit Mummy zur Arbeit gehen konnte.

Der Summer auf Harrys Tisch ertönte, und Graceann drückte einen Knopf. »Ja?«

»Ich bin's«, sagte Harry. »Ich brauche dich hier draußen. Wir müssen noch einiges durchsprechen, bevor die Pressekonferenz beginnt.«

»Ich komme.« Graceann suchte ihre Unterlagen zusammen.

»Darf ich mit?« fragte Lilly.

»Du bleibst in meinem Büro und ruhst dich aus. Du bist krank. Du kannst auf dem Monitor zusehen.«

»Warum darf ich denn nicht ins Studio?«

Graceann warf ihrer Tochter einen langen Blick zu. Besorgt strich sie über ein paar Pickel auf der Stirn des Kindes. »Die brauchen eine Dosis Cortison«, sagte sie, laut denkend, wie zuvor bei der Büroklammerkette. Dann wandte sie sich an Lilly. »Na gut. Kämm dich und leg ein bißchen Rouge auf. Wenn wir ins Studio kommen, setzt du dich hin und siehst ruhig zu. Sag kein Wort.«

»Tu ich doch nie.«

Jack Dodge saß in LaGuardia und wartete, daß sein Flug aufgerufen wurde. Er überflog die Titelblätter der Zeitungen am Zeitungsstand. Jede einzelne, selbst *Galaxy*, brachte Fotos von Harry und seiner Frau.

Jack konnte den Kerl nicht mehr sehen.

Die Welt reagierte mit Entsetzen und Unglauben auf die Anschuldigungen, die Caron gegen Harry erhob.

Jack nicht.

Im Grunde war er überrascht, daß Harry so lange gebraucht hatte. Und er hatte schon befürchtet, es würde nie passieren.

Die Leute kauften Harry alles ab, was er ihnen einredete.

Jack hatte lange auf seine Gelegenheit gewartet, ihnen einen anderen Harry Kravitz vorzuführen.

Er mußte diese Frau finden. Sie war seine einzige Chance.

M. C. Wool in der kleinen Stadt Iolanthe hieß mit Vornamen Monica.

Immer noch verwirrt über die Mittelinitiale, hoffte Caron dennoch, die richtige Frau erwischt zu haben. Aber etwas in ihrer Stimme hatte ihr gesagt, sie müsse sich beeilen.

Das Heim der Wools war ein hübsches rosa Stuckhäuschen mit wohlgepflegtem Rasen. Als sie parkte, sah Caron jemanden hinter einem der Fenster. Sie ging zum Haus und klingelte.

Die Tür ging sofort auf.

Caron wußte gleich, daß sie Harrys Schwester vor sich hatte. Das feste Kinn, die Augen ... das dunkelblonde Haar, das ebenso dicht und glänzend war wie das von Harry.

Und Monica kannte sie.

»Sie können nicht reinkommen«, sagte sie. »Sie müssen wieder gehen.«

»Bitte, lassen Sie mich mit Ihnen reden«, flehte Caron. »Es stehen mehrere Menschenleben auf dem Spiel –«

»Das weiß ich. Und ich will nicht, daß meines dazugehört.«

»Sie haben eine Tochter.« Caron trat einen Schritt weiter auf Monica zu. »Ich glaube, ich weiß, was Harry –«

»*Gehen Sie. Sofort.*«

Caron blieb auf der Schwelle stehen, mit klopfendem Herzen, und sah in diese Augen, die denen von Harry so ähnlich waren.

»Mein Stiefsohn und ich sind in schrecklicher Gefahr. Er ist erst *dreizehn*. Er hat gesehen, was Harry mir angetan hat –«

»Ich mache die Tür jetzt zu«, sagte Monica.

Hoffnungslos.

Caron seufzte. »Ich bleibe in dem Motel beim Einkaufszentrum. Im Knights Inn. Ich bin als Ramona Cruces eingetragen. *Bitte* denken Sie noch einmal darüber nach, was ich gesagt –«

Sie stand einer geschlossenen Tür gegenüber.

»Sie hat Spencerville verlassen, allein, in einem Auto mit New Yorker Kennzeichen«, sagte Brale. »Auf dem Weg nach Südosten.«

»Südosten? *Scheiße*. Bist du sicher?«

»So sicher es geht. Sie hat alles mögliche Zeug eingekauft und war gerade auf dem Weg zur Autobahn, als der Verkäufer ihr mit einem Truthahnsandwich nachrannte, das sie vergessen hatte.«

»Darcy«, murmelte Harry.

»Wer?«

»Darcy Levy. Eine Tante von mir. Sie wohnt in Center Beach. Caron muß etwas von ihr gehört haben. Ich weiß nicht wie, aber außer mir weiß es nur noch meine Schwester, und selbst *ich* weiß nicht, wo meine Schwester steckt. Du mußt vor Caron dort sein. Schnapp sie dir, bevor sie mit Darcy reden kann. Darcy könnte einigen Schaden anrichten.«

»Wie ist ihre Adresse?«

»Die hab ich zu Hause. Irgendwas Rotes. Ruby. Ruby Lane. Und Ron, wenn du nicht vermeiden kannst, daß Darcy von deiner Anwesenheit erfährt, nutz es aus. Bring sie dazu, dir zu sagen, wo Monica ist. Könnte sein, daß wir sie brauchen.«

20

Harrys Vater Aaron Kravitz war ein New Yorker, der seinen Namen in Crane geändert hatte, nachdem ihn vier hervorragende Colleges abgewiesen hatten. Danach wurde er sofort vom Duke akzeptiert.

Er studierte Soziologie und Wirtschaftswissenschaft. Ein Finanzberater in Craig Head, North Carolina, engagierte ihn schon vor dem Abschluß. Es dauerte kein Jahr, bis er mit Selma Sarah Poll, einer Sekretärin der Firma, verlobt war. Sie liebte seinen Sinn für Humor.

Selma und ihre Eltern hielten Familienrat und entschieden, daß es für die Zukunft ihrer potentiellen Enkel besser sei, die Tatsache, daß Aaron, wie sie es ausdrückten, einmal Jude gewesen war, vertraulich zu behandeln. Also heirateten Aaron und Selma in der Lutherischen Kirche. Als Harry zur Welt kam und Monica ein Jahr später, wurden sie getauft.

Aber Aaron spürte so etwas wie Verantwortung gegenüber seinen verstorbenen Eltern und den anderen Vorfahren. Was immer die Polls über ihre Freunde und Familie beschlossen – Craig Head war ihre Stadt –, Aaron wollte, daß seine Kinder ihre Geschichte kannten.

Jeden Abend, wenn Selma einen Spaziergang zu dem Ententeich am Ende der Straße machte, erzählte Aaron Harry und Monica Geschichten von ihren Großeltern und Urgroßeltern. Er berichtete, wie sie ihren Lebensunterhalt mit dem Verkauf von Federkissen verdient hatten. Er erzählte, wie Juden diskriminiert worden waren und wie er zugestimmt hatte, seine Herkunft zu verheimlichen, um des lieben Friedens willen, daß seine Kinder aber wissen mußten, wer sie waren.

1952 kam Aarons Schwager Bradley Levi bei einem Jeepunfall in Korea um. Drei Jahre später zog seine Witwe Darcy nach Craig Head und wurde Lehrerin an der Grundschule.

Darcy verbarg ihre Religion nicht. Und die Sorgen der Polls bezüglich ihrer Enkel sollten sich als begründet erweisen.

In dem Schnellimbiß, wo Aaron meist sein Mittagessen kaufte, wurde er plötzlich angestarrt. Monica lernte es, schnell an Gruppen von Jugendlichen vorbeizugehen.

Und Harry landete geradewegs in der Hölle.

Seine Tante Darcy wollte wissen, wieso er die ganze Zeit so blaß und schüchtern war, aber Harry wollte nichts sagen.

Darcy rief Selma an, aber Selma wollte nichts von Harrys Problemen hören.

»Es ist einfach eine Anpassungsphase«, sagte Selma und versuchte, nicht anklagend zu klingen. »Laß ihn am besten in Ruhe. Er wird schon zurechtkommen.«

Im Knights Inn saß Caron auf dem durchhängenden Doppelbett und hatte die Arme um sich geschlungen, als Harry dem ganzen Land die Cassette vorspielte, die bewies, daß sie log.

Auf dem Band – ein Mitschnitt eines Telefongesprächs – verlangte Caron die Scheidung. Sie klang schrill und boshaft und drohend. Wenn Harry sich weigern würde, sagte sie, würde sie behaupten, vergewaltigt und geschlagen worden zu sein.

Harry selbst klang verletzt und aufgebracht, ging aber mit wachsender Sorge auf ihre Irrationalität ein.

»Es macht mich halb wahnsinnig, dieses Band veröffentlichen zu müssen«, sagte Harry den Zuschauern. »Die Privatangelegenheiten meiner Familie sollten privat bleiben. Ich hatte nicht einmal vorgehabt, dieses Gespräch mitzuschneiden – es kam nur zufällig auf meinem dienstlichen Anschluß an, wo alles mitgeschnitten wird, damit ich mir über berufliche Angelegenheiten nicht so viele Notizen machen muß, und ich dachte gar nicht daran, daß das Band mitlief. Ich hatte mit Sicherheit nicht vor, es jemals irgendwo vorzuspielen, schon gar nicht der gesamten Öffentlichkeit. Aber ich bin einfach verzweifelt.«

Er wandte sich einen Augenblick lang ab. Caron konnte Graceann Geroka sehen, die am Rand des Blickfelds besorgt den Kopf reckte. Als Harry sich wieder umdrehte, waren seine Augen gerötet.

»Ich habe das Band gesendet«, fuhr er fort, »um der Verwirrung über den Zustand meiner Frau ein Ende zu setzen. Einige von Ihnen haben Caron vielleicht gesehen, es aber gut gemeint und sich entschieden, mich nicht zu informieren. Nun, jetzt, wo ich Ihnen gezeigt habe, wie sehr diese Krankheit Caron geschadet hat, weiß ich, daß Sie mich verstehen. Wie ich bereits sagte, ihre Krankheit wurde von einem bekannten Neurologen an einer berühmten Klinik diagnostiziert, also gibt es daran keinen Zweifel. Ich respektiere, daß dieser Arzt nicht genannt werden will.

Ich möchte nur, daß Caron endlich gefunden wird, damit wir angemessen für sie sorgen können – und damit mein geliebter

Sohn wieder sicher ist. Gott weiß, wo die beiden jetzt sind, und in welchem Zustand.«

Aufschluchzend schlug Harry die Hände vors Gesicht.

Auch Caron weinte. Das Entsetzen überwältigte sie. Harry hatte Stücke diverser Telefongespräche zusammengeschnitten, von denen sie nicht einmal wußte, daß er sie aufgenommen hatte – und hatte das Ergebnis nicht nur als echt präsentiert, *er schien tatsächlich selbst daran zu glauben*.

Sie ließ sich gegen das Betthaupt sinken, mit klappernden Zähnen.

Gott sei Dank waren Josh und sie diesem Wahnsinnigen entkommen.

Das war der einzige positive Gedanke, zu dem sie imstande war. Sie war noch nie so hoffnungslos gewesen. Die »Beweise« gegen sie wurden immer erdrückender. Dr. Felhammer, Dr. Nusser und einige ihrer Kollegen, gemeinsam mit diversen Nachrichtenkommentatoren, die bewußt neutral geblieben waren, waren nun Carons einzige Unterstützung, abgesehen von Josh.

Josh ... sein Mut war eindeutig. Es wurden immer noch Ausschnitte seiner Aussage im Radio gesendet. Ohne Joshs Bestätigung ihrer Angaben wäre sie vollkommen unglaubwürdig.

Sie betete, daß er jetzt nicht vor dem Fernseher saß, nicht diese neue Phase der Psychose seines Vaters miterleben mußte.

Das Telefon klingelte. Caron erstarrte.

Dann erinnerte sie sich daran, daß sie Monica den Namen des Hotels genannt hatte.

»Hallo?« sagte sie mit erstickter Stimme.

»Dr. Alvarez?«

»Monica?«

»Nein. Ich heiße Darcy Levy. Ich bin Monicas Tante. Und Harrys.«

Eine von Sheila Dannenbrings Katzen war krank, und sie streichelte ihren heißen Kopf, während sie zusah, wie ihr Exmann das Leben einer weiteren Frau zerstörte.

Im Lauf der Jahre war Harry immer besser geworden. Man konnte leicht einsehen, wieso seine Fans ihn anbeteten, wieso Harry ihr Held blieb, ganz gleich, was geschah. Diese Menschlichkeit, diese Offenheit schienen nur zu glaubwürdig.

Sheila hatte keine Ahnung, wie es Harry gelungen war, dieses Tonband zu fälschen. Aber sie zweifelte keinen Augenblick daran, daß es eine Fälschung war.

Die seelischen Schmerzen, die Sheila jeden Tag spürte, die Leere dort, wo ihr Sohn hätte leben sollen, war viel schlimmer geworden, seit sie mit Caron gesprochen hatte. Das Kind, das sie seit seinem zweiten Lebensjahr nicht mehr gesehen hatte, hatte nun an Individualität gewonnen. Sie wollte wissen, wie Josh aussah, wie er sich bewegte, was er nach der Schule am liebsten aß.

Die Katze miaute, und Sheila bemerkte erschrocken, daß sie sie zu hektisch gestreichelt hatte. Sie hielt sie sanft im Arm, dann griff sie nach der Fernbedienung und schaltete den Fernseher ab.

Wieder dachte sie daran, ob sie Carons Bitte nicht nachgeben und öffentlich enthüllen sollte, wie Harry sie zerstört hatte.

Und wieder wußte sie, daß sie das nicht konnte.

Nicht wegen der Gefahr für sie selbst. Für sie konnte das Leben nicht mehr schlimmer werden.

Es ging um Josh. Sie konnte auf keinen Fall riskieren, daß Harry über Josh Rache an ihr nahm.

Paul Wundring war überrascht zu erfahren, daß Harry Telefongespräche aufzeichnete. Nicht, daß Paul jemals etwas gesagt hatte, das er bereut hätte; es war nur die Vorstellung als solche, die ihn irgendwie störte.

Er war auch überrascht, daß eine so intelligente Frau wie Caron tatsächlich so dumm gewesen sein konnte, Harry am Telefon zu drohen. Aber vielleicht war dieses mangelnde Einschätzungsvermögen Symptom ihrer Krankheit.

Und das Überraschendste für Paul war, all das von einer Frau zu hören, die er zu kennen geglaubt hatte. Erstaunlich, was alles herauskam, wenn man jemanden, der sich unbelauscht wähnte, mit einem anderen reden hörte. Er erfuhr mehr über seine Klienten, wenn sie auf Parties oder Konferenzen mit anderen sprachen, als in stundenlangen privaten Unterhaltungen.

Paul schaltete den Fernseher ab, als die Pressekonferenz zu Ende war, und ging ins Bad, um sich zu waschen und die Zähne zu putzen.

Im Spiegel bemerkte er seine traurige Miene. Er war tatsächlich traurig, tieftraurig.

Diese Situation war einfach eine Tragödie. Paul taten alle Beteiligten leid.

Es gab drei Western-Union-Filialen in Spencerville, und Jack Dodge hatte bereits in zweien von ihnen seine kleine Vorstellung gegeben.

Wenn es in diesem Flagg Market nicht klappte, würde er sich etwas vollkommen Neues ausdenken müssen.

Und er war so sicher gewesen. Wohin sonst sollte man gehen, wenn nicht zur Western Union, wenn man kein Geld mehr hatte? Es gab immer irgend jemanden aus einem früheren Leben, der einem telegrafisch Geld anwies.

Er schob die Fliegentür zum Laden auf und hörte, wie sie hinter ihm wieder zufiel. Keine Klimaanlage; wie konnten sie frische Lebensmittel verkaufen, wenn das Zeug hier in der Hitze herumlag? Er ging an die Theke und lächelte das Mädchen mit dem langen, glatten siebziger-Jahre-Haar an.

Sie erwiderte das Lächeln. Das taten sie immer. »Was kann ich für Sie tun?« sagte sie.

Jack holte die Fotos aus der Tasche. Es waren alles Bilder von Caron, dasselbe Portraitfoto, aber immer wieder verändert: mit dunklem Haar, hochgestecktem Haar, viel mehr Make-up, sehr hellem Haar, Brille.

»Ich suche diese Frau«, sagte Jack und legte die Fotos auf die Theke wie für eine Patience. »Sie könnte so aussehen wie auf einem der Fotos, oder wie eine Kombination aus mehreren. Oder ganz anders.«

Das Mädchen beugte sich über die Bilder und betrachtete sie genau. Bei dem mit der dunkelhaarigen Version hielt es inne und zeigte dann darauf. »Das da. Aber der Mund war größer, und ich glaube, sie trug eine Brille. Ja. Ganz anders als auf dem hier oder dem. Eine Brille mit braunem Rand.« Sie richtete sich wieder auf. »Sie hat sich Geld herschicken lassen.«

Jack wahrte eine neutralen Tonfall. Er hätte gern die Brieftasche gezückt, mit einem Zwanziger nachgeholfen, aber etwas riet ihm davon ab.

Er sah tiefer in die blauen Augen des Mädchens, begegnete dem ersten intelligenten Blick, seit er auf dem Flughafen angekommen war. »Sie können gut beobachten. Darf ich Ihr Erinnerungsvermögen ein wenig weiter testen?«

»Na gut.«

»Wann war sie hier?«

»Gestern.«

»Haben Sie gesehen, wie sie reinkam? Hatte sie ein Auto?«

Sie trat einen Schritt zurück. »Vielleicht sollte ich . . . wieso wollen Sie das überhaupt wissen? Sind Sie ihr Mann? Ist sie Ihnen weggelaufen?«

Ein kluges Gesicht, aber den Kopf voller Vorabendserien, dachte Jack, aber er revidierte diese Beurteilung sofort, als sie sagte: »Nein, ich sehe, daß Sie sich wirklich Sorgen machen.«

Sie schaute ihn einen Augenblick länger an. »Sie hatte ein Auto. Das konnte ich sehen.«

»Können Sie es beschreiben?«

Sie lächelte und ging in ein Büro am Ende der Theke. Dann kam sie mit einer Fotokopie zurück.

Nun konnte Jack sein Grinsen nicht mehr verbergen. Eine Autozulassung aus New York, für einen 1984er Olds, auf den Namen Ramona Cruces. Adresse in Manhattan, Richtung Harlem. Ramonas Unterschrift auf einer Empfangsbestätigung.

Jack versuchte, sich die Daten für alle Fälle einzuprägen, während er sagte: »Könnte ich eine Kopie haben?«

»Das hier ist eine Kopie. Nehmen Sie sie.«

»Ich danke Ihnen.« Er legte die Hände auf die Theke, beugte sich näher zu ihr. Sein Hemd war aufgeknöpft; eine Kette blitzte zwischen braunem Haar. Das Mädchen blinzelte ein wenig. »Eine letzte Frage«, sagte er.

»Ja?«

»Wissen Sie, woher das Geld kam?«

»Ja.«

Es sah aus, als wollte sie weiterreden, deshalb wartete er ab.

»Wir sind angewiesen, diese Informationen nicht weiterzugeben. Selbstverständlich dürfen wir überhaupt nichts weitergeben, aber –«

»Selbstverständlich nicht«, sagte Jack. Wieder überlegte er, ob er ihr Geld geben sollte, und wieder kam er davon ab. Abrupt fragte er: »Wissen Sie, wer diese Frau ist?«

Sie schüttelte den Kopf.

Jack riskierte es. Er konnte nur hoffen, daß zu diesem ungewöhnlichen Blick auch ein paar feministische Ideen gehörten. »Das ist Caron Alvarez. Dr. Caron Alvarez. Die Frau von Harry Kravitz.«

Sie schnappte nach Luft. »Ich hätte nie erkannt –«

»Nein, das sollten Sie auch nicht. Sie hat sich verkleidet. Vergessen Sie, was Sie gelesen und gehört haben«, fuhr er dann fort. »Sie sagt die reine Wahrheit, und Kravitz lügt. Sie ist auf der Flucht, aber nicht vor mir. Vor ihm. Ich bin auf ihrer Seite. Sie braucht jede Hilfe, die sie kriegen kann.« Jack beugte sich wieder zu ihr hin, schenkte ihr seinen ehrlichsten Blick. »Wenn Sie diese Unterlagen darüber, wer ihr das Geld geschickt hat, vernichten könnten, würden Sie mir ungeheuer helfen. Und vielleicht ein Leben oder zwei damit retten. Zeigen Sie es mir nicht, verbrennen Sie das Zeug.«

Sie hielt seinem Blick stand. Er sah, daß sie eine Entscheidung traf. Schließlich ging sie ins Büro, und eine Minute später konnte Jack ein Zündholz riechen.

Dann kam sie wieder heraus. »Ich weiß nicht, ob das wichtig ist, aber sie hatte eine Landkarte, und sie hatte sich Notizen gemacht. Ich kann mich nur noch daran erinnern, daß sie Iolanthe angekreuzt hat.«

»Iolanthe? Was ist das denn?«

»Eine Stadt.«

»Wo?«

»Ein paar Stunden südöstlich von hier. In der Nähe von Marwick.«

»Ist das Geld von dort gekommen?«

Sie zögerte ob dieser Änderung der Spielregeln. »Nein. Mehr sage ich nicht.«

»Wie komme ich am besten dorthin?«

»Nehmen Sie die Interstate nach Süden. In der Nähe von Marwick halten Sie Ausschau nach der Route Four nach Osten. Ich weiß nicht genau, wie die Ausfahrt heißt. Wissen Sie, Sie sind nicht der erste, der heute nach ihr fragt.«

Jack erstarrte. »Wer noch?«

»Meine Tante arbeitet an der Kasse der Exxon-Tankstelle. Sie hat mir erzählt, daß ein Mann dort nach Caron Alvarez gefragt hat. Ich hätte das eher mit Ihren Fragen in Verbindung bringen sollen –«

»Wie hat er ausgesehen? Wo ist er hingegangen?« Jack drückte die Hand der jungen Frau. »Wenn Ihre Tante nur halb so klug ist wie Sie, muß ich mit ihr reden.«

»Dünn. Rattengesichtig. Aber vielleicht war das nur so ein Gefühl.«

Jack konnte die Familienähnlichkeit erkennen, das nachdenkliche Gesicht, die Gesten.

»Groß?«

»Etwa Ihre Größe. Lange Beine; ich hab gesehen, wie er sich gestreckt hat, als er aus dem Wagen stieg. Hatte eines von diesen kleinen tragbaren Telefonen. Ein *echt* kleines. Muß teuer gewesen sein.«

»Ist Ihnen das Auto aufgefallen?«

»Die Autos bemerke ich immer. Ein roter Camry.«

»Haben Sie ihm irgendwas sagen können?«

»Nein«, entgegnete die Frau. »Mir ist erst durch Ihre Fotos klar geworden, daß es Caron Alvarez war, der ich gestern Benzin und eine Landkarte verkauft habe. Das Bild, das sie immer im Fernsehen zeigen, ist ganz anders. Aber«, fuhr sie fort, bevor Jack sich zu sehr freuen konnte, »irgendwer muß ihm was gesagt haben, denn ich hab diesen Camry auf die Interstate nach Süden einbiegen sehen, etwa eine Stunde bevor Sie herkamen.«

21

Auf dem Weg nach Center Beach hörte Caron den Olds immer wieder klappern und ächzen. Jedes Geräusch ließ sie befürchten, daß der Wagen meilenweit von jeder Hilfe entfernt zusammenbrechen würde.

Aber diese Sorge verblaßte neben dem schrecklichen Durcheinander in ihrem Kopf, das Darcy Levys Bericht angerichtet hatte.

»Harry hat die kleine Debbie vergewaltigt. Direkt in seiner Wohnung in New York. Harry weiß das, Monica weiß das, und ich weiß das. Sie war erst acht. Und sie war auch nicht die erste. Er hat zu Hause ein anderes kleines Mädchen mißbraucht. Damals war er noch in der High School. Stellen Sie sich das vor, ein großer, kräftiger Junge greift so ein kleines Mädchen an ...«

Caron mußte immer wieder an Kinderbeine denken, die um sich traten, wie sie es getan hatte, an den brennenden, reißenden Schmerz.

Sie versuchte, dieses Bild zu verdrängen, aber es tauchte immer wieder vor ihrem geistigen Auge auf, als würde ein Endlosband abgespielt.

Harrys verzerrtes Gesicht, sein Atem auf ihrer Haut ... auf Debbies ...

Darcy hatte zugestimmt, sich mit ihr zu treffen.

Darcy hatte Angst vor Harry, ebenso wie alle anderen. Nicht um ihrer selbst willen, aber wegen Monica und Debbie. Und nun war klar, wieso Monica Carons Bitten so eisern zurückgewiesen hatte.

Aber keinem von ihnen konnte geholfen werden, wenn nicht jemand wie Debbie ihre Geschichte erzählte.

Caron konnte es kaum erwarten, in Center Beach anzukommen. Darcy würde ihr so viel sagen können. Caron hatte sie nicht erst überzeugen müssen, daß das Band gefälscht war. Diese Frau hatte etwas Edelmütiges an sich, das auch bei einem Telefongespräch deutlich zu bemerken war.

Dank Darcy wußte Caron nun sicher, daß Harry Debbie vergewaltigt hatte. Diese Information berührte etwas in ihrem Gedächtnis, aber je heftiger sie versuchte, dieser Erinnerung nachzuspüren, desto undeutlicher wurde alles.

Sie wußte nun auch, daß Harry gelogen hatte, was seine Jugend in Atlanta anging: Er stammte aus den Outer Banks von North Carolina, aus einer kleinen Stadt namens Craig Head. Die Tatsache, daß Harry das verborgen hatte, wies darauf hin, daß es dort wertvolle Informationen geben mußte.

Josh hatte genug von Lasagne aus der Tiefkühltruhe, dem einzigen Essen, das es bei Barbara gab. Aber sie machte jedesmal eine solche Zeremonie aus dem Tischdecken, Serviettenfalten und so, daß er es nicht übers Herz brachte, das zu erwähnen, oder ihr anzubieten, daß er etwas anderes kochen könne.

Er schnitt gerade Gurken für einen Griechischen Salat, als seine Tränen plötzlich zu fließen begannen. Barbara sah, wie er die Augen rieb, und legte die Hand auf seine Schulter.

»Was ist es denn, Josh? Das Band?«

»Nein. Ich weiß nicht.«

»Ich nehme an, es ist schwer zu glauben, daß es eine Fälschung ist, wenn der eigene Vater das Gegenteil behauptet.«

Josh legte das Messer hin. »Was denn nicht? Was, wenn er recht hat?«

»Es ist nicht wahr. Er hat es aus Schnipseln anderer Bänder zusammengeschnitten. Heutzutage gibt es Computer, die alles so hervorragend miteinander verschmelzen, daß selbst die Hintergrundgeräusche gleichmäßig sind. Damit kenne ich mich aus. Ich hab mal in einem Tonstudio gearbeitet; dort wurden Werbespots vertont. Du würdest nicht glauben, was für Bänder wir dort gemacht haben, nur zum Spaß. Schmutzige Sachen, wie zum Beispiel eine ›Aufnahme‹ des Präsidenten, der es, äh, mit einem Huhn treibt.«

Josh griff nach einer Serviette und wischte sich die Tränen ab. Er erinnerte sich, wie sein Dad im Fernsehen geweint hatte, mit rotem Gesicht und zerzaustem Haar, dann fing er selbst wieder zu weinen an.

Jack sagte sich, er hätte lieber in Spencerville tanken sollen. Aber er hatte es so verdammt eilig gehabt, nach Iolanthe zu kommen, daß er die Tankstelle mit einem dreiviertelleeren Tank verlassen hatte.

Was zum Geier hatte Caron hier vor? Wenn sie sich verstekken wollte, wieso trieb sie sich dann in Hinterwäldler-Käffern rum, deren Bürger nichts besseres zu tun hatten, als jede Spinne zu beobachten, die über ihre Grenze krabbelte? Warum hatte sie sich keine anonyme Großstadt ausgesucht, um darin zu verschwinden?

Konnte es sein, daß sie zu jemandem unterwegs war, der sie schützen würde? Der ihr Geld geben würde?

Oder, fragte er sich, hatte sie eventuell dasselbe Ziel wie er?

Wieso hatte sie nicht versucht, die New Yorker Nummernschilder loszuwerden? Wie klug waren Ärzte überhaupt?

Er war so beschäftigt damit, über sie zu meckern, daß er beinahe die New Yorker Nummernschilder an dem roten Camry verpaßt hätte, der auf einem Rastplatz stand.

Groß. Rattengesicht. Bingo.

Man konnte sehen, daß der Mann alles andere als harmlos war, wenn man beobachtete, wie er sich dem Mechaniker gegenüber verhielt. Es gab keine offenen Anzeichen, daß er etwas anderes war als ein freundlicher, schlaksiger Typ um die fünfzig, ein Kerl aus dem Norden, der Probleme mit dem Auto hatte, aber jahrelange Beobachtung hatte Jack gelehrt, tiefer zu blicken.

Wer zum Teufel war das?

Wußte er, wer Caron war?

Jack wartete, bis der Mann weggefahren war, dann setzte er sich drei Wagen hinter den Camry, um ihm zu folgen, vermutlich nach Iolanthe.

Dann kam das Schild für die Ausfahrt nach Iolanthe. Jack hatte dem Camry eine Menge Raum gelassen, weil er ja wußte, wohin er vermutlich unterwegs war, und war daher vollkommen unvorbereitet, den Camry weiterhin auf der linken Spur zu finden, als er auf die Ausfahrt zufuhr.

Was war los?

Jack richtete sich auf. Abbiegen und nach Iolanthe fahren und dort möglicherweise Caron finden, aber Bozo verlieren? Oder dranbleiben und sich von dem anderen die Richtung vorgeben lassen?

Er entschied sich für das letztere.

22

Der Camry begann wieder zu stottern, als Ronald Brale die Ausfahrt nach Center Beach nahm.

Scheißkarre.

Er sollte Harry das Geld für einen Lexus abknöpfen, bevor er noch einen Meter weiterfuhr.

Nun gut, er würde bald einen haben. Harry war ihm bereits verdammt viel schuldig, und es würde noch mehr werden.

Er bog zu einer Tankstelle ein, öffnete die Motorhaube und zog den Draht fest, der gerade erst ersetzt worden war.

Dann suchte er Darcy Levys Adresse im Telefonbuch, warf einen Blick auf den Stadtplan und fuhr zur Ruby Lane.

Darcy Levy stand am Fenster zur Straße und hielt nach Caron Alvarez Ausschau. Sie war nicht imstande gewesen, etwas zu Mittag zu essen, und sie fühlte sich gleichzeitig angeekelt und hungrig. Ihr Arzt sagte ihr immer, sie solle den Magen nie vollkommen leer lassen, das sei das Schlimmste, was sie ihrem Magengeschwür antun könne, aber heute hatte sie keine andere Wahl. Der Kloß in ihrem Hals war zu dick.

Harry, und alles, was mit Harry zu tun hatte, hatte immer diese Wirkung auf sie.

Ein Teil von Darcy hatte Mitleid mit ihrem gequälten Neffen, empfand immer noch Respekt für den angeborenen Mut, den die Umstände zu etwas anderem gemacht hatten, zu etwas Aggressivem und Krankhaftem.

Aber es waren vor allem die anderen, denen ihr Mitleid gehörte – die Menschen, deren Leben sich mit dem Harrys überschnitt und die deshalb leiden mußten.

Sie hatte gehofft, Harrys Berühmtheit und Erfolg würden seine dunklen Bedürfnisse befriedigen können. Einige Jahre lang hatte sie diese Hoffnung gehabt. Sie sah ihn im Fernsehen, als Scott oder als er selbst, und versuchte, das schreckliche Geheimnis um Debbie nicht alles vergiften zu lassen. Sie strengte sich wirklich an, diese liebenswerte Person zu sehen, die ihr da vor Augen geführt wurde.

Aber es war sinnlos. Harry war offenbar gefährlicher als je zuvor. Seine arme Frau, sein Sohn . . . und Monica mußte wieder um Debbie fürchten, um sie alle . . .

Vom Magengeschwür einmal abgesehen, war Darcy stark und kräftig für ihr Alter. Ihre Arme waren sehnig von der Pflege der Klematis an ihrem Zaun. Sie machte jeden Tag einen Spaziergang am Strand, selbst wenn es regnete, und obwohl sie keine sonderlich gute Köchin war, ernährte sie sich gut. Sie war Stammgast in diversen Restaurants in Center Beach.

Ihr Leben gefiel ihr. Die Vorstellung, jetzt die geschlagene und vergewaltigte Frau ihres Neffen einzulassen, mit all den Folgen, die das für Monica und Monicas Kinder und noch andere haben würde, war schrecklich.

Aber was konnte sie denn anderes tun? Caron Alvarez hatte Angst, umgebracht zu werden – und von Darcys Standpunkt aus war das eine sehr begründete Angst. Carons einzige Hoffnung lag darin, Harry in aller Öffentlichkeit bloßzustellen. Niemand wußte besser als Darcy, mit wie wenig Hilfe sie dabei rechnen konnte. So wenige Menschen wußten über Harry Bescheid, und diese Leute hatten allen Grund zu schweigen.

Die Klematis zitterte, als ein Wagen in die Einfahrt einbog, eine kleine rote Limousine. Darcy reckte den Hals, um Caron zu sehen. Aber es war ein Mann, der ausstieg – und sonst war niemand in Sicht.

Der Kloß in Darcys Hals wurde größer.

Caron hielt hinter Darcys rotem Toyota an. Sie zog die Falten in ihrem Rock glatt und ging zur Tür. Sie klingelte, aber nichts geschah.

Hatte Darcy es sich anders überlegt und war weggegangen?

Wieder klingelte sie, wartete. Sie fühlte sich abgewiesen, ihre Hoffnung schwand. Stunden der Fahrt, der Anspannung, und sie hatte all ihre Hoffnungen darauf konzentriert, mehr erfahren zu können, von dieser Frau, die so stark geklungen hatte, eine neue Richtung zu bekommen, von einer Person, die einen ganz anderen Harry kannte als der Rest der Welt.

Caron klingelte noch einmal, dann griff sie nach dem Türknauf. Die Tür ging auf, und Caron trat in einen kleinen kühlen Flur mit einer Treppe rechts.

»Darcy?« rief sie.

Oben an der Treppe erschien ein Mann. Er starrte Caron einen Augenblick lang an, dann sprang er herunter, aber Caron war schon auf dem Weg zur Tür. Das Blut rauschte ihr im Kopf, und zwei Gedanken trafen sie wie Hammerschläge:

Das rote Auto hatte New Yorker Nummernschilder gehabt.

Der Mann war derjenige, der ins Frauenhaus eingebrochen war.

Ihre Finger waren nur fünf Zentimeter vom Türknauf entfernt, als der Mann sie erreichte.

Jack versuchte, dem Camry auf den Kleinstadtstraßen zu folgen, aber das war einfach zu riskant. Er fuhr zurück zur Tankstelle. Auf dem Rückweg würde der Camry wieder hier vorbeikommen müssen; es gab nur wenige Straßen zwischen dieser Ecke und der Küste. Jack ließ den Mann nur ungern aus den Augen, weil er damit vielleicht auch eine Chance verlor, Caron zu finden, aber er konnte es nicht riskieren, selbst entdeckt zu werden.

Er parkte hinter dem Kleinlaster und wartete.

Carons Gesicht war in den sandigen Dreck gedrückt, er knirschte zwischen ihren Zähnen. Der Mann hatte ein Knie auf ihrem Rücken. Sie versuchte zu schreien, aber dadurch atmete sie nur noch mehr Dreck ein.

Das Herz klopfte ihr bis zum Hals, und sie wartete auf den Schmerz – oder auf das Nichts.

Plötzlich lockerte sich der Druck ein wenig; der Mann schien nach einer Waffe zu suchen.

Caron nutzte den Augenblick. Sie warf sich zur Seite und schmetterte dem Mann, so fest sie konnte, den Arm in die Genitalien.

Mit einem heiseren Aufschrei fiel der Mann vornüber. Caron riß die Autotür auf, holte die Tränengasdose aus dem Handschuhfach, zielte ungefähr auf seinen Kopf und sprühte.

Wieder hatte Jack fast seine Beute verpaßt, so sehr war seine Aufmerksamkeit auf sein neues Hauptziel konzentriert.

Kein roter Camry, sondern der weiße 1984er Olds mit dem New Yorker Kennzeichen – und hinter dem Steuer die Caron, die die Angestellte der Western Union ihm beschrieben hatte, mit glattem Haar statt Locken, und mit dunkler Haut.

Er ließ den Motor an und folgte ihr.

Caron sah kaum genug, um fahren zu können. Ihre Angst umgab sie wie Nebel. Ihr Fuß auf dem Gaspedal zitterte.

Irgendwie hatte sie den Mut gefunden, am ersten Münzfernsprecher nach der Ruby Lane stehenzubleiben, den Notruf zu wählen und ihnen Darcys Adresse und die dringende Nachricht zu geben, daß dort jemand Hilfe brauchte. Aber sie fürchtete sehr, daß Darcy inzwischen jenseits aller Hilfe sein würde – wie es ihr ebenfalls beinahe passiert wäre.

Hatte Harry sie nach Virginia verfolgt und dann angenommen, daß sie sich mit Darcy treffen würde? Oder schickte er seinen Killer systematisch an jeden Ort, von dem er glaubte, sie könne ihn aufsuchen – um dort jeden auszulöschen, der ihr etwas verraten könnte?

Bei dem Gedanken zog sich Carons Magen zusammen.

Welche Tragödie ließ sie über diese unschuldigen Menschen hereinbrechen, einfach, weil sie sie brauchte?

Und was konnte sie jetzt tun, um sich vor dem Mann aus New York zu retten, der sie sicher jeden Augenblick verfolgen würde, wenn er es nicht bereits tat?

Sie trat fester aufs Gas, spürte, wie der Wagen schneller wurde. Es war nicht mehr sehr weit bis zur Interstate. Aber wenn sie erst einmal dort war, was sollte sie machen? Wohin sollte sie sich wenden? Was würde geschehen, wenn der Mann mit dem Camry sie einholte? Würde er sie gleich auf einer Einfahrt umbringen?

Caron dachte an Josh, der bei Barbara auf sie wartete und vertrauensvoll tat, was sie von ihm verlangte. Sie hatte ihm versprochen, daß sie bald zurücksein und daß er dann in Sicherheit sein würde.

Je nachdem, wie die Tat geschah, würde niemand auch nur davon erfahren, daß sie tot war. Oder ihr Tod würde große Schlagzeilen machen, und Josh würde durchs Fernsehen davon erfahren.

Mißhandelt von seinem Vater, Zeuge der schrecklichen Szene in der Wohnung, aus seinem Leben herausgerissen, um mit ihr zu fliehen . . . und dann würde er am Bildschirm erfahren, daß seine Beschützerin nicht mehr da war?

Sofort spürte sie Joshs Verzweiflung, so viel schlimmer noch als damals, als Harry ihm die Nase gebrochen hatte; dieser unaussprechliche Verrat.

Caron begann zu weinen, ersticktes Schluchzen, das ihren Schmerz nur noch vergrößerte. Josh wartete darauf, daß sie alles wieder in Ordnung brachte, und sie würde vielleicht statt dessen sterben und ihn alleinlassen und für noch mehr Tode verantwortlich sein. Vielleicht lebte Darcy bereits nicht mehr. Monica und ihre Kinder würden sterben . . . und Sheila? Würde Harry wissen, daß Caron dort gewesen war?

Plötzlich wurde ihr klar, daß sie eine Alternative zu der Selbstmordfahrt auf der Interstate hatte. Sie kam gerade an einem Einkaufszentrum mit einem riesigen Supermarkt und diversen anderen Läden und einem endlosen Parkplatz vorbei. Sie riß das Steuer scharf herum, um noch die Einfahrt zu erwischen, fuhr auf den Parkplatz und stellte den Wagen in einer Reihe ab, die von der Straße aus nicht gesehen werden konnte.

Der Toyota war nirgendwo zu sehen.

Caron legte den Kopf auf die Hände am Lenkrad und versuchte, mit dem Zittern aufzuhören.

Nach einer Weile blickte sie auf, wie eine Schildkröte, die ihren Kopf wieder aus dem Panzer streckt, suchte wieder nach dem roten Auto und sah es nicht.

Ihr Magen brannte. Sie brauchte Medikamente.

Sie stieg aus und ging in den Supermarkt.

Nachdem er sein Ziel an diesem Tag schon zweimal beinahe verfehlt hatte, blieb Jack dicht an Caron, aber sie überraschte ihn dennoch durch ihr plötzliches Einbiegen zum Einkaufszentrum.

Was zum Geier war hier los?

Er fuhr ihr langsam nach, bis auf den Parkplatz. Sie saß immer noch im Wagen; jetzt öffnete sie die Tür.

Sie stieg aus.

Caron holte Geld aus der Brieftasche, um die Magentabletten zu bezahlen, warf einen Blick auf den Zeitungsstand an der Kasse und wäre fast zusammengebrochen.

KRAVITZ' FRAU IN VIRGINIA GESEHEN.

Am liebsten hätte sie die Tabletten fallengelassen und wäre losgerannt, um nie wieder stehenzubleiben. Aber sie zwang sich dazu, ruhig zu bleiben, jede Aktion zu durchdenken, einen normalen Eindruck zu machen. Schweiß brach ihr aus. Sie zahlte, nahm ihr Wechselgeld, verließ den Markt, ging zum Wagen, stieg ein und schloß die Türen.

Die Tabletten waren wie Gips in ihrem trockenen Mund. Im abgeriegelten Auto war es heiß wie in einem Backofen. Aber sie konnte nicht mehr nach draußen und sich etwas zu trinken holen; die Schlagzeilen gaben ihr das Gefühl, wie eine radioaktive Substanz zu glühen.

Sie mußte hier weg, raus aus Virginia, sobald der Mann in dem roten Auto Gelegenheit gehabt hatte, Center Beach zu verlassen.

Sollte sie nach Craig Head fahren? Hatte sie denn eine andere Wahl? Dort hatte offenbar alles angefangen.

Sie öffnete das Fenster spaltbreit.

Plötzlich fiel ein Schatten auf die Beifahrerseite. Eine Hand griff durch den Schlitz über dem Fenster und packte den Türgriff. Die Tür ging auf und ein Mann stieg ein.

Caron verlor vollkommen die Gewalt über sich. Sie schrie und schlug und kratzte – aber der Mann packte sie und hielt ihr den Mund zu.

23

»Ganz ruhig. Hören Sie mir einfach zu«, sagte Jack Dodge. Es war, als versuchte er, eine nasse Forelle festzuhalten. »Ich bin alles, was Sie haben, Doktor.«

Sie kämpfte wie wild. Er drückte sie mit einer Hand in den Sitz, mit der anderen hielt er ihr den Mund zu.

»Ich heiße Jack Dodge«, sagte er. »Ich arbeite für *Galaxy*. Ich arbeite an einer Story über Sie. Über *Sie* und nicht über diesen Psychopathen, mit dem Sie verheiratet sind. Ich bin hier, um Ihnen zuzuhören, Sie in Sicherheit zu bringen, und Ihre Seite der Sache darzustellen. *Verstehen* Sie mich?«

Er wartete, bis sie seine Worte verdaut hatte. Und das schien plötzlich der Fall zu sein. Er spürte, wie sie ihren Widerstand aufgab und wagte es, sie loszulassen.

Sie machte einen Sprung aus der Tür.

Er hechtete über den Sitz, ihr nach.

Sie hatte eine Spraydose in der Hand.

Caron zielte auf das Gesicht des Mannes. Sie drückte zu, aber nichts geschah. Kein Tränengas.

Die Düse mußte verstopft sein.

Der Schreck brachte sie in Bewegung. Sie rannte über den Parkplatz. Aber sie war erschöpft, und einen Augenblick später hatte der Mann sie eingeholt und packte sie an der Schulter.

»Wenn Sie schreien«, sagte er ruhig, »lenkt das nur die Aufmerksamkeit auf Sie. Hören Sie mir zu. Hören Sie einfach nur, was ich zu sagen habe.

Ich kenne Harry von früher, aus seinen ersten Tagen beim Fernsehen«, fuhr der Mann fort. »Er war wütend über eine *GQ*-Story, die ich geschrieben habe, also hat er versucht, mich zu ruinieren. Er ist dafür verantwortlich, daß ich zwei Jahre im Knast war.

Ich halte Harry Kravitz für einen gefährlichen Verrückten, der zu allem fähig ist, inklusive Mord. Und wenn's darüber hinaus noch etwas gibt, dann wird er es auch tun, sobald er herausfindet, um was es sich handelt. Beschreibe ich damit jemanden, den Sie kennen?«

Jetzt konnte Brale nichts anderes tun, als das Auto loszuwerden.

Er war allerdings nicht mehr in der Position, Harry um einen Lexus anzugehen – nicht, wenn er ihm mitteilte, daß er Caron schon gehabt hatte und sie ihm wieder entkommen war und daß er Darcy Levy hatte umbringen müssen.

»Mein Gott«, sagte Harry. »Das sind miese Nachrichten, Ron.«

»Es war nicht zu vermeiden, Harry. Sonst hätte sie mich umgebracht.«

»Was . . . was hast du mit der Leiche gemacht?«

»Frag nicht. Sei einfach froh, daß ich dort war, bevor Caron hinkam.«

»Miese Nachrichten«, wiederholte Harry.

Brale hätte ihn am liebsten durchs Telefon erschossen. *Er sitzt da in seinem Luxusbüro in New York und zieht seine Show ab, während ich eine Frau jage, die eigentlich gar nicht imstande sein sollte, so lange zu fliehen, und meine Probleme immer größer und mehr werden – Probleme, die eigentlich gar nicht meine sind, sondern Harrys.*

Aber er sagte nur: »Es kann nicht schlimmer werden, Harry. Und ich muß den Camry loswerden. Caron kennt den Wagen inzwischen. Ich will sie nicht vorwarnen.«

»Na gut, Ron, aber sieh zu, daß du sie endlich erwischst, ja? Schneide ihr den Hals mit dem Skalpell durch. Ich will von dir nur noch hören, daß es endlich gelaufen ist.«

»Das wirst du. Sobald ich dieses Auto los bin.«

»Ich nehme an, du kannst für das neue auf anonyme Art zahlen.«

»Darauf kannst du Gift nehmen.«

Harry legte auf.

In Harrys Schreibtisch lag ein Foto von Darcy, aus einer alten Absolventenliste von Radcliffe. Er wußte selbst nicht so genau, wieso er es aufgehoben hatte, aber jetzt nahm er es heraus und lehnte es an die Uhr.

Das Foto zeigte ein intelligentes, freundliches Gesicht, und so war Darcy auch gewesen. Harry erinnerte sich nun daran, wie sie versucht hatte, ihm in der Schule zu helfen – sie hatte nicht gewußt, wie sinnlos das war. Darcy hatte ein angeborenes Gerechtigkeitsgefühl und nie verstanden, daß es anderen nicht ebenso ging.

Darcy hatte es zu etwas gebracht, in Zeiten, wo das für Juden, und Frauen dazu, ausgesprochen schwierig gewesen war. Sie hatte sich nicht auf das Leben einer Berufswitwe eingelassen. Sie hatte ihre Jahre unabhängig und produktiv verbracht.

Harry blieb eine Weile sitzen und sah sich das Foto an. Die Augen taten ihm weh.

Er wußte nicht, wo Josh war. Caron war wie eine ungesicherte Waffe. Er wollte, daß sein Leben und sein Beruf wieder so waren wie zuvor – er wollte raus aus diesem Strudel.

Wenn doch die ganze Situation einfach aus der Welt geschafft werden könnte!

Schließlich nahm er das Foto mit ins Bad, zündete ein Streichholz an, verbrannte das Bild und spülte den letzten verkohlten Fetzen in der Toilette herunter.

Es gab noch eine andere Fotoangelegenheit, um die er sich kümmern mußte. Er mußte Brales Beschreibung der Veränderungen, die Caron an sich vorgenommen hatte, einem Foto hinzufügen und das Ergebnis im Fernsehen zeigen lassen.

Caron starrte Jack an. Sie fühlte sich zittrig und elend und allein. Ihr Magen hatte die Medikamente verdaut und schrie nach mehr, nach diesem weiteren Anschlag auf ihre Nerven.

Dieser Mann konnte alles mögliche sein.

Jemand von Harrys Seite, der eine subtilere Vorgehensweise hatte als der Kerl in dem Toyota. Oder tatsächlich ein Reporter, aber einer, der log, der sie hilflos und verwundbar zurücklassen würde, nachdem er ihr das nötige Material abgerungen hatte.

Aber es konnte auch sein, daß er die Wahrheit sagte. Ein alter Groll gegen Harry? Gut möglich. Eine Story für *Galaxy*? Auch das könnte stimmen. Caron wußte, daß die Regenbogenpresse finanziell besser ausgestattet war, um solchen Skandalen zu folgen, als die seriöseren Medien. *Galaxy*, der *Enquirer* und der *Star* waren immer um neue schmutzige Wäsche bemüht. Harry machte ständig Bemerkungen darüber.

Konnte es möglich sein? War das eine Chance für sie?

Sie stieg wieder ins Auto, und er setzte sich auf den Beifahrersitz.

»Eine Frage«, sagte Jack und legte den Arm auf die Rücklehne. »Was machen Sie hier?«

»Hier in Virginia?«

»Für den Anfang, ja.«

Wieso sollte sie nicht antworten? Harry würde ohnehin wissen, was sie vorhatte, sobald er erfuhr, daß sie hier war.

Sie seufzte erschöpft. »Ich will wissen, wer Harry wirklich ist. Ich suche Beweise. Es ist die einzige Möglichkeit, mich zu wehren.«

»Das wird nicht einfach werden. Ich habe mich selbst jahrelang bemüht, etwas über ihn herauszufinden.«

»Ja?«

»Ich habe nicht erst gestern mit dieser Story begonnen, Doktor. Ich habe mit halb Atlanta geredet. Was haben Sie denn inzwischen herausgefunden?«

»Das werde ich Ihnen nicht sagen.«

»Wo ist Ihr Stiefsohn? Haben Sie ihn irgendwo untergebracht?«

»Ja.«

»Was wissen Sie über einen Kerl in einem roten Toyota?«

»Kein Kommentar«, sagte Caron. »Ich hab auch ein paar Fragen. Wie haben Sie mich gefunden?«

»Ihre Brieftasche ist in Spencerville gefunden und von dort zu ihrer Wohnung geschickt worden. Ich habe ihre Post überwacht. Ich bin runtergeflogen und hab einfach Glück gehabt. Wahrscheinlich hat der Kerl im Toyota dasselbe getan. Paßt das zu dem Zeitpunkt, an dem Sie ihn zum erstenmal bemerkt haben?«

Sie schwieg.

Er wußte, er mußte Geduld haben. Sie wäre dumm, wenn sie ihm antwortete, nur weil er Fragen stellte. Aber er hatte selbst das Gefühl, daß ihre Zeit knapp wurde, deshalb drängte er weiter.

»Sie brauchen mich, Dr. Alvarez. Im Augenblick fallen Sie überall auf, ganz gleich, wieviel Farbe Sie noch auftragen, aber zusammen mit mir sind Sie Teil eines Paars. Sie brauchen ein anderes Auto, Geld, meinen Kriminellenverstand und meine Zeitung. Aber«, unterbrach er sie, als sie zu einer Antwort ansetzte, »das muß Ihnen selbst klar werden. Also gebe ich Ihnen jetzt zehn oder zwanzig Minuten, um zu Verstand zu kommen. Und inzwischen müssen wir sehen, daß wir hier wegkommen.«

»Ich weiß. Ich habe im Laden gerade die Zeitungen gesehen«, erwiderte Caron. »Man weiß, daß ich in Virginia bin.«

»Nicht genau. Jedes Käseblatt in jedem Kaff des Landes behauptet, Sie seien in der Nähe gesehen worden. Harry hat die Nation auf Schatzsuche geschickt, und wenn Sie denen sagen, sie sollen sich umsehen, dann finden sie auch was. Sehen Sie das hier?« Er holte eine Ausgabe von *People* aus der Tasche.

HARRY GEGEN CARON lautete die Schlagzeile, mit einem breiten Riß zwischen ihren Fotos, in den ein Foto von Josh eingefügt war.

»Mein Gott«, sagte Caron und begann, den Artikel zu lesen.

»Sie machen eine Abstimmung. Alle machen Abstimmungen. Amerika steht hinter Harry. Sie sind am Ende. Aber sie brauchen das jetzt nicht zu lesen. Ich meinte vorhin vor allem, daß Sie dieses verdammte Auto hier loswerden müssen. Ich hab einen Mietwagen«, sagte er und zeigte darauf. »Bitte kommen Sie mit mir, und ich besorge Ihnen Nummernschilder von Virginia für Ihr Auto. Damit kommen wir aus dem Bundesstaat, und dann besorge ich Ihnen ein anderes Auto. Ich möchte nicht, daß Sie länger als notwendig mit mir in diesem Mietwagen herumfahren. Mietwagen werden zu oft angehalten. Und ein diensteifriger Cop ist genau der richtige brave Mann, der sofort zum Funkgerät greifen und Harry anrufen wird.«

Caron warf einen Blick auf den Nissan. So gefährlich ihr eigenes Auto war, stellte der Olds doch eine gewisse Sicherheit für sie dar, weil er ihr selbst gehörte. Es erschreckte sie, diese Sicherheit für Jacks Auto und Jacks Obhut aufgeben zu sollen.

Weit vorn am Rand des Parkplatzes sah sie etwas Rotes aufblitzen, in derselben Farbe, die der Camry gehabt hatte. Sie reckte sich und spähte hinüber.

Vor ihrem geistigen Auge sah sie plötzlich das Messer, spürte die Spitze an ihrem Hals. Sie konnte den Mann atmen hören, roch sein Haar.

Das rote Auto kam in Sicht. Es war kein Camry. Aber die Angst war geblieben.

Wenn Jack Dodge sie gefunden hatte, konnte es der Mann im Camry ebenfalls.

In Craig Head gab es offensichtlich etwas, was Harry zu verbergen suchte. Darcy hatte das bestätigt. Wenn Harry herausfand, daß Caron auf dem Weg dorthin war, würde er seine Anstrengungen, sie umbringen zu lassen, noch verstärken.

Jack tat so, als sei es seine Aufgabe, Caron in Sicherheit zu bringen. Sie glaubte ihm kein Wort. Sie glaubte nicht, daß es ihm nur um eine Story ging.

Er benutzte sie.

Aber er hatte recht. Sie würde nirgendwo sonst Hilfe finden. Sie brauchte ihn.

Jack war nicht nur ihre einzige Chance, an ein Motelzimmer und eine heiße Dusche zu kommen. Er war vielleicht ihre einzige Chance zu überleben.

Sie mußte ihm nicht trauen, nicht mehr, als sie jedem Mann mit Ausnahme von Dr. Felhammer traute. Sie mußte sich nur darauf verlassen können, daß er sie in keine schlimmere Situation bringen würde als die, in der sie sich ohnehin befand.

Also ließ sie sich auf den Austausch ein.

24

Don Aprile, Sprecher bei WNXX-AM, einem Nachrichtensender in South Bend, Indiana, aß eine Banane und beobachtete, wie der Zeiger der Wanduhr auf seine nächste dreißigminütige Sendung zutickte. Sein Text lag auf dem Tisch. Er hatte ihn vor zehn Minuten fertiggestellt.

Er hatte die Nase voll von dieser Kravitz-Geschichte. Aber der verdammte Mist war immer mindestens an dritter Stelle gewesen, seit es vor einer Woche angefangen hatte, und der Artikel in *People* hatte ihn wieder an die erste Stelle rutschen lassen.

Nicht, daß es viel Neues gegeben hätte. Die Frau war, wenn man von Uranus einmal absah, überall gesichtet worden. Alle möglichen Berühmtheiten verkündeten, was für ein guter Kerl Harry doch war. Bei Abstimmungen lag er weit vorn. Nur ein paar versprengte Leute verteidigten seine Frau.

Und das forderte Dons Mitgefühl heraus.

Und seine Neugier.

»Wieso schaut sich eigentlich keiner diese Geschichte näher an und nimmt sie auseinander?« fragte er laut. »Warum legt sich Diane Dawyer nicht in den Hinterhalt und lauert Ärzten auf, um die medizinischen Beweise zu fordern? Wie kommt es, daß Morley Safer nicht weiter nachhakt, nachdem dieser alte Knabe in Maryland erwähnt hat, blaue Flecken an der Alvarez gesehen zu haben?«

»Was sagst du?« murmelte sein Kollege am Nachbarschreibtisch.

»Ach, vergiß es«, sagte Don. Dann griff er nach seinem Text und ging ins Studio.

Caron fiel gleich der fabrikneue Geruch des Nissan auf und die angenehme Kühle, die sie der Klimaanlage verdankten. Obwohl der Olds ihr einziges Fluchtmittel gewesen war und der einzige Hauch von Kontrolle über ihr Leben, über den sie noch verfügte, hatte er für sie auch Unsicherheit und Unbehagen verkörpert. Es war immer heiß und stickig und unangenehm in diesem Auto gewesen. Sie hatte Angst gehabt, darin zusammenzubrechen. Jetzt wurde ihr das allzu deutlich.

Jack griff nach seinem Telefon und wählte. Caron hörte zu, wie er neckende Floskeln mit einer Frau in seinem Büro namens Robin austauschte. Dann fragte er: »Wo finde ich hier bei Center Beach den nächsten internationalen Flughafen? Ich brauche einen mit einem Langzeitparkplatz. Wahrscheinlich Norfolk, oder?« Er wartete, spielte zerstreut mit dem Silberdollar, den er an einer Kette um den Hals trug. »Noch besser. Danke, mein Schatz.« Er legte auf.

»Vier Langzeitparkplätze«, sagte Jack zu Caron. »Zwei bis zu dreißig Tagen, zwei weitere bis zu sechzig. Wir werden uns einen der letzteren mal ansehen.«

»Ich hab jetzt genug, Ron«, sagte Harry. »Du mußt weitere Leute einschalten. Wir müssen endlich Nägel mit Köpfen machen.«

Brale kannte diesen Tonfall nur zu gut. »Ich tue mein Bestes, Harry.«

»Mach es heute noch. Hast du ein neues Auto?«

»Ja.«

»Und hast du –«

»Hör auf, mich rumzukommandieren, Harry. Ich weiß, was ich tun muß. Ich rufe dich wieder an.«

Brale tippte mit dem Nagel gegen das Telefon und dachte nach. Von Moorpath einmal abgesehen, der nicht gewußt hatte, um was es ging, und der sich anscheinend in Luft aufgelöst hatte, hatte Brale niemanden ins Spiel bringen wollen, weil er der Ansicht gewesen war, daß er sich auch alleine um Caron kümmern konnte – und er war immer noch nicht ganz vom Gegenteil überzeugt.

In Bridgeport, Connecticut, gab es einen Mann namens Peter Torres, der Brale auf dieselbe Art verbunden war wie Brale Harry – Ronald hatte gewisse Informationen über ihn in der Hand. Er hatte Torres versteckt, nachdem dieser eine Frau umgebracht hatte, und zum Glück hatte er alles darüber zu Papier gebracht und in einem Schließfach bei einer Bank deponiert.

Peter war ein sehr bösartiger Hund, der an einer kurzen Leine gehalten werden mußte.

Er konnte ihn immer noch einschalten, wenn es nötig wurde. Jetzt noch nicht. Je weniger Köche, desto besser. Harry wußte das selbst ebensogut; Harry war nur in Panik geraten.

Und es war Brales Aufgabe, die Ruhe zu bewahren.

Jack fuhr kreuz und quer, als suchte er nach einem guten Parkplatz. Er kam an einem schwarzen Saab vorbei, sah ihn nachdenklich an, fuhr weiter und blieb dann stehen.

»Setzen Sie sich auf den Fahrersitz«, sagte er zu Caron. »Wenn jemand Offizielles vorbeikommt, schauen Sie drein, als wüßten Sie, was Sie tun, und fahren Sie weiter. Kommen Sie in fünf Minuten wieder vorbei, und ich springe rein.«

Er war wieder da, bevor jemand zurückkam. Caron rutschte rüber, und er steckte zwei Nummernschilder unter den Sitz.

»Eine hervorragende Wahl«, sagte er unbescheiden. »Im Auto lag eine *Washington Post* der letzten Woche, also sind diese Leute bis Ende September weg. Und jetzt fahren wir zurück und montieren diese Dinger hier an ihr Auto und sehen zu, daß wir hier wegkommen. Und auf dem Weg können Sie sich ja überlegen, ob Sie mir erzählen, was Sie über Harry rausgefunden haben. Oder lassen Sie mich das anders formulieren: Wenn Sie es *nicht* tun, kann ich Ihnen nicht viel nützen.«

Neben Jack kam sich Caron weniger wie ein neonbeleuchtetes Ziel vor. Es war ganz gleich, wer auf dem Fahrersitz saß; es war einfach besser, nicht allein zu sein, die Illusion zu vermitteln, daß jemand zu einem gehörte.

Sie hatte nun nichts Wertvolles mehr außer den Geheimnissen, von denen sie erfahren hatte. Niemand außer Darcy Levy wußte, daß sie von Craig Head erfahren hatte. Sie konnte nur beten, daß der Mann im Camry Darcy nicht dazu gezwungen hatte, es ihm zu sagen.

Sie wußte nicht viel über Darcy, aber sie hielt sie für jemanden, der nie etwas enthüllen würde, wenn sie es nicht wollte.

Obwohl es sicher nicht um *wollen* gegangen war.

Aber Caron konnte es nicht ertragen, darüber nachzudenken, was vielleicht mit Darcy geschehen war. Die Möglichkeiten waren zu schrecklich. Wenn sie es zuließ, würde die Entmutigung sie überwältigen, und dann müßte sie aufgeben.

Darcy hatte ihr vertraut. Oder es jedenfalls vorgehabt.

Wie würde ihr Schicksal aussehen, wenn sie selbst Jack vertraute?

Abrupt fragte sie: »Was genau hat Harry Ihnen angetan?«

»Das habe ich Ihnen doch schon gesagt.«

»Nur ungefähr. Ich will Einzelheiten wissen.«

Er schwieg einen Augenblick. »1978 habe ich für diverse größere Blätter über die Welt des Showbusineß geschrieben – für den *Playboy*, die L.A. *Times*, wirklich gute Aufträge. *GQ* hat mich auf Harry angesetzt.

Er hat mich ein paar Interviews machen lassen, aber er mochte nichts Tiefergehendes gefragt werden, als welche Mineralwassermarke er bevorzugt. Ich glaubte, etwas Düsteres in ihm zu erkennen, und versuchte, ihn zu provozieren. Ich hab ihm seine Netter-Kerl-Nummer nicht abgekauft und hab nach der Kehrseite gesucht. Er hat mir nicht viel davon gezeigt, aber was ich erhaschen konnte, hab ich in den Artikel gepackt. Ich habe jede Unfreundlichkeit zitiert, die er mir um die Ohren gehauen hat.

Ich habe nie wieder direkt von ihm gehört. Aber drei Wochen später wurde ich als Kokaindealer verhaftet. Ich hatte tatsächlich ein paar Freunden etwas verkauft, geringe Mengen, aber irgendwie wurden zwei große Tüten in meiner Wohnung gefunden. Genug, um mich für zwei Jahre nach Attica zu schaffen.«

Jack sah Caron an. »Ich schwöre, diese Tüten gehörten nicht mir, sondern wurden mir untergeschoben.«

Caron erwiderte: »Ich will Beweise für alles, was Sie gerade gesagt haben.«

»Was ist los, Ron?«

»Du solltest mich nicht anrufen, Harry, sondern auf meinen Anruf warten. Ich kann es nicht brauchen, daß das Telefon zur falschen Zeit klingelt. Was los ist? Ich hab ihr Auto gefunden. Ich warte darauf, daß sie zurückkommt.«

»Wo bist du?«

»Die Einzelheiten erzähle ich dir später.«

»Ruf mich zurück, sobald –«

Brale legte auf.

Er parkte in einer Reihe von Autos, von der aus er einen guten Blick auf den Olds hatte, der inzwischen allein in der Reihe stand. Er nahm an, daß er noch besser versteckt gewesen war, als Caron ausgestiegen war. Brale hatte Glück gehabt; wenn der Parkplatz nicht leerer gewesen wäre, hätte er den Wagen erheblich schlechter finden können, als er schließlich umgekehrt war, nachdem er sich überzeugt hatte, daß Caron nicht zur Interstate gefahren war.

Er glaubte nicht, daß Caron den Wagen endgültig hier abgestellt hatte. Es waren immer noch Kleidungsstücke und eine kleine Tasche darin.

Brale hatte den Camry gegen einen dunkelgrünen Mazda eingetauscht. Er fühlte sich noch nicht so vertraut mit dem Wagen, aber er kam zurecht.

Das Skalpell hatte er in Reichweite.

Es war durchaus glaubwürdig, daß Caron schließlich aufgeben und sich in ihrem alten Auto das Leben nehmen würde, nachdem sie kein Geld und keine Hoffnung mehr hatte.

Er mußte einfach nur abwarten.

Jack sagte: »Mein Redakteur kennt die ganze Geschichte. Geben Sie mir das Telefon. Ich werde Sie mit ihm verbinden.«

Caron schüttelte den Kopf. »Ihr Redakteur könnte lügen.«

Jack verdrehte die Augen. »Wissen Sie, wer mein Redakteur ist? Evan Heller. Sie haben sicher von ihm gehört. Er hat Preise gewonnen. Er wurde in *60 Minuten* zitiert.«

»Haben Sie Zeitungsausschnitte über ihre Verhaftung?«

»Nicht hier.« Er schnaubte. »Na gut, wir können an einer Bibliothek anhalten. Wenn sie einen interaktiven Computer haben, können wir Ausschnitte und meinen *GQ*-Artikel abrufen.«

»Es ist fast neun. Um diese Zeit hat keine Bibliothek mehr auf.«

Sie schwiegen einen Augenblick. Dann sagte Caron: »Wenn wir in Attica anrufen und Sie sie autorisieren, mir die entsprechenden Daten zu geben, bestätigen sie vielleicht, daß sie dort waren.«

»Nicht am Telefon. Ich hätte guten Grund, sie zu verklagen, wenn sie das täten. Aber wenn es Ihnen genügt, eine Bestätigung meiner Knastzeit am Telefon zu bekommen, gibt es eine andere Möglichkeit. Wählen Sie Crescent, Ohio, die Auskunft.

Vorwahl ist 216. Fragen Sie nach Ho's Service. H-O-Apostroph-S.«

»Wieso?«

»Ho ist Horatio Plimpton, mein Zellengenosse. Er wird an seiner Tankstelle sein. Ist er immer. Wenn ich ihm sage, daß es in Ordnung ist, wird er Ihnen alles bestätigen können, was ich sage.«

Caron dachte, das alles könne er auch geplant und den Mann, wer immer es sein mochte, vorbereitet haben.

Aber es war ihre Idee gewesen, jemanden wegen der zwei Jahre in Attica anzurufen.

Vielleicht sollte sie warten, bis sie in eine Bibliothek gehen konnten.

Aber das wäre frühestens morgen möglich.

Bis dahin konnte sie tot sein.

Sie war verrückt, nicht auf etwas Handfestem zu bestehen, was sie selbst lesen konnte.

Aber es ging um Zeit und um Entscheidungen. So war es auf dieser schrecklichen Reise schon die ganze Zeit gewesen – schnell sein, vorn bleiben und nur möglichst geringe Risiken eingehen.

Jack war unhöflich und barsch, und Caron konnte nicht einschätzen, wie intelligent er war. Und er würde ihr nur sagen, was er unbedingt sagen mußte.

Aber nicht mehr allein zu sein . . . Geld zu haben, Hilfe, Möglichkeiten . . . einen Lichtschimmer für sich selbst und für Josh, einen Grund zu hoffen, daß das Ungeheuer sie nicht beide vernichten würde . . .

Sie wählte die Nummer der Auskunft in Ohio.

25

Das winzige Büro von Ho's Tankstelle enthielt einen Holzschreibtisch, bei dem ein Bein durch eine Dose Rostentferner ersetzt wurde, einen schwer angeschlagenen Drehstuhl, zwei Aktenschränke mit Angelsachen darin und ein mikrochip-programmiertes Telefonsystem mit drei Anschlüssen, das erheblich durchdachter war als alles, was man derzeit von der ortsansässigen Telefongesellschaft bekommen konnte.

Es gab keinen Grund, mehr als einen Anschluß zu haben, und selbst der wurde nicht oft gebraucht. Die Tankstelle war zwar gut besucht, aber es war überwiegend Laufkundschaft. Aber der Besitzer hatte für Telefongesellschafter gearbeitet, bevor er wegen Diebstahls nach Attica verfrachtet worden war, und er hatte seine Haftzeit für eifrige Studien der Technologie genutzt, die zu seiner Leidenschaft geworden war.

Am Abend des 21. August klingelte das glänzend schwarze Telefon um zehn nach neun. Ho Plimpton, ein breitschultriger Schwarzer mit kurzgeschnittenem, langsam grau werdendem Haar, drückte einen Knopf.

»Ho's.«

»Spreche ich mit Horatio Plimpton?« fragte eine Frau.

»Jep.«

»Ich rufe wegen Jack Dodge an.«

»Und was ist mit Jack Dodge?«

»Er sitzt hier neben mir. Er hat bestimmte Behauptungen über sich selbst aufgestellt, von denen er sagt, daß Sie sie bestätigen können. Wann und wo haben Sie Jack kennengelernt?«

Ho schnitt eine Grimasse. »Wer sind Sie denn überhaupt?«

»Warten Sie einen Augenblick.« Caron deckte die Sprechmuschel mit der Hand ab und sagte zu Jack: »Er will wissen, wer ich bin. Sagen Sie es ihm nicht. Sagen Sie ihm nur, er soll antworten.«

»Sie können ihm ruhig verraten, wer Sie sind. Er war im Knast. Wir wissen, wie man Geheimnisse bewahrt.«

»*Nein.*«

»Mein Gott.« Jack nahm das Telefon. »Honey? Sag ihr alles, ja? Antworte auf alles, was sie wissen will.«

»Bist du okay, Jack?«

»Alles klar. Ich brauche nur eine Bestätigung.« Er reichte Caron das Telefon zurück.

Sie wiederholte ihre Frage.

»Im Staatsgefängnis Attica«, sagte Ho. »Wir haben vor fünfzehn Jahren in derselben Zelle gesessen.«

»Wieso hat Jack gesessen?«

»Hat mit Koks gedealt.«

Caron sagte: »Wissen Sie, wieso er verhaftet wurde?«

Ein heiseres Kichern. »Man hat ihn reingelegt. Wie uns alle.«

Jack flüsterte ihr zu. »Ich hab ihm nie von Harry erzählt.«

Sie deckte das Telefon ab. »Wieso nicht?«

»Wieso sollte ich?«

Caron sah ihn an. Er erwiderte ihren Blick.

Sie sprach wieder ins Telefon. »Und was macht Jack heute?«

»Er ist Reporter, für den *Enquirer*. Nein, für *Galaxy*.«

Caron holte tief Luft. »Was trägt er an seiner Kette um den Hals?«

»Er hatte keine. Im Knast ist das nicht erlaubt, nur religiöse Abzeichen.«

Einen Augenblick lang saß sie schweigend da, das Telefon in der verschwitzten Hand. Schließlich sagte sie: »Na gut. Danke«, und reichte Jack den Apparat.

»Ich melde mich demnächst«, sagte Jack und legte auf.

Er sah Caron an. »Okay?«

Besser ging es wohl nicht. »Ja.«

»Das mit der Kette war eine interessante Frage. Was haben Sie damit beabsichtigt?«

»Nichts Bestimmtes. Ich wollte nur möglichen Schwachstellen auf die Spur kommen.«

Sie standen vor einem überfüllten MacDonald's. Eine Meile weiter die Straße entlang befand sich das Einkaufszentrum, wo der Olds auf seine neuen Nummernschilder wartete.

»Und?« fragte Jack. »Reden Sie jetzt mit mir? Was haben Sie herausgefunden?«

»Harry stammt nicht aus Atlanta. Er stammt aus einer Stadt namens Craig Head, in North Carolina, in den Outer Banks. Bis zum College hat er dort gewohnt.«

»Ha.«

»Als er in der High School war, hat er ein kleines Mädchen vergewaltigt. Aber das war nicht das einzige Mal. Er hat auch seine Nichte, die Tochter seiner Schwester, vergewaltigt, als sie ihn vor Jahren besuchten.«

Ein Streifenwagen fuhr über den MacDonald's-Parkplatz und verließ ihn wieder. Jack sah ihm nach, dann ließ er den Motor des Nissan an. Er fuhr zum Einkaufszentrum.

»Wo haben Sie all das erfahren?«

»Von Harrys Tante, Darcy Levy. Erst habe ich Sheila Dannenbring, Harrys erste Frau, gefunden, dank Joshs Geburtsurkunde. Sheila erzählte mir, daß Harry Verwandte in Virginia hat.«

Jack warf ihr einen Seitenblick zu. »Gute Arbeit. Was hat die Tante noch erzählt?«

»Er muß schon früher gewalttätig geworden sein. Wenn seine Football-Mannschaft verloren hat, hat er in der Stadt alles kurz- und kleingeschlagen. Mehr hat sie mir nicht gesagt. Sie . . . Ich fürchte, sie ist tot.«

Plötzlich fing Caron an zu weinen; heiße Tränen tropften

auf ihren schmutzigen Rock. »Ich habe nur mit ihr telefoniert. Sie wollte mich sehen. Aber der Mann in ... in dem roten Camry war in ihrem Haus, als ich hinkam. Der Mann, der schon in New York versucht hat, mich umzubringen.

Ich habe Darcy überhaupt nicht zu sehen bekommen. Der Mann hat sich auf mich gestürzt, und ich bin ihm nur knapp entkommen. Ich habe die Polizei angerufen und sie zu Darcys Adresse geschickt.«

Sie ist auf der Flucht und hält an, um die Polizei anzurufen, dachte Jack. Wieder ein Grund sich zu wundern, wieso sie überhaupt noch am Leben war.

Und die Bestätigung von etwas, was er erwartet hatte: Harry hatte jemanden auf die Leute angesetzt, die etwas über ihn wußten.

Keine Überraschung. Aber man konnte auch den Schweiß eines anderen an seiner Frau riechen, die Zündhölzer des Motels in ihrer Tasche sehen und immer noch überrascht sein, sie in flagranti zu erwischen.

»Verblüffend, daß man Sie nicht schon vorher gefunden hat«, sagte Jack.

»Jemand hat mich gefunden. In einem Motel in Delaware. Ein Mann hat mich auf dem Parkplatz überfallen. Ich hab ihn umgebracht.«

»Ihn *umgebracht*? Wie?«

»Ich hab ihm mit einem Stück Metall den Schädel eingeschlagen und ihn in einen Wassergraben gedrückt.«

Jack schüttelte den Kopf. Von Tränen über eine alte Dame zum Geständnis eines Totschlags.

Aber er wußte, sie war Chirurgin.

Jack bog zum Einkaufszentrum ein. Die Läden waren immer noch offen, aber die meisten Kunden waren längst zu Hause und saßen vor dem Fernseher; der Parkplatz war erheblich leerer als zuvor.

Er fand einen Parkplatz nahe der Straße, ein paar hundert Meter vom Olds entfernt.

Caron wischte sich das Gesicht ab. »Bringen wir es hinter uns.«

»Moment.«

Sie sah ihn an.

»Ich bin nur vorsichtig.«

Er spähte zu dem Olds hinüber. In der Nähe des Wagens war es absolut ruhig, nur wenige leere Autos standen dort. Kein roter Toyota. Er wußte nicht, wieso er sich so unbehaglich fühlte.

Er beobachtete die Umgebung einen Augenblick länger und traf einen Entschluß.

Er ließ den Wagen an. »Wir fahren weg.«

»In diesem Auto? Aber –«

»Ja. Aber ich habe ein merkwürdiges Gefühl.«

»Meine Sachen sind im Auto. Was meinen Sie mit ›ein komisches Gefühl‹?« Und dann: »Schon gut. Ich verstehe.«

Er mußte von etwas Ähnlichem sprechen, wie sie es von Operationen her kannte und worauf sie sich oft verlassen hatte. Alle Fakten wiesen in eine Richtung, der Instinkt in eine andere.

Hier ging es nicht um Chirurgie, aber sie würde schnell lernen müssen, auch in solchen Situationen Instinkte zu entwickeln.

Brale war ein Fachmann, wenn es darum ging, etwas aus einem Auto zu beobachten, das scheinbar leer war.

Aus dem Mazda hatte er das Kommen und Gehen im Einkaufszentrum nun mehrere Stunden lang im Auge behalten. Er hatte sich angespannt, als ein LKW mit einer Beifahrerin, die Caron ähnlich sah, eingeparkt hatte. Er hatte sein Fernglas auf unzählige Frauen in unzähligen Autos gerichtet.

Nur weil er alles beobachtete, hatte er auch den gemieteten Nissan mit dem Paar bemerkt und gesehen, wie sie parkten und im Auto sitzenblieben.

Es war ihm erst nach einer Minute oder so klargeworden, daß diese Leute offenbar nicht die Absicht hatten, auszusteigen.

Sein Herzschlag hatte sich beschleunigt. Diese beiden dort stritten nicht, sie unterhielten sich nicht, sie saßen nur da. Er stellte das Fernglas so scharf er konnte und betrachtete die Frau auf dem Beifahrersitz forschend.

Es war dunkel, aber ein wenig Licht von einer Straßenlampe fiel ins Auto. Eine Schwarze . . .

Nein.

Eine dunkelhäutige Frau mit glattem schwarzem Haar und einer Brille. Caron, wie er sie in Center Beach gesehen hatte.

Er packte das Fernglas fester. Er studierte das Gesicht, bis er vollkommen sicher war. Dann konzentrierte er sich auf den Fahrer.

Ein glattes Gesicht, um die Vierzig, dichtes Haar. Er hatte den Kerl nie zuvor gesehen, und es war auch niemand, den Harry ihm beschrieben hatte. Ein geheimnisvoller Freund oder Geliebter? Ein professioneller Leibwächter oder Detektiv? Und wieso ein Mietwagen?

Brale hatte ein unangenehmes Gefühl. Inzwischen hätten sie aussteigen und zum Olds gehen sollen. Der Mann bei Caron fürchtete entweder, daß Brale hier auf sie wartete, oder er war einfach vorsichtig.

Aber ganz gleich, falls der Typ irgendwas taugte, würde Brale jetzt nicht näher an Caron herankommen.

Und in diesem Augenblick gingen auch schon die Scheinwerfer des Nissan wieder an, und der Wagen verließ den Parkplatz.

Brale ließ das Fernglas an das Armaturenbrett krachen.

»Ich hab den Artikel in *People* gesehen«, flüsterte Barbara. »Ich hab ihn auf der Arbeit gelesen. Josh weiß nichts davon.«

»Gott sei Dank«, erwiderte Caron.

»Na ja, aber ich kann ihn nicht vom Fernsehen abhalten, Caron. Diese Geschichte ist in jeder Sendung. Der arme Junge, er muß immer wieder weinen. Dieses Band – weißt du von dem Tonband?«

»Ich habe gesehen, wie Harry es vorgespielt hat. Josh auch?«

»Ja.«

Caron stöhnte.

»Ich habe Josh erklärt, wie leicht heutzutage Bänder gefälscht werden können«, sagte Barbara, »aber ich weiß nicht, wieviel er davon verstanden hat. Er dachte, das wärst wirklich du ...«

»Ich weiß.« Müde lehnte sich Caron an die Plastikhaube des Münztelefons vor einem Schnellimbiß in West Virginia. Sie waren außer Reichweite eines Senders, also konnte sie Jacks Telefon nicht benutzen. Es war drei Uhr morgens, und der letzte Schlaf, den sie bekommen hatte, waren die paar erzwungene Stunden vor ihrer Fahrt nach Center Beach gewesen. Jeder Knochen tat ihr weh, und ihr Magen brannte. Sie schwankte zwischen Dankbarkeit für Jacks Hilfe und dem Gefühl, daß es ein schrecklicher Fehler war, sie zu akzeptieren.

Aber mit Jacks Geld hatte sie eine Schere und Bleiche und neues Make-up und eine andere Brille kaufen können. Schließlich hatte der Mann im Camry inzwischen ihre aktuelle Beschreibung. Und sie waren auf dem Weg nach Ohio, um sich an Ho's Tankstelle ein Auto abzuholen – eines, das sie nach Craig Head bringen würde.

»Könntest du ihn wecken, Barbara?«

»Sicher.«

Caron hörte Joshs verschlafenes Murmeln. Das brachte Erinnerungen an all die frühen Morgenstunden, in denen sie ihn überredet hatte, endlich aufzustehen und zur Schule oder zum Sport zu gehen. Sie hatte ihn mit einem Kuß auf den Weg geschickt. Sie mußte sich den Mund zuhalten, um nicht wieder in Tränen auszubrechen.

»Tut mir leid, daß ich dich wecken mußte, Schatz. Ich wollte nur kurz mit dir reden. Barbara hat mir erzählt, du hast gesehen, daß dein Vater dieses Band gespielt hat.«

»Ja.«

»Josh, es ist nicht wahr, keine Sekunde davon –«

»Das hat Barbara mir schon gesagt.«

»Aber hast du ihr geglaubt?«

Kurzes Schweigen. »Ich denke schon.«

Caron spürte, wie es ihr eiskalt über den Rücken lief. »Schatz, ich schwöre dir, ich habe nie gesagt, was du gehört hast. Ich habe deinen Vater nie bedroht. Ich habe nie über Vergewaltigung gesprochen...«

Caron fuhr fort, und Josh hörte zu, aber es gab keine Worte, um dem entgegenzutreten, was er mit eigenen Ohren gehört hatte, präsentiert von seinem eigenen Vater.

Josh war Zeuge der Vergewaltigung gewesen, aber nur für einen Augenblick. Sein kindlicher Verstand würde sich anstrengen, das zu verdrängen, und Harry half ihm dabei.

Harrys Glaubwürdigkeit war erheblich größer als ihre eigene. Niemand auf der ganzen verdammten Welt glaubte, daß Harry sie geschlagen und vergewaltigt hatte.

Was sollte da sein eigener Sohn denken?

Zum erstenmal fand sich Caron mit der entsetzlichen Möglichkeit konfrontiert, Josh nicht von Harry fernhalten zu können.

Auf dem Rückweg ins Schlafzimmer ging Josh noch einmal ins Bad. Er sah Barbaras rosa Rasierer auf dem Waschbecken. Er dachte daran, wie angenehm es immer gewesen war, die Rasiersachen seines Vaters im Bad zu betrachten.

Sein Vater fehlte ihm mehr und mehr.

Josh legte sich wieder ins Bett. Es war warm im Zimmer, aber er kroch tief unter die Decke und rollte sich um das zweite Kissen zusammen, und immer noch war ihm kalt.

Nach einer Weile schlief er ein. Er träumte davon, daß sein Vater im Gefängnis saß und Gitter ihn von Josh trennten. Harry streckte immer wieder die Hände aus, wollte Josh erreichen, aber die Zwischenräume zwischen den Gitterstäben wurden enger, bis Harry nicht einmal mehr seine Finger hindurchstecken konnte.

26

Zwanzig Minuten nach Sonnenaufgang überfuhren Caron und Jack die Staatsgrenze nach Ohio. Sie hielten an einem Café an und kauften eine *New York Times* und einen *Cleveland Plain Dealer*.

Carons Gesicht, mit verändertem, dunklem, kurzem Haar und dunkler Haut, war auf jeder Titelseite.

Und daneben das Foto von Dr. Felhammer.

Er war wütend über Harrys »Tonband«. Er zerriß es in der Luft. Es klang nicht wie Caron. So strukturierte sie ihre Sätze nicht. Die Polizei sollte das Band sichern und es analysieren. Dr. Felhammer wollte wissen, wann dieses Spiel endlich zu Ende sei und dieser gefährliche Mann verhaftet werde.

Caron strich mit dem Finger über das Foto. So ein mutiger Mann.

Sie hatte schreckliche Angst um ihn.

Caron klappte die Sonnenblende herunter und betrachtete sich im Spiegel. Diese neuen Fotos von ihr waren erschreckend ähnlich. Wieder begann die Angst zu brennen. Mit der Bleiche und der Schere und neuem Make-up konnte sie sich wiederum verändern, aber dazu brauchte sie ein Bad und ein bißchen Platz und Zeit.

Mit jedem Artikel, jeder Radiosendung und jeder Fernsehsendung fühlte sie sich ausgelieferter.

Bald würde sie alle Veränderungsmöglichkeiten aufgebraucht haben.

Sie brauchte einen plastischen Chirurgen.

Sie gab ein ironisches Geräusch von sich, das erschreckend wenig nach Lachen klang.

»Ich dachte mir schon, daß es um sie geht«, sagte Ho Plimpton statt einer Begrüßung. »Nur bei einer wirklich großen Sache würdest du mich brauchen, um für dich zu bürgen.« Dann wandte er sich an Caron: »Sie sehen aus wie ihr Foto in der Zeitung. Keine gute Idee.«

Jack holte eine Reisetasche aus dem Wagen. »Die Fotos in der Zeitung sind ganz neu. Und sie wird bald anders aussehen. Wo ist dein Waschraum?«

»Hinten links. Dein Auto steht direkt daneben. Ein weißer Century. Rentnerkarre. Man kann einen Century nicht schneller als fünfundzwanzig fahren, und man muß so klein sein, daß man nicht übers Lenkrad sehen kann.«

»Danke.«

»Verlang nicht mehr von mir. Ich muß sauber bleiben.«

»Du müßtest den Nissan für mich zurückgeben.«

Ho schnaubte. »Du verlangst einiges.«

»Ich verlange noch mehr. Ich möchte, daß du ihn in Virginia abgibst. Was für einen Sinn hat es, Spuren zu verwischen und mir ein anderes Auto außerhalb von Virginia zu besorgen, wenn ich dann den Leihwagen da abgebe, wo mich jeder verfolgen könnte?«

»War das jetzt alles?«

»Fast.« Jack griff noch einmal in den Nissan und holte die Nummernschilder heraus, die er von dem Saab gestohlen hatte. »Sieh zu, daß du die loswirst.«

Irgendwo hinter der Tankstelle brummte ein Traktor, und in dem geräumigen Waschraum roch es nach frischgeschnittenem Gras. Caron starrte in den Spiegel. Schwarzes Haar fiel, als sie es über der Stirn abschnitt. Die Bleiche stand schon bereit.

Ihr blauen Flecke waren verschwunden. Der Riß in ihrer Oberlippe von Harrys Biß heilte, war aber immer noch empfindlich und eiterte an zwei Stellen. An ihren Oberschenkeln waren noch Spuren. Es tat immer noch weh zu urinieren, und manchmal fühlte sie sich nach Stunden im Auto ziemlich wund.

In einem Motelzimmer hatte Caron eine Sendung über geschlagene Ehefrauen gesehen. Der Sender zählte sie selbst offenbar nicht dazu, denn die darauffolgende Sendung über Harry wurde als etwas vollkommen anderes vorgestellt.

Aber sie wußte es besser. Sie hatte zu diesen Frauen gehört, lange bevor Harry sie tatsächlich angegriffen hatte. Das hätte ihr soviel früher klar sein sollen. Vor allem nach Elisa, ihrer armen Schwester.

Caron sah sich im Spiegel in die Augen. *Ich wußte es, als es um Elisa ging. Und ich war wütend auf sie, weil sie es nicht verstehen wollte. Ich habe geweint, weil sie mir nicht zuhören wollte. Ich konnte es nicht ertragen, daß sie alles immer wieder verdrängt hat.*

Elisa hatte die High School abgeschlossen und Preise für ihre Leistungen in Biologie und Physik erhalten, aber beschlossen, auf das College zu verzichten. Reco, ein junger Ingenieur, dessen Verlobungsring sie seit ihrem fünfzehnten Geburtstag trug, war über diese Entscheidung erleichtert, obwohl er bereits heftig darauf gedrängt und sich wenig Sorgen darüber gemacht hatte, daß Elisa seinen Rat nicht befolgen würde. Er hatte sich nur wegen des alten Herrn Gedanken gemacht und wegen Horaces Ideen über die Zukunft seiner Töchter.

Reco und Elisa heirateten in der Krankenhauskapelle. Sie war kaum groß genug für die Unmengen Freunde und Bekannte, also wurde eine Wand versetzt und die Kapelle vergrößert, als eine Stiftung von Dr. und Mrs. Horace Alvarez. Um Raum für den üppigen Empfang zu bieten, wurden Zelte hinzugefügt. Blumenkörbe bildeten farbenprächtige »Wände«. Allein die Rechnung der Blumenhändler belief sich auf 18 000 Dollar.

Ein neuer Flügel am Haus der Alvarez bot dem jungen Paar ein abgeschlossenes Heim, mit eigenem Swimmingpool. Reco hätte gern ein rundes Bett gehabt – Caron, deren Zimmer an das des Paares anschloß, hörte die Diskussionen darüber –, aber Elisa fand das peinlich. Also behielten sie das riesige rechteckige Bett, aber Reco griff das Thema immer wieder auf. Caron wurde oft von solchen Auseinandersetzungen geweckt, von solchen über das Thema Bett wie solchen über alle möglichen anderen Probleme Recos; Wortgefechte, die schließlich anderen Geräuschen wichen. Selbst mit zwölf wußte Caron, um was es ging. Ihr Bewußtsein und ihre Intelligenz waren nicht aufs Klassenzimmer beschränkt. Außerdem waren die Klosterschülerinnen, mit denen sie sich nach der Schule zum Sport traf, sehr erfindungsreich auf diesem Gebiet und brachten solche Schätze wie Tonbandaufnahmen ihrer Eltern *teniendo sexo* mit.

Nach Gretas Tod war Reco überhaupt nicht mehr zufrieden mit dem Haus. Er hatte Greta gemocht, ihr strahlendes Lächeln, ihre gleitenden Bewegungen, ihre Kochkünste, und das Heim genossen, das sie für ihre Familie geschaffen hatte.

Nun war es nicht mehr so angenehm.

Elisa übernahm die Verantwortung für das Essen. Die Küchenhilfe war zwar von Greta ausgebildet, konnte aber ohne deren feste Führung nicht viel ausrichten. Angespannt saß Elisa auf dem Platz der Hausherrin, während die Familie probierte und nickte und behauptete, es sei alles bestens, und sie selbst hob die Gabel nie, bis alle anderen aufgegessen hatten.

Nachdem Horace nach Baltimore gezogen war, wurden die Geräusche aus Elisas und Horaces Zimmer häufiger und lauter. Es hörte sich irgendwie grimmiger an, dachte Caron. Zuvor waren es wütende Stimmen gewesen, die von leidenschaftlichem Stöhnen und Grunzen abgelöst wurden; jetzt klangen die Stimmen anders. Caron überlegte lange, woran es sie erinnerte, und schließlich fiel es ihr ein: das leise Murmeln in den Beichtstühlen, wenn sie davorkniete und darauf wartete, daß sei an der Reihe war. Priester und Sünder.

Eines Morgens kam Reco an den Frühstückstisch und hatte einen großen blauen Fleck am Hals, den er vergebens unter dem Kragen zu verstecken versuchte.

»Was hast du denn da gemacht?« fragte Caron und zeigte darauf.

Reco antwortete nicht, was sie merkwürdig fand. Er war immer freundlich zu Caron, geduldig und ein bißchen onkelhaft. Er konnte ihr stundenlang die Formeln in ihren Schulbüchern erklären, sie abhören, und fragte dann nach den Noten der Klassenarbeiten.

Als Caron gerade noch einmal nach dem blauen Fleck fragen wollte, kam auch Elisa herein. Sie hatte sich aus einem Seidenschal eine Schlinge für den linken Arm gemacht. Sie wich Carons Blick aus, löffelte sich Mango auf ihren Teller und aß mit den Fingern der rechten Hand, statt wie sonst Messer und Gabel zu benutzen.

»Dio mio«, keuchte Caron. »Was ist denn passiert? Habt ihr euch beide verletzt?«

»Wir haben uns gestritten«, sagte Reco schließlich.

Elisa sah sie trotzig an.

»Ist dein Arm gebrochen? Hat er deinen Arm gebrochen?« wollte Caron wissen.

Reco winkte ab. »Das ist kein Bruch, da bin ich sicher. Nur verrenkt. Sie ist draufgefallen.«

»Und du bist auf deinen Hals gefallen?« fragte Caron, als ihre Schwester schnaubte.

Später an diesem Tag brachte Reco Caron, die über ihren Hausaufgaben saß, ein Glas Limonade. Sanft erläuterte er, daß bei Menschen, die einander so liebten wie er und Elisa, die Liebe manchmal in Haß umschlug.

»Kein echter Haß, der lange anhält. Kurzfristiger, rasch aufflackernder Haß. Das hält die Liebe frisch wie ein Kühlschrank die Blüten.«

Caron erinnerte sich an Elisas trotzige Miene und die Botschaft, die sie ihr eindeutig mitgeteilt hatte: Halt dich da raus.

Caron hatte genug Romane gelesen, genug Filme gesehen, an genügend Pyjamaparties mit den Mädchen aus der Klosterschule teilgenommen, um eine einigermaßen sichere Vorstellung von Liebe zu haben. Aber sie hielt sich auch für aufgeschlossen. Und so versuchte sie, nicht abzulehnen, was Reco ihr gesagt hatte, sondern behielt sich vor, noch einmal darüber nachzudenken.

Sie bemerkte, daß die Geräusche aus dem Schlafzimmer der beiden sie mehr und mehr beunruhigten. Sie zog um, übernahm den Raum, der zuvor das Arbeitszimmer ihres Vaters gewesen war. Es roch ein bißchen nach ihm – Zahnpasta und Haargel und ein leichter Krankenhausgeruch. Auf der Couch, auf der er immer beim Telefonieren gesessen hatte, war dieser Geruch besonders intensiv. Caron nahm eines der Couchkissen als Schlafkissen und ließ jeden Abend traurig den Kopf darauf sinken.

Sie bekam keine weiteren blauen Flecke oder Schlingen mehr

zu sehen. Aber sie bemerkte, daß die alltäglichen Gespräche von Elisa und Reco immer mehr jenen ähnelten, die sie mit denen im Beichtstuhl verglichen hatte. Er diktierte, instruierte, forderte; sie stimmte zu, beschwichtigte, tat Buße.

Eines Abends gab es Schweinelende. Elisa hatte das Fleisch in Ananassaft, Zitrone, Ingwer und Teryakisoße eingelegt.

»Wo ist das Salz?« fragte Reco und sah sich um.

»In der Küche«, sagte Elisa.

»Warum das denn?«

Sein Ton bewirkte, daß Caron die Gabel sinken ließ. Diese übertriebene Geduld, dieses beinahe kindliche Dehnen der Silben . . . Reco sprach auf diese Art nur mit Elisa, und es führte immer unweigerlich zu derselben nächsten Stufe: Was immer sie antwortete, es würde falsch sein, so falsch, daß Reco sich aufregte und sich beleidigt gab.

»Das ist eine Teryaki-Marinade«, sagte Elisa.

»Uuund?«

Elisa zuckte die Achseln, aber Caron konnte sehen, wie sie sich anspannte. »Schon salzig genug.«

»Aber«, wandte Reco ein, »du weißt doch, daß ich die Gewohnheit habe, jeden Bissen einzeln zu salzen. So ist es mir einfach lieber. Wie kann ich salzen, wenn kein Salz da ist?«

Reco starrte seine Frau an. Sie war wirklich nicht so klug wie ihre Mutter. Greta hätte gewußt, daß es nicht dasselbe ist, etwas vorher oder nachher zu salzen.

Elisa war schön, und sie versuchte, Gretas Anmut nachzuahmen, aber in mancherlei Hinsicht war das hoffnungslos. Er war so enttäuscht. Dieses Haus war ganz anders gewesen, als er zum erstenmal hergekommen war. Wie traurig, daß der Zauber so schnell vergangen war.

Es war unrecht, seine Enttäuschung an der armen Elisa auszulassen, und er versuchte, das zu vermeiden, aber manchmal konnte er nicht anders. Sie verstand das einfach nicht.

Caron beobachtete ihren Schwager und hatte das Gefühl, als krabbelten ihr Insekten über die Beine.

Als sähe sie zu, wie ein Auto auf einen Abgrund zufuhr.

Aber immer, wenn Caron versuchte, über ihre Beobachtungen zu sprechen, wich man ihr aus.

Greta oder Horace hätten gewußt, was zu tun war. Aber Greta war tot, und die Verbindung zu Horace bestand hauptsächlich aus seltenen und sorgfältig überwachten Briefen. Reco hatte Freunde bei der Armee. Caron konnte es nicht riskieren, daß Elisa die Rache für etwas traf, was sie getan hatte.

Bei ihrem nächsten Gespräch mit ihrem *consejero de educacion* versuchte Caron, das Thema anzuschneiden, ohne Namen zu nennen. Sie hoffte, einen Rat zu erhalten, wie sie Elisa helfen könnte; bestimmt gab es Bücher darüber, wie man eine gute Ehe führte und was man tun sollte, wenn es Schwierigkeiten dabei gab.

Aber die Beraterin runzelte nur die Stirn und kam sofort auf die falschen Gedanken, das sah Caron ganz genau: Welchen Dingen war dieses Kind ausgesetzt? Also wechselte Caron schnell das Thema und fragte nach den Erfordernissen für das Medizinstudium und nahm nach der Schule den Bus nach Niezel, wo sich das nächste Büro der kubanischen Frauenorganisation befand. Dort gab man ihr zwei Broschüren.

Dieses Material war genau das, was Caron wollte. Mit Bildern und Zeichnungen und nur wenig Text wurde hier gezeigt, wie die glückliche Hausfrau gemeinsam mit ihrem Gatten Entscheidungen traf. Es wurde sehr deutlich gemacht, wie unerwünscht die Anwendung körperlicher Gewalt und die Ausnutzung der Autorität des Hausherrn waren, und Caron war erleichtert, daß sich solche Dinge nicht nur auf ihre eigene Familie beschränkten, sondern offenbar häufig genug vorkamen, daß die Frauenorganisation etwas darüber druckte.

Elisa las die Broschüren sorgfältig. Caron sah zu, wie sie am

Küchentisch saß und langsam die Seiten umblätterte. Als es Zeit war, daß Reco nach Hause kam, stand Elisa auf und ging aus dem Zimmer, und Caron sah die Broschüren nie wieder.

»Ich bin in einer ganz anderen Situation«, erwiderte Elisa, als Caron später nach ihren Eindrücken fragte.

Caron wies darauf hin, daß genau diese Reaktion ebenfalls in den Broschüren angesprochen wurde: Die Opfer glaubten häufig, daß sie keine waren.

Elisa schüttelte den Kopf. »Reco ist nur ein bißchen cholerisch. Es wird besser, wenn ich lerne, ihn nicht so oft zu ärgern.«

Caron erinnerte Elisa an eine andere Passage in den Broschüren, wo es darum ging, daß die Opfer sich oft selbst die Schuld an ihrer Situation gaben.

Elisa griff nach dem Autoschlüssel und fuhr zum Markt.

In den drei Jahren ihrer Ehe hatte Caron ebensoviel verdrängt wie ihre Schwester. Harry war einfach eine unter ungeheurem Streß stehende Berühmtheit. Harry hatte zu viel zu tun. Harry war cholerisch.

Alles Unsinn.

Die drei Stadien von Gewaltanwendung, über die sie damals in der Broschüre gelesen hatte, paßten auf ihre eigene Ehe ebenso wie auf die von Elisa.

Caron war immer nervöser geworden, als die Spannung sich aufbaute; Stadium eins. Stadium zwei war der Eingriff gewesen. Stadium drei die Versöhnung und Erneuerung, was in den Broschüren als *»El Periofo del Luna de Miel«* genannt wurde, die Flitterwochenzeit.

Jetzt vollendete sie den Kreis, in dem sie sich selbst die Schuld gab und die Verantwortung für das Leiden eines jeden auf sich nahm, der versuchte, ihr zu helfen.

Es war wichtig, dem zu widerstehen. Wenn sie es nicht tat,

würde sie den Weg weitergehen und Harry als allmächtig betrachten.

Ein Mann, der seine Frau schlug, mußte um sein Image besorgt sein. Er mußte von jedermann bewundert werden. Daher beschränkten solche Männer ihre Wut auf ihre Familien. Man brauchte keine Berühmtheit zum Mann, um in eine solche Falle zu geraten.

Aber wenn, dann machte es alles tausendmal schlimmer.

Er lügt besser, als sie die Wahrheit sagt.

Sie mußte ihn mehr provozieren. Nicht die ganze Zeit mit Versuchen verbringen, sich zu verstecken. Sie mußte zurückschlagen. Und dabei Jack und jeden benutzen, der ihr zur Verfügung stand.

Denn sonst überließ sie Harry die Macht, sie zu zerstören.

Josh hatte genug von seinem eigenen Jammern, genug von den Tränen, denen er nun immer so nahe schien. Genug davon, sich müde und verwundbar zu fühlen und unsicher, worin denn nun eigentlich die Gefahr oder die Unsicherheit bestanden.

Wenn fernsehen zu langweilig wurde oder wenn er sich einfach nicht mehr darauf konzentrieren konnte, dachte Josh an alte Zeiten. Wie er einmal an einem Sonntag mit seinem Dad unten auf der Finanzmeile gewesen war, und Harry ihm Türen gezeigt und Geschichten erzählt hatte. Caron und Dad und Josh auf der Terrasse der Wohnung, wo sie Rippchen aßen, sein Lieblingsgericht, mit scharfem Krautsalat, und Dad ließ ihn einen Schluck von seinem Bier trinken.

Es war unmöglich, diese Bilder von Harry und Caron mit denen in Übereinstimmung zu bringen, die er nun sah.

Also hielt er sich mehr und mehr an die alten.

Sie fehlten ihm so sehr.

27

Es war Don Apriles Glückstag.

Die Welt war einigermaßen ruhig.

Die Kravitz-Story war eine der wenigen, für die die Leute selbst in dieser unerträglichen Hitze noch aufwachten.

Deshalb wurde Apriles Kommentar nicht nur von vielen in South Bend gehört, sondern auch von AP übernommen.

»Wir haben jeden Neurologen in New York City angerufen«, wurde Aprile in dem Bericht zitiert, den Hunderte von Zeitungen übernahmen und der seinen Weg in weitere Hunderte Radio- und Fernsehsendungen fand. »Aber es ist uns nicht gelungen, den angeblich berühmten Neurologen zu finden, der in jenem ebenfalls ungenannten renommierten New Yorker Krankenhaus praktiziert. Nicht einmal Dementis. Schlicht und einfach gar nichts. Wir fanden Dr. Alvarez' Gynäkologen, ihren Hautarzt, selbst den Krankengymnasten, der ihren Tennisarm behandelte. Selbstverständlich hat keiner von ihnen uns irgend etwas mitgeteilt, aber unter den Neurologen fand sich nicht einmal einer, der uns abgewiesen hat.«

Jack Dodge blinzelte zu dem kleinen Fernseher in der Küche von Hos Haus hinüber. »Das haben wir auch schon gemacht.«

»Was? Ärzte angerufen? *Galaxy* hat das schon getan?« fragte Caron. »Wieso stand denn nichts davon in der Zeitung?«

»Das ist doch Schwachsinn. Den Arzt nicht zu finden beweist überhaupt nichts.«

»Aber es legt etwas nahe.« Plötzlich stand Caron auf. Aufgeregt fuhr sie sich mit der Hand durch das jetzt kurzgeschnittene blonde Haar. »Diese Geschichte wird ziemlich breitgetreten. Wie kann man dafür sorgen, daß es weitergeht?«

Sie begann, in der Küche auf- und abzugehen. »Ich hätte vor einer Woche in Florida eine Tomographie machen lassen können. Ich hielt das nicht für sinnvoll, und ich habe mich nicht hingetraut. Aber wieso sollte ich es nicht hier, in Ohio, versuchen, wenn wir einen vertrauenswürdigen Neurologen finden können? Wir haben ein Auto, das niemand kennt. Sie könnten fahren, und ich verstecke mich. Dann hätten wir etwas in der Hand. Und wir könnten dafür sorgen, daß sich alle Aufmerksamkeit auf den Arzt konzentriert, während wir weiter nach Craig Head fahren.«

Während sie zusah, wie Jack mit seinem Büro telefonierte, spürte Caron wieder dieses Zittern, das jedesmal auftauchte, wenn eine neue Verbindung zu diesem Fremden entstand.

Sie hatte allein so viel weniger schaffen können, aber wenigstens war sie allein gewesen. Sie hatte nicht noch Angst haben müssen, wieder verraten zu werden.

Mit allem, was er wußte, konnte er sie Harry innerhalb von Sekunden ausliefern. Oder sie zurück ins Haifischbecken werfen, indem er sich einfach zurückzog und sie wieder sich selbst überließ.

Wieder einmal erinnerte sie sich, daß es ihre Entscheidung gewesen war, ihm zu »vertrauen«. Sie sah das Wort immer in Anführungszeichen, versah es mit ausgesprochen fragwürdigen Interpretationen.

Es war das Beste, was sie tun konnte. Und die Realität war der Beweis. Sie war noch am Leben. Josh war am Leben. Zwei von Harrys Männern hatten sie gefunden, und sie hatte sich selbst verteidigt und befreien können und war immer noch frei.

Als sie jetzt zuhörte, wie Jack mit einem Kollegen bei *Galaxy* darüber sprach, wie sie den richtigen Neurologen finden könnten, spürte sie etwas vollkommen Neues; Stolz. Zum erstenmal wich sie nicht nur Harrys Kugeln aus. Sie schoß zurück.

Russell Moorpaths aufgeschwemmte und zum Teil verweste Überreste wurden von einem Motelgast, der einen Abendspaziergang unternahm, im Abwassergraben gefunden. Die Polizei befand, daß die Leiche von Müll an der Mündung einer unterhalb des Wasserspiegels verlaufenden Leitung festgehalten worden war, sich schließlich losgerissen hatte und an die Oberfläche getrieben war.

Todesursache war Ertrinken. Es gab Beweise für einen Schlag auf den Kopf. Es war kein Unfall.

Der Inhalt seiner Brieftasche war durchnäßt, aber leserlich.

Ho hatte recht gehabt, dachte Jack, als er den Century so weit wie möglich hochpeitschte. Das verdammte Ding fuhr sich wie ein Gabelstapler. Sie waren jetzt schon fast drei Stunden unterwegs.

Aber sie würden zu diesem Arzt in Cleveland kommen, ohne daß ihnen jemand folgte.

Er war sich nicht allzu sicher, was den Arzt anging. Sie hatten nicht viel Zeit gehabt; der Mann war der Beste, den die Leute bei *Galaxy* hatten auftreiben können, unter den wenigen, die über einen Tomographen in ihrer eigenen Praxis verfügten, und er war der Onkel von jemandes Cousin oder so, war angerufen worden und hatte ihnen einen geheimen Termin versprochen.

Aber Caron wollte sich unbedingt der Untersuchung unterziehen, und sie würde sie bekommen.

Jack hatte sich in Hos Waschraum geduscht und rasiert, in den Dämpfen von Haarbleiche, aber es juckte ihn immer noch überall. Das war sein einziges Problem mit der Figur eines wagemutigen Journalisten: Er liebte saubere Marmorbäder mit fünfzig-Dollar-Handtüchern und Designer-Shampoo. Es machte ihm überhaupt keinen Spaß, sich in Rinnsalen zu waschen, und in diese Kategorie hatte auch Hos Bad gepaßt.

Um ehrlich zu sein, es gab eine Menge an diesem Unternehmen, was ihm nicht gefiel.

Vor allem waren zu viele Hindernisse zwischen ihm und seinem Ziel.

Am liebsten wäre er sofort und schnellstens nach Craig Head gefahren. Er lechzte danach, mit den Recherchen zu beginnen, nachzubohren und zu drängen und zu bestechen und zu sammeln, um das Ergebnis schließlich zu einer Keule zu formen, mit der er Harry Kravitz den Schädel einschlagen würde.

Jack hatte nicht viel Geduld mit dieser Tomographie-Idee von Caron oder mit jeder anderen Zeitverschwendung, die ihn von den Outer Banks fernhielt – von dem Autowechsel einmal abgesehen, der einfach notwendig gewesen war.

Aber er konnte sich auch nicht einfach über Caron hinwegsetzen.

Sie würde nicht mitmachen. Sie war bisher zwar durcheinander gewesen, daran gewöhnt, sich von ihrem Psychotengatten alles gefallen zu lassen, aber so langsam zeigte sie die Zähne.

Und zum anderen hatte sie einfach ein Recht darauf, die Situation nicht nur als Jack Dodges Chance zu betrachten, Harry Kravitz eine zu verpassen.

Als sie neben Jack im Auto saß und an die bevorstehende Untersuchung dachte, viel Caron plötzlich ein, wieso Darcys Beschreibung von Harrys Vergewaltigung seiner Nichte etwas in ihrem Unterbewußtsein berührt hatte.

An einem schönen Junisonntag vor etwas mehr als einem Jahr hatten Caron und Harry mit den Valins im Tennisclub in Westport ein Doppel gespielt. Auf dem benachbarten Platz hatte eine Familie – Mutter, Vater, Sohn und kleine Tocher – offenbar Harrys Aufmerksamkeit geweckt; Caron hatte bemerkt, wie er immer wieder Seitenblicke hinüberwarf. Sie hatte ein paarmal mit dem Aufschlag gewartet, bis er wieder zurückschaute.

Caron hatte angenommen, er sei von dem Vater abgelenkt

worden, dessen Schläge wirklich hervorragend waren; Harry sah gern gutes Tennis.

Aber diese Erklärung hatte nicht so recht gegriffen. Caron hatte zu diesem Zeitpunkt nicht länger darüber nachgedacht, aber jetzt fiel es ihr plötzlich wieder ein, und sie wußte warum.

Um den Vater anzusehen, hätte Harry ein wenig mehr nach links schauen müssen. Das kleine Mädchen war in der näher gelegenen Hälfte des Feldes. Ihr Tennisröckchen flog jedesmal hoch, wenn sie einem Ball nachjagte und enthüllte ein rundliches Hinterteil in kurzen Höschen.

Harry hatte nicht den Mann angesehen, sondern die Kleine.

»Mr. Kravitz?«

»Ja. Wer spricht?«

»Dr. Francis Hollenburg. Ich bin Neurologe in Cleveland, Ohio.«

Harry biß die Zähne zusammen, als er die schleppende Stimme hörte. Außerhalb von New York redeten alle so langsam. Sie hatten Unmengen Zeit. Und immer erwischte *er* diese Leute am Telefon. Aber er konnte nichts dagegen tun. Er mußte die Anrufe entgegennehmen, alles, das Graceann nicht vorher aussortieren konnte. Man wußte nie, wer ihm den goldenen Schlüssel liefern würde.

»Und?« sagte er, so höflich er konnte.

»Ich habe Ihre Aussagen über die Situation mit Ihrer Frau gehört. Sie sind glaubwürdig. Und leider bin ich nur zu vertraut mit der Bewußtseinstrübung, die mit Krankheiten wie der Ihrer Frau einhergehen können.«

»Ich weiß Ihre fachliche Meinung zu schätzen, Doktor –«

»Ich erinnere mich an ihre irrationalen Behauptungen von vor einem Jahr. Das führte dazu, daß die gesamte Ärzteschaft verdammt wurde. Es war in allen Zeitungen. Ihre Anmerkungen waren ziemlich merkwürdig; sie war offenbar schon längere Zeit krank, und nun ist es schlimmer geworden. Aus diesem Grund wäre es ein Fehler, wenn ich Ihnen nicht mitteilen würde, wo sie sich aufhält. Sie ist in Ohio. Ich erwarte sie in etwa fünf Stunden in meinem Büro.«

Eine Schwester brachte Caron eilig durchs Gebäude, weg von dem Eingang, den die anderen Patienten benutzten. Jack folgte ihnen.

»Ich bin außer Dr. Hollenburg die einzige, die ihre wahre Identität kennt«, sagte die Frau. Sie war groß und schwerfällig, und sie trug einen weißen Hosenanzug. Sie brachte Caron in den Tomographieraum. Er hatte einen Schrank und zwei Türen. An den Wänden hingen Diplome und Zertifikate, außerdem mehrere Fotos von einer Familie mit vielen kleinen Kindern und Hunden.

»Bitte warten Sie einen Augenblick draußen«, sagte die Frau zu Jack.

»Tut mir leid«, sagte er. »Unmöglich.«

»Dr. Hollenburg kann die Untersuchung nicht vornehmen, wenn sich noch eine andere Person hier aufhält.«

»Tun Sie einfach so, als wäre ich ihr siamesischer Zwilling.«

Caron sagte: »Machen wir einfach weiter. Sie können draußen warten, Jack. Das wird Ihrer Story keinen Abbruch tun. Ich werde Ihnen jede Einzelheit erzählen.«

Er dachte einen Augenblick darüber nach, noch weiter zu protestieren, aber sie hatte ihn getroffen: es ging um die Story. Er wußte, wann er verloren hatte. Er ging.

»Und jetzt entspannen Sie sich«, sagte die Schwester zu Caron. »Der Doktor wird gleich hier sein.«

Sie ging, und Caron setzte sich auf einen Stuhl. Sie zitterte am ganzen Körper. Es machte ihr angst, unter so vielen Menschen zu sein. Ihr derzeitiges Aussehen war weit von ihrem üblichen entfernt, sie erschrak selbst, wenn sie in den Spiegel sah. Aber zwei Leute in diesem Haus wußten, wer sie war, und das waren zwei mehr als gewöhnlich ...

Dann ging die Tür auf, und der Doktor kam herein. Er war mager, hatte glänzendes graues Haar und einen passenden Schnurrbart.

»Dr. Alvarez«, sagte er.

Caron zuckte zusammen, als sie ihren Namen hörte. Es behagte ihr nicht, sitzenzubleiben und sich von oben anstarren zu lassen, also erhob sie sich. Männliche Ärzte wollten einen immer überragen.

»Ich möchte eine Tomographie«, sagte sie. »Und dann möchte ich Sie bitten, heute abend WBCS in New York anzurufen und die *New York Times*. Hier sind die Nummern.« Caron gab ihm einen Zettel. »Ich danke Ihnen für Ihre Hilfe. Selbstverständlich haben Sie mein Wort, daß bei mir physisch alles vollkommen in Ordnung ist. Wie Sie ja auch sehen werden.«

Der Doktor nickte. »Ich werde sehen, was zu sehen ist. Wie fühlen Sie sich? Kopfschmerzen? Schwindel? Sehen Sie schlecht?

»Nichts davon.«

»Ganz sicher?«

»*Ja*.«

»Stimmungsumschwünge? Sind Sie noch gereizter geworden?« Er fuhr in einem beinahe gelassenen Konversationston fort. »Oft zeigen bei dieser Krankheit die Stimmungen und Gefühle am deutlichsten an, daß etwas nicht stimmt. Vor allem Erwachsene neigen dann zu merkwürdigem Verhalten und sagen bizarre Dinge, noch bevor die ersten körperlichen Symptome auftauchen.«

»Ich leide unter nichts derartigem. Ich bin vollkommen gesund.«

Caron begann zu frieren.

Der Doktor kam auf sie zu. »Denken Sie doch daran, was Ihr Mann durchmachen muß! Er möchte doch nur, daß Sie und der Junge nach Hause kommen, wo man Ihnen helfen kann.«

Hinter Caron quietschte eine Schranktür. Sie fuhr herum und schnappte entsetzt nach Luft, hätte beinahe aufgestöhnt.

Der Mann aus dem Camry.

»Er wird Sie jetzt zurück nach New York bringen«, sagte der Doktor.

Er kam nicht dazu, noch mehr zu sagen, denn der andere Mann war schon über ihm, stieß ihm das Skalpell in die Brust. Caron sah, wie die Hand mit der Waffe plötzlich blutübergossen war. Blut befleckte den Schnurrbart des Doktors und seinen Mantel.

Der Mann zog das Skalpell heraus und wandte sich Caron zu. Er hatte ein ausdrucksloses konzentriertes Gesicht, einen zielgerichteten Blick.

Caron schrie auf, wich einen Schritt zurück, dann noch einen.

Der Mann sprang auf sie zu, und im selben Augenblick ging die Tür auf. Er wandte sich halb um und rutschte mit dem Absatz in der Blutlache aus, die sich um Dr. Hollenburg ausbreitete. Er stürzte, während Jack Dodge einfach stehenblieb, mit weit aufgerissenem Mund.

Caron griff nach dem Skalpell, aber der Mann packte sie mit der freien Hand, und seine Rutschbewegung riß ihre Hand mit nach oben, das Skalpell über sein Auge.

Aufheulend fiel er vollends zu Boden, sein Blut spritzte, vereinte sich mit dem auf dem Boden.

Jack packte Caron an der Hand und zog sie auf den Flur hinaus.

Sie kauerte unter dem Armaturenbrett, während Jack fluchend weiterfuhr und Sirenen an ihnen vorbeiheulten.

»Verdammte Idioten. Sie brauchten nur einen einzigen brauchbaren Arzt zu finden, und nicht mal das haben sie geschafft.« Er drückte Nummern auf dem Telefon.

»Sie haben darauf bestanden, daß ich Ihnen traue!« sagte Caron.

»Das sollten Sie auch tun. Sie wären inzwischen tot, wenn sie es nicht getan hätten. In Virginia wären Sie direkt in die Falle gegangen. Jetzt ist der Typ, der hinter Ihnen her war, zumindest aus dem Rennen, und Harry muß sich einen anderen Killer suchen. Falls er nicht schon mehrere auf Sie angesetzt hat. Und das mit der Tomographie war Ihre Idee. Ich hätte da einfach nicht mitmachen dürfen.«

Er sprach ins Telefon. »*Nein*, es ist nicht gut gelaufen«, sagte er und erklärte, was passiert war.

»Eine aufgeregte weibliche Stimme antwortete, aber Caron konnte nichts verstehen.

»Hör mal, Robin«, sagte Jack, »es reicht nicht, gut auszusehen und gut in deinem Job zu sein. Du darfst dich einfach *nicht irren*! Du kannst niemanden, der auf der Flucht ist, zu einem Kerl schicken, der einen verrät. Caron wäre fast umgebracht worden. Das kann sie auch ohne uns haben.«

Caron hörte, wie Jack das Gespräch beendete, drückte sich tiefer in den Raum unter dem Armaturenbrett, spürte, wie sich der feste Rahmen um sie schloß, als würde sie ohne ihn davontreiben. Sie war vollkommen außer sich. Sie spürte immer noch etwas Feuchtes, Klebriges an ihren Armen und mußte immer wieder hinsehen und sich überzeugen, daß kein Blut an ihr klebte.

»Harry möchte, daß es so aussieht, als hätte ich mich mit einem Skalpell umgebracht«, sagte sie. »Ich dachte, der Mann hätte ein Messer, aber es muß die ganze Zeit ein Skalpell gewesen sein.«

Sie sah Jacks Fuß auf dem Gaspedal, sah, wie sich Knochen

und Sehnen bewegten, und sagte sich, das sei die Wirklichkeit, etwas Wirkliches, an das sie sich halten konnte.

Ansonsten könnte es sein, daß ein Teil von ihr auf immer abhob und verschwand.

28

Harry sah abgehärmt aus, und auch die Maskenbildner hatten nicht viel dagegen tun können.

Als er sich ans Podium setzte, zitterten seine Hände, auch das war echt.

Eine CNN-Reporterin hob die Hand. »Harry, Sie haben Caron heute immer wieder als Mörderin bezeichnet – wo es doch keinerlei handfeste Beweise dafür gibt. Dieses Skalpell hätte jedem gehören können. Wieso sollte sie den Arzt umbringen?«

Harry machte eine hilflose Geste. »Meine Frau ist nicht mehr bei Verstand. Ich kann auch nur Spekulationen anstellen. Vielleicht war es so erschreckend für sie, die Ergebnisse des Tests zu sehen, daß –«

»Daß sie den Arzt umbrachte?«

Jemand kicherte bei dieser sarkastischen Rückfrage, aber Harry zuckte nur schmerzerfüllt zusammen.

»Was ist mit diesem Verwundeten?« fragte ein anderer Journalist. »Wer ist das?«

»Ein Bekannter, der versucht hat, meiner Frau zu helfen.«

»Wo ist er? Wird er eine Aussage machen?«

»Er ist im Krankenhaus. Es tut mit leid, aber er darf nicht gestört werden. Es ist schlimm genug, daß er wegen der Probleme meiner Frau verletzt wurde. Ich kann wenigstens versuchen, ihm weitere Fragen zu ersparen.«

Weitere Reporter versuchten, Harrys Aufmerksamkeit auf sich zu lenken, aber Harry wies sie mit einer Geste ab. »Ich habe noch mehr traurige Nachrichten«, sagte er. »Ich fürchte, meine Frau hat noch jemanden umgebracht.«

Ersticktes Murmeln aus der Menge. Harry fuhr fort: »Ein Mann, den ich eingestellt hatte, um Caron zu verfolgen, hat sie offenbar gefunden – und es nicht überlebt. Der Name dieses Mannes ist Russell Moorpath. Er war vollkommen unbewaffnet. Er wollte Caron nichts tun. Seine Leiche ist in einem Abwassergraben gefunden worden. Die örtliche Polizei sagt, Caron habe ihm mit einem stumpfen Gegenstand den Schädel eingeschlagen.«

Es gab mehr Rufe, lautere nun, aber Harry trat zurück und hob beide Hände. »Das war's. Ich danke Ihnen. Das ist alles zuviel für mich. Ich kann nicht weitersprechen.«

Ich habe den Arzt nicht umgebracht«, sagte Caron zu Josh. »Das war der andere Mann. Und er wurde dann verletzt, als er versucht hat, mich umzubringen, und ich mich verteidigt habe.«

Josh schluchzte ins Telefon. Er versuchte nicht mehr, es zu verbergen. Caron schloß die Augen und versuchte, den Schmerz über sich hinwegrollen zu lassen.

Sie sagte: »Aber es stimmt, daß ich diesen Mann umgebracht habe, den sie im Abwassergraben gefunden haben. Ich wäre jetzt tot, wenn ich mich nicht gewehrt hätte.«

»Das hast du getan?«

»Ja.«

»Ich habe gehört, er . . . er habe keine Waffe bei sich gehabt. Vielleicht wollte er einfach nur mit dir reden.«

»Nein. Dein Dad würde niemanden schicken, der nur reden will. Josh . . . es tut mir alles so leid. Ich werde nicht sagen, daß es bald vorbei sein wird, denn darauf kann ich nur hoffen; ich weiß es nicht. Ich wünschte, ich könnte bei dir sein.«

»Das wünschte ich auch.«

Das Funktelefon klingelte, und Jack nahm den Anruf entgegen.

»Hervorragend«, sagte er. »Sorg um Himmels willen dafür, daß niemand das erfährt. Hoffen wir, daß es eine Weile dauert, bis ihn noch jemand findet.«

Jack warf Caron einen Blick zu. »Unser Rattenfreund ist im Katholischen Krankenhaus in Massillion, Ohio. Die Katholiken da sind sehr verschlossen. Meine Leute haben jeden bestochen, bis rauf zum Papst. Der Mann wurde unter dem Namen Gerald Morris eingeliefert. Sie können sein Auge wieder in Ordnung bringen.«

»Ich würde gern hinfahren und ihm das andere ausstechen«, sagte Caron.

Jack wählte.

»Wen rufen Sie jetzt an?«

»Ho.«

Caron und Jack hatten mehr als die halbe Entfernung zu den Outer Banks hinter sich gebracht und verbrachten die Nacht in einem Motel bei Winston-Salem, im selben Zimmer. Die Cleveland-Story war auf allen Kanälen. Das Foto von Caron zeigte ihre vorletzte Verkleidung, die Schwester war offenbar nicht imstande, sich zu erinnern, wie Caron ausgesehen hatte.

Die Familie Hollenburg trauerte um ihren Vater. Es gab Spekulationen über den verletzten Mann, aber keine wies in die Richtung, daß er es gewesen sein könnte, der den Arzt umgebracht hatte. Niemand fragte, wieso Caron Hollenburg getötet haben sollte. Das einzige, was zu ihrer Verteidigung vorgebracht wurde, war, daß es noch keine genaueren Fakten gab, also wisse man nichts über ihre Beweggründe.

Nachdem man ihr zwei Morde angehängt hatte, hing ihre

gesamte Glaubwürdigkeit, oder was davon übriggeblieben war, allein von Josh ab. Josh, der New York mit ihr verlassen hatte. Josh, der ihre Version der Ereignisse bestätigt hatte. Josh, der seinen Vater abwies, um bei seiner Stiefmutter zu bleiben.

»Kinder wissen, wem sie trauen können«, sagte einer aus der Legion von Psychologen, die von den Nachrichtensendern aufgefordert worden waren, dem Land das Unerklärliche zu erklären.

Caron und Jack hatten sich ein normales Doppelbett geteilt, nicht einmal ein übergroßes, weil sie lieber nicht danach fragen wollten.

Caron erwachte wie betäubt, bevor die Tatsachen wieder über sie hereinbrachen. Ein wunderbarer Augenblick des Umnebeltseins, und dann ein körperlicher Schock, als die Bilder des Vortages wieder auf sie eindrangen.

Der Arzt, dem sie hatte vertrauen sollen. Das Skalpell, das sie treffen sollte.

Ihr neuer Name: Doppelmörderin.

Ihr Magen zog sich zusammen, und sie sprang aus dem Bett und rannte ins Bad.

Jack, der sie würgen hörte, verdrehte die Augen und bedeckte sie dann mit der Hand, um den Schmerz in seinen Nebenhöhlen zu beruhigen.

Das Pollenaufkommen hier unten war ungeheuer.

Noch ein Grund, wieso er froh sein würde, wenn diese Geschichte endlich zu Ende war.

Er stützte sich auf die Ellbogen, um einen klareren Kopf zu bekommen, und warf einen Blick auf das leere Bett neben sich. Er hatte Nächte mit Frauen verbracht, die er liebte oder auf die er einfach nur scharf war oder die er mochte und mit denen er sich betrunken hatte.

Es war eine merkwürdige Erfahrung, das Bett mit jemandem zu teilen, der ihm vollkommen gleichgültig war.

Caron tat ihm leid, da er Harry kannte, seine unnachgiebige Bosheit. Aber er war so konzentriert auf seine Chance, Harry endlich in Stücke zu reißen, daß ihm für Caron wenig Energie übrigblieb.

Und es war ohnehin schwer, jemanden zu mögen, der einen für dumm hielt.

Caron wischte sich den Mund ab und lehnte sich an die gekachelte Wand. Ihr kurzes Haar war schweißnaß.

Nach ein paar Minuten riß sie sich zusammen, ging in die Dusche und drehte das Wasser auf.

Sie wusch sich gerade das Haar, als sie durch den Vorhang eine Bewegung sah.

»Jack?«

»Ich mußte aufs Klo. Ich glaube, in *Good Morning America* spricht gerade Ihr Freund, dieser alte Arzt.«

Caron schnappte sich ein Handtuch und rannte zum Fernseher. Sie sah die Nahaufnahme des alten, liebenswerten Gesichts; die gequälten, tiefliegenden Augen. Ihr Herz begann, heftig zu klopfen.

»Er ist krank«, sagte sie. »Ich wünschte, er würde sich zurückhalten. Ich habe schreckliche Angst um ihn. Ich hätte ihn ja angerufen, aber ich wage es nicht.«

»Wir können ihm eine Nachricht schicken.«

»Ja?«

»Ja. Das mit dem Arzt mag schiefgegangen sein, aber meine Kollegen sind nicht völlig unfähig. Denken Sie sich was aus, was er erkennen wird. Etwas, was mein Botschafter erwähnen soll, so daß er weiß, daß die Nachricht wirklich von Ihnen kommt.«

Caron überlegte. »Die Statue von Vasco da Gama. Ich habe

sie von zu Hause mitgebracht, als ich in die Staaten kam. Sie ist vermutlich immer noch in seinem Gästezimmer.«

»Gut«, sagte Jack und kritzelte in sein Notizbuch. »Und dann gibt es noch etwas, was Sie tun sollten. Holen Sie Josh da weg.«

»Wieso?«

Jack knöpfte sich das Hemd zu. »Josh hat Eindruck gemacht. Er ist Ihr einziger Augenzeuge, und ein sehr beeindruckender dazu. Verteidigt seine Stiefmutter und klagt seinen Vater an – das haben alle gehört. Er ist ein großes Plus für Sie. Er sollte noch mehr zu sagen haben.«

»Aber er ist gut versteckt, und ich möchte, daß er in Sicherheit ist. Wenn ich zulasse, daß er die Aufmerksamkeit auf sich lenkt...«

»Wo ist er?«

Caron sah Jack an. »Das sage ich nicht.«

Er schnaubte angewidert.

»Sie können so ärgerlich sein, wie Sie wollen«, meinte Caron. »Es geht Sie einfach nichts an.«

29

»Soll ich anrufen, ob es irgendwas Neues gibt?« fragte Graceann Harry.

»Nein.«

»Du siehst aus wie aus der Mülltonne.«

»Danke.«

Sie waren in Harrys Büro und sahen sich Ausschnitte eines Bandes an: Kinderpsychologen in einer Talkshow.

»Die Blonde ganz rechts«, sagte Graceann. »Sie sieht sehr vertrauenswürdig aus. Und der Mann da mit dem Bauch gefällt mir auch.«

»Nein, den nicht. Nimm den mit dem grauen Anzug. Er strahlt so was Offizielles aus.«

»Findest du? Ich finde ihn einfach steif.«

Graceann schaltete den Ton ab. »Ich hab eine Idee. Ich hab schon länger daran gedacht, es dir vorzuschlagen.«

»Was?«

»Was, wenn Lilly und ich für einige Zeit zu dir ziehen würden? Um zu zeigen, daß wir dir helfen wollen.«

Harry tätschelte ihr die Schulter. »Ich weiß, daß ihr mir helfen wollt. Ich komme allein zurecht. Aber vielen Dank.«

Graceann schüttelte den Kopf. »Du verstehst das falsch. Es geht nicht darum, daß ich mich um dich kümmern will. Es geht um die Öffentlichkeitswirkung.«

Harry blickte auf.

»Wenn du so ein Teufel wärst«, fuhr Graceann fort, »würde ich mich dann unter deinem Dach sicher fühlen und dir auch noch mein Kind ausliefern? Lilly und ich werden für Millionen von Fans stehen, die wissen, daß du nie tun könntest, wessen Caron dich bezichtigt hat.«

»Mein Gott, Graceann.« Er rieb sich die Augen. »Ich weiß nicht, was ich sagen soll.«

»Warum sagst du nicht einfach, du würdest dich freuen, uns bei dir zu haben?« Ihre Stimme wurde weicher. »Ich sehe doch, wie du dich quälst. Ich sehe, daß es dir immer schlechter geht. Ich habe Angst, daß du krank wirst. Laß uns dir wenigstens helfen, den Leuten zu zeigen, was für ein liebenswerter Mensch du bist.«

Harry sagte leise: »Eigentlich sollte man *dich* umbringen, Ron.«

»Arschloch.« Mit seinem funktionsfähigen Auge starrte Brale wütend das tragbare Telefon an, das er inzwischen haßte, das Instrument all seines Mißgeschicks.

»Ich hoffe, du hast Neuigkeiten für mich«, sagte Harry.

Brale schluckte. Diese Schmerzmittel ließen seinen Mund trocken werden. »Ich habe mit Peter gesprochen. Er ist vorbereitet. Er hat dieses Arzt-Band. Er wird sich darum kümmern, und dann wird er Caron finden.«

»Gott helfe dir, wenn das nicht funktioniert. Ich habe die Schnauze voll, daß all deine Pläne immer wieder in einem inkompetenten Fiasko enden. Wir haben keine Zeit mehr! Ich kann es mir nicht leisten, daß Caron noch weiter rumläuft und versucht, mich zu zerstören. Hast du rausgefunden, wer dieser Mann bei ihr ist?«

»Noch nicht.«

»Mein Gott, Ron. Was, wenn er ein Profi ist? Wie willst du dann an sie rankommen?«

»Überlaß das mir und Peter. Er kennt sich viel besser aus als ich. Er ist ein echter Mistkerl. Er wird genau das haben, was wir brauchen.«

Obwohl alle Fenster offenstanden, war es in Barbaras Wohnung an diesem Morgen drückend heiß. Die Sonne war grell. Und draußen hörte man den Lärm von Menschen, die ihren Spaß hatten. Alle waren am Strand oder auf dem Weg dorthin.

Josh war seit einer Woche nicht mehr bei hellem Tageslicht draußen gewesen. Alle paar Nächte nahm ihn Barbara im Auto mit, was er wirklich nett vor ihr fand, aber ihm fehlten die Sonne und seine Freiheit und Nicholas und sogar Nicholas' vergeßliche Großmutter.

Und Schlomo.

Und Caron und sein Dad.

Barbara hatte Eier gekocht. Josh nahm sich zwei und ein Glas Milch und breitete Papierservietten auf dem Bett aus und schaltete den Fernseher ein, während er frühstückte.

Er fand einen Film mit Autos, die sich überschlugen. Er war

gerade beim zweiten Ei, als die Werbeeinblendungen begannen, und er schaltete um. Er sah das Ende einer Talkshow. Dann hörte er: »Als nächstes schalten NBC live zu Harry Kravitz' Pressekonferenz.«

Josh legte das Ei hin. Er griff nach der Fernbedienung. Jedesmal, wenn Caron anrief, schärfte sie ihm ein, sich keine der Sendungen mit seinem Vater anzusehen, und Barbara sagte ihm jeden Tag dasselbe.

Aber jetzt war Caron nicht am Telefon, und Barbara war auch nicht da. Er konnte sich eine Minute lang seinen Dad ansehen. Dann würde er umschalten.

Sein Vater kam auf den Bildschirm, die Hände in den Taschen. Josh hatte Harry bis dahin immer nur kurz gesehen, in Nachrichtensendungen. Er sah furchtbar schlecht aus. Sein Mund war verkniffen, und seine Augen schienen tiefer eingesunken zu sein.

Josh beugte sich weiter vor. Er hatte die Fernbedienung immer noch in der Hand, und er merkte nicht, wie sich seine Finger fester und fester darum schlossen – bis es klickte und der Bildschirm schwarz wurde.

Hastig schaltete er wieder ein. Man konnte an der Einblendung erkennen, daß es eine Live-Sendung war, und sein Dad sah ganz anders aus als vor einer Woche, aber er war noch derselbe.

Harry sagte: »Es geht um Josh. Meinen Sohn. Alle Eltern können sicher mitfühlen, wie weh es mir tut, nicht zu wissen, wo mein Kind ist. Und daß Caron nicht mehr weiß, was sie tut ... Ich kann nicht einmal sicher sein, daß sie sich darum gekümmert hat, daß es Josh gutgeht.«

Harry wandte sich ab. Dann zeigte eine andere Kamera ein Bild der Pressevertreter, und Josh erkannte ein vertrautes Gesicht: Lilly Geroka, die Tochter der Sekretärin seines Vaters.

Was hatte Lilly dort zu suchen?

»Mehr als je«, sagte Harry, »brauche ich jetzt die Hilfe des ganzen Landes, um meine Familie nach Hause und in Sicherheit bringen zu können. Ich habe heute zwei Gäste eingeladen, Kinderpsychologen, Experten, die ein paar Worte über die Gefahren sagen werden, die es mit sich bringt, wenn ein Kind seinen Eltern entzogen wird.«

Josh hörte den Experten zu, einem Mann und einer Frau, wie sie über die Verwirrung und die Einsamkeit sprachen, die er tatsächlich empfand. Er hörte auch, wie sie seinen Vater beschrieben: einen sehr angespannten Mann in wichtiger Position, der üblicherweise ein gerechter und liebevoller Vater war.

Dann war die Konferenz zu Ende, und Josh schaltete wieder auf den Spielfilm mit der Verfolgungsjagd um, aber er konnte sich nicht konzentrieren.

Jetzt verstand er, wieso Caron und Barbara nicht wollten, daß er sich seinen Vater ansah.

Es brachte seine Gefühle zum Explodieren. Am liebsten hätte er in den Fernseher hineingegriffen und ihn berührt. Das Lächeln gesehen. Die Umarmung gespürt.

Josh schaltete den Apparat ab. Er ging in die Küche und spülte das Geschirr vom Vorabend und vom Frühstück.

Das Krachen aus dem Müllschlucker war immer noch zu hören, als er wieder ins Schlafzimmer ging und den Fernseher einschaltete. Ohne auch nur darüber nachzudenken, klapperte er die Kanäle nach Sendungen über Harry ab. Schließlich fand er etwas auf CNN, eine Zusammenfassung der Pressekonferenz.

Dem folgte ein Gespräch mit einem Ermittler aus Cleveland, der gefragt wurde, wieso sich die Polizei nicht mehr anstrengt, Dr. Caron Alvarez zu finden, um sie über den Mord an Hollenburg zu verhören. Dann ein Foto von Caron, mit kurzem Haar, auf dem sie merkwürdig aussah.

Josh starrte das Foto an und das seines Vater, das auf der anderen Hälfte des geteilten Bildschirms eingeblendet wurde.

Zum ersten Mal wurde ihm bewußt, daß er sich fragte, ob er nicht seinem Vater mehr glauben sollte.

Sein Dad war zu streng, und er schrie ihn zu oft an. Das gab Harry auch selbst zu. Aber machte ihn das zu dem Verrückten, als den Caron ihn darstellte – besonders, wenn Caron sich doch selbst verrückt benahm?

Sollte er seiner Stiefmutter glauben oder seinem Vater?

Im Schlaf und im Wachen hatte Josh immer wieder über diese ringkampfähnliche Szene nachgedacht, die er im Schlafzimmer von Harry und Caron gesehen hatte. Bis jetzt hatte er Carons Erklärung akzeptiert, ihre Anschuldigungen.

Aber gab es nicht auf dem Playboy-Kanal, den er manchmal heimlich ansah, solche Szenen mit wild um sich schlagenden Paaren? Caron *war* verletzt worden, aber Josh hatte nicht gesehen, daß es tatsächlich sein Vater war, der sie geschlagen hatte.

Sein Dad hatte im Fernsehen vorhin so traurig ausgesehen. Ihm war schrecklich zumute, das war ganz klar. Er hatte geweint, weil er seinen Sohn so vermißte.

Das brachte auch Josh zum Weinen.

Er legte sich aufs Bett, auf den Bauch, heulte die Tagesdecke naß. Harry hatte ausgesehen, als könne er vor Tränen kaum sprechen.

Josh erinnerte sich an seinen Dad, wie er in Mr. Valins Pool in Connecticut geschwommen war, mit Josh herumgealbert und -gelacht hatte.

Er wußte einfach nicht, was er tun sollte.

Wenn doch nur Barbara nach Hause käme oder Caron anrufen würde.

Wenn er doch nur mit seinem Dad sprechen könnte.

Schließlich wurde dieser Wunsch stärker als alle anderen.

Josh dachte an die Stimme seines Vaters. Es hatte ihm immer gefallen, daß er zu Hause, für Josh, so anders klang als für alle anderen im Fernsehen.

Er hätte so gern diese Stimme wieder gehört.

Er stand auf. Er wusch sich das Gesicht. Als er sich abtrocknete, bemerkte er, daß er sich nicht mehr wünschte, daß Barbara heimkommen sollte.

Sie würde ihn nur aufhalten.

Unruhig rannte er zum Fenster zur Straße, aber Barbara war nirgendwo in Sicht. Er eilte wieder in die Küche, holte sich Kleingeld, steckte es in die Tasche und ging hinaus in die Sonne und den schwülheißen Tag.

Peter Torres rückte näher und näher an den Fernseher heran, bis er die einzelnen Brauenhaare in Herbert Felhammers ausgemergeltem Gesicht sehen konnte. Er beobachtete, wie der wurmähnliche Mund sich bewegte, die Fältchen oberhalb der Lippen wie Schuppen von Schlangenhaut.

»Ich verstehe nicht, wieso man erlaubt, daß diese Farce weitergeht«, sagte Felhammer. »Dr. Alvarez rennt um ihr Leben. Sie hat niemanden umgebracht. Das ist nur ein weiteres diabolisches Element der Lüge, die Harry Kravitz ins Leben gerufen hat, um seine eigenen Vergehen zu verheimlichen.«

Joan Lunden sagte: »Wenn ich Sie recht verstehe, möchten Sie Dr. Alvarez gern untersuchen lassen.«

Peter sah, wie die Lippen des Mannes vor Aufregung zitterten, die Schuppen vibrierten.

»Mein Plan«, berichtete Felhammer, »besteht darin, eine Gruppe integrer Ärzte zusammenzutrommeln, die sie untersuchen und bestätigen, daß sie vollkommen gesund ist.«

»Und dann?«

»Wir werden sie bewachen, bis diese schreckliche Situation geklärt ist.«

»Sie bitten Dr. Alvarez also, mit Ihnen Kontakt aufzunehmen?« faßte Joan zusammen.

»Ja.«

»Dr. Felhammer, Sie sind im Augenblick selbst nicht bei bester Gesundheit. Schadet Ihnen diese Anspannung nicht sehr?«

Felhammer grinste müde. »Sie hält mich am Leben.«

Das war das Schlimmste, woran Harry sich erinnern konnte, dieses Gefühl, in einer Sackgasse angekommen zu sein. Der Druck war gnadenlos.

Sich in dieser Situation zusammenzureißen war, als versuche man, ein Feuerwerk an der Explosion zu hindern, nachdem die Zündschnüre bereits brannten.

Er unternahm lange Spaziergänge im Park, weil er nicht unerkannt durch die Straßen gehen konnte. Er hatte immer im Licht der Öffentlichkeit gestanden, aber nun kam er nicht einmal einen Block weit, ohne angehalten und mit guten Wünschen bedacht zu werden, von den Autogrammbitten und guten Ratschlägen nicht zu reden.

Er eilte den Pfad entlang, eine Yankees-Mütze auf dem Kopf, damit wenigstens sein Haar nicht auffiel, immer schneller, auf der Suche nach der Erleichterung, die ihm Bewegung manchmal brachte.

Heute half alles nichts, im Gegenteil, es ging ihm immer schlechter.

Er hatte längere Zeit kein Kind mehr gewollt, aber jetzt überfiel es ihn wieder. Seit Tagen schon hatte er es spüren können. Es passierte immer in seinen schlimmsten Zeiten, also war es keine Überraschung ... aber das war unmöglich. Er konnte dem jetzt nicht nachgeben.

Es waren relativ viele Besucher im Park. Das war gut so, denn ansonsten wäre er versucht gewesen, doch noch nachzugeben und ein wenig von diesem schrecklichen Druck abzulassen.

Er ging weiter, spürte, wie ihm der Schweiß ausbrach. Leichter Wind kam auf, flaute wieder ab.

Jedesmal, wenn er nachts versuchte, die Augen zu schließen, sah er Caron vor sich. Caron, unten im Süden. Caron, wie sie redete, Fragen stellte, zuhörte. All seine schrecklichen Geheimnisse. Caron hinter einem Wald von Mikrofonen, wie er ihn nun fast jeden Tag sah.

Menschen hörten ihr zu und wandten sich angewidert von ihm ab. Sein Publikum. Alle bei CBS. Kameraleute jagten ihn mit ihren Ausrüstungen. All seine berühmten Freunde überschlugen sich fast dabei, sich öffentlich von ihm zu distanzieren.

Wo zum Teufel steckte Caron jetzt? Wie nah war sie ihm schon gekommen? Wenn sie es tatsächlich bis nach Craig Head schaffte, waren seine Geheimnisse dann noch sicher? All das Geld, das damals den Besitzer gewechselt hatte, der Druck, den sie ausgeübt hatten . . . würde es genügen?

Wer war dieser Mann, der sie begleitete? Darcy war tot, und dieser Arzt in Cleveland, Felhammer, hatte nicht mehr lange zu leben, Brale war verletzt. Und mit Gottes Hilfe würden auch Caron und ihr unbekannter Begleiter bald zu den Opfern dieser Angelegenheit zählen. Wie würde das Harrys Glaubwürdigkeit beeinflussen? Wieviel Leichen konnte er unbeschadet überstehen?

Die Öffentlichkeit schien Berühmtheiten gegenüber sehr nachlässig. Darauf konnte Harry nur weiterhin hoffen. Er hatte keine andere Wahl. Er konnte Caron nicht am Leben lassen.

Und was war mit diesem neuen Mann, mit diesem Freund von Ron? Der erste, den Ron engagiert hatte, hatte sich umbringen lassen. Würde dieser Mann ebenfalls nur Mist bauen?

Harry wurde eiskalt unter dem Schweiß.

Oder würde dieser neue Mann effektiver sein? Würde er Caron finden, Josh finden, alles in Ordnung bringen?

Harry wischte sich das Gesicht und dachte daran, daß er von Anfang an mehr Leute hätte einschalten sollen, dann wäre diese Sache längst vorbei.

Sehnsuchtsvoll stellte er sich die dann fällige Pressekonferenz vor, in der er sich schluchzend an Josh klammerte, seine Frau betrauerte. Dann die neue Show, die Publicity, diesen unwiderstehlichen human-interest-Reiz, den er gewinnen würde und der all seinen Fans die Möglichkeit geben würde, ihm aus diesem Abschnitt seines Privatlebens direkt zu weiterer Berühmtheit zu folgen.

Harrys Augen brannten vor Frustration. Das alles war schon zum Greifen nahe gewesen und nun wieder in die Ferne gerückt, und statt dessen hatte er wieder die erste Vorstellung vor Augen: seine ultimative Demütigung, Harry Kravitz als Gegenstand der allgemeinen Verachtung.

Hinter ihm erklang ein Gurgeln. Harry drehte sich um. Ein Betrunkener, kein schmächtiger Mann, nur vollkommen hinüber. Er hatte Muskeln unter dem T-Shirt, taumelte aber wie ein Kleinkind, das gerade Laufen lernt. Sein Blick ging ins Nichts.

Das würde einfach sein.

Harry ließ ihn vorüberschlurfen. Er spürte schon, wie sich seine Hände aufs Zupacken vorbereiteten, spürte, wo er mit dem Körper des anderen kollidieren würde, die hilflose Gegenwehr des Opfers.

Und am Ende das Zusammensacken, die Kapitulation.

Dann war der Mann außer Sicht, wieder ins Sonnenlicht des Parks eingetreten. Harry holte tief Luft und stieß einen bebenden Seufzer aus.

Herbert Felhammer haßte die Chemotherapie mehr, als er es haßte, Krebs zu haben. Er hatte ernsthaft daran gedacht, die Behandlung abzulehnen.

Aber schließlich hatte er doch aufgegeben. So war das immer, hatte ihm die Laborantin erzählt und ihm noch mehr das Gefühl gegeben, nur ein müder aufgeblasener alter Knacker zu sein.

Also mußte er nun zweimal in der Woche ein Taxi zum Martin Dusenheim Memorial Pavillon des Krankenhauses nehmen, die Doppeltüren passieren, einen mit farbenfrohen Blumen geschmückten Vorraum und den sonnigen Wartebereich des Behandlungszentrums betreten. Dort würde er nach einer hochglänzenden neuen Zeitschrift greifen und sie nicht lesen, während Esme, seine Laborantin, sich darauf vorbereitete, das Gift in seinen Blutkreislauf zu pumpen.

Auch an diesem Tag hatte er vor, das Taxi zum Krankenhaus zu nehmen. Im Augenblick wartete er jedoch auf der Veranda auf einen Wagen, der ihn zum Urologen bringen sollte. Er war eine Viertelstunde zu früh nach draußen gegangen, weil es so angenehm warm war. Es hieß immer, man sollte als Chemotherapie-Patient nicht in die Sonne gehen, aber eine Viertelstunde würde schon nicht schaden. Bevor sich irgendwelche Schäden zeigen konnten, würde er ohnehin nicht mehr unter den Lebenden sein.

Ein weißer Kleinwagen hielt am Bürgersteig, und eine mädchenhafte rothaarige Frau stieg aus. Sie kam aufs Haus zu.

»Dr. Felhammer? Ich habe eine Nachricht für Sie. Von Dr. Caron Alvarez.«

Er erstarrte. »Von Caron?«

»Es geht ihr gut.« Die Frau griff in ihre Handtasche und reichte Felhammer ihren Presseausweis. »Sie möchte, daß Sie mit Ihrer Kampagne aufhören. Sie sagt, es sei schrecklich gefährlich –«

»Und ihr Mann ist nicht gefährlich? Sie ist nicht in Gefahr? Zum Teufel, wer sind Sie eigentlich?«

»Ich arbeite bei *Galaxy*. Mein Foto ist auf dem Ausweis da. Einer unserer Reporter begleitet Dr. Alvarez im Augenblick, und wir stehen ständig mit ihm in Verbindung. Dr. Alvarez hat uns gebeten, Ihnen mitzuteilen –«

Aufgeregt fuchtelte er in der Luft herum. »Woher soll ich wissen, daß Caron wirklich etwas mit Ihnen zu tun hat? Sie sind Reporterin –«

»Die *Statue*«, sagte die Frau. »Vasco da Gama. Dr. Alvarez sagte, ich solle sie erwähnen, falls Sie irgendwelche Zweifel hätten. Sie hat diese Statue aus Kuba mitgebracht. Sie weiß noch, daß sie in Ihrem Gästezimmer stand.«

Felhammer starrte sie an.

»In Ordnung?« fragte sie.

Er nickte. »Sie will also keine Hilfe von mir.«

Die Rothaarige war nicht mehr ganz so jung, wie sie aussah, und eine erfahrene Journalistin, die ihre Gefühle längst sicher verwahrt hatte. Aber dieser kranke alte Mann, der so heldenhaft versuchte, sein Bestes zu tun, tat ihr leid.

»Es geht nicht um die Hilfe«, sagte sie. »Es geht nur darum, daß Dr. Alvarez sich noch mehr Sorgen macht. Und sie hat im Augenblick schon genug Angst.«

»Sie braucht meine Hilfe. Ich kenne viele Ärzte. Ich –«

»Ich werde dafür sorgen, daß sie erfährt, was Sie gesagt haben. Aber es war vor allem meine Aufgabe, Ihnen diese Botschaft zu übermitteln. Seien Sie vorsichtig. Halten Sie die Haustür fest verschlossen. Ich oder jemand anderes von *Galaxy* wird sich wieder melden, wenn Dr. Alvarez sich mit Ihnen in Verbindung setzen möchte. Darf ich ihr inzwischen sagen, daß Sie ihre Sorge verstehen?«

Das Taxi war inzwischen gekommen. Felhammer riß sich zusammen. »Ja.«

Harry saß an seinem heimischen Schreibtisch, hämmerte zerstreut immer wieder mit den Knöcheln gegen die Kante. Er konnte nur hoffen, daß Josh irgendwo war, wo er Zugang zu einem Fernseher hatte.

Oder wenn nicht, daß die Menschen in seiner Umgebung nach dieser Pressekonferenz jetzt aufmerksamer wären und ihm Informationen liefern würden, die ihn in die Lage versetzten, jemanden nach Josh zu schicken.

Es würde seine Position ungemein stärken, wenn Josh Caron verließe und nach Hause käme. Und es war seine beste Chance zu erfahren, wo Caron sich aufhielt. Sein Sohn würde es ihm sagen.

Das Telefon klingelte.

»Dad?«

»Josh!«

Der Junge brach in Schluchzen aus. Harrys Hand am Hörer zitterte.

»Josh, Sohn, wo steckst du?«

Josh wollte nur eines: so schnell wie möglich wieder bei seinem Vater sein. Jetzt, als er diese ganz besondere Stimme hörte, war es, als drängten alle Teile seines Vaters durchs Telefon, und das versetzte ihn wieder in die Zeit zurück, als er noch klein gewesen war, wenn er irgendwo gewartet hatte, daß sein Dad ihn abholte, und es lange gedauert hatte, aber dann war Harry doch gekommen, zu Joshs unendlicher Erleichterung. Und im Wagen auf dem Weg nach Hause hatte er dann immer möglichst viel in sich aufgenommen, das ganze Gefühl, wieder bei ihm zu sein, um es zu horten, für den Fall, daß er eines Tages nicht mehr zurückkäme.

Aber selbst als er die vertraute Telefonnummer gewählt hatte, hatte er gewußt, daß es ein Geheimnis gab, das er seinem Dad nicht anvertrauen konnte: Carons Geheimnis um Barbara und Ocean City. Was immer Josh glauben mochte oder nicht, er hatte geschworen, es nicht zu verraten, und das mußte genügen.

»Das kann ich dir nicht sagen«, meinte er jetzt, »aber ich komme heim.«

»Gott sei Dank! Bist du verletzt? Ist alles in Ordnung?«

»Mir geht's gut.« Er schniefte. »Du fehlst mir.«

»Josh, sag mir, wo du bist. Ich hole dich ab.«

»Das kann ich nicht. Ich nehme jetzt den Bus nach New York. Dad, du hast mir so gefehlt –«

»Laß das mit dem Bus. Ich schicke dir einen Wagen. Du kannst sofort losfahren. Sag mir einfach –«

»Nein, Dad. Ich muß jetzt auflegen. Ich rufe dich an, sobald ich in New York bin.«

Die Verbindung wurde unterbrochen. Harry hätte beinahe das Telefon an die Wand geworfen.

Josh zurückzubekommen war wirklich eine Erleichterung, aber er wußte immer noch nicht, wo Caron und dieser Mann waren.

Er mußte genau herausfinden, um welche Zeit Josh in New York angekommen war, um einen Radius abstecken zu können.

Am liebsten hätte er jemand zum Port Authority Busbahnhof geschickt, um zu überprüfen, woher der Bus kam. Aber Brale war noch im Krankenhaus und Torres hatte in Baltimore zu tun. Und obwohl es legitim wäre, sich über diesen Bus informieren zu wollen, wagte Harry nicht, die Situation zu nutzen, falls Caron danach an diesem Ort etwas zustoßen würde.

Immer vorausgesetzt, sie war überhaupt in Joshs Nähe. Aber was Caron anging, halfen Spekulationen nicht weiter. Ihr wäre es scheißegal, was aus Josh wurde. Sie interessierte sich nur für sich selbst, für ihre eigene Sicherheit.

Er legte den Hörer wieder auf die Gabel und starrte ihn wütend an.

»Dad! Ich bin da! Ich bin am Busbahnhof.«

»Bleib, wo du bist, Josh. Sag mir, wo ich dich finden kann.«

»Im Hebrew National Hot Dog-Imbiß.«

Harrys Augen wurden feucht. »Rühr dich nicht vom Fleck. Ich werde da sein, bevor du den ersten aufgegessen hast.«

30

Als er die zehnte Klasse erreichte, war Harry zu einem breitschultrigen blonden Footballspieler herangewachsen. Er hatte keine engeren Freunde, aber niemand trat oder schlug oder verbrannte ihn mehr. Er wurde nicht mehr nackt in der Dusche festgebunden und zwanzig Mädchen vorgeführt. Seine Klassenarbeiten wurden nicht mehr von Vertrauensschülern durch obszöne Texte ersetzt. Niemand stopfte mehr seinen Spind mit Scheiße voll.

Im allgemeinen gewann sein Team, und wenn das nicht der Fall war, zeigte sich Harry als schlechter Verlierer. Er zerbrach Fenster oder rannte nachts die Hauptstraße entlang und trat Blumenkübel um. Er wurde nie bestraft. Er war ein zu wertvoller Spieler.

Mädchen begannen sich für ihn zu interessieren, und er sich für sie. Aber diejenigen, welche seine Aufmerksamkeit weckten, waren andere als die, die sie suchten. Harry fand sich zu jüngeren Mädchen hingezogen. Sehr viel jüngeren; er zog Babyspeck Brüsten vor. Er phantasierte über kosmetikfreie Gesichter und Baumwollsöckchen mit Spitzenrändern.

Immer wieder dachte er darüber nach, wie er bekommen

könnte, was er wollte. Lange Zeit war es das Beste, sich mit den Mädchen aus der High School zu verabreden, die ihm bei seinen Spielen zujubelten, und dabei solche mit kleinen Schwestern auszuwählen. Er trieb sich in der Nähe des Hauses seiner Freundin herum, um hier und da einen Blick auf die Jüngere zu erhaschen, wenn sie sich auszog, badete, zur Toilette ging. Er stahl Kleidungsstücke, weggeworfene Papiertaschentücher, und bewahrte alles in einem alten Chrysler auf. Manchmal benutzte er seine Beute zur Selbstbefriedigung, manchmal klammerte er sich einfach nur daran, aus Gründen, die er selbst nicht verstand.

Der Druck dieser Bedürfnisse begann ihn zu ängstigen. Mit ungeheurer Anstrengung konzentrierte er sich auf die Arbeit. Seine Eltern, Großeltern und Lehrer erwarteten eine akademische Karriere an einer geachteten Hochschule, und Harry stürzte sich dankbar auf dieses Projekt.

Er begann, indem er sich für immer von seinen Vandalentaten nach verlorenen Spielen verabschiedete. Dann erfüllte er ein Versprechen gegenüber sich selbst. Immer wieder hatte er von seinem Vater gehört, weshalb er seinen Namen von Kravitz in Crane geändert hatte, um sich die Tore zur Universität zu öffnen. Selbst als kleiner Junge war Harry von der Traurigkeit dieser Geschichte mehr betroffen gewesen, als er sich über die Klugheit seines Vaters freute, und er nutzte die Gelegenheit zum Ausgleich: Er machte diese Namensänderung für sich selbst rückgängig.

Seine Eltern waren dagegen; die Polls waren entsetzt. Monica hatte zwar zu viel Angst, sich anzuschließen, unterstützte Harrys Entscheidung aber.

Harry wurde an der Columbia University angenommen, seiner ersten Wahl. An dem Tag, an dem der dicke Umschlag, um den jeder Bewerber betete, durch den Briefschlitz plumpste, nahm Harry ihn mit zum Ententeich und setzte sich dort hin, um ihn lange anzusehen, bevor er ihn öffnete. Er las jedes einzelne Blatt immer wieder, die Informationen und Fragebögen, diese Teile seines neuen Lebens – das er an einem Ort beginnen würde, an dem man ihn nie geschlagen und gedemütigt hatte, wo er nie jene geheime Sehnsucht nach dem nackten kleinen Hintern eines bezopften Mädchens verspürt hatte.

Aber als die High School zu Ende ging, wurde der Druck wieder stärker. Sein Verlangen war beinahe unerträglich. Er stieg in den Chrysler und fand sich an der Rollschuhbahn wieder, wo er die kleinen Mädchen in ihren kurzen Röcken beobachtete.

Schließlich konnte er nicht mehr nur zusehen. Er holte sich eins.

Nachdem die Bahn schloß, um viertel vor neun an einem Sonntagabend, stand immer noch ein kleines Mädchen wartend am Bürgersteig. Die Straßenlampen beleuchteten die blonden Locken; die Rollschuhe hielt sie in der Hand.

Harry schlich sich hinter sie und packte sie um die Taille, hielt ihr den Mund zu.

Er machte es in seinem Auto. Zuerst versuchte er, ihr nicht weh zu tun, dann schaltete er seinen Kopf ab und legte es genau darauf an.

Er ließ sie auf dem Bürgersteig liegen, ein Handtuch über den Schultern, damit sie nicht fror. Sie weinte, aber sie war am Leben. Harry fuhr nach Hause, holte sich ein Bier, das er im Keller versteckt hatte, trank es und schlief.

Er hatte nicht geglaubt, daß sie ihn erwischen würden, aber so war es; das Mädchen hatte zu viel gesehen. Aber das alles geschah 1965, und Harry war ein Footballstar, der eine Karriere an einer berühmten Hochschule vor sich hatte, und seine erschrockenen Eltern und Großeltern brachten genügend Bargeld auf, um alle Beteiligten zu überzeugen, es sei besser, das

Geld anzunehmen als es für einen Prozeß auszugeben, bei dem sie ohnehin wenig Hoffnung auf Erfolg hatten.

Sie standen in der Schlange von Autos, die vor der Wright Memorial Bridge zu den Outer Banks wartete, und Caron schaute nach draußen, sah sich nach den Anzeichen alltäglichen Lebens um, den Campingwagen und Lkws und Familienlimousinen voller Urlauber mit ihren Dachgepäckträgern und vollgestopften Kofferräumen. Sie trug einen Strohhut und eine Sonnenbrille, und das kurzgeschnittene Haar lugte an der Stirn unter dem Hut hervor.

Staus waren gefährlich. Alles war jetzt gefährlicher geworden. Sie war eine Doppelmörderin. Harry hatte das gesagt, und deshalb war sie es. Harry wollte, daß sich alle noch angestrengter nach ihr umsahen, und deshalb taten sie es.

Wie oft waren sie und Harry und Josh bei solchem Wetter in die Ferien gefahren, hatten sich darauf gefreut, so schnell wie möglich die Badesachen anzuziehen?

Noch vor Tagen war das eine ganz normale Erinnerung gewesen. Eine angenehme Erfahrung, die man bald wiederholen würde. Eine glückliche, erfolgreiche Familie, die ihr Leben genoß.

Jetzt waren sie drei Einzelpersonen, so weit voneinander getrennt, wie es nur möglich sein konnte. Josh war in einer Wohnung mit jemandem eingeschlossen, den er kaum kannte, unter Schock, bedrückt, und niemand konnte ihm ehrlich versprechen, daß sich das bald ändern würde. Harry befand sich inmitten seiner schrecklichsten Lebenslage, ein tollwütiger Wolf, der sich verzweifelt an den Schafspelz klammerte. Ihr Mann, ihr Geliebter, ihr Partner . . . Ihr Verfolger.

Caron selbst war auf der Flucht, in immer wechselnden Verkleidungen, nie schnell genug, und sie verlor immer mehr von dem Vorsprung, den sie ohnehin nie gehabt hatte . . .

Verzweifelt bemüht, Harry zu zerstören ... bevor er sie zerstören konnte.

Endlich bin ich da, dachte Jack. Kitty Hawk, Nags Head, Craig Head ... die Schilder hatten es angezeigt.

Das Übel in Harry Kravitz hatte irgendwo seinen Anfang genommen. Und er, Jack, würde aufzeigen müssen, wie dieser Anfang auf das Ende verwies, mit Harrys Brutalität gegenüber seiner Frau.

Es war die einzige Möglichkeit, der Welt die Scheuklappen von den Augen zu reißen.

Caron wählte Barbaras Nummer. Barbara ging schon beim ersten Kingeln an den Apparat.

»O Gott, Caron«, sagte sie. »Josh ist weg. Er ist verschwunden, während ich auf der Arbeit war. Ich bin überall rumgefahren, hab nach ihm gesucht –«

Carons Stöhnen kam von ganz tief innen. »Ist es möglich, daß jemand ihn – entführt hat? Gibt es Anzeichen –«

Jack warf ihr einen beunruhigten Blick zu.

»Nein«, meinte Barbara. »Nichts ist verändert. Eine meiner Nachbarinnen hat gesehen, wie er die Wohnung verließ, ganz allein. Sie weiß natürlich nicht, wer er ist. Ich bin völlig fertig.«

»Er muß Harry im Fernsehen gesehen haben«, warf Jack ein.

Caron erzählte Barbara, daß Harry eine weitere Pressekonferenz veranstaltet hatte. »Offensichtlich hat er immer wieder dazu aufgerufen, daß Josh sich melden soll. Bitte gib dir keine Schuld. Und ich danke dir für alles, was du getan hast. Es war ... du bist eine Heldin.«

»Ach, Caron. Ich hab versucht, ihn davon abzuhalten, sich Harry anzusehen –«

»Das weiß ich. Du hast getan, was du konntest. Ich muß gehen, Liebes. Ich rufe dich wieder an. Mach's gut.«

Tränen liefen Caron über die Wangen, als sie Jack stockend erzählte, was geschehen war. »Barbaras Nachbarin hat gesehen, wie er weggegangen ist. Ganz allein. Ich habe schreckliche Angst.«

»Es muß an der Pressekonferenz gelegen haben. Sie kennen den Jungen. Was glauben Sie?«

Caron stieß einen Seufzer aus, der mehr ein Stöhnen war. Die Tränen flossen heftiger. »Er liebt seinen Vater. Was er von uns gesehen hat, ist sehr schnell passiert. Es ist nicht so, als hätte er gesehen, wie Harry mit dem Hammer auf mich einschlug. Ich sollte vielleicht froh sein, daß er mir überhaupt so lange vertraut hat.«

Sie wischte sich die Augen, drückte fest dagegen, um den Schmerz nicht so zu spüren. »Aber wenn er gegangen ist, dann bedeutet das, daß er Harry inzwischen mehr vertraut. Und ich kann ihm diese Illusion nicht lassen. Es ist einfach zu gefährlich.«

Sie wandte sich wieder dem Telefon zu.

»Caron.« Harry flüsterte ihren Namen auf eine Art, die ihr das Blut gefrieren ließ. »Du bist erledigt. Es ist vorbei. Josh ist wieder bei mir. Verdammt, wo steckst du?«

»Weit weg, Harry. Ich möchte mit Josh reden.«

»Nein.«

»Hol ihn als Telefon!«

Bei diesem Tonfall holte Harry tief Luft. Dann sagte er: »*Ich* entscheide, mit wem Josh spricht. Vergiß es, Caron. Vergiß einfach die ganze Geschichte und komme wieder zurück. Muß ich dir einzeln erklären, wie ich dich dazu bringen werde?«

Caron drückte die Hand an die Brust. Jack sah die Geste und kniff die Augen zusammen.

»Ja«, sagte sie, und das Wort blieb ihr beinahe im Hals stecken.

»Ganz einfach. Du machst, daß du nach Hause kommst und nimmst öffentlich all deine Beschuldigungen zurück. Oder Josh wird etwas passieren.«

Caron richtete sich auf. Jack spürte, wie sie sich am ganzen Körper anspannte. Ihre Miene wurde härter. Keine Tränen mehr.

»Harry«, sagte sie, und es war fast nur noch ein Krächzen, »rühr Josh nicht an. Faß ihn nicht an. Oder ich *werde* mich an die Öffentlichkeit wenden und allen von Harry Kravitz, dem Kinderschänder, erzählen.«

Harry packte den Hörer mit schmerzenden Fingern. Darcy? Hatte Darcy geplaudert? Es mußte so sein. Sie hatten vermutlich telefoniert, bevor Caron hingefahren war. Also war er in Sicherheit; Darcy würde nun schweigen.

Aber wenn Caron weiter diesem Faden folgte, was würde sie noch ans Licht zerren? Wie weit würde sie kommen? Würde sie nach Craig Head finden? Sie überraschte ihn immer wieder.

Harry hatte nicht vor, Josh weh zu tun. Aber das wußte Caron nicht.

Es wäre gut, sie noch einmal darauf hinzuweisen.

»Du hast keine Vorstellung, was ich tun werde, Caron. Josh neigt zu kleinen Unfällen. Du hast einmal das Ergebnis selbst behandelt. Wenn du nicht hier bist, um weitere Unfälle zu verhindern, könnte es schlimmer werden.«

Er legte auf.

Caron begann, noch einmal seine Nummer zu wählen, dann hielt sie inne. Sie sah Jack aus weit aufgerissenen Augen an.

»Er hat gedroht, Josh zu verletzen. Und er meint es ernst.«

»Falls . . .«

»Falls ich nicht zurückkomme und aufgebe und alles öffentlich zurücknehme.«

»Das haben Sie doch nicht vor, oder?«

»Nein.«

Sie wählte wieder.

Harry sagte: »Ver–«

»Glaub bloß nicht, daß du mich manipulieren kannst. Vergiß es, Harry. Nicht mehr. Wenn dem Kind etwas passiert, wirst du es nicht überleben.«

Sie mußten schnell handeln. Der Druck hatte um tausend Prozent zugenommen. Aber einige Zeit würde Caron nichts anderes tun können, als dazusitzen und zu zittern.

Sie stellte sich vor, wie Harry und Josh allein in der Wohnung waren: ein kleines Tier in einem Käfig, und ein Ungeheuer, das es umkreiste.

Alle beobachteten Harry, aber welche Garantie bot das schon, wenn es ihm gelungen war, seine Frau zu quälen, obwohl die gesamte Welt zusah?

In Carons Kopf überschlugen sich Bilder eines blutenden Josh, Josh, wie er weinte, eine zerbrochene Puppe unter dem Fuß eines Riesen . . .

Aber sie mußte aufhören, an Harry zu denken. Sie durfte nicht einmal mehr an Josh denken. Jetzt war sie Harrys Gefangene, so sicher, als läge sie immer noch unter ihm. Um überhaupt eine Chance zu haben, mußte sie nicht nur funktionieren, sondern fliegen.

Caron sagte: »Jetzt kann sich Harry ausrechnen, daß wir von Craig Head wissen. Aber er weiß nicht, daß wir schon hier sind. Wir müssen schnell handeln und dann wieder verschwinden.«

»Drei Stunden«, meinte Jack. »So viel sollten wir haben.«

Caron bestand darauf, in die Bibliothek zu gehen.

»Nein«, sagte Jack. »Wieso ein solches Risiko eingehen? Halten Sie sich bedeckt.«

»»Wir haben so wenig Zeit. Allein können Sie nicht alles erledigen.«

»Aber das mit der Bibliothek ist Unsinn.«

»Wie können Sie als Journalist das sagen? Es ist die beste Möglichkeit.«

Jack erklärte: »Harry hat seine Spuren hier verwischt. Es wird nichts über ihn in der Zeitung stehen.«

»Da bin ich nicht sicher.«

Jack schüttelte den Kopf. Er ließ den Wagen an. »Vergessen Sie nicht, was ich darüber gesagt habe, wie man sich unter Leute mischt. Beobachten Sie, stellen Sie fest, wie sich die Leute geben, und ahmen Sie es nach. Wenn sie gelangweilt oder provinziell sind, sind Sie dasselbe. Werden Sie nie hektisch, auch wenn Sie Angst haben. *Besonders* dann nicht.« Er strich sich das Haar aus der feuchten Stirn. »Ich werde mir die Haare schneiden lassen.«

Jack setzte Caron vor der Stadtbibliothek ab und ging zu Edsons's, einem Herrenfriseur, den er auf dem Weg gesehen hatte.

Er blieb eine Minute lang vor dem Fenster stehen und schaute hinein, bevor er den Laden betrat. Es gab vier Stühle und drei Friseure. Sämtliche Stühle waren besetzt. Auf Tischen standen und lagen Coladosen und Zeitschriften.

Die Signale standen auf rot.

Wieder fuhr er sich durch sein dichtes Haar. Der letzte Schnitt hatte ihn fünfundachtzig Dollar und ein großzügiges Trinkgeld gekostet; Paolo würde eine gequälte Grimasse ziehen, wenn Jack zu ihm zurückkam, um die schlimmsten Schäden beheben zu lassen, die dieser Kleinstadtfriseur anrichten würde, und das würde sich bestimmt auch auf der Rechnung niederschlagen.

Aber man muß manchmal auch Opfer bringen können.

Er schob die Tür auf. Es gab sogar eine Klingel.

Der mit Abstand älteste Friseur hatte den vordersten Stuhl,

in dem ein Vertretertyp in einem hellen Anzug saß. Der Friseur nickte Jack zu. »Rolly da hinten ist gleich frei.«

»Ich würde lieber auf Sie warten«, sagte Jack.

»Es ist aber noch einer vor Ihnen.«

»Kein Problem.«

Jack ließ sich nieder und beobachtete, was mit dem Vertreter geschah. Mausfarbenes Haar wurde im Nacken und über den Ohren gerade abgemäht. An der Stirn sah es schließlich wie weggefressen aus.

Der Mann ging, und ein anderer nahm seinen Platz ein, mit demselben Endergebnis. Jack sah mit einem unterdrückten Schauder zu, wie der Friseur seinem Kunden zum Schluß ein wenig Puder im Nacken applizierte.

Dann setzte er sich selbst auf den Stuhl. »Nur ein wenig nachschneiden«, sagte er.

Es gelang ihm, sein Entsetzen zu verbergen, als der Friseur nach einer altmodischen Schere griff. Aber statt zu Schneiden benutzte er sie nur, um Jacks Haar sanft zu teilen, wobei er leise vor sich hinflüsterte.

»Wie bitte?« fragte Jack.

«Ich schaue nur mal.« Er kam nach vorn und studierte Jacks Stirnfransen. Er nahm eine Strähne zwischen die Finger. »Paniko-Öl?«

»Ja«, sagte Jack und versuchte nicht, seine Überraschung zu verbergen.

Der Friseur lächelte. Er zog das Cape um Jacks Hals fester und machte sich an die Arbeit.

Von den ersten Bewegungen an wurde deutlich, daß dieser Mann durchaus auf einem Niveau mit Paolo war – mit sämtlichen Paolos. Jack sah zu, wie er Winkel mit den Fingern ertastete, dann mit der Schere folgte, als wäre alles dasselbe Werkzeug.

»Sehr gut«, meinte er.

»Es ist mir ein Vergnügen. Seit ich hier bin, hatte ich nicht viel Gelegenheit, meinen Stil zu zeigen.«

Jack war enttäuscht. Der Haarschnitt war hervorragend, aber deshalb war er nicht hergekommen. Er hatte mit jemandem sprechen wollen, der schon eine Ewigkeit in dieser Stadt wohnte.

»Wie lange sind Sie schon in dieser Gegend?«

»Vier Jahre.«

Scheiße.

»Diesmal jedenfalls. Ich hab einige Zeit oben in D.C. gewohnt.«

»Ach«, meinte Jack, »dann waren Sie schon früher in den Outer Banks?«

»Ich komme ursprünglich aus Kitty Hawk. Beinahe ein Zeitgenosse der Wrights.«

Jack lachte pflichtschuldig. »Schöne Gegend. Ich verstehe, wieso Sie nicht wegbleiben konnten.«

»Mh-hm.« Der Friseur trat zurück, um seine Arbeit in Jacks Nacken zu begutachten. »Soll es ganz gerade oder ein bißchen ausgefranst sein?«

»Ausgefranst. Aber nicht so sehr. Es kommen doch sicher auch ziemlich bekannte Leute hierher, die auf Urlaub sind. Im Hotel hat man mir erzählt, sie hätten Heather Locklear gesehen.«

»Ach ja? Davon habe ich noch gar nicht gehört.«

»Und acht andere Fernsehstars. Geraldo Rivera, glaube ich. Könnte aber auch Harry Kravitz gewesen sein. Stammt er nicht aus dieser Gegend?«

»Ich glaube nicht.«

»Im Hotel hieß es«, sagte Jack, »Harry Kravitz sei in Craig Head geboren und aufgewachsen. Soll Mitte der Sechziger hier an der High School gewesen sein. Er hat Football gespielt.«

»Höre ich zum erstenmal. Es gilt hier ohnehin nicht viel, wenn einer in diesen Jahren Football gespielt hat. Diese Jungs sind nach den Spielen ziemlich durchgedreht.«

Jack bebte innerlich, überlegte, wie er den nächsten Satz am besten formulieren sollte. Er versuchte, verschlafen und lässig zu klingen.

»Kann ich verstehen. Ich war auch ein rauher Bursche.«

Der Friseur schüttelte den Kopf. »Nicht wie diese Jungs. Üble Kerle. Ein Mann wie Harry Kravitz hätte sich mit denen nicht abgegeben.«

Jack wäre am liebsten aufgesprungen. Innerlich lachte er. »Footballspieler sind auch so was wie Stars. Die kommen mit allem durch.«

»Sie sagen es. Gel? Oder Spray?«

»Mehr hab ich nicht aus ihm rausholen können«, sagte Jack zu Caron, als sie kurz miteinander telefonierten. »Interessanter Typ. Schneidet einem die Haare entweder wie ein Provinztrottel oder wie ein Künstler. Wußte sofort, welches Haaröl ich benutze, obwohl es außerhalb des nahen Ostens kaum bekannt ist. Er hört auf zu reden, wenn er mit Schneiden fertig ist, und das war's.«

»Und was haben Sie nun genau erfahren? Daß Harry zusammen mit anderen Footballspielern irgendwas angestellt haben könnte?«

»Er glaubt nicht, daß Harry je hiergewesen ist. Und er war ziemlich unklar über die Footballrüpel. Es könnte alles sein, vom Eierschmeißen bis zum mehrfachen Mord. Ich konnte nicht direkt fragen, ob das auch Vergewaltigung kleiner Mädchen einschließt. Verdammt, wieso weiß ein Einheimischer dieses Alters nicht, daß Harry hier aufgewachsen ist?«

»Sie sollten mal die Geburtsregister überprüfen«, sagte Caron. »Ich gehe jetzt zu den Mikrofilmen zurück.«

»Wozu denn, um Himmelswillen? Sie werden in den Zeitungen nichts finden.«

»Ich wußte ja bisher nicht, daß ich mich auch um den Sportteil kümmern sollte.«

Der Architekt der Purcell-Bibliothek hatte das Gebrüder-Wright-Motiv bis in die Waschräume durchgezogen: Die Griffe der Wasserhähne waren kleine Flugzeuge.

Caron hielt die Handgelenke unter das kalte Wasser, eine Technik, die sie beim Medizinstudium gelernt hatte, wo die angehenden Chirurgen immer zu wenig Schlaf bekommen hatten. Aber es war Panik, gegen die sie ankämpfte, nicht Müdigkeit. Sie hatte versucht, sich verzweifelt auf das zu konzentrieren, was sie gerade tat, weil sie sofort wieder an Josh denken würde, wenn sie sich auch nur einen Augenblick lang ablenken ließ.

In New York, in den ersten Wochen mit Josh, hatte sie ihn immer an die Hand genommen, wenn sie über die Straße gingen, aus Angst, er würde zu früh losrennen und überfahren werden. Vollkommen irrational; er war in dieser Stadt aufgewachsen. Aber ihre Sorge hatte ihn immer begleitet.

Was sie jetzt ertragen mußte, war wie ein Endlosband, auf dem Josh immer wieder in den dichtesten Verkehr stürzte.

Panik flackerte auf, wann immer sie daran dachte. Jetzt, da Harry wußte, wo er sie suchen mußte; wie konnten sie erwarten, in so kurzer Zeit noch etwas herauszufinden? Wer hatte den Mann im Camry ersetzt? Wie nahe waren ihre Verfolger? Ließ Harry sie schon in diesem Augenblick überwachen, und würde sie umgebracht werden, sobald die Gelegenheit dazu günstig war? Oder würde irgendein aufrechter Bürger sie verraten, der ihre Verkleidung durchschaute?

Caron kämpfte die Angst nieder und ging zurück zum Sichtgerät.

Sie hatte sich schon unzählige Ausgaben der *Banks Tribune* und der *Craig Head Review* angesehen, ohne auf irgendwelche Kravitzes zu stoßen. Diesmal konzentrierte sie sich auf die Footballmannschaften der High School von Craig Head, schrieb sich die Daten der Spiele und die Ergebnisse auf.

Plötzlich stieß sie auf ein Foto des Teams.

Blut rauschte ihr in den Ohren, sie stellte die Aufnahme schärfer, schaute sich ein Gesicht nach dem anderen an. Stieß auf einen breitschultrigen Blonden, spürte so etwas wie Wiedererkennen, kehrte zurück zu dem Foto.

Ja. Es konnte durchaus sein.

Hinunter zur Unterschrift, abermals scharfstellen.

Kein Kravitz.

Caron folgte der Namensliste, von Spieler zu Spieler, folgte mit dem Finger, bis sie den Blonden gefunden hatte.

Harry Crane.

Sie holte tief Luft und lehnte sich zurück, die Hände vor dem Gesicht, schwer atmend. Sie spürte, wie ihre Wangen brannten. Zwischen den Fingerspitzen sah sie sich verstohlen um, ob jemand ihre Reaktion bemerkt hatte, aber die anderen drei Benutzer des Lesesaals waren alle in ihre Arbeit vertieft.

Sie wußte nicht, wieso Harry damals einen anderen Namen gehabt hatte, aber sie zweifelte nicht mehr daran, Harry gefunden zu haben, als sie sich das Foto noch einmal ansah. Das junge Gesicht war fleischiger, der Haaransatz tiefer, aber das gute Aussehen und die ausgeprägte Körpersprache kannte sie von Harry.

Jetzt hatten sie einen Namen, nach dem sie suchen konnten.

Die Archivarin in der Stadtverwaltung war so beeindruckt von Jack, wie er es nur wollte, aber es half nichts. Es gab nichts zu finden. Nicht ein einziger Kravitz, so lange die Akten zurückreichten, und die reichten erheblich weiter zurück als Harry.

Jack drückte der Dame einen Kuß auf die Wange, als er ging, zerstreut, schon wieder in Gedanken, was als nächstes zu tun sei. Was hatte er übersehen? Hatte Harry bessere Möglichkeiten, sich aus der Geschichte dieser Stadt zu streichen, als er angenommen hatte? Hatte er seinen Namen geändert?

Er konnte ja wohl kaum anfangen, Harrys Bild herumzuzeigen.

Aber er konnte anfangen, danach zu suchen.

Die Gebäudereiniger waren eifrig damit beschäftigt, das Haus wieder auf den Schulanfang vorzubereiten, und ziemlich erfreut, einen Augenblick innehalten und ein paar Worte mit dem neuen Trainer wechseln zu können, der auf dem Weg in die Sporthalle war.

Im Büro nebenan gab es Fotos von Footballteams vom Zweiten Weltkrieg bis in die Gegenwart. Jack fand schnell, was er suchte.

Nachdem er im Stadtarchiv auch zum zweiten Mal erfolglos gewesen war, holte Jack Caron in der Bibliothek ab.

»Er hieß Harry Crane, bevor er den Namen Kravitz annahm«, sagte Jack, als sie ins Auto stieg. »Ich habe die Adresse, aber es wohnen keine Verwandten von ihm mehr dort. Aber ich weiß, wo wir Harrys Footballtrainer finden können. Er heißt Francis Hoag.« Er wandte sich ihr zu, um ihre Glückwünsche entgegenzunehmen.

»Den Namen des Trainers habe ich auch gefunden«, erwiderte Caron. »Und ich bin ziemlich sicher, daß ich den Namen des Kindes kenne, das Harry vergewaltigt hat.«

Jack blinzelte. »Soll das ein Witz sein?«

Caron holte ihre Notizen aus der Tasche. »Die Zeitung von Craig Head ist eine Wochenzeitung. Es gibt ausführliche Sportberichte und jede Menge über Lokalereignisse. Ich habe die Ergebnisse sämtlicher Footballspiele seiner Manschaft und Notizen über die Polizeiberichte nach verlorenen Spielen. Ich habe auch versucht, rauszufinden, welche Spieler jeweils auf der Reservebank saßen. Manchmal fand ich eine Bestätigung, wenn der Name eine Woche zuvor im Polizeibericht auftauchte, wegen Schlägereien oder Vandalismus oder Trunkenheit – als wäre er aus disziplinarischen Gründen aus dem Spiel genommen worden.«

Sie sah sich langsam um, wie sie es jetzt immer tat – hielt Ausschau nach möglichen Verfolgern. »In den Fünfziger und Sechziger Jahren gab es in solchen Lokalblättern oft eine Auflistung der Patienten der Notaufnahme. Einer meiner Professoren machte immer Witze darüber, daß das heute nicht mehr passiert, weil eine solche Liste ein gefundenes Fressen für Rechtsanwälte sei.

Ich hab mir diese Liste angesehen, in Zusammenhang mit meinen anderen Notizen. Eines Abends, nachdem die Mannschaft ein Heimspiel verloren hatte, in dem zwei Pässe von Harry abgefangen wurden, hat man eine Gaynelle Rimby eingeliefert, acht Jahre alt, wegen ›Verletzungen und Quetschungen‹. In der Woche danach verpaßte Harry die einzigen zwei Spiele seines letzten Jahres.«

»Mein Gott.«

»Ich weiß nicht, wie er es geschafft hat, in dieser Saison weiterzuspielen und auf die Columbia zu gehen –«

»Natürlich wissen Sie das«, sagte Jack mit einem bitteren Auflachen. »Genauso, wie er bisher Sie und mich geschlagen hat. Indem er alles daran setzte, seine Spuren zu verwischen, und weiter seinen Weg machte.«

Sie kamen gerade an einer Tankstelle vorbei. Jack sah ein Münztelefon. »Lassen Sie uns hier anhalten. Dort drüben liegt ein Telefonbuch. Wir wollen mal sehen, ob wir diese Gaynelle finden können.«

»Hab ich schon. Sie ist Krankenschwester im OP-Team des Krankenhauses der Kill Devil Hills.«

31

Gaynelle Rimby war eine Blondine mit wunderbar langen Wimpern. Jack Dodge brauchte ungefähr fünfundvierzig Sekunden um festzustellen, daß sie gegenüber seiner Schnell-Enteisungstechnik nicht verwundbarer war als ein Bär.

»Sie machen wohl Witze?« sagte Gaynelle ruhig. Sie waren in einem der Vorräume zu einem Operationssaal. »Ist Ihnen nicht aufgefallen, wie gut es aufgenommen wird, wenn Frauen behaupten, von Prominenten vergewaltigt worden zu sein, selbst wenn es gerade erst passiert ist? Was glauben Sie wohl, wie glaubwürdig ich nach achtundzwanzig Jahren wäre?«

Caron sagte: »Aber es muß noch andere hier in der Gegend geben, die Harry ebenfalls zum Opfer gefallen sind, zumindest seiner Gewalttätigkeit. Oder Leute, die davon wußten. Zum Beispiel sein Footballtrainer. Wenn mehrere von Ihnen an die Öffentlichkeit träten . . .«

»Vergessen Sie's«, meine Gaynelle. »Träumen Sie nicht mal davon. Was glauben Sie, womit Sie es hier zu tun haben – mit der Wirklichkeit?« Sie stand auf und begann, auf- und abzutigern. In ihrem Schritt lag eine gewaltige Energie. Sie war eine Kämpferin, aber eine, die wußte, daß sie schlechte Chancen hatte. »Fran Hoag ist vollkommen senil, und selbst wenn er es nicht wäre, würde er kein Wort sagen. Die Leute in Craig Head wissen nicht mal, daß Harry Kravitz und Harry Crane ein- und dieselbe Person sind. Mir wäre es auch nicht aufgefallen, wenn sich mir sein widerwärtiges Gesicht und seine Stimme nicht eingebrannt hätten.«

Jack sagte: »Harry will Caron umbringen. Er hat es bereits dreimal versucht. Er hat seine erste Frau so sehr geschlagen, daß sie dauerhafte Schäden zurückbehalten hat, und er hat dafür gesorgt, daß sie ihr Kind nie wiedersah. Außer Ihnen hat er noch seine kleine Nichte vergewaltigt und wahrscheinlich andere –«

»Und ich nehme an, er hat auch seine Tante umbringen lassen«, meinte Gaynelle. »Oder ist sie nur zum richtigen Zeitpunkt ertrunken?«

Caron blickte auf. »Darcy? Ist sie tot?«

»Es stand gestern in der *Review*. Ihre Leiche ist in Center Beach, Virginia, an Land gespült worden. Sie hat dort gewohnt. Sie sind nicht sicher, ob sie noch lebte, als sie ins Wasser gefallen ist.«

Jack drückte Carons Handgelenk. Zu Gaynelle sagte er: »Wir können Harry nur treffen, wenn die Menschen ehrlich sind und den Mut haben –«

»Wagen Sie nicht, zu mir von Mut zu sprechen.« Gaynelle beugte sich vor, um Jack ins Gesicht zu sehen. »Ich war acht Jahre alt, und Harry hat mich von allen Seiten vergewaltigt. Mein Inneres hing in Fetzen. Seine Familie hat alle gekauft, und er ist nie bestraft worden. Ich habe Tag und Nacht geweint, und es gab damals keine organisierte Hilfe für die Opfer von Vergewaltigungen, und ich habe trotzdem den *Mut* aufgebracht zu überleben. Ich hatte den *Mut* zuzusehen, wie Harry zum Idol des ganzen Landes wurde, und trotzdem nicht wahnsinnig zu werden. Ich hatte den *Mut*, mir von diesem Schwein nicht mein ganzes Leben zerstören zu lassen.«

Sie wandte sich Caron zu. »Ich will Ihnen mal was sagen, Doktor. Ich könnte reden bis ich umfalle, und es würde Ihnen nicht helfen, *weil mir keiner zuhören würde*. Sie haben mir nicht zugehört und nicht den anderen, die Harry mißbraucht hat, und sie hören Ihnen nicht zu. Geben Sie auf. Sie können nicht gegen ihn antreten. Verlassen Sie das Land. Sie können nichts mehr tun.«

Caron bettelte. Gaynelle war der Mensch, den sie unbedingt hatten finden wollen, und es war unerträglich, immer noch so hilflos zu sein. Aber die Narben waren zu tief, und Narbengewebe schützt. Gaynelle gab nicht nach.

Als sie das Stockwerk mit den Operationssälen verließen, fühlte sich Caron in jeder Hinsicht geschlagen.

»Reißen Sie sich zusammen«, sagte ihr Jack ins Ohr. »Sie sehen aus wie eine Leiche.«

Caron richtete sich auf und versuchte, wie ein Ärztin auszusehen. Im Lift stand sie kerzengerade neben Jack. Ihr Herz klopfte heftig, und sie konnte ihre aufsteigende Hysterie kaum niederringen. Am liebsten hätte sie sich auf den Boden gelegt und wäre nie wieder aufgestanden.

Blind verließ sie den Fahrstuhl, eilte über den Flur auf den Hauptausgang zu und Jack folgte ihr. Aber sie mußten stehenbleiben, um Sanitäter mit einer Trage durchzulassen.

Aufgeregtes Spanisch drang an Carons Ohren. Sie hörte automatisch genauer hin. Die Sanitäter rollten die Trage vorbei, und die Menge löste sich auf, aber Caron hörte immer noch zu, ging langsam hinter der Trage her.

»Falsche Richtung«, zischte Jack.

»Warten Sie einen Moment.«

Auf der Trage lag ein Mann mit blutigen Verletzungen. Eine Infusion war angeschlossen. Er sah leblos aus. Seine Frau versuchte zu erklären, daß er eine seltene und ernste Herzkrankheit hatte, aber keiner verstand ihr Spanisch, also zeigte sie immer wieder auf den Hals ihres Mannes, um darauf hinzuweisen, daß sein Anhänger mit den medizinischen Daten fehlte. Sie hielt ein winziges Baby, das leise weinte.

»Was will sie denn?« fragte eine der Schwestern.

»Weiß ich nicht«, erwiderte ein Sanitäter. »Sie hatten einen Autounfall, der Wagen hat sich überschlagen, und ein paar Leute haben ihren Mann vom Fahrersitz gezogen. Einer der Typen hat ihm allen Schmuck abgenommen und ist dann abgehauen. Wahrscheinlich regt sie sich deshalb auf.«

Die Schwester sagte: »Einer der Pfleger spricht Spanisch. Sollen wir ihn holen?«

»Reynaldo«, meinte jemand anderes. »Ich glaube nicht, daß er im Dienst ist.«

»Dann müssen wir eben sehen, wie wir zurechtkommen.«

Die Frau redete immer weiter, und sie sprach lauter, als sie merkte, daß niemand sie verstand.

Caron hörte aufmerksamer zu. Plötzlich hörte sie einen Begriff, der ihr einen Schauder über den Rücken laufen ließ:

Wolfe-Parkinson-White-Syndrom.

Das Notfallteam würde versuchen, die Herzfrequenz des Mannes zu senken. Das Übliche in solchen Fällen war, Adenosin zu injizieren, und wenn das nicht funktionierte, würde man zu Verapamil greifen.

Aber es gab eine Situation, in der Verapamil genau den gegenteiligen Effekt erzielen würde. Es würde den Herzschlag beschleunigen und den Patienten sehr wahrscheinlich umbringen.

Wolfe-Parkinson-White.

Caron konzentrierte sich auf das medizinische Personal. Sie hörte zu, welche Anweisungen gegeben wurden.

»Adenosin, sechs Milligramm«, sagte der Doktor.

Die Schwester, die den Monitor im Auge hatte, rief: »Immer noch zu schnell.«

»Na gut – Verapamil«, erklärte der Arzt. »Fünf Milligramm intravenös.«

Ein paar Meter entfernt war eine Sitzgruppe. Caron eilte darauf zu, suchte in ihrer Tasche nach einem Stift.

»Verdammt, was machen Sie denn?« wollte Jack wissen. »Wir müssen ... o verdammt!«

Caron folgte seinem Blick. Auf einem Tisch lag eine Zeitung mit einem großen Foto von ihr – komplett mit blondem, kurzem Haar.

Jack griff nach der Zeitung und las die Überschrift. »Die Frau in Hollenburgs Praxis«, faßte er für Caron zusammen. »Nachdem sie sich von ihrem Schock erholt hatte, konnte sie Sie beschreiben. Wir müssen unbedingt hier weg.«

Caron warf einen Blick auf Arzt und Schwestern. Eine Schwester bereitete gerade die Verapamil-Spritze vor. Caron riß ein Stück von einer Zeitung ab und kritzelte darauf: »Wolfe-Parkinson-White.« Sie rannte zu der spanischsprechenden Frau und erklärte ihr in ihrer Sprache, was sie mit dem Zettel machen sollte.

Die Frau starrte sie an, dann den Zettel, dann riß sie den Kopf hoch. Caron sah, wie sie sie erkannte.

O Gott, dachte sie. Mein Foto wird inzwischen wohl überall gezeigt.

Sie ging davon.

Die Frau des Unfallopfers hielt dem Arzt den Zettel hin.

»*Scheiße*! Nicht spritzen!« rief der Arzt und nahm der Schwester, die gerade dazu angesetzt hatte, die Spritze ab. »Der Mann hat WPW. Er braucht Digoxin.«

»Keine Sekunde zu früh«, stellte jemand fest.

»Wie hat sie das geschrieben?« fragte jemand.

Geräusche und Gespräche gingen unaufhörlich weiter, aber dann kam ein Augenblick, in dem Caron klar wurde, daß sie keine Sekunde mehr hatte. Diese Leute würden genau hinsehen, und sie würden sie erkennen.

Sie zwang sich, nicht zu rennen, drehte sich um und suchte nach der besten Fluchtroute.

Jack griff nach ihrem Arm.

Plötzlich hatte auch die Frau des Unfallopfers ihren Arm gepackt. Sie drückte Caron auf einen der Sessel in der Sitzecke. Sie legte ihr ihr Baby in den Schoß, hob Carons Bluse und sagte: »Da la comida al nino.«

Caron blickte auf. Die Frau sah ihr in die Augen und schob dann sanft Carons Kopf nach vorn, so daß es aussah, als stillte sie das Baby.

»Okay«, sagte Jack sehr leise. »Okay.«

Caron blieb sitzen und streichelte das Baby, damit es ruhig blieb. Er machte Saugbewegungen, wäre nur zu gern wirklich gestillt worden, und sie befürchtete, ihre Angst würde sich auf den Kleinen übertragen. Ihr Herz klopfte, als sie dort inmitten so vieler Menschen saß; die Zeitung, die Jack unter den Tisch geschoben hatte, schien wie von Neon beleuchtet. Wieder zog sich Carons Magen zusammen.

Wenn es doch nur ein wenig leerer würde, damit sie unbemerkt verschwinden konnten. Sie hatten die drei Stunden schon um zwanzig Minuten überschritten.

Das Baby heulte, und sie steckte ihm einen Knöchel in den Mund und spürte das Kitzeln der saugenden Kiefer und fragte sich voller Qual, ob sie wohl je wieder in die Lage kommen würde, so einfache Freuden wie das Halten eines Babys genießen zu können.

Endlich wurde es um sie herum ruhiger. Der Mann wurde behandelt, und die Sanitäter waren wieder gegangen. Die Frau kehrte zurück, lächelte, nahm Caron das Baby ab.

»*Gracias*«, sagte Caron.

»*Muchas gracias a usted.*«

»*Su esposo estara bien*«, versicherte Caron ihr. »*Estoy segura. Yo soy un doctor.*«

Die Frau lächelte. »*Yo se.*« Sie wußte es.

Ihr Lächeln verschwand. Auf Spanisch sagte sie Caron: »Verändern Sie schnell Ihr Aussehen. Sie sehen genau aus wie auf dem Foto. Ich bete, daß Sie sich in Sicherheit bringen können. Ich wußte, daß Sie eine gute Frau sind. Gehen Sie jetzt.«

Sobald sie wieder die Brücke zum Festland überquert hatten, hielt Jack an, um eine Perücke für Caron zu kaufen.

Caron wartete im Wagen und rief in der Wohnung an, hörte es klingeln und betete, daß Josh ans Telefon kommen würde. Sie stellte sich vor, wie er zum Telefon ging, den Hörer nahm.

»Hallo?«

»Josh! Bin ich froh, dich zu hören, mein Schatz!«

»Bist du böse auf mich, Caron?«

»*Nein.*« Sie holte tief Luft, bis ihr die Brust weh tat. Jetzt erst wußte sie, daß er wirklich sicher zu Hause angekommen war. Aber sie konnte die Angst in seiner Stimme hören. Seine Stimme zitterte.

»Ich liebe dich, Josh. Ich verstehe, daß du heimgehen mußtest. Geht es dir gut?«

»Ich bin ...«

»Wo ist dein Vater im Augenblick?«

»Er duscht.«

»Ist *er* böse auf dich?«

»Er sagt nein, aber ... aber es sieht danach aus.«

Caron packte den Hörer fest. »Wieso? Was macht er?«

Josh wußte nicht genau, was er sagen sollte. Er hatte große Angst vor seinem Vater, aber es gab nichts Handfestes, was er als Begründung hätte vorbringen können, Caron oder sich selbst gegenüber. Die Veränderung war sehr schnell vor sich gegangen. Einen Augenblick war Harry noch glücklich und gerührt gewesen und hatte ihn umarmt; im nächsten Moment war er wie eine Sturmwolke, trampelte durch die Wohnung, schon seine Schritte eine Drohung.

»Ich muß mit ihm reden, Josh. Ist er jetzt aus dem Bad raus?«

»Ja.« Und dann im Flüsterton: »Sag ihm nicht, was ich dir gesagt hab.«

Harry nahm den Hörer. »Hallo, Caron.«

»Du wirst Josh nicht anrühren, Harry. *Hast du das verstanden?«*

»Dann kommst du also nach Hause. Gut. Josh und ich freuen uns darauf, dich wiederzusehen.«

Es konnte sein künstlich ruhiger Tonfall gewesen sein oder Carons eigene Wut. Die Tage der Wut und Frustration zeigten plötzlich ihre Wirkung, und sie kreischte ins Telefon, daß ihre Stimme in dem leeren Auto widerhallte.

»Du bist ein Teufel! Du bist ein krankhaftes, widerwärtiges Ungeheuer! Ich wünschte, du wärst tot!«

Als sie dann schwieg, hörte sie, wie das Echo ihrer Stimme sich mit dem Freizeichen im Telefon mischte.

»Ihr Foto ist überall«, sagte Jack, als er wieder ins Auto stieg. »In jeder einzelnen Zeitung. CNN hat eine nette Montage jeder Ihrer bisherigen Veränderungen gebracht, in der korrekten Reihenfolge. Im Laden lief ein Fernseher. Ich hab Ihnen eine rotbraune Perücke und eine Nickelbrille mitgebracht. Und ein bißchen Polsterung, um Ihre Figur zu verändern.«

Er ließ den Motor an und fuhr vom Parkplatz.

Caron sagte: »Josh ist zu Hause. Ich habe gerade mit ihm gesprochen. Er klang ... wie eine Maus in der Falle. Harry spielt mit ihm und sorgt dafür, daß ich das erfahre.«

Ihre Stimme war rauh vor unterdrückten Gefühlen.

Jack fragte: »Hat er den Jungen verletzt?«

»Noch nicht. Ich kann ihn nur davon abhalten, wenn ich nach Hause fahre und alles zurücknehme.«

Jack trat zu abrupt auf die Bremse, fluchte und streckte die

Hand aus, um Caron festzuhalten. »Tut mir leid... diese Leute hier sind bescheuert. Also haben Sie jetzt vor, sich Harry auszuliefern?«

»Sind Sie blöde oder was?«

Er schnaubte. »Mir ist schon klar, daß Sie mir nicht allzuviel Hirn zutrauen. Schade, Sie irren sich gewaltig. Aber ich werde nicht versuchen, Ihnen zu widersprechen. Ich biete Ihnen als Gegenbeweis nur die Tatsache an, daß Sie immer noch am Leben und mehr oder weniger unentdeckt sind. Sie und ich wissen, daß Sie ohne mich inzwischen aufgeschmissen wären. Glauben Sie also, was Sie wollen, wenn *Sie* dumm genug dazu sind, aber halten Sie mich da raus. Nennen Sie mich nie wieder blöde.«

Sie seufzte. »Schon gut. Entschuldigung.« Und dann: »Ich meinte damit nur, daß ich nicht tun werde, was Harry will. Ich werde nicht aufgeben. Ich habe daran gedacht, was Gaynelle gesagt hat. Ich könnte mir Josh schnappen und aus dem Land fliehen.«

»Das wäre gleichbedeutend mit Aufgeben.«

Für Sie vielleicht, wollte Caron sagen. Ihre Story geht dabei den Bach runter. Kein heldenhaftes Ende.

Sie rieb sich die Magengegend, wo die Spannung sich in messerscharfen Stichen entlud.

»Ich kann Josh doch nicht bei Harry lassen! *Harry wird ihm weh tun!*«

»Das wird auf jeden Fall geschehen, es sei denn, wir können Harry endgültig aufhalten.« Jack fuhr sich durchs Haar. »Ich gebe zu, daß es hier für uns nichts mehr zu holen gibt. Gaynelle hat sich mit dem abgefunden, was passiert ist. Sie ist auf ihrem Weg festgefahren. Das ist ihr gutes Recht. Aber ich denke, wir sollten wieder nach Norden fahren und noch einmal mit den anderen reden, mit Harrys Nichte und seiner Schwester. Seiner Exfrau.«

»Ich habe doch schon –«

»Aber ich nicht.«

Auf der Autobahn nach Norden schalteten sie die Klimaanlage aus, und Jack schwitzte, aber Caron konnte die Kälte nicht aus ihrem Körper vertreiben. Sie hörte, wie Jack mit dieser Frau namens Robin telefonierte, die ihr Büro offenbar nie verließ.

»Wann habt ihr Kontakt zu Felhammer aufgenommen? Wer hat mit ihm gesprochen? Aha. Maureen war die beste Wahl. Nein, Liebes, ich halte sie nicht für fähiger als dich. Nur anders.«

Robin gab eine Antwort, die Jack breit grinsen und boshaft auflachen ließ.

Schließlich sagte er: »Okay, genug des Vorspiels. Gib mir mal Evan, ja?«

Er tauschte ein paar Höflichkeiten mit dem Redakteur aus, dann sagte er: »Der Junge ist wieder zu Hause. Caron hat Harry angerufen, und er hat praktisch erklärt, er werde seinem Sohn weh tun, wenn sie nicht mitspielt. Ja. Unglaublich, oder? Der Typ ist bösartiger als jede Ratte von der Straße und so gefährlich wie Hitler, weil er die Massen davon überzeugt hat, daß er ein Prinz ist.«

Caron wurde noch kälter, während sie zuhörte. Sie war beinahe umgebracht worden, und jederzeit konnte ein neuer Mordversuch stattfinden. Josh saß in der Falle. Und hier schwatzte ihr Beschützer vergnügt herum, als bewundere er den Hauptdarsteller eines Theaterstücks.

»Ich werde bei Ihnen bleiben, Ihnen zuhören, Sie in Sicherheit bringen und Ihre Seite der Geschichte wiedergeben ...«

Na gut. Und ihr Vater war nur in Urlaub, und Pier hatte sie wirklich geliebt, und ihr Schwager Reco kümmerte sich irgendwo rührend um Elisa.

Aber was immer Jack tatsächlich vorhaben mochte, er hatte

es geschafft, Dr. Felhammer zu warnen, und dafür war ihm Caron mehr als dankbar.

Nach den Behandlungen fühlte sich Herbert Felhammer immer schrecklich. Eigentlich sollte dieser Effekt erst Stunden später einsetzen, aber bei ihm war es anders.

Er beantwortete Esmes Abschiedsworte mit einem schlaffen Winken und ging langsam nach draußen. Ihm war flau zumute, und er bewegte sich unsicher.

Er würde sich ins Taxi setzen, nach Hause fahren und sich Rühreier machen. Dann würde er am Radio essen – eine Sendung über Mozart stand auf dem Programm –, sich ein wenig ausruhen und dann Geschirr spülen.

Was für ein aufregender Abend.

Der Taxifahrer hatte Dr. Felhammer wie immer zur Haustür gebracht. Er war selbst schon im Ruhestand und nicht gerade kräftig, aber Gott sei Dank noch gesund und stolz darauf, denen helfen zu können, die es brauchten.

»Ich wünsche Ihnen noch einen guten Abend, Doktor«, sagte er, als Dr. Felhammer die Haustür aufschloß. »Kann ich sonst noch was für Sie tun? Beim Kochen helfen?«

»Nein danke«, erwiderte Felhammer, obwohl es ihm eine Viertelstunde Bücken und Strecken und Heben erspart hätte, um Hilfe zu bitten.

Der Fahrer ging, und Felhammer verschloß die Haustür und legte eine Kette vor. Er hatte die Warnung dieser jungen Journalistin ernstgenommen, obwohl er nicht gerade vor Angst zitterte. Er würde sich bis zu einem gewissen Grad an Carons Bitten halten, um sie nicht weiter zu beunruhigen, aber seine erste Pflicht sah er immer noch darin, sich diesem Piranha zu stellen, mit dem sie verheiratet war, und ihren Ruf zu verteidigen, so gut er konnte.

Er holte gerade die Eier aus dem Kühlschrank, als es an der Tür klingelte. Er ging hin, griff nach dem Knauf, erinnerte sich an sein Versprechen und schaute durchs Guckloch.

Draußen stand ein Mann, ordentlich gekleidet mit kurzärmligem Hemd und Krawatte, eine Aktentasche in der Hand. Er sah klug und offen aus, genau wie die junge rothaarige Frau.

Peter Torres hatte gesehen, wie das Taxi weggefahren war. Jetzt wartete er, daß der alte Mann an die Tür kam. Die Sonne war hypnotisch heiß, selbst so spät am Tag noch, und sein Hemd klebte ihm am Körper.

Aber er würde schon bald wieder hier verschwinden können, davon war er überzeugt, und in seinem klimatisierten Auto sitzen und sich den Bonus für diesen Teil des Unternehmens verdient haben. Und dann würde die Jagd losgehen.

Felhammer öffnete die Tür, ließ aber die Kette vorgelegt. Peter war normalerweise auf solche Reaktionen vorbereitet, aber hier ging es darum, daß alles möglichst natürlich aussehen sollte, und eine gesprengte Sicherheitskette würde diesen Eindruck ruinieren.

»Guten Abend«, sagte er. »Ich nehme an, Sie erwarten mich bereits.«

Felhammer sagte: »Kommen Sie von *Galaxy*?«

»Genau.«

Felhammer schloß die Tür, entriegelte die Kette und öffnete wieder. »Ich dachte, wir hätten schon alles besprochen. Ich habe zugestimmt zu tun, worum ich gebeten wurde. Haben Sie Neuigkeiten von Caron?«

Torres betrat das Haus. »Meinen Sie über den Mann, der sie begleitet?«

Felhammer fuchtelte mit einer Gabel. »Ich dachte, der wäre auch ein Reporter von *Galaxy*. Das hat Ihre Kollegin mir jedenfalls so zu verstehen gegeben. Stehen Sie denn nicht mit ihr in Verbindung?«

Torres war nicht sicher, was Felhammers Äußerungen genau zu bedeuten hatten, aber er hatte das intensive Gefühl, daß sie wichtig waren. Ron und sein Boss hatten offenbar nicht gewußt, wer dieser Mann bei Caron Alvarez war. Also würde es sie vermutlich sehr interessieren. Was ihm einen weiteren Bonus einbringen könnte.

Und nun würde er seinen Auftrag erledigen.

Er stellte die Aktentasche auf einem Stuhl ab. Er ging in die Küche, wo Felhammer sich offenbar zuvor aufgehalten hatte.

»Bitte!« sagte Felhammer und folgte ihm, keuchend zwischen unsicheren Schritten. »Sie sind hier nicht willkommen. Daß ich mit Ihrer Kollegin gesprochen habe, gibt ihnen noch nicht das Recht, einfach hier hereinzukommen.«

Er redete weiter, aber Torres konzentrierte sich auf die Küche, den Boden, die Kochutensilien. Ein Ei . . . die Kacheln . . .

Er nahm zwei Eier, ließ sie fallen, und mit der nächsten Bewegung hatte er sich schon umgedreht und den ausgemergelten alten Mann gepackt. Er schob ihn in die Eipfütze und stieß dann fest zu.

Ohne ein weiteres Geräusch – nur der Aufprall war zu hören – stieß Herbert Felhammer gegen die Arbeitsplatte.

Torres sah zu, wie sich das Blut mit dem Ei mischte, griff schnell zu und fühlte nach dem Puls, spürte nichts. Er ging rasch zur Haustür, nahm seine Tasche, sorgte dafür, daß die Tür hinter ihm ins Schloß fiel und ging hinaus.

»Scheiße«, sagte Harry leise.

»Du kennst ihn?« fragte Brale.

Harry lehnte sich zurück, ließ den Telefonhörer an die Schulter sinken. Er rieb sich die brennenden Augen. Auch sein Magen brannte, trotz der Medikamente.

»Ich glaube schon«, sagte Harry. »Beschreib mir noch mal, wie er aussieht.«

»Ich hab ihn nur durchs Fernglas und hinter der Windschutzscheibe gesehen, vergiß das nicht. Kantiges Kinn, glattes Haar, ziemlich weit in die Stirn gekämmt. Ende dreißig, Anfang vierzig. Gut gebaut, nach dem, was ich sehen konnte.«

Jack Dodge.

Harry hätte sich am liebsten übergeben. Gerade erst war er diesen alten Arzt losgeworden ... und nun hatte er es mit einem viel schlimmeren Gegner zu tun.

Er beendete das Gespräch mit Brale und lehnte sich zurück, drückte die Hand auf den brodelnden Magen.

Dieser Dreckskerl. Hatte all die Jahre gewartet, bis Harry ins Schleudern geriet, und dann stürzte er sich auf diese Gelegenheit.

Der Kerl mußte ganz besessen vom Gedanken an seine Rache sein.

Wie konnte das passiert sein? Dodge mußte Caron gefunden haben. Wie war das möglich, wenn Harrys eigener Helfershelfer das nicht konnte?

Dodge hatte Karten. Er hatte Caron etwas zu bieten. Schutz, Geld und vor allem die Möglichkeit, Ermittlungen anzustellen und an die Öffentlichkeit zu treten.

Ermittlungen. Harrys Magen zog sich zu einem festen Knoten zusammen, ließ ihn aufstöhnen, die Knie an die Brust ziehen. Er konnte seine wachsende Panik nicht mehr länger mit der Versicherung unter Kontrolle halten, daß es nur Caron war, die in seiner Vergangenheit herumschnüffelte, Caron, die sich versteckt halten mußte und deshalb stark in ihren Möglichkeiten eingeschränkt war.

Sie hatte einen Schakal auf ihrer Seite, einen Fleischfresser, der alle Einzelheiten von Harrys Leben wittern und aus dem Dreck ausgraben würde.

Und sein eigenes Kind hatte dazu geschwiegen. Josh mußte gewußt haben, daß Jack Dodge bei Caron war, aber er hatte nicht den Anstand besessen, seinen eigenen Vater vor dieser Gefahr zu warnen.

Harry hörte einen Schlüssel in der Haustür. Mit ungeheurer Anstrengung riß er sich zusammen und setzte sich aufrecht hin, um Graceann und Lilly zu Hause zu begrüßen, als sei sein Leben nicht gerade erst völlig zerbrochen.

Teil Drei

Dienstag bis Sonntag

24.–29. August 1993

32

In Eggar, North Carolina, hielten Jack und Caron an, um zu tanken und Kracker und Dosenthunfisch zu kaufen – das war das einzige, was in dem kleinen Lebensmittelgeschäft mit dem Deckenventilator einigermaßen eßbar aussah. Caron war ohnehin nicht nach Essen zumute, aber Jack bestand darauf.

»Kein Essen bedeutet keine Kraft. Sie sind jetzt schon so weit gekommen. Lassen Sie sich von Harry nicht niedermachen. Er hat die Leidenschaft auf seiner Seite. Alle wirklich Verrückten werden von Leidenschaft getrieben. Sehen Sie zu, daß Sie Ihre bald zurückbekommen.«

Das Telefon klingelte. Jack stellte seine Fischdose aufs Armaturenbrett und griff mit öligen Fingern danach.

»Ja?« Stille. »Wann?« Er hörte zu, mit grimmiger Miene. »Irgendwelche Anzeichen, daß es kein Unfall war?«

Caron fuhr zu ihm herum. »Was ist passiert?«

Er packte sie am Arm, damit sie still war. Nachdem er das Gespräch beendet hatte, sagte er: »Das war Robin. Dr. Felhammer ist heute früh tot in seinem Haus gefunden worden.«

»Nein!« Das Wort verklang in einem Schluchzen, das ihren ganzen Körper erschütterte. Sie schlug die Hände vors Gesicht.

Sie hatte das Gefühl, als hätte man ihr auch noch den letzten Boden unter den Füßen weggesprengt.

Der wunderbare Dr. Felhammer, der es zugelassen hatte, daß ein Eichhörnchen auf seinem Speicher wohnte, weil er es nicht über sich bringen konnte, den Kammerjäger zu rufen.

Dr. Felhammer, der Carons Vater gekannt und mit ihm

zusammengearbeitet hatte, der Caron wie seine hochgeschätzte Lieblingstochter behandelt hatte, der für sie zu einem Symbol von Familie geworden war. Der tapfer und selbstlos die Speere ignoriert hatte, die auf dem Weg zu Caron an ihm vorübergeflogen waren, als er mutig dem Unrecht entgegentrat.

Und nun hatte ihn einer getroffen.

Caron weinte; Tränen tropften ihr durch die Finger.

Sie erinnerte sich, nach dem Tod ihres Vaters so geweint zu haben, und wie Dr. Felhammer versucht hatte, sie zu beruhigen und sie schließlich alleingelassen hatte, als sie darauf bestand. Aber er war immer wieder gekommen, damals und später, er war immer da gewesen, um ihr eine Stütze zu sein.

Sie war verzweifelt gewesen, als sie hörte, wie krank er war. Aber er hätte nicht so bald sterben dürfen.

Und ohne Caron wäre er auch noch am Leben gewesen.

Abgewandt, den Blick aus dem Autofenster gerichtet, hörte Jack Carons Weinen.

Er hatte ihre Biographie studiert und wußte, was der alte Mann ihr bedeutete. Er wußte auch, was er selbst im Fernsehen gesehen und durch Carons Augen erfahren hatte: ein großartiger alter Einzelgänger, der sich von niemandem einschüchtern ließ. Felhammer hatte gelehrt, was er wollte und wie er es wollte. Und mit anderen Leuten zusammengearbeitet, die ebensoviel Rückgrat besaßen, wie er es auch gezeigt hatte, als er das Ärzteteam für Caron zusammenstellen wollte.

Jack fragte sich, ob das immer noch möglich war, aber erkannte sofort, was dagegen sprach. Sie hatten sich bereits einmal auf einen Arzt verlassen, und das war ein Fiasko gewesen. Es gab bestimmt noch andere, die Caron nur als Aufrührerin sahen und ihr nur zu gerne Schwierigkeiten machen würden.

Außerdem war es gefährlich, mit so etwas zu beginnen, wie er ja soeben erfahren hatte.

Normalerweise mußte Lilly Geroka, wenn Harry eine Pressekonferenz hielt oder von Reportern vor seinem Haus angesprochen wurde, sich damit zufriedengeben, die Neuigkeiten später zu erfahren, da sie sich den Tag über in einem Ferienlager befand oder man ihr einfach nicht gestattete, im Publikum zu sitzen.

Sie war sehr aufgeregt, daß sie diesmal live dabeisein sollte, wie bereits einmal zuvor.

Ihre Mutter hatte das nicht gewollt; sie war immer dagegen. Aber Lilly war herumgehüpft wie ein kleines Hündchen und hatte ihre Mutter daran erinnert, daß sie jetzt schon vier Pfund abgenommen habe und sich durch die Diät auch ihre Pickel beruhigt hatten, und schließlich hatte Graceann nachgegeben.

Lilly trug ihre neuen rosa Jeans mit den passenden Ballettschuhen. Wie letztes Mal durfte sie zwischen den Reportern sitzen, nur ziemlich weit an der Seite.

Aufregend, aber auch traurig.

Harry sah immer unglücklicher aus, weil Caron immer noch weg war. Es schien ihm nicht viel zu helfen, daß Josh wieder zurück war.

Lilly, die Josh bisher kaum begegnet war, hatte ihn für sehr nett gehalten. Es fiel ihr schwer, sich in jemanden hineinzuversetzen, der von zu Hause weglief, also war er vielleicht doch nicht so nett, aber Josh war erheblich höflicher als einige der Jungen, die sie aus der Schule kannte.

Lilly hatte auch befürchtet, daß sie und ihre Mutter Harrys Wohnung wieder verlassen müßten, nachdem Josh wieder da war. Sie freute sich, daß sie weiterhin bei Harry bleiben konnten. Es gab so viel Platz dort; Schränke so groß wie ihre Zimmer zu Hause und die Küche wie in einem Restaurant.

Harry hatte überall Fotos von seinen berühmten Freunden aufgehängt. Es gab ein Laufband direkt vor einem Fernseher – deshalb hatte Lilly auch so gut abnehmen können. Es war viel leichter zu trainieren, wenn man dabei fernsehen konnte und die Trainingsstunden nach dem Programm ausrichtete.

Lilly wußte, sie würden wieder ausziehen müssen, wenn Caron zurückkam. Aber wo Harry die ganze Zeit so traurig war, wäre es wirklich schrecklich von Lilly, sich zu wünschen, daß das nicht geschah.

Diese Pressekonferenzen hatten für sie immer etwas Atemberaubendes. Es war wie zu Hause, bevor eine Party begann – alle Servietten ordentlich gefaltet, die Zimmer sauber und still.

Und dann sah sie Harry aufs Podium zugehen. Er las dabei noch schnell etwas durch. Seine Miene war angespannt und unglücklich, aber er trug einen grauen Anzug, ein helles Grau, wie Katzenfell, statt der Shorts, die er an diesem Morgen zu Hause getragen hatte. Er schien mehr er selbst zu sein – nicht so finster.

Sie hatte Harry lieber, wenn er einen Anzug trug. Er benahm sich dann anders. Das war der Harry, den sie vom Fernsehen kannte, vom Telefon und aus Gesprächen mit ihrer Mutter, bei denen ihre Mutter immer alles mitschrieb.

In Shorts oder im Schlafanzug war Harry manchmal wie die Jungs in der Schule. Er rempelte sie an, wenn er ihr auf dem Flur begegnete, und packte sie dann, damit sie nicht hinfiel. Aber er hielt sie nicht an den Armen oder der Hand fest. Einmal, als sie in der Küche war und sich ein paar Chips geholt hatte, hatte er hinter ihr gestanden und um sie herumgegriffen, um etwas aus dem Schrank zu holen, und sie hatte gespürt, wie sein Ding gegen sie stieß. Das war aber bestimmt ein Zufall gewesen, denn Harry hatte das gar nicht bemerkt und einfach weiter seinen Salat zubereitet, obwohl Lilly vor lauter Verlegenheit der Schweiß ausgebrochen war.

Sie war jetzt auch wieder verlegen, als sie an diese Vorfälle dachte.

Und es war albern, überhaupt daran zu denken, denn schließlich war sie Harry etwas schuldig. Er brauchte sie beide, wie ihre Mutter ihr immer wieder einschärfte.

Die Journalisten kamen herein und setzten sich. Jetzt geht die Party los, dachte Lilly, und dann schämte sie sich wieder.

Harry konnte kaum glauben, was er da las. Diese verfluchten Abstimmungen, selbst die Stimme des Mannes auf der Straße, begannen, sich gegen ihn zu wenden. Graceann hatte ihm gerade eine Zusammenfassung der Pressereaktionen auf Felhammers Tod gegeben, und all diese verdammten Idioten, die sich bisher überschlagen hatten, Harry anzubeten, bekamen plötzlich Zweifel.

Na ja, nicht alle. Er hatte immer noch genug Unterstützung. Aber der Trend paßte ihm nicht.

Selbst seine eigenen Truppen waren nicht für ihn da. Paul hätte ihm von dieser Wendung persönlich berichten müssen; Harry sollte nicht von seiner Sekretärin abhängig sein, um so etwas zu erfahren. Und warum zum Teufel war Tomas nicht da, um ihm den einen oder anderen Rat zu geben?

Und Josh . . . Harry kam einfach nicht darüber hinweg, daß sein Sohn ihm nicht von Dodge erzählt hatte. Wieder hatte der Junge ihn verraten. Selbst wenn Josh nicht die ganze Zeit bei Caron gewesen war, mußte er es doch gewußt haben. Zu sehen, wie sein Vater auf einen Abgrund zurannte, und kein Wort zu sagen . . .

Das war Carons Einfluß. Dieses elende Miststück Caron. Sie würde ihn nie besiegen können. Eher würde er sie in Stücke reißen.

Der Gedanke, daß Caron und Jack Dodge vielleicht in Craig Head waren, machte Harry schier wahnsinnig. Aber wenn sie dort waren, bedeutete das auch, daß sie Peter Torres geradewegs in die Arme laufen würden.

»Als erstes«, erklärte Harry, »möchte ich meiner Frau, wenn sie zusieht, mein aufrichtiges Beileid zum Tod ihres alten Freundes Dr. Herbert Felhammer aussprechen. Ich weiß, daß diese Tragödie zu den Qualen beitragen wird, die sie durch ihre eigene Krankheit erleidet, und ich bin in Gedanken bei ihr.

Und dann möchte ich Ihnen eine beunruhigende Neuigkeit mitteilen. Ich habe erfahren, daß meine Frau nicht allein ist.«

Gemurmel erklang, aber Harry fuhr fort. »Irgendwann vor dem Mord an Dr. Hollenburg in Cleveland hat sich Caron mit einem Journalisten der Zeitung *Galaxy* zusammengetan. Sie hat diesem Mann offenbar erlaubt, in ihrer Nähe zu bleiben, und reist mit ihm. Wohin sie unterwegs ist, wissen wir immer noch nicht.«

Harry räusperte sich. Er hielt inne, schien eine Pause zu brauchen, um sich zusammenzureißen. »Ich mache mir immer größere Sorgen wegen dieses bizarren Verhaltens meiner Frau. Diese letzte Geschichte verstört mich noch mehr . . .«

Es fühlte sich ganz anders an als beim letzten Mal, als Josh seinen Vater im Fernsehen gesehen hatte.

Damals hatte er sich danach gesehnt, wieder daheim bei Dad zu sein. Jetzt war er daheim und wünschte sich, er wäre woanders.

Er kam sich wie ein dummer, durcheinandergeratener Idiot vor. Wieso konnte er nicht bei ein- und demselben Gefühl bleiben? Wieso änderte sich alles in seinem Kopf alle paar Minuten, brachte ihn dazu, in einem Augenblick froh zu sein, daß er wieder bei seinem Dad war, und bewirkte im nächsten, daß ihm ganz schlecht wurde . . . bis das mit dem Schlechtwerden immer mehr überhandnahm?

Auch sein Dad schien sich dauernd zu verändern. Manchmal wirkten sein Gesicht und seine Stimme wie aus einem Horrorfilm. Er *sah aus* wie Dad, aber so, als hätte ihn ein Maskenbildner nicht richtig hingekriegt.

Wenn er doch bloß mit Caron reden könnte!

Er hatte wirklich Angst.

Es machte Julie Gerstein verrückt, so hilflos zu sein.

Wieso sahen die Leute nur nicht ein, daß Harry Kravitz eine verlogene Schlange war? Es war doch offensichtlich!

Sie hätte so gern Krach geschlagen. Sie hatte Caron versprochen, sich ruhig zu verhalten. Aber sie hatte nicht versprochen, Harry nicht mitzuteilen, was sie von ihm hielt.

33

Der Pförtner riß die Tür des Taxis auf. Harry zahlte, gab dem Fahrer ein Trinkgeld, stieg aus und ging schnell ins Haus, bevor irgendwelche Passanten auf ihn aufmerksam werden konnten.

Er folgte einem etwa zehnjährigen Mädchen durch die Halle. Sie hatte einen runden kleinen Hintern in weißen Shorts. Sie hatte eine kleine Handtasche mit Schulterriemen. Er beobachtete die Bewegung ihres Hinterteils, während sie vor ihm herlief, und die Oberschenkel, und sein Mund wurde trocken.

Aus irgendeinem Grund mußte er an Goldfischli denken. Salziges Zeug, mit dem man sich vollstopfen konnte.

Und Harry wollte ein Stück von dem abbeißen, was da vor ihm lief.

Er folgte dem Mädchen in den Lift. Offenbar war sie das einzige Kind in New York, das man nie davor gewarnt hatte, mit einem fremden Mann in den Aufzug zu steigen.

Aber die Kleine hatte Glück, dachte Harry, denn im Moment mußte er ganz besonders vorsichtig sein.

Sie fuhren nach oben. Sie stieg vor ihm aus. Er schaute ihr nach, als sie ausstieg – hinschauen konnte er ja wenigstens.

In der Wohnung holte er sich ein Ginger Ale und Cracker. Er war dünn, sein Gesicht war eingefallen; er aß nicht genug. Diese Hagerkeit half ihm, den Verzweifelten zu spielen, aber er spürte, wie seine Kraft nachließ, und wenn es etwas gab, was er brauchte, dann war es Kraft.

Als er die trockenen Kracker kaute, mußte er wieder an das Mädchen im Fahrstuhl denken.

Die Pressekonferenz war gut gelaufen. Das hatte Graceann jedenfalls behauptet, aber das tat sie ja immer. Nein, der Beweis lag in der Reaktion der Teilnehmer, an den respektvollen Fragen – zumindest waren sie nicht unhöflich gewesen. Aber sie wollten alle unbedingt mit Josh reden. Das konnte gut sein. Josh konnte seine Stimme der seines Vaters hinzufügen und Caron anflehen, nach Hause zu kommen, die Zuhörer davon überzeugen, wie wichtig es war, daß sie gefunden wurde. Tomas gefiel der Gedanke nicht, daß Josh interviewt wurde. Aber Tomas hatte ihm nicht vorzuschreiben, was er tun sollte.

Harry stellte das Ginger Ale weg und goß sich Milch ein. Die hatte mehr Nährstoffe und würde seinen nervösen Magen beruhigen.

Er hatte die letzte Nacht nicht geschlafen, weil er immer dran denken mußte, daß Jack Dodge darauf aus war, ihn fertigzumachen. Rachsüchtiger Dreckskerl. Es machte Harry verrückt zu wissen, daß Dodge an dem Stacheldraht zerrte, mit dem Harry seine Geheimnisse gesichert hatte.

Aber immerhin war dieser Stacheldraht vorhanden. Immerhin hatte Harry jedesmal seine Versicherungen abgeschlossen.

Am liebsten hätte er den Draht genommen und Jack Dodges Haut damit gekerbt, von allen Seiten.

Wieder fiel ihm das Mädchen aus dem Aufzug ein. Harry dachte daran, wie sie unter den Shorts aussehen würde, die glatte Haut seinem Blick enthüllt und seinen Händen und Zähnen.

Er konnte sie riechen und schmecken.

Schlomo Bendagin nahm an, daß Harry Kravitz genau das getan hatte, dessen seine Frau ihn bezichtigte. Er war ziemlich sicher, daß es seine Anwesenheit in der Halle gewesen war, die Mr. Kravitz am vorigen Sonntag davon abgehalten hatte, seiner Frau und ihrem Sohn weiter zu folgen – was bedeutete, daß Caron Alvarez' Aussagen stimmten. Wäre Mr. Kravitz nur besorgt gewesen und nicht schuldig, hätte er sie dann nicht weiter verfolgt und Schlomo um Hilfe gebeten?

Schlomo hatte in den letzten Tagen oft daran gedacht, darüber mit einem der Journalisten zu sprechen. Sie belagerten ihn die ganze Zeit, es wäre einfach.

Aber etwas sagte ihm, er solle lieber schweigen.

Er konnte es sich nicht so recht erklären, aber er hatte das Gefühl, daß das die Lage für Josh noch schlimmer machen würde.

Also mußte Schlomo sich damit zufriedengeben, wenigstens auf eine Weise hilfreich gewesen zu sein: Er hatte Mr. Dodge die Post der Kravitzes gezeigt.

Aus den letzten Nachrichten hatte er erfahren, daß das nützlich gewesen war: Mr. Dodge hatte Dr. Alvarez gefunden.

Schlomo war heute abend aufgefallen, wie Mr. Kravitz hinter dem kleinen Mädchen der Maliks hergegangen war. Sehr dicht hinter ihr.

Dicht genug, daß Schlomo den Bildschirm auf die Kamera im Fahrstuhl geschaltet hatte.

Aber es war nichts zu sehen gewesen.

Vielleicht war er nur übernervös.

Aber er konnte nicht anders; diese Geschichte machte ihn fertig.

Er mußte darauf achten, daß seine Sorge ihn nicht zu Überreaktionen trieb.

Mr. Kravitz war schon Mistkerl genug, ohne daß Schlomo ihn auch noch zum potentiellen Kinderschänder machte.

Das Telefon klingelte. Harry griff eilig danach. »Ja?«

»Harry? Hier ist Julie Gerstein.«

Er hielt den Atem an. »Hallo, Julie«, sagte er so neutral wie möglich.

»Ich hab dich heute im Fernsehen gesehen. Ich hab dich in letzter Zeit ziemlich oft gesehen. Du bist ein verlogenes Arschloch, Harry.«

»Das muß ich mir nicht anhören von einer –«

»Doch. Du bist ein Lügner und ein Schläger und Vergewaltiger – und ich bin sicher, daß du auch ein Mörder bist. Man hat dich bloß noch nicht erwischt, oder nicht oft genug. Aber das wird passieren.«

»Laß die Presse auf keinen Fall in Joshs Nähe«, sagte Tomas, »ehe du nicht weißt, wie er ihre Fragen beantworten wird. Vergiß nicht, daß er zuvor Caron unterstützt hat. Was, glaubst du, wird er jetzt machen?«

»Offensichtlich«, stellte Harry fest, »ist jetzt alles in Ordnung, seit er ihrem Einfluß entkommen ist. Ich weiß, wen er unterstützen wird. Ich muß ihn nicht noch fragen.«

»Jeder verdammte Reporter, in dessen Nähe er kommt, wird ihm dieselben Fragen stellen. Du wirst Josh nicht mal auf demselben Erdteil haben wollen wie irgendwelche Journalisten, ehe du nicht genau weißt, was er sagen wird. Frag ihn.«

»Du *willst* doch, daß Caron wieder heimkommt, oder?« fragte Harry seinen Sohn.

»Ich – ja, ich glaube schon.«

»Das kannst du nicht nur glauben. Du mußt es wissen. Du wirst vor die Kameras treten.«

»Wieso muß ich das denn?«

»Wieso muß ich das denn?« ahmte Harry ihn höhnisch nach. »Wie wäre es zur Abwechslung mal damit, deinem Dad zu helfen? Ist dir das so fremd? Mach dir erst gar nicht die Mühe zu antworten. Ich weiß, zu wem du hältst. Und zu wem nicht.«

Josh zog sich auf die andere Seite des Küchentischs zurück, weg von Harry. Auf dem Tisch stand eine Schüssel mit Äpfeln, und eine verrückte Sekunde lang sah das Obst so aus, als wäre es aus blankem Stahl, eine Waffe für seinen Vater, um sie nach Josh zu schleudern.

In seiner Phantasie sah er Harry schon, wie er nach einem griff und damit ausholte.

»Nein«, sagte Josh und wich weiter zurück.

Harry schnaubte angewidert. Er griff über den Tisch und gab Josh einen Stoß, der ihn seitlich gegen den Kühlschrank taumeln ließ.

Das Knacken von einem von Joshs Unterarmknochen hallte im Raum wider.

»Harry weiß, daß ich bei Ihnen bin«, sagte Jack Dodge und schaltete das Telefon wieder aus. »Und außerdem die ganze Welt. Er hat es gerade auf einer Pressekonferenz verkündet.«

Caron trommelte aufs Lenkrad. »Woher weiß er das?«

»Keine Ahnung. Aber er nutzt es selbstverständlich aus. Sie haben jetzt auch mein Foto gezeigt. Er sagt, es sei ein weiterer Beweis dafür, wie labil Sie seien. Er hat Ihnen auch sein Beileid ausgesprochen für den Tod von Dr. Felhammer.«

Caron spürte, wie Panik in ihr aufstieg. Wieder wurde ihr

übel, Angst lähmte sie fast. Es war wie vor ein paar Tagen, als der Mann ins Frauenhaus eingebrochen war ... der Hinterhalt im Motel ... diese entsetzliche Szene bei dem Neurologen in Cleveland ... Die Messer, die Harry ihr mit seinen Drohungen gegen Josh in den Leib stieß. Harry verfügte über Macht und Wissen, und beides nutzte er, um sie zu überraschen und dann zu zerstören.

Ihre Hände am Lenkrad waren schweißnaß.

Caron wich dem Wagen auf der benachbarten Spur aus und fuhr langsamer.

Jack dachte daran, sie zu bitten, rechts ranzufahren und ihn fahren zu lassen, aber dann schwieg er. Sie würden vielleicht nicht mehr lebendig über die Staatsgrenze kommen, aber Caron brauchte die Ablenkung, die ihr das Fahren verschaffte. Der Druck auf sie war einfach zu stark, ein Schlag folgte dem anderen, ohne Pause.

Dabei hatte sie wirklich Mut. Und das Mindeste, was er tun konnte, war ebenfalls genug Mut zu zeigen, es auf dem Beifahrersitz auszuhalten.

Er sagte: »Es gibt etwas, worüber wir reden müssen. Nachdem jetzt unser beider Fotos gezeigt wurden, kann ich Ihnen nicht mehr weiter als Tarnung dienen. Jeder Amateur-Kopfgeldjäger wird uns jetzt zusammen vermuten. Sie haben nichts als Ihre derzeitige Beschreibung, und ich kann mein Aussehen verändern, aber sie suchen jetzt nach einem Paar. Sie müssen entscheiden, ob Sie mich immer noch dabeihaben wollen.«

Vor ein paar Tagen noch wäre es keine Entscheidung gewesen, bei der Caron lange gezögert hätte. Sie hätte die Gelegenheit benutzt, um ihren Begleiter loszuwerden und wieder auf sich gestellt zu sein, ihre eigenen Entscheidungen in diesem Alptraum zu treffen, jetzt, wo Jack nicht einmal mehr eine Hilfe zur Verkleidung war.

Aber vor ein paar Tagen hatte Harry Josh noch nicht gehabt.

Vor ein paar Tagen hatte sie nicht mit dieser Vorstellung leben müssen, daß der Junge mitten in der Hölle war, in vielen verschiedenen Arten von Höllen.

Vor ein paar Tagen hatte das Leben ihres Stiefsohns nicht auf dem Spiel gestanden, falls es ihr nicht gelingen sollte, jemanden aus einer dunklen Ecke von Harrys Vergangenheit aufzutun und diese Person zu überreden, mit ihr zusammen gegen Harry aufzustehen . . . gegen den Harry, den die Welt zu kennen glaubte.

Es gab vieles an Jack, was sie störte. Er war unsensibel, sie zweifelte an seiner Intelligenz, und seine Neigung irritierte sie, sie und die ganze Angelegenheit einfach als widerspenstige Bestandteile einer möglichen Story zu sehen, die ihm einbringen würde, was auch immer das Regenbogenpresse-Äquivalent des Pulitzerpreises war.

Aber er hatte nicht nur Nachteile.

Er nutzte sie aus, aber er half ihr auch. Wenn sie ihn gehenließ, würde sie keine anderen Helfer haben. Allein zu sein mit diesen Bildern von Harry und Josh im Kopf wäre einfach unerträglich.

Jack hätte Caron nicht darauf hinweisen müssen, daß er ihr nicht mehr nutzen konnte. Und er hätte ihr nicht die Wahl lassen müssen, ob er bleiben solle oder nicht. Er hätte einfach beschließen können, sich abzusetzen, eine andere Möglichkeit zu finden, seine alte Rechnung mit Harry zu begleichen.

Bei ihr zu bleiben, setzte ihn denselben Gefahren aus wie Caron.

Ein Opfer des nächsten Hinterhalts zu werden.

Demselben Schicksal zu begegnen wie Darcy Levy und Herbert Felhammer.

Caron wischte sich das Gesicht. Ihre Tränen waren getrocknet. Die Magenschmerzen, die in der letzten Zeit kaum mehr nachgelassen hatten, waren noch stärker geworden, ihr Innerstes rebellierte gegen diese unerträgliche Belastung.

»Es wäre mir lieb, wenn Sie bei mir blieben«, sagte sie.

Einen Augenblick lang herrschte Schweigen. Caron warf Jack einen Seitenblick zu und sah, wie sich seine Miene veränderte, dann hatte er sich wieder im Griff und setzte sein übliches halbamüsantes Grinsen auf.

»Dann bleibe ich. Auf nach Iolanthe.«

34

»Sie waren in Craig Head«, erzählte Ronald Brale Harry. »Peter ist vollkommen sicher. Sie sind mehrmals gesehen worden. Aber dann haben sie die Stadt wieder verlassen. Keine Ahnung, was sie gefunden haben – aber wenn es irgendwas Brauchbares gewesen wäre, hätten wir wahrscheinlich davon gehört.«

»Wo steckt Peter jetzt?«

»Immer noch da. Wartet auf neue Anweisungen.«

»Er soll mich direkt anrufen«, verlangte Harry.

Brale, der inzwischen wieder in seiner New Yorker Wohnung war und auf einem Ledersessel in seinem Wohnzimmer saß, rieb über den Verband, der immer noch sein Auge bedeckte. Später am Tag sollte die Binde Gott sei Dank abgenommen werden. Es wurde erwartet, daß er wieder normal sehen konnte.

»Bist du sicher, daß du selbst mit ihm reden willst?« fragte Brale. »Von heute abend an bin ich wieder im Einsatz.«

»Ich habe keine Zeit für Nachrichten aus zweiter Hand. Er soll mich anrufen. Und ich werde euch beide brauchen.«

Harry legte auf.

Er mußte wissen, ob sie Gaynelle gefunden hatten. Und wenn ja, würde er eine Entscheidung treffen müssen. Er konnte sich nicht noch eine Leiche leisten. Aber er konnte es auch nicht zulassen, daß Gaynelle ihn beschuldigte.

Das Telefon klingelte, und Harry sprang danach.

»Hier ist Peter Torres.«

»Sie sind in Craig Head?«

»Ja. Sie waren hier, sind aber wieder weg.«

Harrys Griff um den Hörer lockerte sich. Wenn sie etwas gefunden hätten, das es wert gewesen wäre, in der kleinen Stadt zu bleiben, wären sie sicher noch dort. Dann hätten sie dort eine Pressekonferenz einberufen, mit diesem verdammten Publicitykünstler an Carons Seite, der alles daran setzte, Harry fertigzumachen. Wenn sie hatten, was sie brauchten, wieso sollten sie sich dann noch heimlich aus der Stadt schleichen, statt ein großes Feuerwerk zu veranstalten?

Aber *wohin* hatten sie sich davongeschlichen?

»Was jetzt?« wollte Torres wissen.

»Bleiben Sie noch einige Zeit dort. Finden Sie raus, mit wem sie gesprochen haben.«

»Wer auch immer den Doktor erledigt hat«, sagte Ho am Telefon zu Jack, »es kann nicht der Bursche aus Cleveland gewesen sein. Der ist aus Massillon nach New York gefahren worden, von einem Chauffeur; sein Auge war immer noch bandagiert.«

Jack meinte: »Hätte er nicht einen Umweg einlegen können?«

»Hat er aber nicht. Ich hab ihn keine Minute aus den Augen verloren.«

»Wo genau steckt er jetzt?«

»In der Praxis eines Augenarztes in der Sechsundsechzigsten Straße Ost.«

»Also war der Tod von Dr. Felhammer vielleicht doch ein Unfall?«

»Kann sein«, meinte Ho.

Jack legte auf und sah Carons nervöse Miene. »Rattengesicht ist wieder in New York. Den Rest haben Sie gehört. Vielleicht war es ein Unfall – vielleicht auch nicht. Aber ich wollte Ihnen das hier geben. Hier.« Er griff in die Tasche und holte einen kleinen Revolver heraus. Er steckte ihn in Carons Handtasche.

Ihr Blick folgte seiner Bewegung, dann schaute sie zur Straße zurück.

Ihre Hände waren kalt. Ihr Magen brannte.

»Graceann? Hier spricht Caron.«

»Caron, hallo. Wie –«

»Ich will mit Josh sprechen. Bitte, Graceann, holen Sie ihn ans Telefon.«

»Das kann ich nicht.«

Caron hatte das Gefühl, tief in einem Eisklotz zu stecken. »Warum nicht?«

»Harry meint . . . Josh sollte im Augenblick mit niemandem reden.«

»Josh ist mein Kind! Holen Sie ihn ans Telefon!«

Graceann schwieg. Caron sagte: »Dann lassen Sie mich mit Harry reden.«

»Er ist nicht da.«

»Hören Sie, Graceann –«

»Caron, es tut mir wirklich leid.« Sie hielt inne, dachte an den Anruf von Caron, den Harry gestern mitgeschnitten hatte, bei dem sie ihn ein Ungeheuer genannt und ihm den Tod gewünscht hatte. Diese Frau jagte ihr Angst ein.

Aber sie war nur am Telefon. Sie war nicht hier. Also sagte Graceann: »Harry würde sich wirklich gern mit Ihnen zusammensetzen und über alles reden –«

»Hören Sie mir zu«, sagte Caron heiser. Ihr Hals war rauh von der Anstrengung, trotz ihrer Panik weiterzureden. »Ich weiß, daß Sie Harry glauben. Ich weiß, daß Sie mich für verrückt halten. Tatsache ist, daß Harry ein gefährlicher Verrückter ist, aber ich werde nicht versuchen, Sie zu überzeugen. Aber bitte, von Mutter zu Mutter« – Caron unterdrückte ein Schluchzen – »Sagen Sie mir, wie es Josh geht. Sagen Sie mir, daß er in Ordnung ist.«

»Ja . . . sicher. Sein Arm wird bald wieder heil sein . . .«

»Sein Arm? *Was ist mit seinem Arm?«*

»Gebrochen. Er ist gefallen –«

»Wie er vor drei Jahren gefallen ist? ICH WILL MIT IHM REDEN!«

Graceann legte auf.

Caron wand sich auf dem Sitz wie ein Tier im Käfig.

»Versuchen Sie es später wieder. Versuchen Sie es immer wieder«, sagte Jack. »Machen Sie sie verrückt.«

In ihrem Kopf spielten sich schreckliche Szenen ab, in denen Harry Josh weh tat. Und eine davon war Wirklichkeit. Der Arm des Jungen war gebrochen.

Sie wußte ohne jeden Zweifel, daß dies Harrys Werk war.

Er hatte Caron zeigen müssen, daß er dazu fähig war.

Und was würde Harry noch tun? Was würde *ihr* passieren?

In jedem Auto, das sie überholte, konnte ein Killer sitzen. Gefangen in dem Buick, hilflos hinter dem Glas, wartete Caron auf einen Zusammenstoß oder einen Schuß. Zweimal hatte sie schon geglaubt, den Mann mit dem Skalpell gesehen zu haben, und mußte immer wieder die Tatsachen durchgehen: Er war in New York, das hatte Ho bestätigt.

Aber weder Ho noch sonst jemand wußte, wer Dr. Felhammer umgebracht hatte und wie bald dieser Mann Caron finden würde.

Es war kein Unfall gewesen. Und jetzt war dieser Mann auf der Suche nach ihr, da war sie sicher.

Jack sah, wie sie hin- und herrutschte, schwitzend und blaß, und es zerrte an seinen eigenen Nerven.

»Ich weiß, was wir beide brauchen«, sagte er plötzlich und bog zu einem kleinen Einkaufszentrum ab.

Er parkte, ging in einen Laden und kaufte eine Flasche Gordon's Wodka. Als er zahlte, sah er eine Schachtel Kondome. Aus einem Grund, den er nicht erklären konnte, hatte er den Gedanken, welche zu kaufen. Er tat es nicht.

Er stieg ins Auto und hielt Caron die Flasche hin.

Nein, dachte sie, aber sie griff danach.

Innerhalb einer halben Stunde wußte Caron, daß die Schmerzen in ihrem Unterbauch nicht vom Streß kamen, es war eine Harnwegsinfektion. Die zwei Schluck Wodka hatten das bewiesen; sie brannten in ihrer Harnröhre wie Feuer, als sie urinierte.

»Was ist denn?« fragte Jack, als er ihr wieder ins Auto half, nachdem sie taumelnd und vornübergeneigt aus dem Gebüsch gekommen war, das sie als Toilette benutzt hatte.

»Eine Infektion von der Vergewaltigung. Es gehört zu den üblichen Folgen; es wundert mich, daß ich nicht eher daran gedacht habe. Mein Gott, was für Schmerzen!«

Sie beugte sich wieder nach vorn.

Jack legte ihr einen Arm um die Schultern. Sie hatten in der erzwungenen Nähe des Autos viel miteinander gesprochen, auch wenn sie im selben Zimmer übernachtet hatten, aber Caron hatte ihm nie die Einzelheiten von Harrys Angriff beschrieben. Typisch – sie war viel tapferer, als er zunächst angenommen hatte. Es war passiert, es war unaussprechlich, und das war's.

»Was kann man dagegen tun?«

»Septra oder Bactrim, aber es ist unmöglich, an verschreibungspflichtige Medizin zu kommen. Preiselbeerensaft. Wir brauchen Preiselbeerensaft.«

Jack mußte sie noch eine weitere Stunde leiden sehen, bis sie einen Laden gefunden hatten, in dem Preiselbeerensaft verkauft wurde. Caron war stoisch, hielt sich so ruhig, wie sie konnte, aber er wußte, daß sie höllische Schmerzen hatte. Er hatte einoder zweimal Ähnliches erlebt – es war, als müsse man durch einen glühend heißen Strohhalm pinkeln.

In dem verstaubten kleinen Laden in Salvona, Virginia, der gleichzeitig als Supermarkt, Post und Tankstelle diente, fand Jack eine große Flasche Ocean Spray. Trotz der Baseballmütze und der Jacke mit dem Aufdruck der Orioles und dem unrasierten Gesicht, das ihn wie einen Ortsansässigen aussehen ließ, studierte der junge, schnurrbärtige Angestellte Jack ganz genau. Jacks berühmte Ruhe ließ nach, je länger diese Reise dauerte; er wäre am liebsten rausgerannt, ins Auto gesprungen und losgerast.

Aber er behielt die Nerven, zahlte und schlenderte davon, als hätte er noch den ganzen Tag vor sich.

Sobald es ihr wieder ein wenig besser ging, rief Caron in Harrys Wohnung an.

Harry war selbst am Apparat.

»Was ist mit Joshs Arm passiert?« fragte sie.

»Er ist in der Küche ausgerutscht und hat ihn sich gebrochen.«

»Hol ihn ans Telefon.«

»Das kann ich nicht, Caron.«

Sie hatte große Angst gehabt, daß ihr letztes Gespräch mit Josh reines Glück gewesen war und so etwas nicht wieder passieren würde – daß Harry Josh von ihr fernhalten würde, um sie zurückzulocken.

»Du hast das getan, nicht wahr? Du hast deinem Sohn den Arm gebrochen!«

Harry senkte die Stimme zu einem Flüstern. »Das kannst du nicht wissen, Caron. Er ist ausgerutscht. Oder auch nicht. Es könnte sein, daß ihm jetzt nichts mehr passiert. Oder etwas Schlimmeres. Du kannst nur noch so schnell wie möglich zurückkommen.«

Ihr brach der Schweiß aus. Ihr T-Shirt war klatschnaß. Es war die Hölle.

»Ich schwöre, wenn du diesem Kind noch einmal etwas tust, schneide ich dir das Herz raus. Die ganze Welt wird sehen, was für ein Teufel du bist. Ich habe jetzt alle Einzelheiten.«

»Du hast überhaupt nichts.«

Sie zwang ihre Stimme zu demselben neckenden Flüstern, das Harry benutzt hatte.

»Das kannst *du* jetzt nicht wissen. Kann sein, daß ich nichts habe. Es kann aber auch sein, daß ich Daten und Zeugen und Beweise habe und nur auf den richtigen Moment warte. *Sorg dafür, daß Josh gesund bleibt, Harry!*«

Monicas Haus wirkte irgendwie anders, schon als sie davor parkten. »Sie ist nicht da«, sagte Caron, als sie im Auto saßen und im Dunkeln zu dem Haus hinüberspähten. In zwei Räumen brannte Licht, aber es gab kein Anzeichen, daß tatsächlich jemand dort war. *Bitte laß es keine Sackgasse sein. Bitte mach, daß sie uns hilft.*

»Irgendwer ist da«, sagte Jack, der einen Schatten hinter dem Fenster erspäht hatte. »Sehen wir mal, wer.«

Sie gingen an die Tür und klingelten. Lange Zeit rührte sich nichts. Dann erklang eine Männerstimme: »Wer ist da?«

Jack zeigte auf Caron. Sie sagte: »Ich möchte mit Monica sprechen.«

Der Mann ließ die Tür geschlossen. »Sie ist nicht da.«

»Könnten Sie bitte die Tür aufmachen? Ich muß mit Ihnen reden.«

Wieder eine lange Pause. Dann ging die Tür auf, und ein Mann von etwa fünfundzwanzig starrte sie wütend an. Er hatte weiches, helles Haar, und seine Züge erinnerten an Harrys. Er schaute von Caron zu Jack und wieder zu ihr. Er machte einen feindseligen Eindruck.

»Ich weiß, wer Sie sind«, erklärte er. »Haben Sie eine Vorstellung, was Sie meiner Mutter angetan haben? Deshalb ist sie weggegangen. Ihre Tante ist Ihretwegen gestorben. Sie stirbt fast vor Angst. Was braucht es denn noch, um Sie zu überzeugen, daß Sie die Leute nicht in Dinge verwickeln dürfen, bei denen sie Ihnen sowieso nicht helfen können?«

»Sie müssen Adam sein«, sagte Caron.

»Ja, Madam. Ich bin Adam. Und ich habe die Schnauze voll davon, daß Harry Kravitz alle fertigmacht. Meine Mutter kann nichts dafür, daß sie seine Schwester ist. Aber *Sie* haben ihn sich ausgesucht –«

»Sie hat sich nicht ausgesucht, geschlagen und vergewaltigt zu werden«, wandte Jack ruhig ein. »Nicht mehr als Ihre Schwester –«

»Wie können Sie –«

»– vergewaltigt werden sollte. Aber es ist passiert, und Harry ist jemand, der immer schlimmer werden wird, wenn man ihn nicht aufhält. Es ist lebenswichtig, daß Ihre Familie uns dabei hilft. Können wir nicht wenigstens für eine Minute reinkommen? Wir waren den ganzen Tag unterwegs. Caron ist krank. Wir könnten ein Bad und etwas zu trinken brauchen.«

»In der Stadt gibt es Hotels und Restaurants.« Er setzte dazu an, die Tür zu schließen.

»Bitte«, sagte Caron, und das Wort kam als heiseres Flehen heraus.

Adam sah sie an. Die wütenden Augen ähnelten denen

Harrys so sehr. Sie suchte nach etwas anderem, etwas, das Harry nicht hatte, ein Zeichen eines warmherzigen Kerns, und fand einen Schimmer davon. Aber auch Harry war imstande, menschlich zu wirken. Er konnte einem alles vormachen.

Schließlich trat Adam zurück und hielt ihnen die Tür auf.

Der Gips an Joshs Arm schien Tonnen zu wiegen. Und nicht nur der Gips; es hing eine Wolke ständiger Bedrohung in der Wohnung.

Er saß auf dem Bett und blätterte in einem seiner Baseballbücher, sah es aber eigentlich überhaupt nicht.

Er hätte nicht heimkommen sollen.

Josh hatte seinen Dad nie so erlebt. Er hatte nicht nur schlechte Laune, nicht nur schrecklich schlechte; das hatte es zuvor schon gegeben, aber wenn diese Stimmungen vorüber waren, war er immer wieder prima gewesen, wieder Joshs Dad. Selbst nachdem er Joshs Nase gebrochen hatte, war er hinterher am Boden zerstört gewesen, hatte seinen Sohn umarmt und sich entschuldigt und geschworen, so etwas würde nie wieder passieren.

Josh hatte nach dem Streit in der Küche gewartet, daß Dad wieder so wäre, voller Schmerzen gewartet, aber die Schmerzen würden wieder aufhören, so wie es auch aufhörte, wenn man sich den Zeh gestoßen hatte.

Aber nichts war anders geworden. Sein Vater hatte einfach so getan, als wäre nichts passiert.

Die Wolke hing nun ununterbrochen über ihnen. Dad war nicht mehr Dad.

Um viertel vor elf am Mittwochabend saßen Jack Dodge und Adam Wool in einer hochlehnigen Nische im Cockscomb in Iolanthe, jeder mit einem Bier vor sich, und jeder hatte schon drei Flaschen geleert. Caron war im Days Inn.

Der Barkeeper stellte ihnen ihr Essen hin, Steak mit Fritten – mehr gab die Küche um diese Zeit nicht mehr her. Das Steak bog sich an den Rändern, und die Fritten waren schlaff, aber wenigstens war es warm, und Jack hatte mehr als genug von kalten, hastig im Auto heruntergeschlungenen Mahlzeiten.

Seine Überredungskünste waren an diesem Abend erfolgreich gewesen: Er bekam etwas zu essen, und Adam saß mit ihm hier und trank. Noch zwei Bier mehr, und Jack konnte sich an die Arbeit machen.

»Sie brauchen mir nicht zu erzählen, wo Ihre Mutter ist«, sagte er. »Ich werde Sie nicht drängen. Ich weiß, daß Sie sie in Sicherheit wissen wollen.«

»Da haben Sie recht.«

»Ich hab hin und wieder recht.« Jack grinste Adam an. Er nahm an, die väterlich-freundliche Tour wäre die beste Art, an ihn ranzukommen, aber er hatte auch die mit dem Mit-Einzelgänger nicht ausgeschlossen.

Er setzte seinen augenblicklichen Kurs fort. Er stellte harmlose, offene Fragen über Adams Lebensstil und Pläne, seine Ansichten und Meinungen.

Als Adams viertes Bier auf dem Tisch stand, sagte Jack: »Wissen Sie, ich nehme es Ihnen nicht übel, wenn Sie sich wegen Ihrer Mutter und Ihrer Schwester wie ein Kampfhund aufführen. Mir würde es genauso gehen. Wann ist Debbi denn mißbraucht worden?«

»Woher haben Sie diese Information? Meine Mutter hat es Ihnen bestimmt nicht gesagt. Und Debbie auch nicht. Sie sind ihr noch nicht mal begegnet.«

»Darcy Levy hat es Caron erzählt.«

Jack sah, wie intensiv Adam darüber nachdachte und wie ihm auffiel, wie zweifelhaft diese Bemerkung aus dritter Hand von einer inzwischen toten Frau war, und wie ihm klar wurde, daß er jederzeit alles abstreiten konnte.

Aber der Alkohol und die Anspannung taten das ihre, ebenso wie Jacks einladend-väterliche Haltung. Er beobachtete, wie Adams Hirn arbeitete, wie die Versuchung, sich auszusprechen, an dem Jungen nagte. Es mußte hart für einen jungen Mann Anfang zwanzig sein, die Frauen, die er am meisten liebte, vor ihrem mörderischen Bruder und Onkel schützen zu müssen.

Einen Augenblick lang hatte Jack Schuldgefühle. Er beobachtete sich selbst, wie er auf Adam spielte wie auf einem Instrument, und er fragte sich, ob er diesen Jungen und seine Familie nicht tatsächlich einer großen Gefahr aussetzte.

Im fiel auf, wie uncharakteristisch dieser Gedanke für ihn war, und fragte sich, was zum Teufel mit ihm geschah.

Und während er noch darüber nachdachte, wurde er zutiefst überrascht.

»Es ging nicht nur um Debbie«, sagte Adam. Seine zuvor so feindselig dreinblickenden Augen waren jetzt groß und glänzend, und während Jack zusah, verengten sie sich und die Tränen flossen. »Er hat es auch mit mir gemacht. Ich war zehn. Er hat mich in den Arsch gefickt.«

»Mein Gott«, sagte Caron. »Armer Adam. Armer Josh. Er könnte es jederzeit auch Josh antun.«

Jack beobachtete, wie ihr Tränen in die Augen traten, wie er es zuvor bei Adam beobachtet hatte, und fühlte sich wieder lausig.

Er hätte ihr gern gesagt, daß das unwahrscheinlich war, daß Harry es im Augenblick nicht wagen würde, daß Josh wenigstens für einige Zeit sicher wäre.

Aber er glaubte nicht mehr, daß es irgend etwas gab, was Harry nicht wagen würde, und daß Josh sicherer war, als es Caron gewesen war.

Caron hatte den ganzen Abend allein zugebracht und Zeit

gehabt, an Harry und Josh zu denken, die zusammen in der Wohnung waren, und Josh war bereits verletzt. Jetzt, nach den Neuigkeiten von Jacks langem, bier- und tränengetränktem Essen mit Adam, war sie verzweifelter, als Jack sie je gesehen hatte.

Sie ging auf und ab, wischte sich das Gesicht, aber die Tränen flossen weiter. Sie bewegte hilflos die Hände, als hätte sie Menschen vor sich, die am Ertrinken waren und die sie nicht erreichen konnte.

Ihr Mann folterte sie, folterte Josh, spielte sie gegeneinander aus. Harry wußte, daß Caron seinen Sohn mehr liebte als er, und er nutzte das aus. Harry war eine Obszönität, ein Jim Jones, ein David Koresh, nur schlimmer: Alle liebten ihn. Sein Image stand gegen seine wahre Natur, und das Image siegte mit Leichtigkeit.

Genau das hatte er die ganze Zeit schon seinem Redakteur erzählt und dabei bewußt übertrieben, einfach, um für seine Serie über Harry Zeit zu gewinnen.

Aber jetzt wurde ihm klar, daß es überhaupt keine Übertreibung gewesen war.

Harry war ungemein gefährlich und so genial wie Hitler, wenn es darum ging, im Namen seines Ruhms andere zu zerstören.

»Caron«, sagte Jack, »versuchen Sie, sich zu beruhigen.«

Sie gab lange keine Antwort, schien in ihrem Elend versunken zu sein. Dann wandte sie sich ihm zu. »Ich möchte mit Adam reden. Ich muß ihm sagen, wie verzweifelt wir seine Hilfe brauchen. Wenn ihm klar wird, daß er Josh tatsächlich retten könnte –«

»Das ist ihm klar. Ich habe es ihm praktisch um die Ohren geschlagen. Aber es hat keinen Zweck. Harry ist der Mann, der seine Familie zerstört hat. Er glaubt fest daran, daß Harry sie alle umbringen wird.«

Caron blieb stehen. Sie rieb sich die Augen. Vor ihrem geistigen Auge sah sie ein Spinnennetz, eines, das mit unlöslichem Kleber bestrichen war, und Josh taumelte darauf zu.

Der kleine, hilflose Josh. Harrys Fäuste und Zähne und Penis.

Wieder war eine ihrer schlimmsten Ahnungen bestätigt worden. Sie erinnerte sich an ihre Psychologievorlesungen. Harry war nicht nur pädophil, sondern ein Sadist. Je schlimmer er selbst belastet wurde, desto hilfloser und verwundbarer mußten seine Opfer sein. Er begann vielleicht mit Erwachsenen, dann wandte er sich Kindern zu. Dann würde es nicht nur irgendein Kind sein. Ein Mädchen. Seine Nichte und sein Neffe. Und . . .

Als sie wieder sprechen konnte, sagte sie: »Ich werde Harrys Agenten und seinen Anwalt anrufen. Ich werde Ihnen sagen, daß ich Beweise aus erster Hand habe, daß Harry einen kleinen Jungen vergewaltigt hat und daß sie alle Mittel nutzen müssen, um Josh in Sicherheit zu bringen. Es ist riskant –«

»Das ist nicht nur riskant, sondern idiotisch. Möchten Sie jeden Zweifel bei diesen Leuten beseitigen, daß Sie verrückt sind? Wie können Sie auch nur in Betracht ziehen, Harrys beiden engsten Verbündeten zu erzählen, daß Harry vorhat, seinen eigenen Sohn zu mißbrauchen?«

Caron schlang die Arme um sich. Das wußte sie selbstverständlich. Der verzweifelte Moment des Wunschdenkens war bereits vorüber.

Wieder hatte sie Schmerzen. Sie goß sich mehr Preiselbeerensaft ein und trank ihn und sah wieder aus dem Fenster, wie sie es in letzter Zeit so oft tat.

Jedesmal, wenn sie ein Auto hörte, hörte sie das Instrument ihres Todes. Das Zischen des Skalpells, den Knall eines Schusses. Sie hatte nicht mehr den Vorteil zu wissen, wie ihr Mörder aussah.

Adam ... wenn sie doch nur zu ihm durchdringen könnte. Sie spürte diese quälende Distanz zwischen den Erwartungen und dem, was sie in jedem Fall erreicht hatten – Sheila, Darcy, Gaynelle, Monica. Darcy war ihnen durch Mord genommen worden, die anderen durch Angst, dieselbe Angst, wie auch Caron sie spürte. Harry hatte sie zerrissen. Sie wußten, daß er das wieder tun würde, wenn sie die Wahrheit sagten.

Wieder sah Caron das Spinnennetz. Josh war jetzt viel näher gekommen. Die Fäden winkten, lockten. Der Mörderleim glitzerte.

Caron kämpfte gegen ihre Übelkeit an.

Sie durfte nicht wieder verlieren.

Sie wandte sich Jack zu, mit hartem Blick. »Wir brauchen einen Durchbruch. Wir haben keine Zeit mehr.«

Jack holte tief Luft. »Wir haben auch keine *Leute* mehr. Wir können nur noch zurückkehren. Es noch mal mit jemandem versuchen, der zuvor abgelehnt hat. Wer soll es denn sein? Wo ist die undichte Stelle? Was sagt Ihnen Ihr Instinkt?«

Caron hatte in dieselbe Richtung gedacht, gesiebt und sortiert und getastet.

»Sheila Dannenbring«, sagte sie. »Joshs Mutter.«

35

Lilly Geroka saß am Frisiertisch in dem Schlafzimmer, das sie mit ihrer Mutter teilte, seit Josh nach Hause gekommen war. Ihre Haut war ein bißchen besser geworden, aber sie sah nicht gut aus. Ihre Miene war bedrückt. Ihr Magen bebte.

In ein paar Minuten würde ihre Mutter nach Hause kommen. Graceann würde in ein paar Minuten dieses Schlafzimmer betreten.

Lilly war immer noch nicht sicher, ob sie den Mut aufbringen würde, es ihr zu erzählen.

Sie stand auf und schaltete das Radio ein. Sie hörte gern laute Musik, aber sie hielt sich immer zurück. Es war es nicht wert, ihre Mutter damit aufzuregen. Ihre Freundinnen stellten die Musik immer laut, wenn ihre Eltern nicht da waren, aber Lilly hatte immer Angst, irgend jemand würde es Graceann erzählen.

Normalerweise half Musik dabei, alles zu vergessen, was an Lilly nagte, aber heute nicht.

Heute konnte sie, auch während Gloria Estefan zum Salsa-Beat sang, nur daran denken, was passieren würde, wenn ihre Mutter jetzt hereinkäme und sie es ihr erzählen würde.

Minuten vergingen, und Lilly starrte sich weiter im Spiegel an, als könnte dieses andere Mädchen dort mit der besseren Haut und ohne ein Lächeln die Entscheidung für sie treffen.

Dann hörte Lilly, wie die Tür aufging, und sie sah ihre Mutter im Spiegel. Und die andere mußte tatsächlich einen Entschluß gefaßt haben, denn Lilly sah, wie der Mund im Spiegel sich bewegte und hörte die Worte herauskommen, bevor Graceann auch nur Hallo gesagt hatte.

»Harry hat mich angefaßt. Er hat es dreimal gemacht.«

»Was?« sagte Graceann, als hätte Lilly erzählt, unter dem Bett lauerten Ungeheuer.

Lilly wußte nicht mehr, was sie darauf antworten sollte, also schwieg sie und wartete.

Das Schweigen dauerte an. Graceann war jetzt nicht mehr im Spiegel zu sehen, also drehte Lilly sich um. Ihre Mutter saß auf der Bettkante, die Schuhe mit den hohen Absätzen lagen auf dem Boden, und sie massierte sich den Fuß.

»Hast du mich verstanden?« fragte Lilly.

»Du hast gesagt, daß Harry dich angefaßt hat.«

Lilly wartete auf eine Frage. Als keine kam, sagte sie: »Es

war kein Zufall, und es war auch nicht wie... äh, wie ein Vater, der einfach nett sein will. Er hatte seine Hände an meinem Oberteil und an meinem Hintern und hat... hat versucht, eine reinzuschieben. Zwischen meine Beine.«

Lillys Stimme zitterte jetzt, ebenso wie ihr Magen. Ihr Mund war trocken. Sie wollte ihrer Mutter alles erzählen, daß sie Harrys Ding gesehen und er sie damit gestoßen hatte, aber sie konnte einfach nicht.

Schließlich sagte Graceann, mehr zu sich selbst: »Er weiß einfach nicht mehr, was los ist.«

Lilly hatte keine Ahnung, was sie damit anfangen sollte.

Ihre Mutter sah sie an. »Wir dürfen Harry nicht böse sein. Er hat sicher nicht gewollt, daß du dich aufregst, Lilly. Er ist im Augenblick selbst so durcheinander.«

»Das weiß ich. Aber deshalb muß er doch nicht –«

»Und wir werden nicht mehr viel länger hierbleiben. Wir ziehen wieder nach Hause, sobald die Situation sich gelöst hat. Also mach dir keine Sorgen.«

Lilly sah nicht ein, wie die »Situation« sich bald »lösen« sollte, denn wenn Harry die Wahrheit sagte, würde Caron sterben, und wenn Caron die Wahrheit sagte, würde Harry ins Gefängnis kommen.

Lilly sagte: »Könntest du Harry nicht bitten, daß er damit aufhört?«

»*Womit* aufhört?« Wieder dieser Ungeheuer-unter-dem-Bett-Ton.

Lilly kamen die Tränen. Sie wandte sich wieder dem Spiegel zu. »Ach, schon gut.«

Graceann hatte sich inzwischen umgezogen und verließ das Zimmer ohne ein weiteres Wort. Lilly betrachtete das Gesicht im Spiegel, und es fiel ihr auf, daß sie nie zuvor auch nur eine Minute daran gedacht hatte, Caron könnte die Wahrheit sagen und Harry lügen.

Sie begann, diesem Gedankengang zu folgen, aber dann bremste sie das schnell wieder.

»Er ist wieder in Aktion«, sagte Ho zu Jack.

»Immer noch in New York?«

»Ja. Aber der Verband ist ab, und er benimmt sich wie jemand, der ein Ziel hat.«

»Tu alles, was du kannst, um herauszufinden, worin dieses Ziel besteht, ja?«

»Mach ich.«

»Verlier ihn nicht aus den Augen –«

»Ich weiß.«

». . . Hier spricht Harry Kravitz. Ich danke Ihnen für Ihre Hilfe.«

»Hier ist Marv's Quick Stop in Salvona. Salvona, Virginia. Dieser Typ war gerade hier, jedenfalls hat er ganz danach ausgesehen. Dieser Reporter. Er hat Preiselbeerensaft gekauft . . .«

Virginia. Caron und Dodge waren in Virginia. Diese Beschreibung, die der Ladenschwengel abgegeben hatte, war zutreffend, und auch andere Anrufe wiesen darauf hin. Also hatte Harry recht; sie hatten in Craig Head nichts rausfinden können, sonst hätten sie inzwischen Alarm geschlagen.

Harry rutschte unruhig auf der Parkbank hin und her. Er mußte die Situation einfach in den Griff bekommen. Wenn Caron ihr Gift verspritzte und jemand sie ernst nahm . . .

Wohin zum Teufel wollte sie jetzt? Die offensichtlichste Antwort war Monica – sie wohnte vielleicht in Virginia, wenn auch Darcy dort gewohnt hatte – aber man mußte mit diesen offensichtlichen Antworten vorsichtig sein. Wenn Monica in Virginia wohnte und Caron das wußte, wäre sie dann nicht schon vorher hingefahren? Oder hatte Brale sie aus diesem Bundesstaat verscheucht?

Harry hatte aus Josh immer noch nichts über Caron herausholen können. Der kleine Judas hielt dicht.

Hatte Caron in Craig Head etwas erfahren, das sie jetzt zu Monica führte?

Die Nacht war warm, aber nicht so tropisch heiß wie die vorangehenden Nächte. In dieser Nacht hing in der Luft im Park ein Hauch von Veränderung. Selbst die Penner schienen das zu spüren, dachte Harry. Sie bewegten sich anders.

Er versuchte, sie nicht zu beobachten.

Neben allem anderen hatte er auch noch einen weiteren Anruf von dieser bösartigen Männerhasserin Julie Gerstein bekommen. Harry hatte aufgelegt, aber erst, nachdem sie mit den Beschimpfungen angefangen hatte.

In ihm zog sich alles zusammen.

Morgen würde er zusammen mit Josh vor die Kameras treten. Tomas wollte das nicht; er hätte Josh am liebsten so weit wie möglich aus dem Rampenlicht gehalten, aber Harry war anderer Meinung. Ein paar Übungsfragen würden Josh schon zeigen, wo es lang ging. Es war wichtig, daß sich Harry mit seinem Sohn sehen ließ. Die Welt mußte erfahren, wer auf der richtigen Seite stand.

Harry stand auf und ging wieder zur Wohnung zurück. Demonstrativ ignorierte er die wenigen anderen Spaziergänger.

Es war beinahe zwei Uhr nachts. Innerhalb der nächsten Stunde würde er mit Brale und mit Torres sprechen. Er war in den Park gegangen, um in Ruhe nachzudenken, um über die nächsten Schritte zu entscheiden, ohne daß die Hysterie seiner Verzweiflung zu übereilten Reaktionen führte.

Aber es ging ihm kein bißchen besser. Er durchschwamm einen breiten Fluß, einen gefährlich reißenden Fluß, und er war dichter am gegenüberliegenden Ufer als an dem, das er verlassen hatte, und das einladende Land lag schon dicht vor ihm. Aber das Stück, das er noch zu durchschwimmen hatte, war der tödlichste Teil, denn er war erschöpft, und hier waren die Fallen am gefährlichsten. Außerdem ließ die Aussicht auf Sicherheit – in Kontrast zu den Gefahren, die ihm drohten – die Hysterie immer näher rücken.

Er sehnte sich danach, sie alle loszuwerden, all diese Leute, die ihm nur im Weg standen – am liebsten hätte er drauflosgeschossen und den Abzug immer weiter gedrückt, den Weg freigefegt.

Aber er mußte all seine verbliebene Vernunft auf die nächste Entscheidung konzentrieren, und diese Entscheidung schien sich selbst getroffen zu haben, während er hier draußen war.

Monica war feige. Sie war zutiefst verängstigt, unwiderruflich verängstigt, und ihre Kinder ebenso; Harry hatte dafür gesorgt, daß sich das nicht ändern würde. Caron und Jack Dodge und Säcke voller Dollars würden sie nicht bewegen können, da war er sicher.

Aber zu wissen, daß Caron und Jack in Virginia waren, genügte Harry, seine Feuerkraft dort zu konzentrieren – die gesamte Kraft.

Caron hätte nie so lange am Leben bleiben dürfen. Er wünschte so intensiv ihren Tod, im Schlafen und im Wachen träumte er von ihrer Leiche. Davon, daß sie keine Lebenskraft mehr hatte, um ihm schaden zu können.

Er würde Torres und Brale nach Virginia schicken, mit einer einzigen Aufgabe: Caron zu finden und sie sofort umzubringen. Er würde keine andere Lösung akzeptieren. Es wäre ideal, Jack Dodge am Leben zu lassen, damit die Anzahl der Leichen nicht noch größer wurde, aber wenn es sein mußte, sollten sie ihn ebenfalls erledigen.

Die Öffentlichkeit stand immer noch so weit auf Harrys

Seite, daß er damit durchkommen würde. Es gab Möglichkeiten, alles zu erklären. Die Leute hörten nur, was sie hören wollten – und sie wollten hören, daß Harry ein guter Mensch war.

36

Am Mittwoch, dem 25. August, widmete *Hard Copy* wie bereits zweimal zuvor seine gesamte halbstündige Sendezeit dem Fall Kravitz. Aber diesmal ging es nicht nur darum, das bereits Gesendete noch einmal wiederzukäuen und mit neuen, aber nicht sonderlich nachrichtenwürdigen Interviews mit Randfiguren zu beleben; diesmal wurde eine bedeutende Einzelheit enthüllt.

Die *Hard Copy*-Reporterin saß mit einem gut angezogenen älteren Mann zusammen, der sich sehr aufrecht hielt. Er hatte ein intelligentes, empfindsames Gesicht.

»Sie haben Herbert Felhammer an seinem letzten Tag in Ihrem Taxi nach Hause gebracht«, sagte die Reporterin.

»Genau. Ich hab ihn oft gefahren. Er war ein liebenswerter Mensch. Diese Chemotherapie-Anwendungen haben ihn immer erschöpft.«

»Und aus diesem Grund haben Sie versucht, ihm besonders zu helfen.«

»Ich versuche immer, hilfsbereit zu sein. Aber ja, Dr. Felhammer war ziemlich schwach.«

»Sie haben ihn also ins Haus gebracht?«

»Ja. Ich habe ihm auch noch angeboten, ihm beim Kochen zu helfen, aber er hat es abgelehnt.«

»Und Sie sind weggefahren?«

»Ja«, erwiderte der Fahrer.

»Haben Sie die Tür geschlossen, als Sie das Haus verließen?«

»Das tue ich immer. Und ich habe gewartet, um mich zu überzeugen, daß Dr. Felhammer auch wirklich beide Ketten vorlegt.«

»Beide Ketten. Die Haustür war also von innen durch zwei Ketten gesichert.«

»Genau. Eine auf Augenhöhe und eine weiter unten. Er benutzte die untere nicht gern, weil er sich nur noch schlecht bücken konnte. Aber ich hab immer darauf bestanden.«

Plötzlich erschien eine Vergrößerung eines Teils des Polizeiberichts auf dem Bildschirm. Ein Absatz war angestrichen: »Sämtliche Türen des Hauses waren verschlossen, als das Opfer aufgefunden wurde. Die Ketten an der Innenseite der Haustür waren nicht vorgelegt.«

Wieder wurde die Reporterin gezeigt.

»Das weist auf jeden Fall darauf hin, daß hier etwas nicht stimmt«, sagte sie. Sie wandte sich dem Taxifahrer zu. »Sind Sie sicher, daß die Ketten vorgelegt waren?«

»Absolut.«

»Um welche Zeit haben Sie das Haus verlassen?«

»Ich habe es im Fahrtenbuch notiert. Um fünf Uhr zweiundzwanzig.«

Noch einmal erschien ein Ausschnitt des Polizeiberichts; diesmal war ein anderer Absatz angekreuzt.

»Dr. Felhammers Taschenuhr wurde um fünf Uhr siebenundzwanzig zerbrochen«, sagte die Reporterin. »Ist es möglich, daß er innerhalb dieser fünf Minuten aus irgendeinem Grund nach draußen gegangen ist?«

»Kann ich mir nicht vorstellen«, meinte der Fahrer. »Er hat sich nur noch im Schneckentempo bewegt.«

Die Reporterin wandte sich der Kamera zu: »Der verstorbene Dr. Felhammer, der sich so vehement gegen Harry Kravitz ausgesprochen hat, starb infolge eines Sturzes in seiner Küche. Aber dieser Schluß ist plötzlich fragwürdig geworden, nachdem wir erfahren haben, daß eine Tür, die Minuten vor Felhammers Tod noch durch zwei Ketten gesichert war, ohne diese Sicherung vorgefunden wurde, obwohl sich angeblich außer Felhammer niemand im Haus aufhielt – und sich bisher niemand gemeldet hat, der zugegeben hat, Felhammer an diesem Tag besucht zu haben . . .«

»Wahrscheinlich kräht morgen schon kein Hahn mehr danach«, sagte Tomas. »Diese Leute produzieren sich nur zu gern vor den Kameras, und du weißt, daß die Regenbogenpresse gern aus einer Mücke einen Elefanten macht. Es wäre dumm, darauf einzugehen, so lange wir nicht müssen. Und wenn, dann werde ich das für dich übernehmen.«

»Quatsch«, widersprach Harry. »Die Andeutungen waren gegen mich gerichtet, und ich bin derjenige, der antworten sollte.«

»*Nein*«, erklärte Tomas mit mehr Nachdruck, als er je in solchen Gesprächen an den Tag gelegt hatte. »Du verleihst der Angelegenheit zu viel Gewicht, wenn du dich persönlich damit befaßt. Es ist wichtig zu zeigen, daß die Sache deine Aufmerksamkeit nicht wert ist. Hast du das verstanden, Harry?«

Caron nahm das Telefongespräch an. Es war die Frau namens Robin, mit der Jack immer Witze machte und flirtete.

Robin erzählte ihr von der *Hard Copy*-Sendung. »Jack wollte informiert werden, wenn sich in den Medien etwas Interessantes tut. Erzählen Sie es ihm, ja?«

»Ja«, sagte Caron.

»Sie vergessen es doch nicht?«

Caron erwiderte mit professioneller Kühle: »Selbstverständlich nicht.«

Die Frau schwatzte weiter, und Caron würgte sie ab. Danach wünschte sie sich, sie hätte es nicht getan. Robin hatte es nicht verdient, Carons Frustration ausbaden zu müssen.

Ihre Gefühle waren jetzt unberechenbar. Wohin sie sich auch wandte, sie sah nur Fallen.

Hard Copy war nicht gerade Marie d'Ambrosios Lieblingssendung. Sie sah sich lieber Quizsendungen und die intelligenteren Comedy-Shows an. Aber manchmal, wenn sie wegen der Werbeeinblendungen hin- und herschaltete, landete sie bei einer dieser Magazinsendungen und blieb eine Minute daran hängen.

Am Mittwochabend ging es in *Hard Copy* um den Fall Kravitz – keine sonderliche Überraschung. Niemand konnte derzeit genug davon kriegen. In ihrer Abteilung der Bibliothek lasen viele den ganzen Tag Zeitungs- und Zeitschriftenberichte darüber.

Marie wollte gerade weiterschalten, als eine Reihe von Fotos der Frau aus irgendeinem Grund ihre Aufmerksamkeit erregte.

Sie ging näher zum Bildschirm.

Eines der Fotos kam ihr vertraut vor.

Dann gab es auch bei *Hard Copy* eine Werbeeinblendung, aber Marie schaltete nicht weiter. Sie blieb sitzen und dachte darüber nach, wieso sie dieses merkwürdige Gefühl hatte.

Sie sah zu, wie die Reporterin noch einmal den Fall rekapitulierte. Dann wurden die Fotos noch einmal eingeblendet. Instinktiv schaltete Marie den Videorecorder ein.

Das Gefühl verschwand, und Marie hörte nach einer Weile auf mitzuschneiden und fuhr mit ihren üblichen Abendbeschäftigungen fort.

Der nächste Tag in Allemar, New Jersey, war warm und sonnig, und Marie mußte morgens um neun im Lesesaal ihrer Bibliothek sein. Ärgerlich; wenn es Dienstag gewesen wäre, an dem sie den Vormittag frei hatte, hätte sie schwimmen gehen können.

Um sich dafür zu entschädigen, ging sie in der Mittagspause spazieren und holte sich nur ein Sandwich aus Vero's Deli.

Sie kam gerade wieder aus dem Laden, als sie ein Auto bemerkte, das am Bürgersteig parkte. Eine Frau saß darin, auf dem Beifahrersitz.

Wieder hatte Marie dieses merkwürdige Gefühl, wie am Abend zuvor ...

Aber sie merkte, daß sie die Frau anstarrte, und das war unhöflich, also ging sie weiter.

Erst kurz vor Ende eines geschäftigen Nachmittags im Lesesaal fiel es ihr plötzlich ein. Dieses Foto – alle Fotos – waren ihr so vertraut vorgekommen, weil sie die Frau schon einmal gesehen hatte, hier, im Lesesaal, vor einer Woche oder so.

Und heute hatte sie in dem Wagen vor Vero's gesessen.

Sie hatte anders ausgesehen. Aber es war dieselbe Person. Dr. Caron Alvarez, Harry Kravitz' kranke Frau, mit verändertem Aussehen.

Marie konnte es kaum erwarten, nach Hause zu kommen und sich das Band noch einmal anzusehen, um sich zu überzeugen.

Die Josh-ist-wieder-zu-Hause-Pressekonferenz zeigte Harry und Josh hinter den Mikrofonen; Harry hielt Josh fest an der gesunden Hand gepackt und beantwortete fast alle Fragen selbst.

Es gab mitfühlendes Gemurmel, als Harry erzählte, wie Josh in der Dusche ausgerutscht und hingefallen war – der Streß hatte seinen Tribut gefordert.

Später brachte Graceann Harry und Josh Tee in Harrys Büro. Nachdem sie wieder gegangen war, legte Harry die

Videocassette der Pressekonferenz ein. Er und Josh sahen schweigend zu.

»Siehst du?« sagte Harry zum Schluß. »Kein Grund zur Nervosität. Du hast dich gut geschlagen.«

Josh runzelte die Stirn. »Ich hab ja kaum was gesagt.«

»Du bist da gewesen und hast gezeigt, daß du mich unterstützt. Mehr brauchtest du nicht zu tun.«

Josh zuckte die Achseln. Er hatte sich vorgebeugt, sah seinen Vater nicht an.

»Ich weiß, daß du unglücklich bist«, sagte Harry. »Ich weiß, daß du diese ganze Geschichte haßt –«

»Das tue ich wirklich.«

»Nun, wir wären alle froh, wenn es endlich vorüber wäre. Deshalb –«

»Willst du mich jetzt wieder fragen, wo ich gewesen bin?«

Harry trank den letzten Schluck kalten Tees. Es gelang ihm einfach nicht, Josh die Tatsachen klarzumachen. »Es geht nicht um Neugier. Du weißt, wie krank Caron ist. Sie braucht Medikamente, sie braucht Behandlung. Sie ist krank im Kopf. Sie ist nicht mehr vernünftig genug, um zu verstehen, daß ich ihr nur helfen will.«

Der Summer der Sprechanlage ertönte. Harry drückte den Knopf, sagte »Jetzt nicht, Graceann«, und ließ ihn wieder los. Dann fuhr er zu Josh gewandt fort: »Es ist schön, daß du dein Versprechen nicht brechen willst. Ich bin froh, daß du Prinzipien hast. Aber in diesem Fall richtest du damit Schaden an. Du schadest Caron.«

»Ich schade ihr nicht –«

»Tust du doch. Du verhinderst, daß sie die Behandlung bekommt, die ihr Leben verlängern könnte.«

Harry hielt inne, um das einwirken zu lassen. Dieser Junge war so störrisch. Es war unerträglich, sich jetzt auch noch *damit* auseinandersetzen zu müssen.

Josh sah ihn auf eine Art an, die ihn nur noch wütender machte. Harry kannte diese Miene. Er hatte sie oft bei Leuten gesehen, die wußten, daß sie Harry verbal nicht beikommen konnten, also legten sie alles Gift in ihren Blick.

Harry begegnete diesem Blick mit Kälte. Er beugte sich vor. »Wenn du kein Teil der Lösung bist«, sagte er, »dann bist du Teil des Problems. Kennst du dieses Sprichwort, Josh? Und in diesem Fall bist du sicher ein Teil des Problems. Es wäre so einfach für dich, zu helfen, aber du bestehst ja darauf –«

»Du hast *gesagt*, daß du mich nicht mehr fragen wirst!«

»Hör auf, darauf herumzureiten, verdammt noch mal!« brüllte Harry. Er hatte es nicht vorgehabt, aber er holte aus und gab Josh eine feste Ohrfeige.

Dann hörte er ein Rascheln hinter sich und drehte sich um. Paul Wundring stand im Büro.

»Graceann hatte dir sagen wollen, daß ich hier bin«, sagte Paul. »Ich hab nur eine Minute Zeit; ich dachte, es würde dich nicht stören, wenn ich einfach reinkomme.«

»Tut es auch nicht. Setz dich.«

»Keine Zeit. Ich wollte dir nur schnell die Unterlagen für die britischen Rechte an deiner neuen Show bringen. Es schien mir netter, als das Zeug einfach zu faxen. Vor allem, da es sich um fünf Tonnen Papier handelt.«

Harry las die hochgeschätzten Worte, die Verpflichtung der Briten gegenüber *Harry*, den Beweis, daß er nicht nur von seinem eigenen Sender, sondern von einem weit größeren Teil der Welt geschätzt wurde. Nach diesem Vertrag würden Leute in Großbritannien, Australien, Neuseeland, Ägypten, Indien, Hongkong und fünfzig anderen Ländern *Harry* sehen können. Seine Hände zitterten ein wenig.

Es war unglaublich. Wunderbar, daß Paul es sofort selbst vorbeigebracht hatte.

Was für ein Augenblick!

Das Brennen in seinem Magen wurde schlimmer.

Er war so dicht dran.

Er betete, daß Caron inzwischen bereits tot war.

Wie lange war Paul schon im Zimmer gewesen? Wieviel hatte er von seinem Streit mit Josh mitbekommen? Da saß Josh, hielt sich die Wange und sah aus, als wäre gerade eine Bombe explodiert. Würde Paul nicht, ohne den Kontext zu kennen, eine falsche Vorstellung bekommen?

So etwas war in der letzten Zeit öfter passiert, mit Paul *und* mit Tomas. Sie hatten sich übertrieben auf solche Kleinigkeiten konzentriert.

»Mein Gott, ich bin dir so dankbar«, sagte Harry. »Ich bin ... hast du nicht noch eine Minute Zeit, dich zu uns zu setzen?«

»Unmöglich.« Paul warf Josh eine Kußhand zu und schüttelte Harry die Hand, und dann war er auch schon wieder verschwunden.

Josh stand auf. »Darf ich jetzt gehen?«

Plötzlich waren die Positionen nur zu deutlich: die Unterlagen über den Vertrag, die letzte schimmernde Münze in Harrys Goldtopf, und Joshua Samuel Kravitz, das direkte Hindernis zwischen Harry und seinem Glück.

Er schaute von den Papieren zu seinem Sohn und spürte, wie sein Herzschlag sich voller Wut beschleunigte.

Dann erklang der Summer wieder, und Harry griff hinüber, um die Sprechanlage abzuschalten, aber Graceann war schneller.

»Hier ist ein Anruf, den du entgegennehmen solltest. Von einer Bibliothekarin in New Jersey.«

37

Eine von Sheila Dannenbrings Katzen lag in einem Flecken Nachmittagssonne auf der Treppe zur Haustür und blinzelte Caron an. Sie rührte sich nicht von der Stelle, als Caron nach dem Türknauf griff.

Es war abgeschlossen, aber das war auch nicht anders zu erwarten. Caron wußte, daß Sheila nicht zu Hause war. Sie und Jack waren noch einen Block von Pear Terrace entfernt gewesen, als Caron bemerkt hatte, wie Sheila in die Gegenrichtung davonfuhr.

Caron lehnte sich müde an die Tür. Es war zu riskant, weiterhin in Motels zu übernachten, also hatten sie im Auto geschlafen, schlecht genug, und sie fühlte sich schmutzig und wund und verzweifelt. Sie hatte Bauchschmerzen; der Preiselbeerensaft konnte auch nicht alles heilen.

Sie und Jack waren übereingekommen, daß Caron allein mit Sheila sprechen sollte. Jack zu sehen, würde Sheila nur verunsichern.

Irgendwoher würde Caron die Kraft nehmen müssen, diese Frau umzustimmen.

Jack hatte Caron abgesetzt und war Sheila gefolgt. Sie mußten wissen, wohin sie fuhr. Wenn es zu lange dauerte, bis sie wieder nach Hause kam, mußte Caron sie irgendwo unterwegs ansprechen, wo immer das auch sein mochte.

Sie konnten nicht länger warten. Jede Minute, die Josh weiter in Harrys Netz gefangen war, ließ Caron das Blut mehr in den Adern gefrieren.

Caron ging zur Rückseite des Hauses, um sich dort zu verstecken und zu warten. Die Büsche neben der Garage waren zu trocken, um sie vollständig zu verbergen, aber es gab sonst keinen anderen Sichtschutz.

Sie hockte sich dahinter und setzte sich auf den Boden, zog die Knie an die Brust, um sich so klein wie möglich zu machen.

Es gab eine nette, freundliche Anfrage aus Deutschland wegen *Harry*, die Paul Wundring enorm gefreut hätte, wenn er sich nicht solche Sorgen um die private Situation seines Freundes und Klienten gemacht hätte.

Paul schob die Papierstapel auf seinem Tisch hin und her. Seine Gedanken wirbelten, bäumten sich gegeneinander auf. Gedankenfetzen rissen ab, und er konnte sie in kein unschuldiges Muster mehr zurückzwingen.

Was er in Harrys Büro beobachtet hatte, hatte ihn entsetzt. Er hatte nicht viel sehen können, aber er war ziemlich sicher, daß Harry den Jungen geschlagen hatte. Soweit Paul wußte, hatte Harry so etwas noch nie zuvor getan. Und so, wie Harry mit Josh gesprochen hatte – dieses Gift, die offensichtliche Manipulation . . .

Vielleicht war es einfach die Spannung, die diese furchtbare Situation aufgebaut hatte. Aber . . .

Es war nicht das erste Mal seit Carons Verschwinden, daß Paul an Harry zweifelte. Das erstemal war direkt nach Harrys erster Pressekonferenz gewesen, als Paul gesehen hatte, wie Harry Graceanns kleiner Tochter mit dem Blick gefolgt war, als es sonst niemand zu bemerken schien.

Abgeschirmt von einem Aktenschrank hatte Paul in seinem eigenen Büro gestanden und zufällig gesehen, wie Harrys Blick sich an Lilly festsaugte . . . und sie dann verfolgte, als wäre sie ein Model in einem Bikini; er hatte jede ihrer Bewegungen genau beobachtet, als sie sich das Gesicht gepudert und das Haar gekämmt hatte.

Paul hatte schließlich angenommen, die Situation mißdeutet zu haben. Harry war einfach zerstreut, hatte ins Leere gestarrt, und Lilly hatte nur in seiner Blickrichtung gestanden.

Aber heute hatte Harry denselben Blick gehabt wie bei der Szene mit Lilly. Solche Intensität, solche ... Hitze ...

Paul legte die Papiere hin, die er in der Hand hatte, und schloß die Augen.

Ho Plimpton konnte Jack nicht telefonisch erreichen, und das machte ihn verrückt.

Er versuchte es immer wieder, aber er bekam nur ein Besetztzeichen.

Er hatte den Rattenmann verloren, im Dschungel der Autobahnkreuze von Jersey. Jack verließ sich auf Ho, der ihm melden sollte, wenn der Kerl sich auch nur räusperte, und jetzt war er frei, und Ho konnte es Jack nicht mal erzählen.

Er fuhr mit einer Hand, mit der anderen wählte er immer wieder, aber ohne Erfolg.

Auf Joshs Wange war ein roter Fleck, der nicht verschwinden wollte.

Es kam noch ein weiterer hinzu, als Harry ihn schlug, weil er auf der Seife im Bad Dreck hinterlassen hatte.

Josh hatte jetzt nur noch Angst vor seinem Vater. Er bereute es, nicht auf Caron gehört zu haben. Er hätte nie von Barbara weggehen sollen.

Aber er wußte nicht, was er sonst tun sollte. Wer würde denn glauben, daß Josh von seinem Dad geschlagen wurde? Caron hatte auch damit recht gehabt. Selbst Mr. Wundring hatte gesehen, wie Dad ihn schlug, und kein Wort gesagt.

Seine Gefühle trieben ihn schließlich in eine klare Richtung – er hatte immer noch Angst, aber das machte ihm nicht mehr so viel aus. Das erinnerte ihn an eine Sendung über Kriegsgefangene, die er einmal gesehen hatte, wie all ihre Gefühle nach und nach ausgelaugt worden waren.

Er mußte ein größerer Schwächling sein, als sein Vater

annahm, wenn er sich jetzt schon wie ein Kriegsgefangener fühlte. Die brauchten Jahre, um dieses Stadium zu erreichen.

Sheila hatte eigentlich nicht die Nerven zum Einkaufen. Aber sie war in den letzten Tagen kaum aus dem Haus gekommen, und jetzt hatte sie nichts mehr zu essen, und auch sonst fehlte alles Mögliche.

Sie packte die Tüten in den Kofferraum und schloß den Deckel, als sie bemerkte, daß sie den Dünger vergessen hatte. Sie überlegte einen Augenblick; sie war so müde.

Aber sie war immer müde, und das einzige, was ihr noch Freude machte, waren ihre Blumen. Sie konnte nicht ewig im Haus bleiben und an Harry denken, an Josh, sich immer wieder das Bild des Jungen mit dem Gipsarm vor Augen führen wie ein Messer mit einer gezähnten Schneide.

Also schloß sie den Wagen wieder ab und ging zurück in den Supermarkt.

Wenn doch nur alle so leicht zu verfolgen wären, dachte Peter Torres. Dieser Arm... er hätte die Alte im Stockfinstern erkennen können. Die Leute bewegten sich anders, wenn sie einen dauerhaften körperlichen Schaden hatten, selbst wenn es nicht am Bein war.

Er war Sheila in den Supermarkt gefolgt, falls sie vorhatte, sich dort mit Caron zu treffen. Aber nein; es ging nur um den üblichen Weiberkram – Einkaufen.

Er beobachtete, wie sie ihre Taschen ins Auto packte und wollte gerade auf seinen eigenen Wagen zugehen, als er sah, daß sie zögerte und den Kofferraumdeckel nur halb schloß.

Sie schaute wieder zum Laden zurück. Torres begann wieder mit seiner Inspektion der preisreduzierten Grills, die neben dem Ladeneingang standen. Ohne sie direkt zu beobachten, sah er, wie sie wieder hineinging, und folgte ihr.

Jack betrachtete eine weitere Reihe von Grußkarten. Er hatte diesen Trick entwickelt, als er Prominente verfolgte, die berüchtigten Kids, die die *Galaxy*-Leser so liebten: Wenn man einen Kartenladen im Blickfeld des Ortes fand, an dem das Opfer Zeit verbrachte, konnte man dort ewig verweilen und die Karten lesen. Das war genau das, was Leute dort taten.

Schließlich sah er, wie Sheila einen Einkaufswagen zu ihrem Auto hinausfuhr und es belud. Ziemlich viele Tüten; er selbst wohnte allein und brauchte nie mehr als eine oder zwei. Was um alles in der Welt hatte sie da gekauft? Was kauften all diese Frauen, die fünf oder sechs Tüten in ihre Einzimmerwohnungen schleppten? Dieses Rätsel war für ihn so verstörend wie die Tatsache, daß sie offenbar nie allein aufs Klo gehen konnten.

Jack sah, wie Sheila den Kofferraumdeckel halb schloß und dann innehielt. Sie stand da, die Hand am Kofferraum und fragte sich vermutlich, wieviele Tüten mit anderem Zeug sie vergessen hatte . . .

Als Jack sie beobachtete, fiel ihm auf, daß er nicht der einzige war. Ein großer Kerl mit Halbglatze stand neben den Grills vor dem Supermarkt.

Dann schloß Sheila den Kofferraum und kehrte in den Laden zurück, und der Kerl wandte sich ab.

Jack sah durchs Fenster zu, wie Sheila den Supermarkt betrat. Der Mann mit Halbglatze blickte nicht auf. Aber einen Augenblick später folgte er ihr.

Jack griff nach einer Karte und tat so, als sähe er sie sich genauer an, während er nachdachte. Er ließ die letzten drei Minuten noch einmal vor seinem geistigen Auge ablaufen und versuchte zu entscheiden, ob er sich wegen dieses Mannes Sorgen machen müßte oder nicht. Er versuchte sich zu erinnern, was dieser Kerl zuvor getan hatte, bevor er ihm aufgefallen war.

Nach ein paar Minuten kam Sheila mit einer weiteren Tüte wieder heraus, einer großen. Sie packte sie zu der Überlebensausrüstung, die sie schon im Kofferraum hatte, stieg ein und fuhr los.

Jack wartete auf den Mann mit der Halbglatze, aber der tauchte nicht auf.

Falscher Alarm. Der Typ hatte ohnehin ziemlich abgerissen ausgesehen, wie einer der Kerle, die den ganzen Tag in Einkaufszentren rumhingen.

Offenbar war Sheila auf dem Weg nach Hause. Jack würde warten, denn er und Caron hatten verabredet, daß Caron ihn anrufen würde, nachdem sie mit Sheila gesprochen hatte.

Peter Torres blieb im Supermarkt, als Sheila Dannenbring davonfuhr. Es war nicht notwendig, ihr sofort zu folgen; sie hatte Eis eingekauft. Also würde sie direkt nach Hause fahren.

Er ließ ihr ein paar Minuten Zeit, den Parkplatz zu verlassen, dann sah er sich nach etwas zu Essen um. Er hatte noch Zeit für einen Bissen, bevor er ihr nachfuhr.

Caron hörte den Kies knirschen, spähte aus ihrem Versteck und sah Sheilas Auto. Sie hörte, wie die Garagentür geöffnet und wieder geschlossen wurde. Als sie sah, daß Sheila ins Haus ging, folgte sie ihr.

»Nein«, sagte Sheila leise, als sie die Haustür öffnete und Caron sah. »Warum sind Sie wiedergekommen? Ich will das nicht.«

Caron stöhnte, bevor sie sich beherrschen konnte. Sheila packte sie am Arm und zog sie ins Haus.

»Sie können nicht hierbleiben«, sagte Sheila. »Setzen Sie sich einen Moment hin und fassen Sie sich. Dann müssen Sie gehen.«

Caron stützte sich auf die Möbel, bis sie das Sofa erreichte, dasselbe, auf dem sie vor beinahe zwei Wochen gesessen hatte. Als sie sich setzte, dachte sie daran, wie vielen vielversprechenden Spuren sie in dieser Zeit gefolgt war, die sich alle letztlich als wertlos erwiesen hatten.

Harry war immer noch der Liebling der Nation und setzte alles daran, es auch zu bleiben. Josh hatte sich aus seinem sicheren Versteck gewagt und war im Haifischbecken gelandet, verletzt und gefangen, in schrecklicher Gefahr. Caron hatte nichts – nichts, wogegen sie ankämpfen konnte, nichts, was ihr Hoffnung gab . . . nichts als die Wahrscheinlichkeit von mehr Verlusten, mehr Schmerz, mehr Tod.

Sie hatte Ideen und Sätze für Sheila eingeübt, nach Worten gesucht, die die Abwehr durchbrechen würden. Aber diese Worte waren nun verschwunden; sie konnte sich an kein einziges erinnern. Der Gegensatz, der ihr durch dieses Sofa, dieses Zimmer, dieses Haus, diese Frau vor Augen gehalten wurde, war mörderisch: Caron war auch bei ihrem ersten Besuch hier verzweifelt gewesen, traumatisiert und geschlagen, aber sie war erst am Anfang gewesen, und ihr Kampfgeist hatte sie aufrecht gehalten.

Jetzt fiel es ihr schwer, nicht aufzugeben.

Sie sagte: »Harry hat Josh. Das wissen sie vermutlich. Aber es gibt etwas, was Sie nicht wissen.« Caron seufzte tief. »Erinnern Sie sich an Harrys Neffen Adam?«

Sheila nickte.

»Harry hat ihn vergewaltigt, als Adam noch kleiner war als Josh. Adam hat es selbst zugegeben. Er hat zuvor nie darüber gesprochen. Er ist . . . anal vergewaltigt worden.«

Sheila keuchte entsetzt.

Caron fuhr fort. »Harry hat Josh bereits geschlagen. Sein Arm ist gebrochen. Es wird schlimmer werden. Harry ist am schlimmsten, wenn er selbst unter Druck steht, wenn jemand ihm Hindernisse in den Weg legt. Er wird . . . er wird Josh mißbrauchen und ihn einschüchtern, damit er schweigt. Er wird ihn wieder schlagen. Ich weiß genau, was Harry mit ihm machen wird. Er hat es auch mit mir gemacht.«

Sie starrte Sheila direkt an, bedachte sie mit einem bohrenden Blick. »Sie wissen, daß es passieren wird. Und Sie wissen, daß Sie die einzige sind, die es aufhalten kann. Es gibt irgendwo Berichte, Röntgenbilder, *Beweise,* daß er Sie geschlagen hat. Sie wissen, wo wir sie finden können. Er kann diese Geschichte nicht abstreiten.«

Sheila hatte die Hände vors Gesicht geschlagen und weinte. Caron versucht, die eigenen Tränen zu unterdrücken, schaffte es aber nicht.

»Bitte«, flehte sie, und Sheila nickte.

Jack war am Verhungern. Er hatte genug von Sandwiches. Und er brauchte etwas, das ihn von dieser verdammten Warterei ablenkte.

Nach Tagen auf der Straße mit wenig kulinarischer Auswahl war er froh zu sehen, daß es im Einkaufszentrum diverse Imbisse gab. *Restaurants* wäre übertrieben gewesen.

Er entschied sich für Chicken Snack und machte sich auf den Weg quer über den Parkplatz.

Er kam an einem Fischimbiß vorbei und spähte hinein, weil er sehen wollte, ob sie wußten, daß man Fisch sowohl kochen als auch backen konnte, als er sah, wie der Mann mit der Halbglatze sein Wechselgeld entgegennahm und auf die Tür zukam.

Wahrscheinlich nur ein Zufall. Aber etwas bewirkte, daß Jack ihn noch einen Moment länger beobachtete . . .

. . . wodurch er sah, wie der Mann ein Telefon herauszog, nachdem er den Imbiß verlassen hatte.

Plötzlich war Jack sehr aufmerksam geworden.

Der Typ sah heruntergekommen und harmlos aus, wie jemand, der nichts anderes zu tun hat, als in einem Einkaufszentrum herumzuhängen – und er hatte ein ebenso teures Handy wie Jack?

Plötzlich erhielten alle Einzelheiten eine neue Bedeutung.

Halte Abstand. Wenn er einer von Harrys Leuten ist, wird er wissen, wie du aussiehst, und ein Profi könnte dich trotz der Verkleidung erkennen.

Tu so als ob. Laß ihn nicht merken, daß er dich interessiert.

Jack beobachtete das Spiegelbild des Mannes in einer Schaufensterscheibe. Er ging zu einem weißen Chevy Nova, schloß ihn auf, stieg ein, öffnete das Fenster und klappte das Telefon auf.

»Was ist los?« wollte Harry wissen. »Das sollte alles gestern schon vorbei sein.«

»Wir sind in Allemar«, sagte Torres. »Es *hätte* gestern vorbei sein können, wenn Sie uns eher hergeschickt hätten, statt unsere Zeit zu verschwenden.«

Harry hielt sich den Magen. Er hatte Allemar nicht für eine Möglichkeit gehalten, hatte nicht angenommen, daß Sheila wieder dort wohnte, bis er den Anruf der Bibliothekarin erhalten hatte. Caron sollte nicht einmal von Sheilas Existenz wissen. »Was haben Sie herausgefunden?«

»Caron ist jetzt bei Sheila –«

»Sind Sie am Haus? Rufen Sie von dort aus an?«

»*Nein.* Ich bin nicht mal in der Nähe, ich bin auf einem Parkplatz.«

»Ist Dodge bei Ihnen?«

»Nein.«

»Verdammt, dann finden Sie ihn! Wenn er Sie zuerst sieht –«

»Mr. Kravitz, das müssen Sie schon uns überlassen. Ich weiß, daß Caron allein in diesem Haus ist, weil Ron dort ist. Er hat sich im ersten Stock versteckt. Er kann alles sehen und hören, was im Haus passiert. Er hat mich zweimal angerufen, und ich versichere Ihnen, daß Dodge nicht in der Nähe ist. Ich fahre jetzt rüber. Ron und ich werden uns um die Frauen kümmern und um Dodge, wenn das notwendig sein sollte.«

Säure stieg in Jacks Kehle auf. Als er Harrys Namen gehört hatte, hatte er aufgegeben so zu tun, als untersuche er einen Reifen an dem Wagen neben dem Auto des Mannes mit der Halbglatze. Bei den nächsten Worten war ihm beinahe das Herz stehengeblieben.

Halbglatze stieß jetzt auf dem Parkplatz zurück. Jack hätte sich am liebsten auf ihn gestürzt, ihn irgendwie unschädlich gemacht, die Reifen plattgeschossen, alles, um den Lauf der Ereignisse zu verhindern.

Aber er zwang sich zur Zurückhaltung. Es hatte keinen Sinn, Impulsen zu folgen.

Er mußte *denken*.

Und er dachte nur an Caron, die in der Falle saß, ein Killer bereits im Haus, ein zweiter auf dem Weg.

Er riß sein Telefon heraus und wählte Sheilas Nummer.

Als das Telefon klingelte, fuhren Sheila und Caron beide auf.

Sheila nahm nach dem vierten Klingeln ab. »Hallo?«

Caron sah, wie erschrocken sie war. Sie reichte Caron den Hörer. »Für Sie. Wieso weiß jemand, daß Sie hier sind?«

»Caron«, sagte Jack. Die Atemlosigkeit, die Panik in diesem einen Wort waren wie ein Schlag, und sie sackte zurück, als wäre sie tatsächlich geschlagen worden. »Holen Sie die Waffe raus. Sie und Sheila müssen raus aus dem Haus und fliehen. Harry hat einen Mann im ersten Stock! Er ist bei Ihnen, im Haus. Und ein weiterer ist auf dem Weg, ein Typ mit einer Halbglatze in einem weißen Chevy Nova.«

Das Herz schlug ihr bis zum Hals. Caron ließ den Hörer fallen, riß die Handtasche auf und holte die Pistole heraus.

Sheila schrie auf.

Caron wollte sie am Handgelenk packen, sie aus dem Haus zerren, ohne Zeit und Energie an Worte zu verschwenden.

Dann sah sie in dieselbe Richtung wie Sheila. Sie erstarrte.

Er stand in der Wohnzimmertür, der Mann, der versucht hatte, sie umzubringen, und das Skalpell glitzerte in seiner Hand.

Peter Torres ließ den Chevy weiter unten an der Straße stehen und ging zu Fuß zum Haus.

Er blieb hinter der Hecke stehen und horchte: nichts. An der Haustür war auch alles still, nur leise Stimmen waren zu hören.

Aber als er sich an die Seite des Hauses schlich, um in ein Fenster zu spähen, wurden die Stimmen deutlicher, und die, die er jetzt hörte, war eindeutig Brales.

Scheiße. Irgendwas stimmte nicht, oder Brale würde sich immer noch oben verstecken.

Torres ging zum Fenster, stellte sich an die Seite und spähte ins Haus. Brale stand in der Tür des Zimmers, das Skalpell in der Hand.

Vor Torres Augen hob Caron Alvarez die Hand, zielte mit einer Pistole auf Brales Brust und schoß.

»Scheiße!« schrie Torres, und der Schrei ging im Knall unter. Brale fiel, spuckte Blut, und das Skalpell klapperte über den Parkettboden.

Torres rannte zur Haustür zurück. Die Fliegentür war zugehakt, aber er riß sie auf, im selben Moment, als Caron und Sheila sie von innen erreichten.

Er und Brale hatten Befehl, Caron mit dem Skalpell umzubringen, damit es so aussah, als hätte sie es selbst getan, und Sheila dann »verschwinden« zu lassen.

Wie praktisch, daß Caron jetzt das Skalpell in der Hand hatte.

Torres zögerte nicht, die andere sofort zu erschießen. Er kannte sich aus mit dem Augenblick des Schocks, der einem Mord folgte, und er benutzte ihn nun, um Caron ihre Waffen abzunehmen.

Aber sie erholte sich schnell, obwohl sie immer noch aussah, als würde sie sich gleich in die Hose machen, und verpaßte ihm einen Tritt in die Eier.

Der Schmerz war unmenschlich, ihm stockte der Atem, kein Schrei möglich.

Torres starb, bevor ihm noch klar wurde, daß man ihm in den Rücken geschossen hatte.

38

Die Morde in Allemar waren nur kurz in den Nachrichten.

Keiner der Männer hatte Papiere dabeigehabt. Die Fingerabdrücke des einen wiesen ihn als Peter Elkin Torres aus, der bereits einmal wegen Mordes gesessen hatte. Ein Chevrolet, der in der Nähe des Tatorts parkte, war auf seinen Namen zugelassen. Die Durchsuchung seiner Wohnung in Bridgeport, Connecticut, ergab nichts weiter als das Bild eines einzelgängerischen Kriminellen.

Der andere Mann konnte nicht identifiziert werden.

Beide hatten nicht zugelassene tragbare Telefone gehabt, die vor allem benutzt worden waren, ebenfalls nicht zugelassene andere Apparate anzurufen, so daß nicht festzustellen war, wohin die Anrufe genau gegangen waren.

Die Frau war eine Einwohnerin der Stadt, die keine näheren Verwandten in Allemar hatte.

Da die Kugeln, die man in den Leichen sichergestellt hatte, nicht alle aus derselben Waffe stammten, und nur die unregistrierte Waffe, mit der die Frau erschossen worden war, am Tatort gefunden wurde, war klar, daß noch andere in den Fall verwickelt waren. Nachbarn hatten das eine oder andere gehört oder gesehen, das diese Theorie unterstützte.

Nach einem Tag war die Story bereits auf die Rückseiten der Tageszeitungen gewandert, wo es nur Zusammenfassungen von Fällen gab, bei denen alle Beteiligten mit einiger Wahrscheinlichkeit Prostituierte oder Drogendealer waren – Leute, für die sich keiner interessierte. Begriffe wie »Blutbad« und »Bandenkrieg« verstärkten diesen Eindruck.

Niemand argwöhnte, daß Harry, Caron oder Jack damit zu tun gehabt hatten, da niemand etwas davon wußte.

Caron sehnte sich danach, nach Hause zu gehen.

»Zuhause« – das Wort war zum blanken Hohn geworden. Dennoch fühlte sie sich dorthingezogen. Wenn dein Kind in eine Grube mit Alligatoren fällt, springst du eben hinterher.

Aber das wäre Selbstmord. Harry konnte sie nicht am Leben lassen. Er wollte sie wieder in New York sehen, damit er sie auslöschen konnte. Solange sie frei war, stellte sie eine Bedrohung dar. Sie mußte das ausnutzen. Sie mußte wieder und wieder versuchen, ihn zu treffen.

»Noch drei Leichen, Harry. *Deine* Opfer. Das wirst du nicht so leicht erklären können. Ihr Blut klebt an dir.«

Harry sagte: »Ich weiß nicht, wovon du redest, Caron, aber es scheint, daß du immer anwesend bist, wenn Leute sterben, und das heißt für mich, daß *du* diejenige bist, die –«

»Du weißt nicht, wovon ich rede? Du weißt es nicht? Du bist ein Psychopath und ein Lügner. Dafür habe ich Beweise.«

Harry erwiderte tonlos: »Das ist unmöglich. Es gibt nichts zu beweisen.«

Carons gezischte Worte stachen aus dem Hörer. »Paß auf, daß Josh nichts passiert. Du willst doch nicht noch zusätzlich zu allem anderen ein totes Kind wegerklären müssen? *Sheila hat mir alles erzählt, bevor sie starb. Den Kindesmißbrauch, die Mißhandlungen, alles. Ich werde mich bald mit den Medien in Verbindung setzen. Ich habe jetzt Beweise.*«

»Wir haben nichts in der Hand«, sagte Jack erschöpft, als er das Telefon wieder einsteckte. »Über Sheila gibt es nichts, von ihrer Geburts- und Sterbeurkunde abgesehen. Dafür hat Harry gesorgt, oder er hat sie so eingeschüchtert, daß sie sämtliche Unterlagen vernichtet hat. Die Rechercheure von *Galaxy* sind wahre Zauberer, aber selbst Zauberer können nicht nur mit einem Vornamen wie ›Ron‹ arbeiten. Torres ist erwiesenermaßen ein Killer, aber was soll's?« Er seufzte. »Sie wühlen weiter. Wir können nur hoffen, daß sie eine Verbindung zwischen Torres und Harry finden, die wir als Hebel benutzen können, oder eine zwischen Harry und Sheila.«

Sie waren im Auto, parkten auf dem geschäftigen Kurzzeit-Parkplatz des Flughafens Newark. Caron hatte rote Augen vor Schlafmangel. Sie konnte die Augen nicht schließen, ohne Blut zu sehen oder den übelkeiterregenden Geruch wahrzunehmen.

Sie weinte um Sheila, die tapfere Sheila, die eine Heldin gewesen wäre. Auch sie sah sie vor sich, wenn sie die Augen schloß – Sheila, wie sie nickte, wie sie weinte ... wie sie zu Boden stürzte, blutend ...

Caron war froh darüber, daß sie Josh nie erzählt hatte, daß sie seine Mutter gefunden hatte.

Harrys Leben war ein Schlachtfeld, übersät mit Toten und Verwundeten, und bisher hatte Caron nur dafür gesorgt, daß es noch mehr wurden.

Ihr fiel nichts mehr ein, womit sie weiterkämpfen konnte. Sie hatte geblufft, aber sie mußte den Bluff schnell untermauern, sonst würde Harry wissen, daß sie nichts in der Hand hatte.

Jack hatte vor ein paar Tagen einen winzigen Fernseher gekauft, der unterwegs kaum funktionierte, aber jetzt war das Bild klar, und *20/20* begann soeben. Ein Live-Interview mit Harry aus seiner Wohnung wurde angekündigt.

Vielleicht würde sie Josh sehen können, um ihre schreckliche Sorge zu beruhigen, daß er vielleicht schon tot war. Nachdem sie seit jenem letzten gehetzten Telefongespräch keinen Kontakt mehr mit ihm gehabt hatte, zerrte diese Möglichkeit an ihr und trieb sie fast in den Wahnsinn.

Plötzlich dröhnte Harrys Stimme durchs Auto.

»Bisher«, erzählte er Barbara Walters, »sind mir mit Gottes Hilfe all jene Tragödien erspart geblieben, die so viele Menschen erleiden müssen. Aber nun ist es anders. Ich mache schreckliche Zeiten durch.«

»Immerhin«, wandte Barbara ein, »müssen Sie froh sein, daß Ihr Sohn wieder da ist.«

Die Kamera schwenkte herum. Caron beugte sich zum Fernseher, hielt den Atem an.

Erleichtert sackte sie zusammen. Dort war er. Er saß neben Harry auf dem Sofa, im Wohnzimmer in der East End Avenue.

Er hatte die Lippen fest zusammengepreßt und die Arme defensiv über der Brust verschränkt. Der Gips am Arm sah schmutzig aus. Auf seiner Wange war ein roter Fleck, den die Schminke nicht überdecken konnte. Sein Blick war zu starr.

Caron zerriß es fast das Herz.

Jetzt sprach Harry wieder, aber die Kamera hatte weiter aufgezoomt und zeigte, daß noch andere diese häusliche Szene bevölkerten. – Harrys Sekretärin Graceann und ihre Tochter saßen auf dem zweiten Sofa, das im rechten Winkel zu dem stand, das sich Harry und Josh teilten.

Graceann beugte sich vor, als Barbara sie ansprach.

»Sie und Lilly wohnen im Augenblick hier, um Ihre Unterstützung für Harry zu demonstrieren, ist das richtig?«

Graceanns Gesicht zeigte nichts als besorgte Anteilnahme. »Nicht, um Unterstützung zu *demonstrieren.* Um wirklich zu helfen.«

»Dann befürchten Sie also nicht«, fuhr Barbara fort, »daß Sie hier in Gefahr sein könnten? Wenn Dr. Alvarez' Behauptungen zutreffen . . .«

»Wie die überwältigende Mehrheit der Bevölkerung glaube auch ich, daß Dr. Alvarez krank und nicht mehr bei Verstand ist. Ich empfinde nichts als Mitgefühl für sie. Aber Harry tut mir ebenso leid.«

Die Aufnahme zeigte jetzt Graceann und Lilly. Graceann hielt Lillys Hand.

Dann weitete sich der Kamerawinkel wieder, und die Vier sahen aus wie eine große, warmherzige Familie, wenn man es nicht besser wußte.

Harry in dieser Wohnung mit zwei Kindern . . .

Caron drückte sich die Hand auf den Magen.

Die Aufnahmen für das *20/20*-Interview waren die härteste Arbeit, die Harry je als Schauspieler geleistet hatte. Er hatte seine Rolle während des freundlichen Abschieds von Barbara aufrechterhalten und während des Abbaus der Technik. Als dann die Wohnung bis auf seine »Familie« leer war, die die Möbel wieder zurechtrückte und den Müll rausbrachte, bedankte sich Harry bei allen mit einer Umarmung und ging spazieren.

Diese Spaziergänge waren jetzt überlebenswichtig geworden. Nur so konnte er wieder zu sich selbst kommen.

Er war noch nie so verzweifelt gewesen.

Er eilte den Parkweg entlang. Es juckte ihm in den Händen, sich irgendwie Erleichterung zu verschaffen, aber er schob die

Hände fest in die Taschen und grub die Nägel in die Handflächen, so fest er nur konnte.

Ohne eine Kurzmeldung in der *Times* hätte er nie von der Schießerei in Allemar erfahren. Und auch so konnte er nur raten, was eigentlich geschehen war. Sheila war tot, Gott sei Dank, und ihre Akte so leer, wie sie sein sollte – jedenfalls hatte Harry das angenommen. Sowohl Brale als auch Torres waren ebenfalls tot. Weder das quälende Warten nach Torres' letztem Anruf noch die winzige Notiz hatten irgend etwas über den Aufenthaltsort von Caron und Dodge ergeben. Harry hatte sich sogar der Hoffnung hingegeben, daß sie irgendwo verwundet und sterbend lagen.

Bis zu diesem Anruf von Caron.

Was hatte sie in der Hand?

Nachdem Brale und Torres tot waren, wußte er nicht mehr das geringste. Er hatte nichts.

Nichts, um den Torpedo aufzuspüren und zu zerstören, den Caron und Jack gegen ihn einsetzen wollten.

Harry sollte demnächst in Produktion gehen, und er hatte seine ganze Kraft dafür aufwenden müssen, zu verstecken, was für ein Wrack er war, wie nahe sein Leben und seine Karriere vor der vollständigen Zerstörung standen.

Verdammt, was sollte er nur tun?

Er kam gerade rechtzeitig in die Wohnung zurück, um einen Anruf von Julie Gerstein entgegenzunehmen.

»Ich habe *20/20* gesehen, Harry. Du warst wunderbar. Du hast einer Menge Leuten was vorgemacht. Aber vielen auch nicht. Wir wissen, daß du ein wildes Tier bist. Und bald werden es alle wissen. Warum sagst du nicht die Wahrheit und versuchst, eine winzige Spur Anstand zu bewahren?«

Sie legte auf, bevor er ihr zuvorkommen konnte. Er wünschte sich, er wäre im Park geblieben.

Er wischte sich den Schweiß von der Stirn und starrte das Telefon an, als er aus dem Augenwinkel einen Blick auf Lilly erhaschte, die im Bademantel vorbeikam.

Sie beeilte sich jetzt immer, wenn sie an Harry vorbeigehen mußte. Es war eine stillschweigende Anklage.

Alle klagten ihn an.

Er lehnte sich auf seinem Schreibtischstuhl zurück.

Er hätte dieses Miststück Julie am liebsten grün und blau geschlagen. Er wollte ihr das Haar büschelweise ausreißen und es ihr in jede Körperöffnung stopfen.

Er sah wieder, wie Lilly vorbeihuschte, zurück in ihr Zimmer, mit einer Tüte Kartoffelchips. Das Haar fegte ihr über die Schultern. Das Bild blieb vor seinem geistigen Auge, nachdem sie längst verschwunden war, und er sah sich selbst, wie er ihr Haar packte, riß, Stücke von Kopfhaut mit abriß.

Harry stellte sich vor, wie er Lilly zu Boden warf, ihre fetten Beine mit dem Knie auseinanderschob und blutiges Fleisch und Haar in ihre Löcher trieb.

Diese aufgeblasene Scheißkuh Julie.

Er würde ihr auch etwas in den Mund stecken. Ihr sich selbst zum Schmecken geben.

Zusammen mit den Kartoffelchips, mit denen sie sich immer vollstopfte.

Lilly mochte es nicht, wie dick sie in diesem Frottebademantel aussah, aber er gab ihr wenigstens das Gefühl, ein bißchen geschützt zu sein.

Sie bemerkte, wie Harry sie ansah, als sie an seinem Büro vorbeikam, und sie war froh, den dicken Mantel übergezogen zu haben.

Sie fragte sich, wieso er heute so lange in der Wohnung war. Normalerweise ging er nur zum Telefonieren in sein Büro, aber heute schien er da länger zu verweilen.

Wie oft in letzter Zeit dachte Lilly an Harrys Agenten, diesen netten Mr. Wundring. Er war immer ruhig und freundlich, wenn Lilly zufällig am Telefon war.

Es war merkwürdig, daß Leute, die so unterschiedlich waren wie Harry und Mr. Wundring, so viel miteinander zu tun hatten.

Lilly hatte nach jenem ersten mißglückten Anlauf nicht mehr versucht, mit ihrer Mutter über Harry zu reden. Aber sie überlegte, wem sie sich ansonsten anvertrauen könnte und wer Harry bitten könnte, sie nicht mehr anzufassen, und dann fiel ihr immer Mr. Wundring ein.

Sie hatte sich seine Nummer aus Harrys Kartei abgeschrieben. Sie stand auf einem Klebezettel, den sie unten an den Frisiertisch geklebt hatte. Einmal hatte sie schon dazu angesetzt anzurufen, es sich dann aber doch anders überlegt.

Aber sie dachte immer wieder daran.

39

Harry war mit Paul zum Essen verabredet. Sie gingen zu Morton's und aßen Steak-Sandwiches. Harrys Appetit war derzeit lausig, aber er tat so, als genösse er sein Essen.

Paul goß sich aus der Karaffe Wasser nach. »Du siehst heute ein bißchen besser aus. Wie geht es dir?«

»Nicht übel. Danke, daß du fragst.«

»Bist du bereit, mit den Aufnahmen anzufangen?«

»Das hab ich dir doch gesagt. Ja.«

Paul setzte die Karaffe ab und sah ihn forschend an. »Ich muß sagen Harry, daß du immer noch nicht deinen üblichen Schwung wiedergefunden hast. Nicht, daß ich das unter den Umständen erwarten würde. Aber du mußt so tun als ob, selbst wenn dir nicht danach zumute ist, wenn du mit der Produktion anfangen willst.«

»Das werde ich, Paul. Wenn die Kamera läuft, ist alles in Ordnung. Du kennst mich doch. Was glaubst du, wann wird es losgehen?«

»Bald.«

Harry schluckte. Lieber Gott, wenn es doch schon so weit wäre.

Die Show würde wunderbar werden. Die Leute konnten es kaum erwarten. Überall wurde Harry von begeisterten Fans darauf angesprochen, auch von Leuten vom Fach.

Sobald die Show erst einmal lief, würde er von einem Prominenten zum Heiligen werden.

Und unbesiegbar sein.

Paul hatte Probleme mit dem Schlucken. Fleisch und Brot blieben ihm im Hals stecken.

Harry hatte unrecht.

Es war irgendwas im Busch, viel mehr, als Harry zugeben wollte.

Paul wäre am liebsten aufgesprungen, hätte sich über das teure Essen gebeugt und Harry am Kragen gepackt. Er wollte ihn so lange schütteln, bis er wieder klar sah.

Er sagte: »Gibt es irgendwas, das du mit mir besprechen willst, Harry?«

Harry sah ihn an, als hätte er eine vollkommen verblüffende Frage gestellt. »Nein.«

Caron und Jack schliefen im Auto auf dem Flughafenparkplatz.

Am Samstagmorgen, nachdem sie sich in einem Waschraum des Flughafens gewaschen hatte, war Caron gerade auf dem Rückweg zum Auto, als ein chauffeurgesteuerter Mercedes anhielt und Tomas Valin ausstieg.

Er stand mit dem Rücken zu Caron, aber sie erkannte seine Haltung sofort, die arrogante Pose, den teuren Aktenkoffer.

Das Blut gefror ihr in den Adern.

Eine endlose Sekunde stand sie reglos, starrte nur, war unfähig, sich abzuwenden. Als Tomas sich dann aufrichtete, erwachte sie wieder zum Leben. Sie fuhr herum und eilte davon, zu erschrocken, um sich daran zu erinnern, daß sie nicht laufen durfte.

Er mußte ihr Gesicht gesehen haben, bevor sie sich abgewandt hatte, und erkannte sie trotz der Verkleidung, denn sie hörte, wie schnell eine Autotür zugeschlagen wurde, und einen Augenblick später, als sie es riskierte, sich umzudrehen, sah sie, daß der Mercedes ihr folgte, Tomas auf dem Beifahrersitz.

Sie rannte zur Seite, an Reihen parkender Autos vorbei, wo der Mercedes ihr nicht folgen konnte. Sie lief gebeugt, im Zickzack, so lange sie konnte.

Als sie schließlich völlig außer Atem war, blieb sie stehen. Sie blieb zwischen den Autos versteckt. Als sie sich schließlich aufrichtete, um sich umzuschauen, war kein Mercedes in Sicht.

Jetzt erst setzte die Reaktion ein, der körperliche Schock, die Folge des Laufens nach Tagen voller Streß – kein Frühstück, keine Energie, vollständige Erschöpfung. Ihre Infektion, die auf den Saft nicht mehr reagierte, mußte endlich behandelt werden; sie war erschöpft davon, dagegen anzukämpfen.

Caron sank auf den heißen, stinkenden Asphalt, schlang die Arme um die Knie, lehnte sich an den Reifen eines Lieferwagens. Die Polster unter ihren Kleidern waren feucht und unbequem. Sie ließ den Kopf hängen, versuchte, die Übelkeit und das Schwindelgefühl abzuschütteln, den kalten Schweiß des Schreckens.

Als sie endlich wieder aufrecht stehen konnte, sah sie sich um, immer noch an den Türgriff des Lieferwagens geklammert, und versuchte, sich zu orientieren.

In diesem Ozean von Autos schien nichts vertraut zu sein. Sie war auf einem anderen Parkplatz, einem, den sie und Jack noch nicht gesehen hatten.

Sie stellte sich auf die Zehenspitzen und versuchte sich zu erinnern, in welche Richtung sie gerannt war, sah sich nach dem Parkplatz um, auf dem der Buick stand. Aber es gab nichts, was sie wiedererkannt hätte. Sie war gerannt und gerannt, aber sie war so oft im Kreis gelaufen oder auf ihrer eigenen Spur zurückgekehrt, daß sie nicht hätte sagen können, ob sie in der Nähe des Buick war oder weit von ihm entfernt.

Sie und Jack mußten unbedingt weg von Newark, jetzt, nachdem Tomas sie gesehen hatte. Tomas hatte vermutlich längst die Polizei und die Flughafensicherheit alarmiert. Sie mußte den Buick finden. Das war ihre einzige Chance.

Aber sie hatte keine Ahnung, wo Jack und der Wagen waren.

Während er auf Caron wartete und ungeduldig auf das Lenkrad trommelte, dachte Jack noch einmal über das gerade beendete Telefongespräch mit Robin nach.

Endlich gab es etwas Neues. Eine winzige Öffnung.

Und eine Idee, wie sie sie nutzen könnten.

Er konnte es kaum erwarten, mit Caron darüber zu sprechen. Warum zum Teufel brauchte sie solange? Ließ sie sich noch eine Maniküre machen?

Er griff zum Kugelschreiber und fing an, in seinem Notizbuch herumzukritzeln. Die Schrift war zittrig. Er war nervös.

Kein Wunder, dachte er sich, als er von dem Buch wieder aufblickte.

Ohne auch nur den Kopf zu wenden, konnte er einen Streifenwagen sehen und zwei Fahrzeuge der Flughafensicherheit, die langsam zwischen den Reihen geparkter Autos hindurchfuhren.

Die jemanden suchten.

»Wann war das?« fragte Harry ungeduldig.

»Vor zwanzig Minuten«, erwiderte Tomas. »Ich habe die Sicherheit gebeten, sie zu suchen, und sie machen mit, aber sie haben Zeit gebraucht, mich zu überprüfen, also haben sie gerade erst angefangen. Und jetzt muß ich sehen, daß ich meinen Flug noch erwische. Sie setzen sich mit dir in Verbindung.«

»Gib mir eine Nummer, unter der ich sie erreichen kann.«

»Habe ich nicht.«

»Bist du sicher, daß es Caron war?«

»Ja. Sie sieht anders aus als auf den letzten Fotos. Sie hat jetzt rotes Haar, trägt eine Brille und sieht dicker aus. Ich habe die Sicherheitsleute gebeten, dir eine Kopie der Beschreibung zu faxen. Aber es war Caron. Und Harry – sie sah ziemlich gesund aus.«

Jack fuhr langsam die Reihen entlang, rief im Geist nach Caron und kehrte dann alle paar Minuten zu seinem ursprünglichen Parkplatz zurück, für den Fall, daß sie dorthin zurückgekehrt war.

Er wußte nicht sicher, daß diese Polizisten und Sicherheitsleute nach Caron suchten. Aber etwas daran ließ ihn unruhig werden. Carons Abwesenheit und die Langsamkeit dieser Suche, die Tatsache, daß keine Sirenen eingesetzt wurden.

Jemand mußte sie entdeckt haben.

Aber wieso war die Polizei beteiligt?

Und wo zum Teufel steckte Caron?

Er hatte Angst um sie.

Er mochte es nicht, wenn sie nicht bei ihm war, selbst wenn sie schnell mal aufs Flughafenklo ging. Und nicht nur wegen der Bedrohung.

Wann zum Teufel war das passiert? Wann war diese Sache so verdammt persönlich geworden?

Irgendwann war seine Gleichgültigkeit in Mitgefühl umgeschlagen, dann in Bewunderung. Aber es erschreckte ihn, festzustellen, daß er im Wachen und Schlafen an Caron dachte. Nicht nur an die Story, sondern an die Frau.

Er war vor Schrecken überwältigt gewesen, als er sie in dem Haus mit Harrys Killer wußte. Er konnte nicht schlafen vor Angst, wenn er daran dachte, daß sie vielleicht zu Harry zurückkehren würde, um Josh zu retten.

Er erinnerte sich an die Szene in diesem Motel in Winston-Salem, wie sie im Badetuch dagesessen hatte, ihre schimmernden Schultern, ihre nackten Beine . . .

Er fuhr auf den nächsten Parkplatz, fuhr ganz ruhig, sah aufmerksam nach allen Seiten. Er versuchte, sich in ihre Lage zu versetzen, zu spüren, wie sie sich fühlen mußte. Er benutzte, was er über sie wußte, ihr Verhalten, die Art, wie ihr Kopf arbeitete, um zu entscheiden, wo er nach ihr suchen sollte.

Diese verdammten Sicherheitstypen waren überall.

Seine Hände am Lenkrad zitterten.

Caron stand in dem engen Zwischenraum zwischen zwei geparkten Lieferwagen. Sie konnte durch die Fenster beider Fahrzeuge sehen. Damit konnte sie etwa vier Reihen geparkter Autos überblicken.

Jedesmal, wenn ein Polizei- oder Sicherheitsfahrzeug vorbeikam, tat sie so, als schließe sie gerade das Auto ab.

Es würde nicht lange so weitergehen können. Bald würde sie sich bewegen müssen, oder sie würde zweimal von denselben Leuten gesehen werden.

Ihr Schweiß floß in Strömen. Sie mußte sich anstrengen, nicht einfach ihrer Panik nachzugeben und zu rennen und zu rennen.

Sie drehte den Kopf, suchte nach einem Augenblick, in dem

keine Autos in Sicht waren und sie einen anderen Platz finden konnte, von dem aus sie Ausschau nach dem Buick halten konnte.

Es war schrecklich gefährlich, immer noch hier am Flughafen zu sein. Inzwischen hatte Tomas vermutlich Harry angerufen. Sie wagte nicht daran zu denken, was das für Folgen haben könnte.

Aber Jack und der Wagen waren ihr einziger Ausweg.

Sie konnte nur beten, daß der Buick immer noch am selben Fleck stand, wo sie ihn zurückgelassen hatte – daß Jack nicht hatte fliehen müssen.

Wenn er weg war, was sollte sie dann tun? Sie wäre gestrandet. Wie sollten sie einander je wiederfinden?

Ihr Magen tat höllisch weh, zog sich heftig zusammen.

Wieder einmal erschien ihr der Frieden des Todes als äußerst verlockend, und sie beugte sich krampfhaft vornüber von dem heftigen Schmerz, den dieser Gedanke mit sich brachte.

Und plötzlich, wie durch ein Wunder, sah sie den Buick, sah Jack, der die Tür aufriß, und schluchzend stolperte sie auf ihn zu.

40

Jack griff nach Carons ausgestreckter Hand und zog sie auf den Beifahrersitz. Er riß so fest, daß ihre Schulter weh tat, aber das fiel ihr kaum auf.

»Gott sei Dank«, keuchte sie. »Ich mußte flüchten. Ich –«

»Seien Sie mal einen Moment still«, sagte Jack. »Ich muß mich darauf konzentrieren, uns hier rauszubringen, bevor sie die Panzer gegen uns einsetzen. Diese Polizei- und Sicherheitswagen sind also tatsächlich hinter uns her?«

»Ja.«

Jack fuhr so schnell, wie er es nur wagen konnte, auf den Ausgang zu. Als er näher herankam, entdeckte er im Augenwinkel einen Streifenwagen, der Schrittempo fuhr. Instinktiv versuchte er, ein neues Verkleidungselement hinzuzufügen, legte den Arm um Caron und zog sie näher zu sich.

»Schauen Sie nicht nach links oder rechts«, sagte er ganz ruhig. »Tun Sie einfach so, als wären Sie meine Freundin. Benehmen Sie sich so.«

Sie legte den Kopf an seine Schulter.

Es fühlte sich vertraut an, und in diesem Augenblick wurde ihr klar, daß sie die ganze Zeit auf dem Parkplatz gewußt hatte, daß Jack sie finden würde.

Sie vertraute ihm.

Sie spürte seinen Schulterknochen unter ihrem Ohr und tat, was er gesagt hatte: Sie dachte sich in die Rolle hinein. Sie war eine Frau, die zusammen mit ihrem Mann auf dem Heimweg vom Flughafen war, nach einem kurzen Urlaub.

Aber er konnte spüren, wie sie zitterte, und nahm sie fester in den Arm.

Caron erwartete, daß Jack sie wieder loslassen würde, aber das tat er nicht. Sie wandte ihm das Gesicht zu. Dann schien ihm klar zu werden, daß er sie immer noch im Arm hielt, und er ließ sie los.

»Und jetzt erzählen Sie«, sagte er. »Was ist passiert?«

»Ich kam gerade aus dem Gebäude heraus. Tomas Valin stieg aus einem Auto, direkt vor meiner Nase. Ich war so erschrokken, daß ich mich wie eine Idiotin benommen habe, bin erst starr stehengeblieben und dann losgerannt . . .«

Sie zitterte immer noch heftig, und Jack legte wieder den Arm um sie. Diesmal zog sie sich nicht zurück.

Aber einen Augenblick später richtete sie sich starr auf.

»Wieso fahren wir in diese Richtung? Wir sind fast in New York!«

»Genau. Und da müssen wir auch hin.«

»Aber –«

»Wir haben uns versteckt, bis denen in meinem Büro was eingefallen ist. Und jetzt haben wir tatsächlich eine Idee.«

Caron starrte ihn an. »Und?«

»Ich hoffe nur, es funktioniert.«

Sie vermieden die überfüllten Autobahnraststätten und hielten an einem kleinen Imbiß, um die Toiletten zu benutzen. Das Männerklo war besetzt, und Jack wartete immer noch, als Caron schon wieder herauskam.

»Gehen Sie einfach hier rein«, sagte sie und zog ihn mit sich.

Dann war sie verblüfft, sich selbst mit ihm in dem engen Raum zu finden, die Tür verschlossen.

Sie starrte ihn an, sah, wie er sie anstarrte.

Ihre Haut und ihre Zunge begannen plötzlich zu kribbeln, ihr Atem ging heftiger. Ihr Körper erinnerte sich an all die Gefühle, die sie vor kurzem im Auto erlebt hatte, und sie sehnte sich nach einer Wiederholung.

Ihre Hände waren schon an seinem Hals, seinen Schultern, und sie drückte sich an ihn, vom Hals bis zu den Knien.

Jack spürte die glatte Kachelwand an den Schulterblättern, als Caron ihn nach hinten drückte. Er erstarrte. Dann packte er sie, fester, als er vorgehabt hatte.

Gerüche drangen auf ihn ein – Desinfektionsmittel, Seife, Abflußgestank... Carons Haar, ihre ungewaschenen Kleider, sein eigenes schmutziges Hemd. Er spürte ihre Fingernägel auf seiner Haut, unter dem Hemd, und er hörte sich selbst aufstöhnen, bevor er sie küßte.

Er mußte sie berühren. Er zog ihr T-Shirt hoch. Seine Hände fanden ihren Po, schweißnaß.

Danach konnte er nicht mehr denken.

Jacks Finger waren in ihr. Es tat weh und gleichzeitig doch nicht. Sie war sich eines ganzen Stroms von Gefühlen bewußt. Ein Teil ihres Körpers, der die ganze Zeit eine Quelle der Schmerzen gewesen war, war plötzlich überflutet von ganz anderen Empfindungen.

Sie tastete nach seinem Reißverschluß, nach der Erektion darunter. Sie zog den Reißverschluß auf und griff mit beiden Händen in seine Shorts.

Hektisch zogen sie sich aus. Caron lehnte sich an die Wand und streckte die Arme nach Jack aus.

Sein Bewußtsein kehrte so lange zurück, daß er sich an seinen Impuls erinnerte, in diesem Supermarkt Kondome zu kaufen. Dann überwältigte der Körper das Hirn wieder.

Für einen Sekundenbruchteil brachte Jacks Eindringen für Caron den Schrecken zurück. Aber einen Augenblick später merkte sie, daß ihr Körper nicht vergessen hatte, einem anderen entgegenzukommen.

Sie bewegte sich mit ihm, schneller jetzt. Es war so heftig, daß sie ihr Gesicht an seinem Hals vergraben mußte, um ihre Schreie zu ersticken.

Dann erreichten Hitze und Schweiß und unausgesprochene Gefühle zusammen mit ihren Körpern den Höhepunkt, und Caron und Jack sackten gegen die Wand, hielten einander, Tränen tropften zu Boden.

Josh hatte seinen Fernseher eingeschaltet, den Sportkanal. Es gab eigentlich nichts, was er unbedingt sehen wollte, aber der Sportkanal lieferte wenigstens immer einen Hintergrund freundlicher, lebhafter Stimmen. Früher einmal hatte er sich gern die Abendnachrichten angesehen, aber das war jetzt zu beunruhigend – selbst wenn es einmal nicht um seine eigene Familie ging.

Seit er nach Hause zurückgekommen war, war er mehr und mehr darauf angewiesen, seinen eigenen Hintergrund zu schaffen, weil die Wirklichkeit so schrecklich war.

Sein erster Abend zu Hause war nett gewesen. Sie hatten sich Pizza kommen lassen, Dad und Graceann und Lilly und Josh, hatten zusammen die Speisekarte durchforstet, ausgewählt, Kombinationen zusammengestellt. Am Ende war eine Tonne verrückter Beläge herausgekommen, Ananas und Schinken und Muscheln.

Aber in den folgenden Tagen hatte sich seine ganze Welt verdreht.

Er fragte sich, ob er sterben würde. All diese Ängste bewirkten, daß er die meiste Zeit in seinem Zimmer blieb und den Sportkanal wie einen beruhigenden Wasserstrom laufen ließ.

Heute war es besonders merkwürdig gewesen. Dad hatte sich immer gleich beim ersten Klingeln aufs Telefon gestürzt und mit leiser, drängender Stimme seine Gespräche geführt. Josh hatte genug davon verstanden, um zu wissen, daß es um Caron ging, und er hatte sich anstrengen müssen, nicht zu weinen, weil sie ihm so sehr fehlte. Aber es gab so vieles, was mit Dad und Caron zusammenhing, das er aus seinen Gedanken wegschieben mußte.

Die Geräusche aus dem Fernseher übertönten die Schritte seines Vaters im Flur, und plötzlich stand Harry in der Tür zu Joshs Zimmer.

Josh zuckte zusammen und ließ vor Schreck die Fernbedienung fallen.

Sein Dad hatte die Stirn gerunzelt, hatte eine beunruhigte, verärgerte Miene, und er wich Joshs Blick aus.

Josh sah ihn einen Augenblick lang an, dann stand er auf, um die Fernbedienung zu suchen.

Er brauchte nur ein paar Sekunden, aber als er sich wieder aufrichtete, war Harry weg. Josh ging auf den Flur hinaus und sah sich um, aber Harry war nicht mehr zu sehen.

Er ging wieder in sein Zimmer und stellte den Fernseher lauter.

Lilly konnte sich kaum mehr vorstellen, wie sie sich vor einer Woche noch darüber gefreut hatte, Harry im Fernsehen zu sehen, und wie begeistert sie gewesen war, als sie ins Studio mitdurfte.

Sie hatte sogar darum gebettelt.

Jetzt waren all ihre Anstrengungen darauf gerichtet, Harry auszuweichen; sie vermied es sogar, ihn auf dem Bildschirm zu sehen.

Sie versuchte, so viel Zeit wie möglich bei Freundinnen zu verbringen, und nur in der Wohnung zu sein, wenn ihre Mutter oder Josh ebenfalls dort waren.

Lilly betete jeden Abend, daß sie bald wieder in ihre eigene Wohnung zurückziehen könnten, wo sie sich keine Gedanken machen mußte, ob sie angefaßt oder angestarrt würde, und wo ihre Streitigkeiten mit Graceann sich nur darum drehten, ob sie Butter oder saure Sahne an die Kartoffeln geben sollte.

Ihre Mutter verstand es einfach nicht. Niemand würde es verstehen. Sie hatte den Gedanken aufgegeben, mit Mr. Wundring zu reden, hatte den Klebezettel mit seiner Telefonnummer in winzige Fetzen gerissen und sie verschluckt. Es war zu schrecklich gewesen, daran zu denken, daß Harry die Nummer finden könnte oder daß Mr. Wundring ihm von dem Anruf erzählen würde.

Josh war heute abend zu Hause und sah sich im Fernsehen ein Spiel an. Lilly ging hin und wieder an seinem Zimmer vorbei, um sich zu überzeugen, daß er noch dort war. Sie spitzte die Ohren und lauschte auf die Haustür. Wenn Josh ging, bevor Graceann nach Hause kam, würde sie ebenfalls gehen, selbst wenn niemand da war, den sie besuchen konnte, selbst wenn sie sich nur vor den Häusern, in denen ihre Freundinnen wohnten, herumtreiben mußte.

41

Um zehn am nächsten Morgen mußte Harry das erste Telefonat wegen Problemen mit seiner neuen Show über sich ergehen lassen.

»Nach unseren Informationen«, sagte der *Variety*-Reporter, »ist die Produktion der Show auf unbestimmte Zeit verschoben worden, und es heißt, sie werde umbenannt und David Letterman werde Sie als Gastgeber ersetzen.«

»Das ist Unsinn«, meinte Harry und strengte sich an, lässig und vernünftig zu klingen. »Die ganze Show ist auf mich zugeschnitten. Ohne mich geht es nicht, und glauben Sie mir, ich werde dabeisein.«

Dem dritten Anrufer gab er ein Zitat mit auf den Weg: »Diese Show wäre ohne mich wie Schokoladenkekse ohne Schokolade.«

Harry hatte nach der ersten Nachfrage Paul Wundring angerufen, und Paul hatte behauptet, nichts von Letterman oder irgendwelchen Problemen gehört zu haben.

»Ich habe dir doch schon einmal gesagt, Harry, die einzige Frage, die mich beschäftigt, ist die, ob du bereit bist.«

Harry hakte nach: »Hast du darüber mit jemandem beim Sender gesprochen?«

Schweigen. Und dann: »Meinst du, ob ich gefragt habe:

›Was glauben Sie, wird Harry das mit der Show schaffen?‹ Selbstverständlich nicht. Ich bin dein Agent. Ich vertrete die Position, daß du alles schaffen kannst.«

Nach dem Satz mit den Schokoladenkeksen hatte Harry Paul noch einmal angerufen, seine Hand am Hörer schweißnaß. Wieder hatte Paul die Situation heruntergespielt.

Nachdem er aufgelegt hatte, sah Paul sich im Spiegel im Flur an und entdeckte die Sorge in seinem Blick.

Ihm gefiel nicht, was er von sich selbst hörte – nicht die falschen Versicherungen gegenüber Harry, nicht sein innerer Abwehrmonolog.

Er wurde immer unruhiger. Er konnte die Warnzeichen nicht mehr ignorieren.

Er mußte es wissen.

Tomas hatte Harry am Vortag aus Los Angeles angerufen, um sich nach dem Erfolg der Suche nach Caron in Newark zu erkundigen, aber seitdem hatte Harry nichts mehr von ihm gehört.

Als er jetzt in seinem sonntäglich leeren Büro saß und auf den Berg von Notizzetteln mit Ideen auf seinem üblicherweise leeren Schreibtisch starrte, stellte Harry fest, daß ihm dieses Schweigen nicht gefiel.

Tomas wußte, wie brenzlig die Situation war. Er wußte, daß Harry sich aufregte. Er hätte anrufen sollen.

Dieser Gedanke erinnerte Harry an eine Überlegung vom Vortag: Es hatte ihn geärgert, daß Tomas angerufen hatte, um zu melden, daß er Caron gesehen hatte, dann aber vergnügt in eine Maschine nach Los Angeles gesprungen war, nachdem er gerade mal die Polizei und den Sicherheitsdienst benachrichtigt hatte.

Tomas hätte dort bleiben und die Suche beaufsichtigen sollen. Das war wichtig genug, und die Schecks von Harry waren üppig genug, selbst wenn man von den langen Jahren der Freundschaft absah.

Harry war auch nicht gerade begeistert von Paul. Diese Gerüchte, daß Harry von Letterman ersetzt würde, hatte Paul zu leicht abgewehrt – als hätte er Wichtigeres zu tun als Harrys Hand zu halten.

Aber Harry war nicht irgendein Angsthase, der wegen einer Nichtigkeit getröstet werden mußte. Es ging um ernsthafte Mißtrauensbeweise von seiten der Medien, und Paul hätte ihn mehr unterstützen müssen. Er hätte die Presse anrufen und dem persönlich nachgehen müssen.

Und warum hatte er noch nichts von Caron gehört? Nur, weil ihre »Beweise« nicht existierten? Oder war es umgekehrt, und sie bereitete sich gerade darauf vor, sie zu nutzen?

Er hatte immer wieder über ihren letzten Anruf nachgedacht und über den traurigen Schluß, daß es nur noch eine Möglichkeit gab. Er würde Josh benutzen müssen.

Er mußte dem Jungen genug antun, daß Caron zu ihm zurückkehrte. Dann konnte Harry sie zwingen, ihre Behauptungen über ihn zu widerrufen.

Es würde sie nicht retten, das konnte er nicht riskieren, aber es würde seine Glaubwürdigkeit erhöhen – gegenüber der Öffentlichkeit und gegenüber seinen Verbündeten. Nachdem Tomas und Paul sich zurückzogen, Bemerkungen darüber machten, wie »gesund« Caron ausgesehen hatte und wie sehr es Harry doch an »Schwung« fehlte, würden sie auf der Stelle umfallen, wenn Caron persönlich zugab, daß sie gelogen und daß Harry sie nie verletzt hatte.

Er schob den Schreibtischstuhl zurück und ging auf die Toilette. Im Spiegel über dem Waschbecken sah er den alten weißhaarigen Toilettenmann mit seinem Mop und einer Flasche übelriechenden Desinfektionsmittels herumschlurfen.

In einem überraschenden Ausbruch verspürte Harry jene Wut, die ihn sonst nur auf seinen Spaziergängen überfiel, wenn er jemandem weh tun mußte.

Er starrte sein Gesicht im Spiegel an, biß die Zähne zusammen, zwang sich, ruhig zu bleiben, während der schmächtige Mann auf die Kabinen zuging.

Es wollte nicht aufhören. Harry hätte den Gartenzwerg am liebsten umgetreten. Auf die dünnen Unterarme eingedroschen.

Er zwang sich, die Toilette zu verlassen und eilte in sein Büro zurück.

Bis zum Abend hatte Caron immer noch nicht angerufen. Harry verfluchte sie im stillen den ganzen Weg im Taxi zur East End Avenue. Eine öffentliche Aussage Carons wäre genau das gewesen, was er brauchte, um Paul und Tomas und der Öffentlichkeit klarzumachen, daß er weiterhin verfolgt wurde.

Wenn Paul und Tomas erst einmal verstehen würden, daß Caron nur gelogen hatte, würden sie sich überschlagen, um ihm mit seinem Leben und mit der Show zu helfen. Es würde keine Rückfälle mehr geben. Sie würden immer Herren der Lage bleiben.

Josh war in der Küche, als Harry nach Hause kam, und aß eine Orange. Harry krauste die Nase über den aufdringlichen Geruch.

Er sah, wie Josh ein großes Stück in den Mund steckte.

»Kau erst mal fertig, bevor du das nächste Stück ißt«, sagte Harry.

Josh nickte.

Das machte Harry wütend. Er hatte ja wohl ein Recht auf eine höfliche Antwort von seinem eigenen Sohn.

Er sah Josh an, und am liebsten hätte er diesem unverschämten Bengel die ganze Orange in den Schlund gestopft.

In diesem Augenblick klingelte das Telefon in der Küche, und Harry griff eifrig nach dem Hörer, aber es war nur der verfluchte Pförtner, der irgendwas von Josh wollte.

Harry reichte ihm das Telefon. »Mach schnell. Ich warte auf einen Anruf.«

Josh beendete das Gespräch und legte auf. »Ich gehe runter und bring mein Rad in den Keller«, sagte er.

»Beeil dich.« Harry sah ihm nach. Sobald er zurück war, würde Harry die Krise schaffen, die Caron zur Rückkehr zwingen würde.

Er sah sich in der Küche nach möglichen Anregungen um, als das Telefon wieder klingelte.

»Harry?«

»Caron!«

»Hör mir gut zu, Harry. Ich werde dir jetzt ein Band vorspielen. Hier ist es.«

Harry drückte sich den Hörer so fest gegen den Kopf, daß ihm das Ohr weh tat.

»Ich heiße Sheila Dannenbring«, hörte er, und er mußte sich auf einen Küchenstuhl setzen. »Als ich noch verheiratet war, hieß ich Kravitz. Ich bin die Exfrau von Harry Kravitz und die Mutter von Josh. Im Widerspruch zu allem, was Harry behauptet hat, bin ich weder verrückt noch eine schlechte Mutter.

Ich habe meinen Sohn zurückgelassen, als er zwei Jahre alt war. Ich habe das getan, nachdem Harry mich schwer geschlagen hatte und behauptete, er werde mich und den Jungen umbringen, wenn ich es nicht täte. Harry ist ein kranker und gewalttätiger Mann, ein Schläger und Vergewaltiger. Ich habe Dr. Alvarez Röntgenbilder der Brüche gegeben, die ich seinen Schlägen verdanke. Ich habe ihr außerdem eidesstattliche Aussagen über drei Kinder gegeben, die er vergewaltigt hat. Zwei waren acht Jahre alt, eines zehn. Auch im Augenblick befindet sich ein Mädchen in seinem Haushalt, das er bereits belästigt hat...

Lilly hörte, wie die Haustür auf- und wieder zuging, und Angst ließ ihr eine Gänsehaut über den Rücken laufen. Das war Josh gewesen, der gerade die Wohnung verlassen hatte. Jetzt war sie mit Harry allein in der Wohnung.

Sie hatte nicht verstanden, was Harry zu Josh gesagt hatte, aber er hatte wütend geklungen. Das waren die Zeiten, die Lilly am meisten fürchtete.

Plötzlich stand Harry in der Tür.

»Du bist eine dreckige kleine Lügnerin«, sagte er. »Wen hast du denn nun angelogen, du kleine Schlampe?«

Lilly antwortete nicht. Harrys Wut wand sich in ihm wie Schlangen.

»*Na?*« schrie er.

Lilly kroch rückwärts über den Teppich. Sie atmete hektisch. Sie verschränkte die Arme, dann ließ sie sie sinken, als sie bemerkte, daß Harry auf ihre Brüste starrte.

»Was bildest du dir eigentlich ein, du undankbares kleines Miststück? Ich laß dich in meinem Haus wohnen, und du verbreitest widerliche Lügen über mich!«

Lilly hatte die Arme immer noch an den Seiten. Sie schloß die Fäuste und öffnete sie wieder, ihre Nägel bohrten sich in die Handflächen. Das Brennen, das dadurch entstand, schien alles zu sein, was sie davon abhielt, vor Angst ohnmächtig zu werden.

»*Antworte gefälligst*!« brüllte Harry.

»Was denn?« flüsterte sie. »Was soll ich denn –«

»Nicht nur eine Lügnerin, sondern auch noch dumm«, sagte Harry. »Wie ist deine Mutter nur zu einem so blöden Kind gekommen?«

Sie fing an zu weinen. Harry ging einen Schritt auf sie zu, und sie wich zurück; dann wiederholten sie das.

Lilly wischte sich die Augen.

Harry fragte: »Weißt du, was man in der Kolonialzeit mit dummen, verlogenen Kindern gemacht hat? Man hat sie ersäuft.«

Lilly schnappte entsetzt nach Luft.

»Das haben sie getan«, meinte Harry. »Sie fanden es sinnlos, ein verdorbenes Kind zu einem verdorbenen Erwachsenen heranwachsen zu lassen. Du hattest Glück, daß dir so etwas nicht passiert ist.«

Lilly holte tief Luft und verschränkte die Hände. Sie sagte: »Ich bin nicht dumm.«

»Ach nein?« Harry kam näher. Lilly wich noch weiter zurück. Wieder näherte er sich, bis Lilly mit dem Rücken den Stuhl vor dem Frisiertisch berührte – denselben Stuhl, auf dem sie gesessen hatte, als sie versucht hatte, ihrer Mutter von Harry zu erzählen.

Harry griff nach ihr und schob die Hand zwischen die Beine ihrer Trainingshosen. Er drückte zu. »Alle, die so was haben«, sagte er, »sind nicht gerade sonderlich intelligent.« Seine Stimme zitterte, sein Atem ging jetzt schnell. Mit der anderen Hand griff er nach ihrer Brust. Dann packte er den Bund ihrer Trainingshose und riß sie nach unten.

Lilly wand sich weinend und versuchte, die Hose wieder hochzuziehen. Harry drückte sie grob auf den Stuhl und ließ sich auf sie fallen.

Plötzlich erklangen Geräusche im Flur, eilige Schritte. Große Hände, vier Hände, packten Harry und zogen ihn von Lilly weg.

Caron nahm das schluchzende Mädchen in die Arme, während Jack Dodge und Ho Plimpton Harry mit dem Gesicht nach unten auf dem Bett festhielten.

»Du warst wunderbar«, sagte Caron ihr, und Tränen liefen

ihr über die Wangen. »Wir haben alles auf Video. Du hast mir das Leben gerettet.«

Jack ging um das Bett herum, um Harry ins Gesicht sehen zu können, die Pistole in der Hand. »Das hier«, sagte er und zielte genau auf Harrys Nase, »ist wirklich ein bewegender Augenblick. Den wir selbstverständlich auf Film festhalten. Sag, was du willst, Harry, je widerlicher, desto besser. Komm, rede mit deinen Zuschauern.«

»Du *Arschloch*«, zischte Harry. »Das ist Erpressung. Ihr habt versucht, mir eine Falle zu stellen –«

»Wir haben es nicht *versucht*. Ho«, sagte Jack, ohne den Blick von Harry zu wenden, »ich hab alles unter Kontrolle. Sag Schlomo, er soll anrufen.«

»Okay.«

»Nein«, rief Harry. »Wartet. Nicht die Polizei!«

»Möchtest du mit uns reden? Na gut. Irgendwelche Einzelheiten? Wie hast du dich denn gefühlt, als du deine Tante umbringen ließest? Wie viele kleine Mädchen und Jungs hat unser dreckiger Harry mißbraucht?«

»Du warst immer schon so selbstgerecht«, sagte Harry. »Und weißt du, was du noch bist? Billig. Und dumm.«

»Sehr«, erwiderte Jack mit einem heiseren Lachen. »Wie, glaubst du, haben wir dich verrückt genug gemacht, uns in die Falle zu gehen? Wer wäre ein besserer Picador als ich? Ich hab diese Geschichte, daß du von Letterman ersetzt würdest, in Umlauf gesetzt. Caron hat die Worte auf dem Tonband geschrieben, und meine Sekretärin hat es besprochen.«

Der Schock, verraten worden zu sein, der niederkrachende Deckel der eigentlichen Falle, traf Harry wie ein Schlag. Er schrie auf, ein schriller Schrei, und versuchte, sich aus Hos Griff zu befreien.

Plötzlich stand Paul Wundring in der Tür.

Harry starrte ihn an.

»Ich mußte die Wahrheit selbst hören«, sagte Paul leise. »Und es war nicht die Art von Wahrheit, die ich erhofft hatte.«

»Caron lügt«, schrie Harry. »Sie manipuliert dich –«

»Nein«, erwiderte Paul. »Ich war derjenige, der sich mit Caron in Verbindung gesetzt hat. Ich hatte Zweifel. Ich mußte es wissen. Ich habe in Jacks Redaktion angerufen, um sie zu finden, und sie hat mich zurückgerufen. Niemand hat mich manipuliert. Ich erfuhr, welchen Plan sie hatten, und ich habe sie gebeten, mich mitkommen zu lassen. Ich habe gesehen, was du getan hast, Harry.«

Caron drückte Lilly noch einmal fest und trat dann Harry gegenüber. Sie zwang sich, ihm in die Augen zu sehen. Das Gefühl war ebenso übelkeiterregend wie vertraut. Sie fühlte sich an ihre erste Begegnung mit Harry erinnert, als er in die Notaufnahme des New York Hospital kam, dieser nette Vater, der so besorgt wegen seines Sohnes gewesen war. Er war so attraktiv gewesen, so faszinierend. Die Erinnerungen an vergangene Vertrautheit verstörten sie immer noch, aber neuere Erfahrungen relativierten das, rebellierten dagegen, führten ihr die Fäuste und Zähne vor Augen, das Blut und das Sperma und die Angst, bewirkten, daß ihr wieder übel wurde.

»Du stiehlst den Menschen Körper und Seelen«, sagte sie zu ihm. »Und du redest dir irgendwie ein, daß du immer noch edel bist, während du anderer Menschen Leben zerstörst. Ich *rette* Leben, aber deines würde ich nur zu gern beenden, Harry.«

Er gab ein angewidertes Geräusch von sich. »Du hast mir eine Falle gestellt. Du haßt mich so sehr, daß du mich zerstören mußt –«

»*Du* bist der Zerstörer, Harry! Und auch dich selbst hast du zerstört.«

»*Ich mache der Welt nur Freude*!« schrie Harry. »*Ich wollte die Menschen nur weiter bereichern, aber man läßt mich nicht! Du hast dafür gesorgt, daß ich es nicht mehr kann*!«

Caron beugte sich dichter zu ihm, so dicht, daß sein Gesicht zu einer grotesken Karikatur wurde, vorquellende Wangen und Augen, das Haar ein goldfarbener Wald. »Du hast dein eigenes Kind geschlagen! Du hast deine eigene Frau vergewaltigt, deinen Neffen und deine Nichte!« Sie schrie, nur Zentimeter von ihm entfernt. »Hörst du überhaupt, was du da sagst, du perverses Ungeheuer? Du rechtfertigst unmenschliche Verbrechen mit deinem Dummgeschwätz über Fernsehgeschichte und –«

»*Es wird ja nicht mal Fernsehgeschichte werden*!« kreischte Harry. »*Es ist vorbei! Du hast es versaut! Es wird keine Show für mich geben*!«

»Sie hat deine Achillesferse erwischt, wie ich sehe«, sagte Jack laut über Harrys Geschrei hinweg. »Vergewaltigte und geschlagene Kinder? Kleinigkeit. Der Sender unglücklich mit Harry? Eine Tragödie. Ho, ruf die Polizei an.«

»*Nein*«, schrie Harry gellend.

»Geh«, sagte Jack zu Ho.

»Bitte«, sagte Harry. »Um Joshs willen. Laßt mich mich selbst stellen. Mein Sohn soll wenigstens wissen, daß sein Vater im letzten Moment noch so etwas wie Stolz hatte.«

»Du hast nicht mal eine vage Ahnung, was das bedeutet, Harry. Du willst nur Zeit rausschinden. Aber du hast keine Zeit mehr. Los, Ho.«

Wenn die Polizisten nicht dagewesen wären, hätte er Dodge und dem Schwarzen im dichten Verkehr vielleicht entkommen können.

Aber nun wurde er von zwei uniformierten Ochsen aus dem Haus 114 East End eskortiert, was nur seiner Publicity half. Seine Fans konnten es nicht ertragen, Harry wie einen Kriminellen behandelt zu sehen. Jetzt standen jeden Tag Leute vor Rikers, die Schilder trugen, auf denen sie Harry verkündeten, wie sehr sie ihn liebten. Die Fotos der Demonstranten wurden in allen Zeitungen gedruckt, neben jedem Schwachsinn, den sie druckten – allem, was Jack Dodge oder Caron ihnen diktierten.

Diese Demonstranten waren alles, was Harry am Leben erhielt.

Er versuchte, eine tapfere Fassade zu wahren. Er bewegte sich unter den anderen Gefangenen, als gehörte er nicht dazu. Er war reizend zu den Wärtern. Er lächelte die Besucher der anderen Männer an.

Aber innerlich brach er immer mehr zusammen.

Alles, was ihm wichtig gewesen war, hatte man ihm genommen.

Letterman hatte die Show bekommen. Josh besuchte ihn nicht. Tomas, der Dreckskerl, hatte ihn im Stich gelassen, als wäre Harry ein Stück Scheiße, und hatte sich nur kurz die Zeit genommen, Harry irgendeinen idiotischen Strafverteidiger zuzuschanzen. Paul Wundring war aus Harrys Leben verschwunden. Selbst Graceann, der Harry immerhin hatte klarmachen können, daß man Lilly nur benutzt hatte, um ihm eine Falle zu stellen, hatte eine Stelle bei Montel Williams angenommen.

Harry lag auf der Pritsche in seiner Zelle und tat so, als lese er ein Taschenbuch über den Bürgerkrieg. Gefangene, die lasen, wurden von den Wärtern wie Kinder vor dem Fernseher betrachtet – niemand achtete sonderlich auf sie.

Er sah seine Hände am Buch zittern, und er wußte, er würde diese Hände bald einsetzen müssen. Es gab keine Garantie, daß man ihn auf Kaution freilassen würde, und schon gar nicht, daß das bald geschehen würde, denn der Richter hatte bei der Vorverhandlung eine Kaution abgelehnt. Für eine weitere Anhörung stand nicht einmal ein Termin fest. Harrys Gefühle stauten und stauten sich, da er keine Möglichkeit hatte, sich Erleichterung zu verschaffen, und wenn das geschah, blieb nur noch das Übliche.

Es würde sich irgendwie arrangieren lassen, da war Harry sicher. Es gab hier kaum etwas, was man nicht tun konnte, wenn das Bedürfnis nur drängend genug war.

Und es gab aussichtsreiche Kandidaten, das hatte Harry gleich gesehen – jämmerliche alte Gerippe, die von den Zellen in den Hof und wieder zurückschlurften, ohne nach links oder rechts zu schauen . . . junge hirntote Junkies, die es nicht einmal spüren würden, wenn er ihnen den Hals durchschnitt.

Harry würde nur eine Möglichkeit finden müssen, einen von ihnen ein paar Minuten für sich allein zu haben.

Epilog

Sonntag, 16. Oktober 1993

New York City

Jack sprang über das Netz.

»Das kannst du prima«, sagte Lilly.

Jack grinste. Er streckte die Hand aus und half ihr herüber. »Das ist aber auch alles.« Er schüttelte Caron und Josh die Hände. »Ihr habt uns fertiggemacht.«

Caron grinste zurück. »Könnte man sagen.«

»Du solltest wenigstens bescheiden den Blick senken und dir ein paar Komplimente abringen.«

»Na gut. Deine Vorhand ist nicht mehr ganz so hoffnungslos wie früher.«

»Wann gehen wir essen?« fragte Josh. »Ich hab wirklich Hunger.«

Sie aßen kubanisch, oben am Broadway. Caron sah, wie Josh sein viertes Rippchen verschlang, warf Jack einen Blick zu und lächelte verschwörerisch. Sie hatten am Vorabend darüber gesprochen, daß Joshs Appetit langsam wieder besser wurde, nach Wochen des Gewichtsverlusts nach Harrys Tod.

»Wir beide wissen, daß es im Grunde Selbstmord war«, hatte Jack gesagt, als sie beide in Carons neuer Wohnung am Central Park West lagen und Musik hörten. »Harry war klug genug, um die ungeschriebenen Gesetze im Gefängnis begreifen zu können. Er muß verdammt genau gewußt haben, was passiert, wenn er einen Mitgefangenen angreift. Eines Tages werden wir das Josh erklären müssen.«

Caron hatte den Kopf geschüttelt und sich dann an ihn

geschmiegt. »Alles, was mit seinem Vater zusammenhing, ist ihm genommen worden. Laß ihm wenigstens diese winzige Illusion. Laß ihn denken, daß sein Vater einen tragischen Tod hatte.«

Jack verlagerte das Gewicht, um sie dichter an sich ziehen zu können. »Zu schade, daß wir nicht noch mehr Illusionen schaffen können. Lilly könnte ein paar davon brauchen. Sie sieht das Leben so trist.«

Caron zuckte die Achseln. »Die Wirklichkeit ist trist. Ich wäre vielleicht nicht mehr am Leben, wenn Lilly nicht gehandelt hätte, aber ihre Mutter kommt sich nur betrogen vor. Sie denkt, Lilly hätte nie bei *Galaxy* anrufen dürfen, um sich mit dir in Verbindung zu setzen. Wir hätten Lilly nie bitten dürfen, als Lockvogel zu dienen . . .«

»Aber es war doch nicht nur Lilly«, sagte Jack. »Wie kann diese Frau *ihr* die Schuld geben? Lillys Anruf war unsere erste Chance, aber wenn Harry nicht auf Robins Tonband reingefallen wäre, wenn Schlomo uns nicht in diese leere Wohnung geschmuggelt und Josh rechtzeitig rausgeholt hätte, wenn Ho sich nicht hätte überreden lassen, die Videokamera anzubringen . . . zum Teufel, wenn Harry nicht von Anfang an ein Mistkerl gewesen wäre . . . Ihr geliebter Chef war ein Mörder und Kinderschänder und Schläger, und Graceann nimmt es ihrer Tochter übel, daß sie uns geholfen hat, ihn bloßzustellen?«

»Lilly ist eine Heldin«, sagte Caron. »Sie hat schreckliche Angst gehabt, aber sie hat alles richtig gemacht.«

»Wir sollten sie nicht wieder zu ihrer Mutter zurückgehen lassen, selbst wenn sie es will.«

»Sie wird es wollen«, sagte Caron. »Und wir werden sie gehen lassen. Und es könnte noch alles gut werden. Graceann muß erst einmal mit dem Zerbrechen ihrer eigenen Illusionen fertig werden.«

Als sie nun im Restaurant saßen und sich gegenseitig mit fettigen Fingern die Teller herumreichten, sagte Jack: »Wie wäre es mit ein paar Illusionen für dich und mich?«

Caron griff nach einem Hühnerbein. »Wenn du auf dein Können als Tennisspieler anspielst –«

»Ich rede von uns. Ich finde, wir sollten zusammenziehen.«

»Mhm-mhm«, sagte Lilly sofort.

»Das war eine Jastimme«, sagte Jack. »Josh?«

»Okay.«

Jack nahm Caron das Hühnerbein ab. Er sah ihr in die Augen. Leise sagte er: »Ich verspreche dir, du wirst nie wieder Sandwiches essen müssen. Ich werde meine Vorhand verbessern. Und ich werde dir nie, nie weh tun.« Er wartete.

Lilly tätschelte Carons Rücken. »Na, sag schon ja.«

Caron schwieg lange. Dann sagte sie: »Noch nicht. Ich brauche noch Zeit.« Sie sah Jack an, sah alles, was in seinem Gesicht zu sehen war. »Nur noch ein bißchen.«

Lilly beugte sich zu ihr. »Und dann sagst du ja?«

»Ganz sicher.«

Jack griff nach ihrer fettigen Hand und küßte sie.